中国现代文学馆青年批评家丛书

丛书主编 吴义勤

刘志荣 著

此间因缘

图书在版编目（CIP）数据

此间因缘 / 刘志荣著 . —北京：北京大学出版社，2014.6
（中国现代文学馆青年批评家丛书）
ISBN 978-7-301-24331-2

I. ①此… II. ①刘… III. ①中国文学—当代文学—文学评论 IV. ① I206.7

中国版本图书馆 CIP 数据核字（2014）第 118471 号

书　　　名：	此间因缘
著作责任者：	刘志荣　著
责　任　编　辑：	徐文宁
标　准　书　号：	ISBN 978-7-301-24331-2/I·2775
出　版　发　行：	北京大学出版社
地　　　址：	北京市海淀区成府路 205 号　　100871
网　　　址：	http://www.pup.cn　新浪官方微博：@北京大学出版社 @培文图书
电　子　信　箱：	pw@pup.pku.edu.cn
电　　　话：	邮购部 62752015　发行部 62750672　编辑部 62750112　出版部 62754962
印　　刷　者：	三河市腾飞印务有限公司
经　　销　者：	新华书店
	650 毫米 × 980 毫米　16 开本　23.75 印张　330 千字
	2014 年 6 月第 1 版　2014 年 6 月第 1 次印刷
定　　　价：	52.00 元

未经许可，不得以任何方式复制或抄袭本书之部分或全部内容。
版权所有，侵权必究
举报电话：010-62752024　电子信箱：fd@pup.pku.edu.cn

目 录

丛书总序　　吴义勤　5

第一辑　此间消息

阿尼玛变形记
　　——马华作家张贵兴小说《赛莲之歌》的分析心理学解读　　2

当代中国新科幻中的人文议题　　27

童话诗人
　　——朋友常立，和他的"新民间童话"　　46

先锋精神与小说创作
　　——三部作品的分析　　51

荒诞，现实，以及"主义"？　　65

藉由现代文学经验，打开活生生的民间世界
　　——莫言四题　　73

流水带来的，带走的……
　　——《秦腔》闲话　　82

漫谈贾樟柯的"故乡三部曲"　　87

一些美好、安静而自然的事情
　　——读李娟散文集《我的阿勒泰》　　101

昌耀在青藏高原：读他 1956—1967 年间的诗作　　104

《内陆高迥》：细读昌耀写于 1988 年末的这首诗　　121

2013 年长篇小说综述　　127

我们时代的内心生活
　　——新世纪三部中国小说的解读　　138

第二辑　短评随笔

王小波的两面　　166

提前死亡者纪事
　　——刁斗小说《我哥刁北年表》简评　　169

读杜涯诗随感　　171

时代与机运
　　——"中篇小说与类型文学研讨会"发言稿　　174

怀念绿原先生　　179

白云苍狗，关山万里
　　——读王鼎钧的"回忆录四部曲"　　182

山河大地的声音
　　——谈韩国电影《西便制》　　185

集团对抗中个人的悲剧
　　——谈韩国电影《JSA 安全地带》　　187

凶案背后的社会心理
　　——谈韩国电影《杀人回忆》　　189

并非南极才有的疯狂
　　——谈韩国影片《南极日记》　　191

那样璀璨的青春也有忧伤
　　——谈日本导演岩井俊二电影《花与爱丽思》　　193

通向死亡的梦想
　　——谈意大利导演贝托鲁奇电影《戏梦巴黎》　　195

有关乡村流动电影的一点记忆　　197

"无从驯服的斑马"
　　——由贾植芳先生《画传》所想到的　　200

《解冻时节》整理后记　　209

纸上的春天
　　——读贾植芳先生的《早春三年日记》　　211

"把人字写端正"
　　——贾植芳先生《生平自述与人生随感》编选前言　　215

最初的相遇
　　——关于陈思和师的一点记忆　　219

第三辑　历史踪迹

门外读钱诗
　　——笔记五则　　228

现代焦虑的精神超越：论《无名书》　　237

特殊年代的精神活动
　　——"胡风集团"冤案受难作家的潜在写作　　255

穆旦在一九七六　　271

民间生活的追忆
　　——从这个角度读《李方舟传》与《缘缘堂续笔》　　286

新的诗歌的诞生
　　——白洋淀三诗人"文革"时期的潜在写作　　308

第四辑　批评闲话

审美批评的原创性
　　——谈张新颖的文学批评,一封和他的虚拟通信　　332

批评的宽度
　　——评说张柠　　348

关于"实感经验"问题的序言三篇　　359

跋　　373

丛书总序

中国现代文学馆是在巴金先生倡议和一大批著名作家的响应下，于1985年正式成立的国家级文学馆，也是目前世界上规模最大的文学博物馆。中国现代文学馆的主要任务是收集、保管、整理、研究中国现当代文学书籍、期刊以及中国现当代作家的著作、手稿、译本、书信、日记、录音、录像、照片、文物等文学档案资料，为文化的薪传和文学史的建构与研究提供服务。建馆二十多年以来，经过一代代文学馆人的共同努力，中国现代文学馆的事业不断发展壮大，现已成为集文学展览馆、文学图书馆、文学档案馆以及文学理论研究、文学交流功能于一身的综合性文学博物馆，并正朝着建成具有国际影响的中国现当代文学资料中心、展览中心、交流中心和研究中心的目标迈进。

为了加快中国现代文学馆学术中心建设的步伐，中国作家协会党组决定从2011年起在中国现代文学馆设立客座研究员制度，并希望把客座研究员制度与对青年批评家的培养结合起来。因为，青年批评家的成长问题不仅是批评界内部的问题，而且是一个对于整个青年作家队伍乃至整个文学的未来都具有方向性的问题。青年评论家成长滞后，特别是代际层面上"70后""80后"批评家成长的滞后，曾经引起了文学界乃至全社会的普遍担忧甚至焦虑。因此，客座研究员的招聘主要面向"70后""80后"批评家，我们希望通过中国现代文学馆这个学术平台为青年评论家的成长创造条件。经过自主申报、专家推荐和中国现代文学馆学术委员会的严格评审，中国现代文学馆已经招聘了两期共19名青年评论家作为客座研究员。第三批客座研究员的招聘工作也即将完成。

两年多来的实践表明,客座研究员制度行之有效,令人满意。正如中国作协党组书记李冰同志在中国现代文学馆第二批客座研究员聘任仪式上的讲话中所指出的那样,青年评论家在学术上、思想上的成长和进步非常迅速。借助客座研究员这个平台,通过参加高水平的学术例会和学术会议,他们以鲜明的学术风格和学术姿态快速进入中国当代文学批评现场,关注最新的文学现象、重视同代际作家的创作,对于网络文学、类型小说、青春文学等最有活力的文学创作进行即时研究,有力地介入和参与着中国当代文学的创作实践,在对青年作家的研究及引领方面发挥了不可替代的作用。作为"70后""80后"批评家的代表,他们的"集体亮相",改变了中国当代文学批评的格局和结构,带动了一批同代际优秀青年批评家的成长,标志着"70后""80后"青年批评家群体的崛起。鉴于客座研究员工作的良好成效和巨大社会反响,李冰书记在第一批客座研究员到期离馆时曾专门作出了"这是一件功德无量的事情,要进一步扩大规模"的批示。

为了充分展示客座研究员这一青年批评家群体的成就与风采,中国作家协会和中国现代文学馆决定推出"中国现代文学馆青年评论家丛书",为每一个客座研究员推出一本代表其风格与水平的评论集,我们希望这套书既能成为中国当代文学批评的重要收获,又能够成为青年批评家们个人成长道路的见证。丛书第一辑8本在2013年6月由北京大学出版社推出后引起了巨大反响,现在第二辑12本也即将付梓出版,我们对之同样充满期待。

是为序。

吴义勤
2014年春于文学馆

第一辑

此间消息

阿尼玛变形记

——马华作家张贵兴小说《赛莲之歌》的分析心理学解读

近些年来，在跨区域华语文学的版图中，马华文学越来越显示出自己的独特风貌，也越来越引起研究者的兴趣。马华文学的一些优秀作家，如李永平、张贵兴、黄锦树、黎紫书等，笔者皆有所涉猎，其中张贵兴可以说是印象最深的一位。张贵兴的写作，以对故乡婆罗洲的记忆和想象见长，其风格也颇有独特之处——想象力和词藻，犹如热带的雨林和草原，没有节制地疯长，放纵恣肆，葛藤纠缠，有时候色彩浓郁，对比突兀，也是热带特色。这样的作品，容易给人留下狂放不羁、才情不加检束的印象，但如仔细阅读，却也不难发现，它们其实也有其内在的结构。

在张贵兴的小说中，本文拟讨论的《赛莲之歌》①，相对来说比较单纯，但即便是这样的作品，仍然表现出张氏独特的风格，而就其深层意蕴来说，笔者认为，此书完全可以从瑞士心理学家卡尔·荣格（Carl Jung）开创的分析心理学的角度进行阅读。事实上，《赛莲之歌》虽被作者称为"自传小说"，但在记忆与想象之间，读者其实颇难划出清楚的界限，而从分析心理学的角度看，不论书中几分纪实、几分虚构，其中所书写的内容，都可以在"心理事实"②的层面进行解读——从这个层面看，《赛莲之

---

① 本文讨论《赛莲之歌》，均依据台北麦田出版社 2002 年 10 月版，以下对该书的引用仅在引文后括号里标明页码，不再一一注明。
② 可参阅荣格在《飞碟：天空中的现代神话》中对于 UFO 现象的讨论，不论 UFO 在物理层面是否真实存在，它们都构成一种"心理事实"，从心理学的角度看自有其含义。该文中译收入荣格的《天空中的现代神话》（张跃宏译，东方出版社，1989 年）。

歌》可以看作是集体无意识原型在个体特殊的生命历程中导演和上演的心理戏剧,其中叙述者"我"与三位女性的生命交集和情感纠葛,更可以视为"阿尼玛原型"(男人身上的阴性特质)在叙述者的成长历程中易形显影的过程,而此过程之中所伴随着的现实与向往、记忆与想象、意识与潜意识的吸引推搡,使得热带少年的青春记忆,化成了一部错位纠缠却又曲径通幽的内心戏剧。

一

"我知道某个地方有一潭神秘而幽黑的水。"

(《赛莲之歌》,p15)

自从潜意识的理论提出之后,我们就深深地意识到,那些最深刻地触动和影响我们的艺术作品,不仅牵涉到我们的意识层面,而且深深地植根于和触及到我们潜意识之中的某种真相——某些莫可名状的追求、向往、纠结、冲突与和解。然而,真正触及到这一层面,其实并不容易,潜意识并不那么容易显露到意识之中,文学写作涉及这一层面,需要一些特殊的因缘与仪式,以便穿透日常意识制造的压抑和遗忘,面对某种更为内在的真相。

作为一种抵达意识底层的努力,《赛莲之歌》的写作其实有着比较自觉的意识,譬如小说一开始就写道:"……只有重新进入距离脑髓最遥远的那一片潮湿地带,才能使那些干枯萎缩的记忆再度复活……"(p10)在《序:假面的告白》之中,作者又这样写道:"……只有大量付诸于幻想,假设自己已抵达那座永远无法抵达的欲望岛屿。"(p5)就此来说,张贵兴特有的狂放恣肆、旁逸斜出、极力放纵想象与感觉的文体,一定程度上正起到了抵达潜意识层次的仪式作用——这样延展、枝蔓的文体所体现的特殊的热带雨林风格,企图触及的,一开始就不仅是特定的现实和自然,更是心理和欲望中的某种真实,在现实和想象、自然和欲望、文化和无意识之间,它所企图构造的,不仅是现实、自然和文化的岛屿,更是想象、欲望和无意识的岛屿。

　　从这个角度看,我们就不难理解这部小说一开始就表现出的"不合常理"之处。小说一开始,就描写了叙述者也是主人公"我"的多次落水——在十五页左右(p11—27)的篇幅中,描写了不下八次:"我"出生时就被多产而粗心的母亲掉落于水中,"河水洗涤我身上的胎血和黏液,我的身子显得干净而清爽","脐带在医疗记录中则始终成为一个谜"(p14);出生第三天,母亲在抱着"我"走出医疗中心经过一座独木桥时,"婴儿从母亲怀里滑下,像一条鱼跃入一泓水"(p15),乃至刚学会走路的"我"爬过"比我高出一个脑袋壳子的井台"坠入井中(p16),儿童时代半夜爬起步入新盖的猪溷后开掘的湖中,一直到初一时从中学附近的三十年前搁浅在海边的日军战舰船舷上"狼狈不堪地落下海去"(p26)——"我记不清楚这种事情发生过多少次"(p18)。

　　如此高密度的叙述,在作者的早年经历中或者有据,但从日常意识的角度看,毕竟显得不同寻常,不过,如从心理事实的角度看,则这种高频率的叙述实在不难索解。在精神分析学的创立者弗洛伊德那里,"落水"的象征早就被认为与出生有关:"表示分娩常用与水有关的事:例如入水或出水,那就是说自己分娩或自己出生。"弗洛伊德提醒我们不要忘记,这个象征实指生物和个人双重进化的事实:"不仅人类所由出的一切陆生动物都从水生动物进化而成——这是关系较远的一重事实——而每一哺乳动物,每一个人,都在水内经历第一期的生活——这就是说,作为胚胎时,生活在母亲的子宫的羊水内——所以分娩时都由水出。"① 弗洛伊德的弟子、后来与他分道扬镳的奥托·兰克(Otto Rank)则据此进一步提出"出生创伤"(Trauma of birth)的概念,所谓"出生创伤",是指母体生产时的震荡对婴儿造成心灵上的恐惧及痛苦,此种恐惧和痛苦,影响人的一生,也令人类有着永恒的"回归母体"的愿望。婴儿在母亲子宫内时,周围是一片黑暗的充满羊水的空间,所以"黑暗与水"也象征了人"回归

---

① [奥]弗洛伊德:《精神分析引论》,高觉敷译,商务印书馆,1986年,第121页。

母体"、停留到过去的欲望。① 如此看来,《赛莲之歌》一开始就频繁描述的"落水"体验,从精神分析学的角度看,可以认为乃是对于潜意识之中的"出生创伤"和"回归母体"愿望的描述。

这种对于潜意识的回溯,《赛莲之歌》的作者,其实多多少少有些自觉,譬如书中对儿时坠井经验的叙述,其中既有个人记忆的因素,也有对于种群记忆的追溯,涵盖了弗洛伊德所谓的"双重进化的事实":

> 事后根本没有坠井的记忆,只有一种朦胧糊涂,它和水囊中的羊水、胎毛、脂肪、胎儿的扁平细胞和一丛红色枝桠状结晶状态的物质结合成共同记忆。裹在身上的胎脂使人怀念,吞吐碱性的羊水使人发狂。夜里我看见鲨鳍划过黑漆漆的海上,海豚跳出水面发出婴儿泣声,歌唱的鲸鱼群抛洒彗星状水汽。这是一种隐性遗传,他活在我的血液中,上一代将透过我传给下一代。(p17)

事实上,由于在母体之时,胎儿尚处于意识和无意识浑而未分的阶段,回归母体其实也意味着,回归到个体与世界、自然与文化、意识与无意识混而为一的"混沌"阶段。这同样也与水的象征不无关联,在精神分析中,"水代表的是无意识的力量,它神奇地扎根于人们心中,有时也包含着许多隐患。"② 人出生后,必不可免地从这种混沌状态脱离,但在早期阶段,却还与这种状态保持着密切关联,然而,潜意识中毕竟包藏着很多对于生存来说不现实的乃至危险的东西,这样,人的成长过程,由于现实、家庭、社会、文化和理性的力量,便不能不"凿破混沌",一步一步从这种意识与无意识混而不分的状态脱离,这既是生存的现实需要,却也不能不带着永恒的分离的创伤(既是从母体,也是从自然),也因此必然不断地渴求着意识与无意识在更高层面的和解——人在梦、幻想与艺术中

---

① 参郑世彦:《记奥托·兰克》,载《大众心理学》,2007年第12期。
② [英]杰克·特里锡德:《象征之旅——符号及其意义》,石毅、刘珩译,中央编译出版社,2001年,第112页。

的无意识流露，其实正是对这种和解的向往。

在这个层次上，我们可以对《赛莲之歌》中的返回水中的象征，作出更高层次的解读。小说对于一步步凿破混沌、在文化与自然、意识和无意识之中划出清楚的界限这一"成长的创伤"，有着精彩的描述——譬如书中对落水经验的描述，从最初的怡然自得，到之后的深刻恐惧，前后颇有差异，像小说中对出生三天后落水时的描述：

> 一群小虾冲向我的喉咙和食道，我打了一个水喷嚏，把它们射向一公尺外。在湍急的流水中、在解放的快感中翻滚、翻跟斗、翻上翻下……（p15）

如再联系书中描述儿时落水经验时对于"秽物"的叙述，正可看出对自我与世界、意识与无意识尚未彻底割裂时美丑、善恶、净秽等概念皆处于混沌状态的追叙。不过这种回归到原初的"解放的快感"，后来就变成了恐惧与窒息的经验，如书中对"我"上初一时最后一次落入海中的经验的描述：

> 几乎就在海水像针毡扎向我胸部时，我就觉得天旋地转、四肢乏力，像一只死猫沉入海底，我撑开的眼眶张满压力，一口一口吞吃着海水，而且就像被力大无穷的巨人抱在怀里，你愈挣扎就被抱得愈紧，愈快窒息，愈快尝到我熟悉的半甜半苦的溺水经验……（p26）

小说中对与母体和自然分离的创伤经验的记叙中，也始终包含着对于潜意识经验的叙述，譬如儿时由于"我"多次自觉不自觉地落水，家人后来不得不把"我"关在房中：

> 无聊时候，我困着了，梦见自己变成湖面的朽木、浮萍，湖底里的苔石、烂泥浆、小死猫。（p20）

如从荣格的分析心理学的角度分析，这种停滞和死亡的意象，正反映了意识和无意识分离时个体生命之中逐步滋生着的无力感。

二

> 我看见芦苇丛伸出一只大蜥蜴头颅,在我逐渐靠近它时缩回芦苇丛里……
>
> (《赛莲之歌》,p89)

从分析心理学的角度看,黑暗和水的象征的出现,意味着对于潜意识中的真实开始进行正视。①《赛莲之歌》第4节所叙"我"对油画《希拉诗和水妖》的幻想与冥思之中,美少年希拉诗(许拉斯,Hylas)从英雄鹤秋里凹(赫拉克勒斯,Heracles)身边逃离,接受水妖的诱惑,在水妖(宁芙,Nymphs)之吻中消失融入"水"中,从一个方面解读,正显示出了正视潜意识的呼吁,意识与无意识、自我与世界重新达成和解的欲望——然而,也正如这一故事显示出的,潜意识的欲望也包含了许多危险的乃至致命的力量(譬如意识被潜意识吞噬),正视潜意识的呼吁和要求,这一伴随着人格成熟(荣格谓之"个体化")过程的心理戏剧,注定了不可能波澜不惊,而是充满着回环曲折。这一内心之中的"奥德赛",既会给予我们一些与众不同的经验与启迪,也布满着暗礁、旋涡之类的危险……

在对隐没于意识之下的心灵黑暗面的探寻之中,我们不仅会面对一些被压抑的个体经验的因素,而且会发现一些个体经验之中没有根据、但会对我们产生巨大影响的东西,后者正是荣格所发现和命名的"集体无意识的原型"。从这个角度看,在"我"对《希拉诗与水妖》的冥思之中描述的"希拉诗"、"鹤秋里凹"、"水妖"等形象,都可以看作"我"的一部分,如果把"希拉诗"看作"自我"(ego)的代表,他所欲逃离的"鹤秋里凹"正是阴影原型(the shadow)的显象,"水妖们"则是"阿尼玛"(anima)原型的形象化,希拉诗逃离"鹤秋里凹"的控制,接受林中泉水

---

① 参考荣格《集体无意识的原型》一文中的有关讨论,中译收入荣格:《心理学与文学》,冯川、苏克译,三联书店,1987年。

中的水妖们的诱惑，没入水中，正象征了"自我"在与"阴影"的剧烈冲突中未能达成一定程度的和解，从而进入无意识的更进一步的领域，与阿尼玛原型相逢，既遭受她的诱惑，也接受她的引导——这一过程整体则可以看作是"自性"原型（the self）进行人格整合运作的心理戏剧的一部分（虽然多少仍然是对之的误用），从而也要求和暗示着进一步的发展。就此来说，小说中"我"对《希拉诗与水妖》的冥思，这一插曲性的戏中戏，已经暗示出了《赛莲之歌》的整体性的内在结构，因而应该引起格外的关注。

有必要对荣格提出的"集体无意识"（collective unconsciousness）和"原型"（archetypes）这两个核心概念进行简要的回溯，众所周知，它们被认为是荣格在精神分析学发展史上最为独特也最为重要的贡献。荣格认为："集体无意识是心灵的一部分，它有别于个体潜意识，就是由于它的存在不像后者那样来自个人的经验，因此不是个人习得的东西。个人潜意识主要是这样一些内容，它们曾经一度是意识的，但因被遗忘或压抑，从意识中消逝了。至于集体无意识的内容则从来没有在意识里出现过，因而不是由个体习得的，是完全通过遗传而存在的。个体潜意识的内容大部分是情结，集体无意识的内容则主要是原型。"① 至于原型概念，荣格认为它"对集体无意识观点是不可缺少的，它指出了精神中各种确定形式的存在，这些形式无论在何时何地都普遍地存在着。"② 原型"往往被误解为指某些固定的神话意象或主题"，但在晚年，荣格明确地拒绝这种理解，他解释说："原型是形成主题的这种表象的趋向——表象可以在不丧失其基本模式的情况下改变许多细节。"③ 因此，相对于一般常见的误解，我们最好把"原型"视作潜在的心理趋向，犹如照片的底片，在适当

---

① ［德］荣格：《集体无意识的概念》，译文引自高觉敷主编《西方近代心理学史》，人民教育出版社，1982年，第397页。
② ［德］荣格：《集体无意识的概念》，中译收入《心理学与文学》，冯川、苏克译，三联书店，1987年，第94页。
③ ［德］荣格等：《人类及其象征》，张举文、荣文库译，辽宁教育出版社，1988年，第49页。

的条件下才会显影①。集体无意识中共通的"原型",在不同的文化和个人经验中会有相似的而非全然相同的象征性表现,如同 C. S. 霍尔在《荣格心理学入门》中指出的:"……原型不同于人生中经历过的若干往事所留下的记忆表象,不能被看作在心中已充分形成的明晰的画面。母亲原型并不等于母亲本人的照片或某一女人的照片,它更像是一张必须通过后天经验来显影的照相底片。荣格说:'在内容方面,原始意象只有当它成为意识到的并因而被意识经验所充满的时候,它才是确定了的。'"②

荣格曾辨认出数目众多的原型,其中以四种最为重要,即人格面具(the persona)、阿尼玛和阿尼姆斯(anima/animus)、阴影(the shadow)和自性(the self)。"人格面具是一个人个性的最外层,它掩饰着真正的自我,与社会学上'角色扮演'这一概念有些类似,意指一个人的行为在于投合别人对他的期望。阿尼玛和阿尼姆斯的意思是灵气,分别代表男人和女人身上的双性特征,阿尼玛指男人身上的女性气质,阿尼姆斯则指女人身上的男性气质。阴影接近于弗洛伊德的伊底(id),指一种动物性的种族遗传,具有许多不合道德的欲望和冲动。""自性"则"包括了潜意识的所有方面,具有将整个人格结构加以整合并使之稳定的作用。"③对于我们的讨论来说,其中最为重要的两个原型是"阿尼玛"和"阴影":相对于"人格面具"展示的精神的"外部形象"(outward face),荣格把男性的阿尼玛和女性的阿尼姆斯称为"内部形象"(inward face),其中阿尼玛代表了内在于男性的集体无意识中、通过遗传方式留存的女人的

---

① 如结合荣格对于"本能和原型"关系的理解,这一点可能更好理解。荣格认为:"原型实际上就是本能的无意识形象,如果换句话说,也就是'本能行为的模式'。"(《心理学与文学》,第96页。)他在其晚年著作中更明确解释说:"本能是生理上的冲动,并且被感官所感知。但同时,它们也在幻想中表现自己,时常是仅仅通过象征意象表现它们的存在。这些表现便是我所说的原型。"(《人类及其象征》,第50页。)
② [美] C. S. 霍尔、V. J. 诺德贝:《荣格心理学入门》,冯川译,陈维政校,三联书店,1987年,第45页。
③ 高觉敷主编:《西方社会心理学发展史》,人民教育出版社,1991年,第121—122页。本文在引用时据其他文献对引文略有修正。

一个集体形象,男人借助于此得以体会到女性的本质。阴影原型则"代表一个人自己的性别",它"比其他任何原型都更多地容纳着人的最基本的动物性,由于阴影在人类进化史上具有极其深远的根基,它很可能是一切原型中最强大最危险的一个。它是人身上那些最好的和最坏的东西的发源地……""阿尼玛和阿尼姆斯心象总是投射到异性身上,并决定着两性之间关系的性质";"阴影原型"则投射在同性身上,"并影响到这个人和他同性别的人的关系。"①

回头来看《赛莲之歌》第 4 节对油画《希拉诗与水妖》的冥思,这一想象构建的情节,与希腊神话传说中的希拉诗与水妖的故事颇有区别,希腊传说中仅说明鹤秋里凹爱恋的侍童希拉诗赴林中汲水,泉水中的女妖们迷恋希拉诗的美貌,半诱惑半胁迫地把希拉诗拉入水中,但在《赛莲之歌》中"我"的幻想里,希拉诗是嫌憎鹤秋里凹的野蛮,内心早已厌恶他的丑陋粗暴,才在听到水妖们的歌声时,逃离沉睡中的英雄,自愿地接受水妖们的诱惑,投入到泉水之中……这一无意识的虚构,流露出许多耐人寻味的信息。几乎可以肯定地说,善良、纯洁、柔弱、有着许多遐思与幻想的美少年希拉诗,正是处于青春期多愁善感的文艺少年"我"的"自我"形象,而蛮横粗鲁的鹤秋里凹,则正代表了不为这一"自我"认同,因而被拒斥到潜意识之中的"阴影",所以在"我"的想象之中,会不自觉地虚构出希拉诗深深厌恶鹤秋里凹、因而从他身边逃离的动机。而"我"想象中的鹤秋里凹形象,除了希腊神话传说中原来渲染过的性格特征之外,格外增添了粗鲁野蛮,正是充满着动物性的危险强大的形象:

> 鹤秋里凹是希腊神话史上最强壮的人物。他身披狮皮斗篷,头戴狮头帽,充满攻击性和追逐性的野兽架构完美地呈现在躯干中。当他挥舞木棒时,所有奥林匹克山下的战矛都在颤抖。……这位暴躁、自大、智力普通、感情充沛的斗士,以睥睨

---

① [美] C. S. 霍尔、V. J. 诺德贝:《荣格心理学入门》,冯川译,陈维政校,三联书店,1987 年,第 56—57 页。

战友的战斗力、敲碎活人的头颅和在死人堆中酗酒为乐。他的血腥念头没有一刻不在蠢动。当他啃完一根羊骨时，必然随手一甩，用强大的抛掷力打下一只飞翔中的野鸭或水鸟。……他只屈服在神力之下，同时蔑神、亵渎一切超自然力量及动辄杀人的个性使他在灾难、折磨、忏悔和赎罪中度过了一生。（p31—32）

除此之外，还有这样的引起人的生理厌恶的描述："不善微笑的希拉诗抬起困窘的眼神迎接一阵粗鲁的、强大的、淌口水的和带口臭的吻。""他经常像巨犬般舔着少年的脸，在一次粗野的搂抱中甚至折断对方两根肋骨。"（p32）"阴影"原型代表一个人排斥到潜意识之中的本能和动物性的一面，希拉诗向往着一些梦幻而诗意的情境，意欲摆脱鹤秋里凹的束缚，无意识正显示出主人公"我"的内部"自我"与"阴影"的纠缠，也显示出"自我"排斥到阴影里的内容：

> 他想起使梦中的家具、酒瓶和橄榄树摇晃的海洋。他想起摇篮曲和母亲摇荡在丰富的油脂和乳汁中的柔软胸部。海洋使他冥想，使他深沉的眉间响起哲鸣。人鱼躺在神性的岩石上，身边的珍珠和红珊瑚散发出启示的光。怪鱼展翅发着笑声飞出海面。他想吃一口煮熟时坚硬而巨大的水禽蛋。史前动物活跃在多雾而无风的海岛上。他想起绿玉般的树蛙，肩上绣着蜥蜴的土著，神秘的印度树。他想起住在偏远海岛上的女巫萨嬉，她挥动魔杖，把来到岛上的男人变成供使差遣的家畜。……他想摆脱鹤秋里凹的纠缠。
>
> 他想起他无意做英雄或斗士，但是不管走到哪里，只要活在地上，鹤秋里凹就可以把他找到。他很早以前就想摆脱主人巨大而可怕的束缚了，不仅摆脱使他骨头发疼的拥抱或是变态的啜吻，也不仅奴隶的身份，还有各方作为英雄的期待和压力、现实的嘲笑和命运的拨弄……（p33—34）

任何敏感多思、厌恶外界的丑陋野蛮、逃离到自我内部想象之中的文艺青少年，都不难理解这段话的含义。然而，"阴影"本身并没有那么容易屈服于压抑，在小说的前后文中，我们可以看到，它在文本中化身为攀木鱼、蟒蛇、树蛙、神秘之兽、牧羊神、野火、大蜥蜴……等等，继续出没在主人公"我"的幻想和绮思之中，尤其是小说中那只在草原和丛林之中四处觅食和寻找交配机会的丑陋而孤独的大蜥蜴（第12节，p89—100），既是动物性欲望（尤其是情欲）的象征，也正是主人公"阴影"原型的形象化代表。

从分析心理学的角度看，"阴影"其实是一个人自身的一部分，而且并不一定总是起着负面的作用，"一个成功地压抑了自己天性中动物性一面的人，可能会变得文雅起来，然而，他却必须为此付出高昂的代价，他削弱了他的自然活力和创造精神，削弱了自己强烈的情感和深邃的直觉。他使自己丧失了来源于本能天性的智慧，而这种智慧很可能比任何学问和文化所能提供的智慧更为深厚。一种完全没有阴影的生活很容易流于浅薄和缺乏生气。"①"如果阴影形象包含有价值的、至关重要的力量，它们就应该同化在实际经验中，而不受压抑。"当然，也应该看到，"要预测我们的黑暗伙伴是否象征一个我们应该克服的缺点，或者是一种我们应该接受的有意义的生活经验——这确实是在我们个体化进程中所遇到的最大难题。"②分析心理学的实践过程中，经常引导人认识自己的阴影，与之和解，乃至把其中的一些"有价值的、至关重要的力量"吸收和同化为自己人格结构的一部分，这在成熟或"个体化过程"中是非常重要的一个阶段："当自我与阴影相互配合、亲密和谐时，人就会感到自己充满了生命的活力。这时候自我不是阻止而是引导着生命力从本能中释放和辐射出来。意识的领域开拓扩展了，人的精神活动变得富有生气和活力；而且

---

① [美] C. S. 霍尔、V. J. 诺德贝：《荣格心理学入门》，冯川译，陈维政校，三联书店，1987年，第57页。
② [德] 荣格等：《人类及其象征》，张举文、荣文库译，辽宁教育出版社，1988年，第154、155页。

不仅是精神活动，就在肉体和生理方面也是如此。"①《赛莲之歌》的叙述范围，由主人公的出生截止到中学毕业，我们没有看到自觉地叙述主人公与"阴影"和解的过程，然而，"我"的那种放纵恣肆的幻想，某种程度上正是召唤和认出"阴影"的过程，而整部小说狂荡不羁却收放自如的想象和文体，也显示出作者显然一定程度上完成了这一和解，并对被"自我"排斥到阴影之中的生气和活力有所同化和吸收——尽管这并不一定是在青春期实现的。

三

> 他想起海上女妖赛莲的呼唤。她用娼妇般歌声扰乱航线，迷惑水手跳入海水中。
>
> （《赛莲之歌》，p34）

> 每当我低脑层的精神湖泊响起爬虫类的疾走声时，你高贵的琴声总是适时出现……
>
> （《赛莲之歌》，p125）

《赛莲之歌》书名中的"赛莲"（Siren），一般译作塞壬，来源于希腊神话，其形象为人首鸟身，娇艳优雅，歌声甜美，引诱船员迷失心神，丧失方向，驰进暗礁险滩，船毁人亡。在分析心理学中，这正是一个典型的消极负面的"阿尼玛"形象，类似的形象还有德国民间传说中的"莱茵河女妖罗蕾莱"（Loreley），法国人所谓的"致命妖妇"（Femme Fatale），莫扎特《魔笛》中的"黑夜皇后"，以及童话中的女巫等。然而，阿尼玛亦有其正面的形象，代表"内在世界的向导和调剂者"，典型的如圣母玛利亚、但丁《神曲》中的贝阿特丽采、歌德《浮士德》中的"永恒的女性"、中世纪神秘经文中"阴性特质的形象"，以及中国的观音……凡此

---

① ［美］C. S. 霍尔、V. J. 诺德贝：《荣格心理学入门》，冯川译，陈维政校，三联书店，1987年，第58页。

种种，代表了男人对女人的集体形象的不同体验，可以说是"阿尼玛"的不同变形。①

"阿尼玛"在个体性格中的表现，亦即男人的阴性特质的性格，据称通常是其母亲塑造出来的，而不论这种体验是消极的还是积极的，都可能会对人格的形成有不利的影响：阴性特质的投射，会导致一个男人在初次看到一个女人时一见钟情，"立刻知道这就是他需要的'她'"，时常会有些异乎寻常的表现，以致在别人看来他简直疯了；但"阿尼玛"在"个体化过程"中亦有其积极的一面：例如，阿尼玛"对男人能够找到一个合适的婚姻伴侣这个事实有责任"，另一个作用，至少同等重要——如果不是更重要：

> 无论何时，只要一个男人的逻辑思维无法辨识隐藏在潜意识后面的事实，阴性特质（即阿尼玛——引注）就会帮助他把它们发掘出来。阴性特质在把男人的思维与其内在价值相调合，因而，在开拓出一条通往深奥的内在世界之路的过程中，担任了极其重要的角色。这就像一台内在的、被调到特定波长的"收音机"，排除不相干的波长，只允许听到"伟大的人"的声音。在建立这种内在"收音机"进行接收时，阴性特质对内在世界和"自性"扮演指导与调剂的角色。……以便引导他进入人生更高层次、更精神化的领域。②

在这一方面，阿尼玛在"自性"（the self）与"自我"（ego）之间扮演了恰当而积极的调解者角色。阿尼玛原型投射到女性身上，使得她们的形象经常在"女妖"与"女仙"之间摇摆，或者充满致命的吸引力，或者成为引导人精神成熟的向导，而在生理方面的诱惑和精神方面的吸引之间，当然也有着广阔的游移幅度。

---

① 参见［德］荣格等：《人类及其象征》，张举文、荣文库译，辽宁教育出版社，1988年，第159、164页相关论述。
② 同上书，第161页。

《赛莲之歌》中的安娜·黄,是"我"第一个中意和投入感情、秘密地爱恋着的女性,她一出现时,就带着一种野性的、原始的、本能的生命力,同时也洋溢着不合规范、触犯禁忌的"恶"的吸引力。"安娜·黄是血统纯正的中国人,从小在异乡长大和接受英式教育,讲得一口流利道地中文……我们的资料来自各种生动活泼的蜚言,像绝种动物的生态研究报告……在我们的眼界里,她是报章上登载的滋事、偷窃、殴打、蓄意杀人和恐吓事件中被故意隐瞒姓名和在新闻写真中被黑色线条遮住眼睛的犯罪少女。"(p41)这样的堕落少女,按常理应该不会和"我"这样的文艺少年有任何交集,然而,"我"在第一次和安娜近距离接触时,她的形象就直接吸引了"我":

> 她突然挺直腰杆,用手掌上的十根肉耙子向后梳拢头发,昂起下巴睨视我,仿佛一朵花蕾在我面前迸裂开来,那五官严整的花序,向后服帖着的发辫,挺直的颈轴,第一次没有半点遮蔽地向我展示,逃学、被开除、犯罪、放逐、记过、械斗等陪衬和点缀安娜的美——阴的、负面的、败坏的、难以言喻的美。情妇比妻子妩媚,童话故事中的丫鬟比小姐好看,拥有神秘的异国风情的二等国是最受欢迎的旅游胜地,不受欢迎和有毒的生物是最鲜艳的,智慧比人类高出数倍的外星人不如潜意识中把自己贬为二等生物的人类漂亮。坏学生安娜比好学生更像学生,因为坏学生更适合学生手册的订制,因为好学生毕业后就会被人忘记学生身份,而坏学生永远让人想起求学生涯。安娜是移土种植的苗株,迫不及待地渴望广大沃土发展的繁殖体和像男性隐藏式生殖器官的球根状态人。我看见娼妓的眼、情妇的唇、侍从的下颚、奴隶的脖子、妾姨的耳垂、少数民族的颧骨、亚洲性质的凝视、非洲趣味的棕色皮肤、中南美政局的扑朔迷离……(p54—55)

从分析心理学的角度看,安娜的出现,显然投合了"我"最原初的阿尼玛形象,她身上对"我"的吸引力,带着破坏规范、触犯禁忌的神秘莫测和扑朔迷离，类乎女妖赛莲一样，正显示出阿尼玛原型的致命之处。作为阿尼玛原型的最初显形，她的形象在"我"心目中，显然更多是生理和肉欲的，这从上面的描述中已可看出，而在下面一段的心理叙述中，表现得更为清晰：

> 我用一种只有自己才明白的语言来赞美安娜，那种语言出自我的内心、我的灵魂的真空夹层、我的苍白的肉体、我的思维、我的血潮，它的句法原始而粗糙，还没有演化到书写程度，当它以一种低文化和混沌态势现出原形时，那肥腻的和溢血的神情露出懵懂的、痴傻的求教态度，当这顽冥的谦卑没有得到回应时，它立即向我发出愤怒的、兽性的咆哮。（p68）

接下来就是对"神秘之兽"和《牧羊神和河川仙子苏琳克斯》的叙述和想象，在后者中，"丑陋的、强壮的、半人半兽的牧羊神潘恩在阴暗的林地里追逐苏琳克斯，犹如法国号追逐芦笛。"（p69）联系后文对于"大蜥蜴"的放纵而精彩的想象（p89—100），"我"对安娜的感情中，显然充满了更多情欲的因素——这种情欲的吸引力，带有原始的蛮暴和阴暗的破坏力，在更高层次的心理发展中，显然应该被重新同化和整合。从另一方面看，现实中的安娜，当然也有自己的故事，安娜表面上早熟堕落，实际却有其痴心柔情的一面，她接触雷恩（即"我"），实际为借助对方在学业上的优势，讨好自己痴恋的数学老师兼教练，这段盲目阴暗的地下师生恋情当然无疾而终，而在同伙在园游会上刺伤老师之后，安娜也就被学校开除，去向不明（安娜显然也是自己的阿尼姆斯原型的牺牲者）……小说中写安娜参加全省运动会期间，委托"我"每日向窗台上的墨水瓶中插花（实际是希望数学老师看到），而"我"尽责尽力每日寻找奇花异种，这一段写得非常单纯柔情，显示出这到底是"我"早年的一段内心里的秘密恋情，而不只是情欲的幻想——尽管之后安娜在"我"的思念里，还是不自禁地和"血、死亡、暴力、罪恶、性等有关的物事"以及阴湿翁郁的树林、"不为人知的古堡"、"错综复杂的路径和精灵的迷惑"（p111）联系在一起——后者显然是黑暗危险、神秘莫测的潜意识的象征。

在安娜之后出现的凯，出身于当地的好人家、受过良好教育，是中规中矩的中产阶级"好女孩"形象。相比于安娜的身世模糊、来去无踪，凯的身世可以说一清二楚：她的父亲是跨国石油公司在当地的高级职员，母亲有一点英国血统，性格有些保守，从小让凯在当地贵族私立女子学校接受教育，毕业后预备和弟弟路易士一起留学。凯和"我"的接触和认识，也顺其自然、水到渠成："我"在高中毕业后等待留学的空当期间，参加了路易士发起的三人合唱小乐队，在他家里练唱，凯从最初的好奇，到为"我们"准备饮料点心，再到在一边旁听以至不着痕迹地加入伴唱，小心翼翼而又自然而然地和"我们"相熟，以至最后和"我"经常一起外出，到公园捡红豆，看当地的足球比赛，乃至看当地人血腥的斗鸡……几乎使得人们都以为他们在交往，以致凯的家里人后来看到"我"来到时都不自觉地回避。凯的性格乖巧、礼貌、懂事、近乎成熟——很懂得如何让人感觉自如和放松，在形象上，她有"一双撑得很开的、组织清澈的、色泽强烈的、非常类似猫科类的眼睛"、"一个非常迷人的好看的侧面"和"南国姑娘的早熟身材"，也不乏"吸引男人直觉和好感"的"动物性"，在镇上被许多男孩子暗中崇拜和迷恋（p144—147）。

然而，差点和"我"进入到正式恋爱关系中的凯，一方面对"我"有着相当的吸引力，但另一方面，在不自觉地和她越走越近的过程中，"我"在心理上对她却似乎仍抱有许多犹疑、排拒。按道理说，凯似乎是"我"最适合的恋爱对象，"我"却在和她交往的过程中始终抱着某种隐秘的不安，以至于最后在听到小提琴手去世的消息后，讲述了一个故事，用暗示的方式和她分手。"我"对凯抱持的这种隐秘的犹疑、不安、排拒，除了文艺青年的浪漫个性外，潜意识里，可能和凯代表了当地"官定的阿尼玛形象"有关：凯的形象固然惹人爱怜，但却似乎有些面貌模糊——"她的五官和脸型很难用文字说得清楚，我想任何好看一点的女人都是这样……"（p145）；她的性格中规中矩，但却过于成熟乖巧，反应皆合乎习俗的规范，似乎有些缺乏个性，缺少内在情感的流露。小说中，两人关系变化最关键也最典型的细节，可能在书中的第19节：此时两人已相当熟稔，已经到了确定恋情的关口，他们外出到草原上的大树下幽会，凯把头靠在"我"的肩上昏昏睡去,少年人心猿意马,正在犹豫不定是否握住对方的手时,突然笔触一转,插入远处山羊被大蜥蜴捕杀的惊叫,并细写"我们"赶过去时看到的血腥场景——此处的对比和陡转如此强烈刺激,让人意外之余,不禁拍案叫绝,也写出了强烈的地方特色,从写作上看,自然是非常高明的神来之笔——然而,对我们的讨论来说,更值得关注的是事后凯的反应:

> 我和凯走回原来躺卧的树荫下……凯依旧背靠着树身坐下,脸上维持着从前观看屠狗和斗鸡时的反应,啧啧称奇,小声惊叹,"真残忍的大蜥蜴啊""真可怜的山羊……""真可怕……""真是……"我知道她又要在山羊身上表现她的温情主义,开始滔滔不绝地述说大蜥蜴的习性……(p184)

凯的此种反应,未免太过合乎礼仪,缺乏内在感情的流露——尽管"我"仍然滔滔不绝地向她诉说,潜意识里也许会不自觉地感到某种厌烦。"我"与凯分手,可能有许多因素,譬如她不像安娜·黄那样,更符合"我"原初的阿尼玛心象,譬如两人沟通过程中的语言和文化障碍(凯从小受英式教育,中文并不纯熟,中国文化更是欠缺常识)也许会导致不能心心相印,譬如还有"我"的浪漫主义的向往和追求以及逃离家乡的愿望……但在所有这些原因之外,凯太合乎"官定的阿尼玛形象",以致引起"我"的潜意识的不安、排拒和逃避,可能才是最内在的原因——而这种不安和逃避,也可能不乏其内在的理由,因为"作为对官方确认的阴性特质形象的崇拜会带来严重的不利情况——她丧失了她的个体方面"[①],换句话说,官定的阿尼玛形象可能并不完全和个体内化的阿尼玛形象重合,对之的盲目认同,会压抑个体的内在需要,从而导致其在"个体化过程"中在心理因素的整合方面出现偏差。

如果说安娜的形象偏于肉感、凯的形象比较现实,小说中出现的第三

---

① [德]荣格等:《人类及其象征》,张举文、荣文库译,辽宁教育出版社,1988年,第164页。

个女性，身患绝症的小提琴手，则几乎完全是一个精神化的形象——她精神化到了这个程度："我"几乎没有看到过她的身影，只是聆听过她的琴声，但她的形象却对"我"的内心和人生选择产生了巨大的影响。"我"第一次听到琴声，是在凯接近小合唱团导致"我"意马心猿的时候，练唱的间歇，"我"在洗手间里和小提琴手的琴声不期而遇：

> 那是什么声音？当我心底里涌上来我熟悉的黑暗思潮时，一阵优美的旋律，一种肯定是弦乐器独奏出来的曲调，若有若无地由远处传来，我切断已经黏糊糊搅成一体的嗅觉和味觉，摒息所有神经，将听觉四面八方敞开，仿佛一个遭受挫折的人从阴霾的天空搜寻哪怕是一丝丝的阳光。有一阵子，我以为那是我的幻觉，但是几秒钟后，它却又微弱但是清晰地响起来，这一次，它再也没有消失过。（p149）

我们在后文看到，琴声"显示主人除了纯熟技艺，还有一种能够拉奏出好音乐的更重要因素：一个丰盛的个人的内在感情。纯熟技艺不一定能够表演出好的音乐，这也是画匠和画家的区别。"（p153）然而，琴声对"我"的影响，并不单是纯音乐的欣赏，而是触及到"我"更为内在的心灵需求，第一次听到琴声时："困扰过我的黑暗思潮迅速退却下来，有如穆索斯基在交响诗《荒山之恋》里描写的情况，一听到教堂钟声时，聚集在托里格拉山上狂欢作乐的群魔立即退回坟墓和山洞里。……"（p149）在过后再次听到琴声时，"我身上有一些东西被击碎，兽穴的心胸被一种善解人意的柔软度像蛇一样蜿蜒进去咬住底部，这咬住底部的东西正是一种彻底的、无所不在的伤感气质。"（p154）事实上，琴声也使"我"反思自己未来精神发展的可能性，从而更加激发了逃离家乡的内在感情：

> 亚热带的气候使我过分的早熟和染上拐弯抹角观察事物的个性，我的心胸像兽穴一样幽黑，缺少友好访问的透明性，任何曲子在我这里蛰伏久了，总难免被我用伤感的养分去喂食。这首曲子像待射中的弓弦张满到极点的快乐，激发我的想象弹跃得非

常遥远，使我不禁对自己在这座热带岛屿上的可能际遇感到失望和焦虑。我的许多英气焕发的充满艺术才华的学长，高中毕业后就因为环境和现实断送了继续求学的机会，他们不得不在这个落后而闭塞的地方讨生活和度过一生，而他们那些没有机会进一步提升的才气洋溢的绘画和雕刻，也只能以大量制造的粗糙方式出现在艺品店里贩售给异国的无聊观光客……（p151）

然而，对"我"的心灵有如此重大影响的小提琴手，在小说之中几乎没有正面出现过，仅仅是偶尔透过窗帘的晃动让"我"感受到过她的真实存在："我记得小提琴没有演奏时，偶尔我在练习中途抬起头来看向窗外，摆饰着盆景的窗口的其中一块窗帘忽然摇晃了一下，这个细微的动作增加了我聆听小提琴的积极性，我想起水手们听到的水妖歌声，想起凯……"（p165），在此之外，"我"只是从朋友口中听说过一点她的情况。这个素未谋面的少女，却在她去世之后仍然彰显自己的存在，并且影响到我之后的抉择——听到小提琴手的死讯两天后，"我"偶然发现，自己与凯在花园里的合影，无意之中留下了她的身影：

更惊异的事还在后头。两天后，我和凯在她的花园里下完西洋棋，顺道浏览她的房间时，看见床头摆了一张我上回和凯在花园里的合照。这是一张放大得只比《时代》杂志封面稍小的黑白照，凯捉狭的靠在我肩膀上，而我的表情却有点错愕，当我忍着笑正想移开视线时，我发觉照片上的左上角还有一个第三者。虽然焦距对准我和凯而使背景相当模糊，但是还是可以看到作为背景的小提琴手居住的楼房，就在那个摆着盆景的最左边窗口浮现出一个女子五官。我记得拍完这张照片后，拆卸三脚架时看见窗帘摇晃了一下，这个女子大概没有想到虽然躲过我的视线，却没有躲过自动快门的捕捉。她的身影出现在左上角最边缘，想来当初以标准尺寸冲洗照片时，冲洗师傅平衡画面，擅自切掉这一角，放大时却保留了下来，这是常有的事。她在整张照片的比例非常小,不过即使不经意看也可以发觉她的存在,就像文艺复兴时期意大利画家描绘大卫王偷看别士巴出浴时,总把大卫王画得非常小,但是观赏者还是很容易从遥远的背景角落里发觉偷偷摸摸张望的大卫王。她的五官相当模糊,从隐隐约约的轮廓看来,年纪很轻,身材消瘦,表情忧郁,留着短发,似乎穿着白色洋衫,似乎正在看着我和凯。这栋房子住了三个人,从年龄上看来不会是小提琴手的母亲,只有可能是那位小提琴手。

我非常好奇地凑上脸去端详她,很想知道当时她在想些什么,为什么她要逃躲我的眼光……偶尔我会觉得有人在看着我,过去我总认为这个人是凯,当我扫视路易士房间时,也的确经常看见凯坐在什么地方向我微笑,现在我才发觉似乎还有另一个人……。就像我们想认识她,也许她更想认识我们。她用尽心力演奏小提琴也许就是想引起我们的注意,想用精湛的小提琴演奏技术和音乐才华当作交结我们的筹码……当然,也许刚好相反,她瞧不起我们的乐团,觉得它空洞而糜烂;她也看不惯我和凯,觉得我们庸俗而暧昧……

"怎么样?这张照片放大后还不错吧?"凯这时已经收好棋具,调了两杯冷饮走到我身边。

我知道凯已经注意到小提琴手,我也没有必要隐瞒她。"我在看窗口上的那个女人,她是不是那位刚过世的小提琴手?"

"就是她,没有错,我在窗口上看见过她,有一次我还特地向她打招呼,她好像不太爱理人呢,"凯说。"她在照片上看起来真像一具幽灵。"

"这张照片我想多洗几张,你把底片借给我好吗?"

我把底片交给一位在摄影公司工作的朋友,请以最大的清晰度放大小提琴手。可惜背景太模糊和影像太小,放大后的照片还是看不清楚长相,只觉得她似乎蹙着眉头,咬着下唇,显得更瘦削,更忧郁,更像凯说的像一具幽灵。我把照片藏在抽

> 屉里，经常拿出来观赏，照片上的朦胧感使我有看不腻的感觉，从前她留给我的各种印象——各种神秘、可怜、悲伤、短命等等，也因为这份朦胧感而加深程度。我很想知道当她偷看我们练唱时，她将注意力集中在谁的身上？我的座位通常都是面对窗口……路易士和她隔邻而居，又有一个和她朝夕相对的窗口，他的歌声又是最杰出的……我很想把这张照片给路易士和爱德华看，但是又怕他们产生疑惑，尤其是路易士，我和凯在他们眼里已经是半公开的情侣……（p191—193）

照片上的少女好像"幽灵"，更是突显出了在"我"的心里她的形象缺乏肉体实在感而偏于精神性的一面。缺席者总是让人感到神秘，模糊的影子更是让人浮想联翩，少女的形象在照片上的再一次显现，无意间可能也再一次提醒了"我"对精神发展的重视。在此之后，"我"经过一番剧烈的思想斗争，终于在幽会时，"替小提琴手编了一个故事"（p196—203），在故事中，暗示了自己的精神需要和对庸常生活的拒绝，也明确暗示了和凯分手……在小说的叙述脉络中，这个偏于精神化的少女形象，显然扮演了一个"内在世界的向导和调剂者"的角色，一定程度上，接近于但丁《神曲》中的贝阿特丽采和歌德《浮士德》中的"永恒的女性"，她的出现，固然可能包含了使得"我"变得不切实际的危险，却也包含了促使"我"追求进一步的精神发展的可能性……

如果追究作为小说叙述者和主人公的"我"与三位女性的感情，可以看出，"我"所倾心的，似乎更是安娜·黄那样不守常规的"坏女孩"，或者是照片上的小提琴手那样引起朦胧遥远的追求和遐思的偏于精神性的"精灵"，而像凯这样正常、现实的女孩，却似乎并非他所最中意的对象，按照荣格的分析心理学理论，似乎可以说，前二者更符合他的女性心象——她们一性感一颓废，一肉体一性灵，却皆不同俗常，某种程度上，也显示出想象力狂暴、艺术气质浓烈的"我"，对庸俗肤浅的周围日常生活的拒绝。如果做进一步分析，则可发现，这三位女性的形象，也正代表了"我"的内在的阿尼玛原型发展的不同阶段。荣格的分析心理学理论，曾把阿尼玛原型在个体心理中的发展总结为四个阶段：

> 第一阶段以夏娃（Eve）为象征，它纯粹表示了本能与生物学上的关系。第二阶段从《浮士德》的海伦（Helen）中可以看到：她使仍具有性因素特点的浪漫与美的标准人格化。第三阶段可以圣母玛利亚为例——她是一个把爱提高到精神奉献高度的形象。第四阶段以智慧女神（Sophia, Sapientia）为象征，她智慧超群，神圣纯洁。另外还有一个象征是"所罗门之歌"中的舒拉米特。（在现代人的心理发展中，很少能有达到这一阶段的人。蒙娜·丽莎接近了这种圣哲般的阴性特质。）①

从荣格总结出的阿尼玛发展四阶段论来分析《赛莲之歌》中主人公对三个女性的感情：安娜·黄在"我"心目中的形象，显然接近于夏娃，更多生理性的吸引力；凯则具有一些海伦的特点，是现实中美好伴侣的人格化，但过于标准，中规中矩，有些"官定的阿尼玛形象"的味道；拉提琴女孩的形象，更偏于精神化，督促"我"留意陷入庸常生活的危险，引导"我"继续更高的精神追求，可以说是一个精神的向导和指导者的形象，比较接近阿尼玛发展的第三阶段的特征，如本节第一段所述，这一类形象的典型，除了圣母玛利亚外，还有《神曲》中的贝阿特丽采、《浮士德》中的"永恒的女性"等等——小提琴手的形象，显然更接近于后二者，然而也不是没有圣母玛利亚的因素，我们只要略加注意主人公预备与凯分手前编的故事《芬妮与亚力士》，便不难发现，在这个故事之中，当芬妮的琴声响起时，"亚力士觉得对面的小提琴是母亲鬼魂在呼唤和督促自己"（p201），芬妮是小提琴手在故事之中的化身，故事里的这个叙述，显然指明了在这个形象上叠加上了"精神化的母亲形象"的因素，补充了小说正文中对于小提琴手的叙述，也使得这个形象更符合分析心理学

---

① [德]荣格等:《人类及其象征》,张举文、荣文库译,辽宁教育出版社,1988年,第163页。译文引用时略有修正。"所罗门之歌"即《圣经·旧约》中的《雅歌》;Shulamite,和合本《圣经》译作"书拉密"。

对阿尼玛原型发展的第三个阶段的形象的概括——不过，由于在小说中，小提琴手在出现时，就是一个身患重病的形象，可以说这是一个病弱的精神引导者的形象，一个相当程度上弱化了的"内在心灵的向导和调剂者"的角色。

在小说之中，缺少第四个阶段的阿尼玛形象，除了"在现代人的心理发展中，很少能有达到这一阶段的人"之外，小说本文之中，主人公的生命历程仅叙述到中学毕业，精神发展仍处在尚未完全成熟的青春期，也是一个应该考虑的因素。事实上，我们看到，主人公对于自己的感情，尚不能充分把握，而经常显得游移不定，就在"我"和凯分手之后，在凯、路易士、爱德华收到入学通知书之后办的庆祝舞会中，凯向他提出要求："不管怎样，今天晚上你不但要当我的舞伴，还要当我的男朋友——至少今天晚上，好吗？"主人公又一次陷入了犹豫，小说以他的一声叹息结束："……唉，庸浅的爱情。我要怎么办？"他往后的生命还很长，显然还会继续经历感情的纠葛和阿尼玛的相伴与纠缠……

按照分析心理学总结出的规律，在"阴影"所引起的问题不能恰当地解决时，常常有另一个"内在形象"——即"阿尼玛或阿尼姆斯"浮现，"它随着阴影之后出现，带来新的、不同的问题"，同时也要求着"个体化过程"在更高、也更深入、更微妙的潜意识层面进行整合，从这个角度进行解读，《赛莲之歌》中主人公对三个女性的感情，与其阿尼玛心象间的关系，便出现了既有戏剧性、也不乏启发性的一面——毕竟，在此一阶段，阿尼玛被认为在人格发展中起着非常重要的整合作用，也扮演着荣格发现的最为重要的原型"自性"（the self）的辅助者和调解者的角色，她在主人公的成熟和个体化过程中起着非常重要的作用，而其显象、变形与发展，也预示了主人公的感情和生命进一步发展的方向。

不管是有意识还是无意识，《赛莲之歌》都不仅仅是对以往生命历程的简单回归与追溯，而是也为我们提供了一部非常深在而富有意味的心理戏剧。

四

> 在这座蛮荒岛屿上，我们总是比别人渴望
> 呼吸到文明世界的气息……
>
> （《赛莲之歌》，p124）

在其著作中，荣格曾经特别反复提醒，进行分析心理学实践时，一定要注意文化背景、社会环境、家庭经验和个体经历的重要性，在不同的背景下，相似的形象可能会有不同的含义，而集体无意识中共通的原型，也可能会有不同的具体表现。分析马华/南洋复杂的文化、社会、历史背景，显然超出了笔者的能力，而对马华少年的成长经历，也缺乏充分的实感性经验，由于这些限制，对于具体语境的讨论，显然只能依据和限制于文本中涉及的范围。在此情况下，小说 2002 年版作者所撰写的序言，与正文第 15 节的一段内心独白，具有特别重要的含义，它们很大程度上，可以解释小说中主人公的"阴影"和"阿尼玛"原型何以会有那样的表现——尽管更细致的分析，还需要更多的家庭和个人经历的材料。

参照这两段的叙述和小说中的其他细节，我们可以看出：这是一块典型的后殖民土地，殖民者从这块区域掠夺走了大量的财富，给小镇留下的是经济和精神上的双重荒芜，但特殊的地理和气候，又使得这块土地上生命的生长格外地繁盛、茂密，人与自然之间也更少距离，而种族和文化混杂的现实，又使得人的自我发展和认同经常会受到一些困扰……凡此种种，都会让主人公有一种处身"蛮荒"/"边缘"、从而对"文明"/"中心"格外向往的意识，这种意识尤其典型地体现在小说第 15 节的大段内心独白之中。在这种情况下，主人公对于他所认为的"蛮荒"的排拒，很大程度上可以解释他的"阴影"原型何以会是那样一种表现方式，而环境本身使得他内化的强烈激情和生命冲动，又会使得"阴影"和"自我"的冲突格外强烈；同样，在这种情况下，他的阿尼玛原型必然会更倾向于向精神性的方面发展，从而也会和他推拒到"阴影"之中的原始欲望和生命力发生一些冲突纠缠……在这些方面，我们不及、也不拟展开细致的分

析，仅从文学艺术的层面看，凡此种种复杂的冲突、纠葛，使得《赛莲之歌》形成了一种奇特的风格，细节丰富奇特、色彩浓郁强烈，现实的肉感和精神的纯洁形成鲜明的对照和冲突，在华语文学的版图中不但体现了马华文学的独特风貌，也有自己独树一帜的成就和特色。

《赛莲之歌》的写作，可能也受到一些潜文本因素的影响，因而也包含了跨文本阅读的可能性：譬如小说序言题名《假面的告白》，可能正来源于日本小说家三岛由纪夫的同名自传性小说，事实上，两部小说中类似的对于艺术名作进行幻想的情节，也可以提供一些影响的佐证；又如"我"在分手时给凯讲的故事《芬妮与亚力士》，瑞典著名导演伯格曼晚年正有一部著名电影采用这个名字——尽管二者内容完全不同；而小提琴手偶然之间在照片上留下的身影，也很近似于意大利导演安东尼奥尼一部电影《放大》之中的关键性细节；更不用说，小说中主人公幻想和虚构的故事此类"戏中戏"，其中频繁引用和改编希腊传说和中国故事……指出"潜文本"因素的存在可能性，绝不是否认作者经历中可能会有类似的情况，也绝不会降低这部作品的独创性和艺术成就，事实上，它们为这部基本情节单纯的作品增添了更为丰富的解读可能性，而由于潜文本因素都非常恰当地内化乃至融化到小说的情节和结构之中，也使得这一"假面的告白"，既是一部非常个人化的心理戏剧，也包含了更为普遍性的意义。

2008 年初提纲
2013 年 9 月 3 日完稿

当代中国新科幻中的人文议题

近两年来，中国的新科幻小说越来越超出科幻迷的小圈子，进入到严肃的文学阅读与研究者的视野。[①]其中的原因，与中国科幻本身质量的大幅度提高有关，而从传统文学和人文学的视野看，则会注意到，中国新科幻本身大幅度地涉及到一些永恒的也非常前沿的人文学议题，同时在艺术上也有许多的探索和实验。自从玛丽·雪莱以来，科学与人文的关系，在科幻小说中几乎成了一个历久弥新的话题，而科学的人文后果，在科幻小说的第一代大师，譬如H. G. 威尔斯那里，也已经出现了范围广泛和让人难忘的表现，在20世纪中期以后的文学和电影里（譬如小说领域冯尼古特的《五号屠宰场》、电影领域库布里克的《2001太空奥德赛》与塔可夫斯基的《索拉里斯》、《潜行者》等），科幻越来越经常地讨论一些尖端而深入的人类境遇的问题，本身也越来越成为严肃艺术和实验文学的一部分。在这种情况下，中国的新科幻出现了哪些新因素？涉及到哪些人文学议题？对其思考与表现又达到了何种深度？有无明显的缺陷与可再进一步的余地？凡此种种，都是摆在评论者面前不容回避的问题。本文将择取在中国富于盛名的三位科幻作家王晋康、刘慈欣、韩松的几部

[①] 标志性的事件可能是2010年7月12、13日复旦大学中文系与哈佛大学东亚系联合在上海举办的"新世纪文学十年——现状与未来"国际研讨会，该次会议为"新科幻"设立了讨论专场；以及2011年8月22日在上海召开的第二届"今日批评家"论坛，这次论坛以韩松的《地铁》作为主要的讨论文本。"新科幻"主要是指20世纪80年代以来中国科幻中"打破传统的科幻文类成规、具有先锋文学精神的写作"，此类写作与50—70年代中国科幻写作中的乐观主义想象有明显的区别，见宋明炜《弹星者与面壁者——刘慈欣的科幻世界》第一节对"新科幻"特征的分析，该文刊于《上海文化》2011年第3期。

作品,尝试对此进行分析。①

一、民族寓言的叙述

我们的讨论可以从一个貌似不那么富有新意的地方开始,那就是:科幻与现实的关系——这个论题似乎不太富有吸引力,却可以给我们的讨论提供一个冷静和具有重量的压舱物,对于讨论经常会想入非非、飞到太空乃至异度空间中去的科幻小说来说,这种冷静和具有重量感的现实态度可能尤其必要。

一个新来的观察者阅读中国新科幻小说,可能会有些吃惊地立刻注意到中国新科幻与历史和现实的紧密关系,以至于很多新科幻小说,几乎可以说是"现实主义的"或富于"现实主义"素质的,尽管其中当然不缺乏科幻小说必不可少的假定性的设置和情境。"现实主义"在这里,首先指的是对于实际发生的历史和现实的关注、批判和反省,中国新科幻被引

---

① 需要说明的是,对于科幻小说,笔者的兴趣基本局限在 H. G. 威尔斯一路的集科幻与人文于一体的类型,尤其关心科幻文学独有的想象和视野中表现的人类的可能境遇以及科学的人文后果。尽管科幻涉及科学与文学两种充满张力的元素,从文学读者和人文学者的眼光看,如果把小说、戏剧、电影等看作制造幻象的艺术,则科幻在其中并不能算例外,其中采用的已知的和假定的科学元素,则可以视为叙事虚构艺术历史上一种新的实现"叙述可信性"(或曰"现实化")的手段——事实上,从形式主义文论的角度看,经常争论的"科幻"与"奇幻"的区别,可能仅仅在于此种"现实化"手段的不同,尽管若进一步考虑的话,则会发现此种区别背后,实际上包含了不同的世界观。——从这种角度看,科幻小说中几乎注定要出现叙事艺术传统中的种种主题、模式和神话结构,也几乎注定要涉及种种永恒的人文议题,只不过将之表得更为富于时代性和更为尖锐而已。当然,与传统文学和人文学者一样,最有创造性的科幻作家也可能提出一些全新的思想和议题,尤其是在科学与人文交界的领域,不过与真正富于原创性的作家与学者一样,这类科幻作家,同样是凤毛麟角——然而真正的挑战其实也就在这里。科幻,当然也可以从科学读者的眼光来读,也就是观察其中是否有合理的或富于启发性的科学假设或思想,但纯粹科学读者的眼光,则显然超出了笔者的能力范围。

入严肃文学界时，最初就是这样被推介的。① 这当然是出于策略的考虑，却也不乏文本的支撑，事实上，中国新科幻中确实有不少具有历史和现实反思与批判色彩的作品。例如，王晋康的《蚁生》，想象在"文革"的背景下，一个痛恨人类的自私和堕落的"知青"，用从蚂蚁身上提取出的一种激素，喷洒到人身上以产生一个蚂蚁式的"共产主义社会"，可以说为"反乌托邦"的写作提供了一个中国式的范本，其与实际发生过的中国历史的互文性作用，更使得这部作品可以很容易被当作历史寓言来读解。与《蚁生》的历史反思相比，韩松的《我的祖国不做梦》，则直接可以看作是对当下中国现实特定方面的寓言——在这部令人惊悚的小说中，经常感到疲乏和精力不振的主人公，有一天突然发现一种怪异的现实，在新技术（药品和微波发射）的控制下，整个国家都在夜晚放弃了睡眠，为了某个目的在梦游状态下不倦地工作。② 全国人民都被操纵着放弃了"梦想"的权利，而只有在"梦游"状态"工作"的权利，小说中的某位要人对维护"做梦的权利"的主人公说："可是，世界上很快就不会有你说的那种地方了。……全世界都要推广梦游，但却有更宏大的目标，不单单是考虑某一国的经济增长了。"

　　熟悉当代西方文论的读者可以立刻从此类写作联想到弗里德里克·詹明信关于"民族寓言"的论述。③ 詹明信曾经认为，第三世界国家的文学都可以作为"民族寓言"来解读，"第三世界的文本，甚至那些看起来好像是关于个人和利比多驱力的文本，总是以民族寓言的形式来投射一种

---

① 在 2011 年 7 月于上海召开的"新世纪文学十年——现状与未来"国际研讨会上，中国的科幻作家韩松以及同时身兼科幻作家和研究者身份的飞氘，在介绍新科幻写作情况时，就是从这一角度切入的。
② 为了增加此种情境的不可忍受和令人反感的程度，韩松为此增添了一个富于中国特色的虽不乏低级趣味却是富有成效的情节，主人公从梦游中醒来，发现某些另类的个人被处在梦游状态的人群消灭，而自己的妻子则在梦游状态被送到达官贵人的房间取乐。具有讽刺色彩的是，韩松在小说中写道：梦游解决了对一贯自由散漫的中国人的"管理"难题，因此成了强国战略的有效部分，而此种技术是中国特有的，并令外国政府对此感到一定压力。
③ 这一思路受现任教于美国威斯理安大学的吴盛青教授在"新世纪文学十年——现状与未来"国际研讨会上与笔者的谈话的启发，笔者在下文对之有所辨析与修正。

政治"①，这种解读用在解读中国新科幻中那些具有历史和现实寓言色彩的作品上特别合适。在这类文学中，个人的权利、欲望和生存状态，与整个国家主导性的思想和观念息息相关，以致其间似乎不存在发达资本主义文化在政治与诗学、欲望与权力，总而言之是公众领域与私人领域之间的区分。然而，某种进一步的追问、界定和辨析仍是非常有必要的：这一类文本讲述了什么样的"民族"？是何种性质的"寓言"？

我想指出一个现象：在中国新科幻和其他幻想文本中，"药"都是一个频繁出现的富有意味的象喻，譬如说《蚁生》中的"蚁素"，《我的祖国不做梦》中的"去困灵"和改变人脑状态的社区微波技术——后者某种程度上也可以看作一种"药"。自卢梭以后，科技发展可能导致悲剧性的人文后果，就成了哲学和社会科学反复不断讨论的主题，而自玛丽·雪莱的《弗兰肯斯坦》及威尔斯的《莫洛医生的岛屿》以后，对生命的控制可能产生的噩梦般的后果便成了科学幻想中不断出现的主题，而从扎米亚京、赫胥黎、奥威尔以来，对于技术的发展可能导致的极端总体主义的社会后果的反思，则逐步形成了在20世纪人类文化历史上具有重要地位的科幻写作中的"反乌托邦"类型，中国的此类科幻写作可以说为之提供了一些中国式的范本——在此类文化脉络的梳理中，顺便也可以通过溯源的方法指出，用"药品"控制社会此一想象，早已见于赫胥黎的《美丽新世界》中的药物"唆麻"，以及一系列的试管培植、制约限定（Conditioning）、催眠暗示、巴甫洛夫条件反射训练法等。新科幻中"药"的想象也可以回到现代中国文学的语境中进行讨论，此一语境中有一系列发达的关于"药"、"病"和"医疗"的隐喻②，并且，此类隐喻通常都指向精神性的缺陷以及对之的"治疗"，"病"、"药"和"医疗"的隐喻明显指向某种特定现代性的思想和现实改造方案。然而，"药"既可有"治疗"

---

① 弗里德里克·詹明信：《处于跨国资本主义时代中的第三世界文学》，收入《晚期资本主义的文化逻辑——詹明信批评理论文选》，张旭东编，陈清侨等译，引文见该书第523页，三联书店、牛津大学出版社，1999年。

② 可参黄子平《病的隐喻与文学生产》（载《"灰阑"中的叙述》，上海文艺出版社，2001年）一文及其他中国学者对之的论述。

的作用，又可有"麻醉"、"上瘾"的作用和误用、滥用，前者如詹明信分析过的鲁迅小说《狂人日记》和《药》中暗含的隐喻，后者则如老舍小说《猫城记》中的"迷叶"，然而，相比 20 世纪上半期中国文学中更多偏向于前一类隐喻，当代中国新科幻中的"药"的隐喻含义明显接近于后者，在具体喻指上则显然会使人联想到晚晴到当代中国历史和现实中一系列宏大的现代改造方案，事实上正是对中国现代化前期此类建构理性主义思想和话语的反思——如果说这仍是一种"民族寓言"的话，它们所反思的正是前一个阶段的现代化论述制造的"民族寓言"——可以说是一种关于"民族寓言"的"民族寓言"。

对现代化前期的建构理性主义的反思，正是 20 世纪 80 年代以来中国文化界逐步产生（在当时不无超前性）的反思意识——在反乌托邦想象过去极不发达的中国，新科幻中的此类写作不但有着增添体式的作用，更在与中国历史和现实的互文性中有着某种思想解放的作用。然而，如果说现代化前期流行的是各种乌托邦的想象，现代化后期则必然流行各种反乌托邦的想象——当代中国新科幻中的这种写作虽然在具体语境中不乏针对性和尖锐性，放在已有很长历史的世界"反乌托邦"想象的背景下，所取得的成绩却只能说是中平。不过，中国新科幻中，真正具有实验性质和狂暴想象力的写作，走得远远比此更远，涉及的思想议题也要远为深入。

二、想象一种宇宙政治学

民族寓言的书写本身已可以说具有政治性，不过，中国新科幻中的许多政治性想象，不一定像前者那样具有现实历史所指，而更多思想实验的性质——我们应该庆幸，这种实验是在虚拟空间进行的，因为许多危机被表现得非比寻常，许多的对治方案和选择也远远超出了现今人类的道德底线。①

---

① 这与科幻独有的大尺度和思想实验的视角有关，此种视角必然超出现今人类的道德认知，可参看刘慈欣 2011 年在香港书展名作家讲座系列中的演讲：《用科幻的眼睛看现实》。

我们可以先接触一个不太极端的例子——刘慈欣写于1989年的第一部长篇小说《中国2185》，初步感受这种实验和想象的性质。在一个信息技术极端发达并且使得全球人类生活的方方面面都被串联到一个巨型信息互联网的未来社会中，过去时代"奇理斯玛"式的政治领导人在赛博空间复活，会出现什么样的政治后果？刘慈欣在《中国2185》中，设想了一种在不太遥远的将来貌似并非不可能实现的三维信息扫描技术，在存储空间无限扩大的背景下，一个莽撞的年轻人即可潜入"伟大领袖"的纪念堂，将之扫描存储为一个电脑软件，并使之在赛博空间中以思想实体的形式复活。这样复活的思想实体如何面对已然发生巨大变化并与传统道德观格格不入的新时代？这本身就是一个让人悚然并产生无数极端想象空间的主题，刘慈欣的处理却有别出心裁之处，他把复活的"伟人"看成一个具有宏阔的历史视野和成熟的政治眼光的思想存在，泰然面对时代的变化①，却让同时复活的另一个较为平庸的政治家因对现实变化的不满而在信息空间中发动了一场叛乱：他以惊人的复制速度在信息空间自我复制，并以之创造了一个"华夏共和国"，从保守道德观的角度向现实世界宣战。由于人类的政治、经济、军事、社会乃至日常生活的方方面面都被连接到信息空间之中，对这一空间的控制和支配所发生的暴乱，几乎使得现实世界的危机达到不可收拾的地步。更由于此种病毒式的扩散危及全球网络，其他竞争性的国家向中国发出战争威胁，使得整个国家处于毁灭的边缘，性情温和的未来中国的女性执行官对此几乎无法处理，最后不得不以拉断电网的极端方式使得叛乱湮没到虚拟空间之中。已被视为历史存在的思想在当下现实中复活，会导致什么样的政治后果？这在当下乃至未来一段时间的中国，仍是一个令人不安的现实性的问题，在这个意义上，这部小说也可以纳入"民族寓言"的框架下进行讨论——然而，这部小说有远远超出于此的地方，譬如信息技术的发展以及人类对之的依赖和愈加紧密的联系，可能导致在将来的现实生活中造成某种失控的

---

① 应该说，这不仅仅是一种回避，从刘慈欣的作品中欣赏的危机状态中的政治德性来说，他可能会对毛泽东抱有某种由衷的敬意。

危险乃至严重的政治后果,这不仅是中国的,也是一个具有世界性意义的问题,这也使得刘慈欣的这部写于二十二年前的小说即使在当下仍具有某种前瞻性的意义。

刘慈欣在中国被称为"技术主义者",并且是现下世界范围内非常少见的那种"技术乐观主义者"(尽管在理工治国的中国并不少见)。他经常会从此种角度在传媒上发表一些在当今世界上会令人觉得非常"政治不正确"的意见——譬如他从技术的角度指出,环保不可能解决人类发展所导致的资源短缺问题,更有前途的解决方式是继续发展航天技术以向太空索取资源[①]——技术确实可以解决一些问题,譬如说帮助我们把人类行为领域的一些基本限制弄清楚,在此不必对之过分苛责,然而,从技术出发,最后总归会碰到一些非技术所可解决的问题——尤其是涉及人文领域的意义和价值问题,后者并非可以全然忽略。刘慈欣的技术主义的优点和缺点在他那些带有思想实验性质的政治想象小说中都表现得非常明显:优点是技术主义的思维和风格使得框架简化、脉络清楚、焦点集中,缺点则是无论如何对人类意识和精神的复杂性认识不足、表现不够。这些优点和缺点,都集中表现在最近几年把他推到声誉巅峰和争论旋涡中的"地球往事三部曲"《三体》中。

长达八十余万字的三卷本小说《三体》,有着非常宏伟的抱负——刘慈欣不但要想象在来自外星的威胁下人类社会几百年的变迁历程,而且要把人类的视角从太阳系引至整个宇宙,从而想象一种"宇宙政治学"(小说中称为"宇宙社会学")。关于"宇宙政治"的想象,西方过去主要体现在基督教思想家和文学家的论述和想象中(如奥古斯丁的《上帝之城》和但丁的《神曲》),现代科学发展起来以后,已是一个日益淡化乃至近乎消失的主题;东方则主要体现在佛教经典对"他方世界"的描述和由此发展出的通俗文学的想象中(如《西游记》等),现代以来也几乎消失,基本上,一提到"政治学"和"社会学",人们的反应都限制在现实世界已知的地球人类之中,这从想象力和思维的开阔性上看,无论如何是一种

[①] 参见刘慈欣 2011 年在香港书展名作家讲座系列中的演讲:《用科幻的眼睛看现实》。

退守。人类与其他星球智能生命接触可能构成的政治关系以及宇宙性的政治原则到底会是何等,如今只能在科幻领域得以想象和推测,而刘慈欣抓住了这一主题,无论如何,这在视野和胸襟上都是值得称道的。就小说技术处理的角度来说,《三体》也有很多值得称道之处:刘慈欣一直具有这样一种才能,即非常熟练地运用讲故事的艺术,一步一步把读者从很普通的人类生活领域,带入浩瀚无垠的星系和太空乃至对整个宇宙的命运的思考和关注之中——只是这一次更为精彩,其汪洋恣肆的表现近乎炫技,仅从科幻小说的角度看,无疑这是一部上佳之作。问题在科幻之外,作为小说骨架的社会科学的设定架构("宇宙政治学"或"宇宙社会学"),太过简单,并且在展开中也充满悖论和矛盾,这使得这部小说虽不无特色和洞见,却更加清楚地显示了技术主义的矛盾和限度。

先说特色和洞见。《三体》之中,引入了某种非常具有东方特色的政治谋略,近乎是把《三国演义》式的政治思维,引入宇宙空间的政治博弈之中,这也赋予了科幻小说这一从西方引进的文类某种中国特色。而罗辑引入宇宙中的其他可能存在的力量的打击威胁,以形成恐怖平衡,吓阻三体人对地球的入侵,此一谋略背后的思维方式,实际上也运用了中国古代五行学说中的"五行相克"之次——事实上,"面壁"、"破壁"的设置,近乎"保密"、"解密"的思维方式,尤其涉及东方政治思维不透明的特征。而《三体》中的政治洞见,则尤其体现在小说中人类面对危机时的错误的政治选择上。刘慈欣对人类随着文明的发展可能带来的"政治性"的弱化一直有一种担心,在《三体Ⅲ》里,他让这种弱化直接表现为一个女性形象(又是"政治不正确"!),并让她两次作出错误的政治选择:第一次,她被选为接替罗辑掌握恐怖平衡的"执剑人"角色而由于内心的慈悲不能履行职责,结果此种软弱的和平主义立刻引来了战争,使得地球人类几乎陷入任人宰割的命运;第二次,她遵守太阳系联邦的法律,避免冒险,而断然中止了引力驱动的光速飞船方案,但以后的情节证明这是人类逃生和进行"安全声明"的唯一可行方案,这一错误选择的结果,使得整个太阳系在"黑暗森林"的打击中彻底毁灭。刘慈欣在《三体》中的描述,几乎完美地符合德国政治法学家卡尔·施米特颇富争论性同时又不断被提起的两个洞见:"政治就是划分敌友"(《政治的概念》)和"主权就是决定非常状态"(《政治的神学》)①——尽管没有任何证据证明刘慈欣了解施米特的思想和学术界对之的争论,很可能他的此种思想只是得自于前一个时代广泛流传的论述,譬如毛泽东在前一时期广为人知的断语——"谁是我们的敌人,谁是我们的朋友,这个问题是革命的首要问题。"(《中国社会各阶级的分析》)这对日益沉浸在和平与发展中而经常忽视政治判断失误可能会产生严重现实后果的今天的人们来说,无论如何都是一种提醒。

然而,这些谋略和判断,基本都局限于技术层面(军事技术和政治技术),其中的种种方案和推演,是"政治术",而非"政治学"。技术层面涉及的问题是何种行为方式最为有效和最为有利,却不能解决行为的价值和目的,后者已然涉足到意义领域,意义领域的问题并不能用技术性思维来处理。对此的混淆导致《三体》中想象的宇宙范围内的文明之间的行为的唯一目的是生存,而最有价值的行为则是能获得最优生存机会的行为。这种想象主要体现在其中的"黑暗森林法则"里,它作为书中的"宇宙社会学"的基本的公理性假设,构成了全书的基础,尤其是Ⅱ、Ⅲ两卷情节展开时的动力。"黑暗森林法则"包括两条公理:"1. 生存是文明的第一需要;2. 文明不断增长和扩张,但宇宙中的物质总量保持不变。"(《三体Ⅱ》首章)两个重要概念是"猜疑链"和"技术爆炸":"猜疑链"的核心是星际文明之间,由于距离太远和互相提防不可能交流,从而导致相互之间陷入猜疑的循环;"技术爆炸"概念的核心,则是因对他方文明未来技术实力发展的可能性充满警惕,从而导致互相之间在生存竞争中充满敌意。在这两条公理和两个概念描述的宇宙图景中,所有的文明都处于类似"囚徒困境"的生死博弈中,因此不可能建立任何互信的关系,任何在宇宙的"黑暗森林"中暴露身份的文明,都会立刻遭到来自其他方面的攻击。"黑暗森林法则"构成了小说第二卷中的"黑暗博弈"和第三

---

① 主要是经由刘小枫等学者的努力,施米特的思想在20世纪末被引入中国,这在中国同样引起了范围广泛的争论,同时也被不论是左派和右派的学者暗暗吸收。

卷中的"黑暗打击"的基础,如果它们不成立,整部小说的逻辑会立刻动摇,而两个公理和两个概念中的任何一个动摇,则整个"黑暗森林法则"都不能成立。事实上,中国已经有社会学领域的年轻学者撰文指出,从构建"公理"出发来建立体系,几乎是社会学"史前阶段"的思维方式,而"黑暗森林法则"中的两条公理和两个概念,从社会学上看,都不能成立。① 反驳者可以说,"黑暗森林法则"涉及的实际上是政治学,更是推广到广阔宇宙空间中,不能仅仅用地球上的思维来类比,然而,这个学者的基本判断仍是站得住脚的:只要"是与人类一样有精神觉悟,有自由意志的生物","'宇宙社会学'就一定会涉及到意义问题,绝对不可能用数学来解决的",所谓"'宇宙社会学有清晰的数学结构',其实只是理工科背景人士对于社会的一种幻想(不客气地说是无知),跟宇宙不宇宙倒没什么关系。"②

"黑暗森林法则"还有许多技术上的缺陷和矛盾③,不过我们暂时忽略这些细节,仅从小说的叙述逻辑上指出:技术性思维建构的"黑暗森

---

① 参看此位网名"风间隼"的学者撰写的评论:《社会学大战外星人——论〈三体〉中的"宇宙社会学"》,http://book.douban.com/review/2019571/。文中提出的基本驳论是这样的:牵涉到类似人这样的智能生命,就有意义的问题,生存并不必然是文明的第一需要;文明自身有运行的成本,经常自身就是自身的敌人,也因此并不必然处于不断的增长和扩张之中;"猜疑链"用来描述人类社会过于高估了猜疑,用在宇宙社会中则过高估计了文明与文明之间的了解,两个互相完全不了解对方实力的文明相遇,不首先发动攻击才是最佳的选择;"技术爆炸"只是由人类近五百年的经验而得出的推论,很难说是在宇宙文明中都是普适的,并且,技术的扩张对人类自身的生存是福是祸也很难说清楚。

② 参"风间隼"同上文。

③ 譬如说,似乎没有理由来类推,高维空间的生命和我们有完全一样的生命需要、理解和行为法则,这必然也导致对第一公理的怀疑,而刘慈欣对此并无适当的解释和保留;此外,"宇宙中的物质总量保持不变",也并非一个具有坚实科学基础的假设;也有读者指出:"交流的不可能"是导致类乎"囚徒困境"的黑暗博弈的原因,而《三体》中三体世界的"智子"和来自遥远星系的"歌者",就已打破了这一假设,使得小说内在的逻辑也不能自洽(疯狂钻石:《〈三体3〉:高潮遍体,BUG 永生》,http://www.douban.com/group/topic/16747899/)。事实上,没有交流就没有故事(战争也是一种交流的极端方式),只要有交流,猜疑链就必然被打破,黑暗森林法则就不能成立……

林法则",到最后也必然要接触到意义和价值问题,从而使得单纯技术性思维的逻辑不能自洽。事实上,在《三体III》之中,出现了一些意味深长的含混:从太阳系出走的人类,在有了宇宙性的视野之后,他们的思维第一次从宇宙性的角度看问题,从而发现,在这一整体尺度上,每个人的命运都和整个大宇宙的命运息息相关,因而必须对整个宇宙的命运进行关注,在此,他们的思维已然超出了"黑暗森林法则"范围,或者说,从"黑暗森林法则"出发,也必然推出超出这一体系的结论——后者事实上已经是一种越过仅仅关注自身生存的超越性思维。小说中的宇宙环保主义者"归零者"以及号召大家从偏安的人造小宇宙向大宇宙返还物质以促使整个宇宙开始新一轮循环的"宇宙回归运动",其行为准则已然不是"黑暗森林法则",而正是这一法则在整体空间中不能自洽的证明,而一旦有了关注整体的超越性思维,其可能的政治行为方式就必然会包括联合,"黑暗森林法则"就必须从另一角度进行修正——人类道德领域的自我牺牲和奉献精神等等,从整体的尺度看(即使是在仅仅关注生存价值的实用主义的意义上),也便获得了其不能抹杀的价值。

  事实上,刘慈欣的叙述在此不无含混犹疑:他让程心的慈悲和守法成了毁灭太阳系的错误的政治选择,却同时也让她成为除了早已逃离的太空舰艇外唯一幸存的两个地球人类之一,并让她逐步目睹整个宇宙的图景,也让她最终加入到"宇宙回归运动"之中——这可能也暗示了,在局部的政治危局中会成为问题的道德价值,从全局看却具有毫无疑义的意义,也注定了"黑暗森林法则"不可能是全宇宙尺度的行为准则。鉴于"黑暗森林法则"必然导致整体的毁灭,看不出与我们同等或仅仅在智力上比我们高明的其他宇宙智能生命何以不能推出这一简单的结论。而事实上,从小说最后透露的信息可以看出,这仅仅是宇宙堕落状态时的行为准则(从十一维的高维时空堕落到四维),犹如一个"失乐园"中的故事片段,而回归运动企图重启宇宙以重回十一维的"宇宙田园时代",则犹如一种"复乐园"的努力——这也说明了"黑暗森林法则"可能像小说第一卷中的"三体游戏"一样,仅仅是小说世界中最表面的信息,背后其实还可以、也可能暗藏了巨量信息等待发掘。而从极端技术主义的思维角度出发，最终也会推导出"宇宙命运与个体命运息息相关"和"个体对于宇宙的责任"这样的超越性的问题，这再一次说明，对于像人类这样的具有自由意志的智能生命来说，意义问题与生存问题至少同样重要——如果不是更重要。

科学史学者江晓原和刘兵指出，《三体》中的"黑暗森林法则"可以看作是对"费米悖论"的一个可能猜想，以及对科学界"人类是否应该主动寻找外星人"争论的一个回应。① 刘慈欣也解释说这仅仅是小说的"设定"，而并非"宇宙政治"的真相②——事实上这一真相为何，谁也没有能力说清楚，鉴于我们现在完全没有任何外星生命存在的可靠证据，这基本上仍是一个假设性的问题——但他同时又认为这对人类的天真会是一个提醒："我……相信外星文明是存在的，但从对人类文明负责任的角度看，我们对与外星文明的接触应该持谨慎态度。也许文明的道德准则真的是随着其科技的先进程度而上升，也许宇宙间真的有统一的尊重生命的价值观，但在这些最后被证明前，我们还是先做最坏的打算。"③ 这是相对稳妥、持平的见解。

不过，仅从文学角度来看，对于牵涉到意义和价值的人类行为和人文、社会科学领域的文化积累了解不够，还是给刘慈欣的写作带来了思维、想象力和深度、厚度上严重的遗憾。科学与人文的失衡，不仅在刘慈欣这里是如此，在科幻创作领域，其实是普遍的问题。这也导致了同样处理"宇宙社会学"问题，并且同样涉及"宇宙社会学"可能是比"宇宙物理学"更为基本的学科这一设想，刘慈欣的《三体》远比最初提出这一设

---

① 江晓原、刘兵：《人类不要做黑暗森林中的傻孩子——〈三体Ⅱ·黑暗森林〉》，载《文汇读书周报》，2008年8月1日。
② 参见《东方早报·上海书评》记者黄晓峰的采访：《刘慈欣谈科幻世界与人类命运》，本文参考的是该报网络版，网络连接见：http://www.dfdaily.com/html/1170/2011/6/5/613565.shtml。
③ 参见《华商报》记者吴成贵的采访：《只有科幻能对人性"严刑逼供"——江晓原、刘慈欣问答》，载《华商报》，2011年4月29日。

想的波兰科幻作家莱姆的《宇宙创始新论》要为简单[1]，也比古代宗教典籍和文学作品的想象要简单得多……对于人类精神财富尤其是人文营养的汲取，中国新科幻其实远远还可加强。

从另外一个角度看，《三体》也完全可以做心理分析式的解读，混沌、未知、黑暗、不确定的"三体世界"，乃至宇宙性的"黑暗森林图景"，既是外部宇宙的不确定和混沌的喻象，也是人类内心潜意识的阴暗、狂暴、不确定的一面的喻象，如同小说的情节发展所指出的，这二者同样是毁灭的力量。事实上，这也暗示了走出"黑暗森林"体系，除了小说中大力渲染的生存斗争的道路外，至少同样潜藏了一条向内行进的精神觉醒的道路。从最根本的层面看，《三体》中的"黑暗森林"图景，涉及到生命对于死亡和虚无的恐惧，而生存与死亡，存在与虚无，是最根本的哲学和宗教问题——雅斯贝斯曾经指出，在此方面的突破，是人类"轴心时代"哲学突破的核心内容[2]，而唯有立足于此，我们的文明才能一面保持对未知的敬畏，一面心胸坦荡地追求有意义的生活，单纯向外开掘的技术性的思想不足以语此，毋宁说，技术性、实用性的思维，已经日益显示出其幽暗的一面，并且自身造成了人类生存日益深重的困境……

三、技术时代的阴影、洞穴、废墟和迷宫

"黑暗森林图景"本身可以看作一个迷宫，《三体》可以看作是在这个迷宫中的一种摸索和寻路，而在营造迷宫方面，韩松的《地铁》走得更远，这部在形式上刻意营求的作品带有先锋文学的文本实验性质，其文学世界也从科幻文学常见的线性结构，逐步接近现代主义以降文学中常见的迷宫结构。

---

[1] 参见江晓原：《宇宙：隐身玩家的游戏桌还是黑暗森林的修罗场？——从莱姆〈完美的真空〉到刘慈欣的〈三体〉》，载《新发现》杂志 2011 年第 2 期。
[2] 参见雅斯贝斯《历史的起源与目标》（魏楚雄、俞新天译，华夏出版社，1989 年）第一章第一节"轴心期的特征"的论述。

《地铁》由五部于不同时间写成的中篇小说构成，却共同组成了一个有机的文本整体。第一部《末班》，写一个小公务员每天上下班乘坐地铁，偶然发现末班地铁上乘坐着的都是毫无知觉的乘客，突兀而至的小怪人则将他们装入玻璃瓶中拖至隧道深处的幽冥之中，他在试图逃避又情不自禁探索真相的矛盾中逐步接近似真似幻的未知区域，最后自己也被装入玻璃瓶放在单位的窗台上；第二部《惊变》则描写在一列停不下来的地铁上，时间的流逝也迅速加快，车中的乘客则逐渐退化——从"文明退化"到更为惊悚的"物种退化"，爬出列车的攀岩者企图找到使列车停止的方法，却在终点悚然发现地铁正行驶在宇宙之中，在"一个充满星星的弯曲隧道中前进哩"，他回到车厢，结果被已然退化为"长着人头的蚂蚁般的小家伙"吞噬；第三部《符号》中，一群来自地面的探险者，企图来到地下探索不断失事却又保持着神秘面貌的地铁新系统，他们在其中逐步迷失，看到很多怪异的风景，等他们再走到地面，他们熟悉的世界却已变得面目全非，且似乎被外星来的异类生命占领，他们再次重返地下，目睹了许多由失事地铁中的乘客变形的异种生物，自身也逐渐变形，小说的最后，在毁灭性的背景下，整个宇宙似乎变成了一个轨道系统……第四部《天堂》中，在地下世界中生活的各个部族（地铁失事后的乘客在黑暗中进化出的各个已与人类相去甚远的部落，包括机车和老鼠进化出的智能生命）在地下的土壤和洞穴中盲目穿梭，其中尚存有模糊记忆的"人类"历尽万难重回地面上的"天堂"，然而他们回到地面时，不但被仍生活在地面的"天堂人"看作异类，而且整个地面世界，似乎已被老鼠进化而成的"鼠语者"所占领；第五部《废墟》中，在与异类斗争中失败的人类迁居小行星，他们派出一对少男少女借观光之名赴地球上人类的遗迹公园查探人类失败的真相和遗失的知识，然而他们不但失败于异族的堵截之中，也迷失于层层叠叠的信息系统的迷宫，在最后，鼠族告知幸存的真相探索者，实际上连异族也早已灭绝，遗留下来的只有层层叠叠的迷宫，甚至连老鼠也不存在，一切的一切，只是虚空……

韩松的《地铁》，阴森鬼魅，实际上科学的因素已经非常之淡，而更多带有奇想的色彩，小说的大部分（尤其三、四、五部），充斥着阴暗的形象以及丰富的象征、隐喻和各种失却上下文的能指符号,情节破碎离奇,结构层层叠叠,实际上并不适合重述。小说的人文色彩也非常淡薄,尤其在小说的进展中,书中的"人物"亦越来越远离正常人类的范畴,除了退化与演变出的各种异种生命外,乃至书中的重要"人物"甚至主人公也并非通常意义上的自然人——如《符号》中的卡卡乃是 C 公司把其大脑记忆复制再移入流水线上生产的人工义体的再造人,如《废墟》中的"雾水"和"露珠",跳车丧生,实际上去完成任务的是"全息分子拷贝机"复制的替代形体,比起《蚁生》、《我的祖国不做梦》乃至《中国2185》中的人文关怀和人性色彩来说,《地铁》描述的,几乎是一个"非人"的世界。

关于《地铁》的议论也林林总总,鬼魅色彩啦,后现代风格啦,日本因素啦,不一而足——仅从科幻和人文关系的角度观察,我们可以说,《地铁》可以看作是技术时代的暗影和人类处境的寓言,尽管对之做了极端化的处理。譬如说第一部《末班》中的"小怪人",自然可以从"'鬼'的现代性"[①]之类的角度论述,却也可以看作是技术时代的幽暗面的一个象喻和鬼魅式的显形。地铁在当代中国无疑是现代化的一个标志性的符号,这被发展主义赋予光环的符号,一向展示的是其光鲜亮丽的一面,却会在不经意间显示出其幽暗和脱离人类掌控的一面来。这种暗影在后面几部中,逐渐演化为退化、失序、废墟和洞穴组成的迷宫:在第二部《惊变》中,失控的地铁犹如一个现代性进程的象喻,一向与发展主义联系在一起的直线式行进的进化论,不知不觉地在彻底失控中演变为彻彻底底的退化,被裹挟其中的人类,不但没有获得梦寐以求的进步,反而连自身也从文化和形态上退化、变形,脱离控制的地铁象征着的一往无前的现代性进程,也从直线形态分岔、变形乃至弯曲——向上飞跃到星空,逐渐显现出有演化为把人类困缚于其中的迷宫的趋势……到了《符号》、《天堂》、《废墟》之中,那些探险和迷失的人类,果然落入了迷宫之中,而且一旦进入,就再也摆脱不开,找不到返回或脱困的出路,直到自身也发生畸变,迷失

---

① 飞氘在第二届"今日批评家"论坛上的发言。

于退化之后的异形与失落的符号构成的"迷魂阵"之中,或者结成各种部族徒劳寻索,却永远失去了"天堂"与"拯救",最终在地狱般的处境中面对毁灭与虚无……

除了可以读出明显的"迷宫"结构和象喻外,《地铁》中也可以读出典型的柏拉图哲学中的"洞穴隐喻"——只是这是一个降格和贬抑式的"洞穴隐喻"的变体。例如,《符号》中的探险者进入地下世界探索真相,犹如下降到"洞穴",他们在"洞穴"之中迷失再走向地面,发现已非熟悉的世界,犹如进入另一个"洞穴"之中;《天堂》之中地下世界的幸存者,凭借残存的记忆徒劳探索、寻觅地上的"天堂",非常类似于洞穴隐喻之中"走出洞穴"的上升过程,他们徒劳的寻索发现拯救的无望,也犹如从一层洞穴上升到另一层洞穴之中——而无论是"洞穴"还是"迷宫",在《地铁》中都不是单层的结构,洞穴之外还有洞穴,迷宫之外还有迷宫,直到整个宇宙变成层层叠叠的洞穴和迷宫,沦为彻底的废墟和虚无……韩松对现代性的悲观,可谓深入骨髓。迷宫式的结构,是现代和后现代文学中非常普遍的结构,80年代的先锋文学,将这种结构引入中国文学之中,韩松的科幻写作则与之气味投合,声息相通。

韩松的迷宫没有出口。现代对技术思索最深的哲学家海德格尔,指出技术的背后是一种新的思想范型,这种思想范型把世界化为图像进行把握、规划、改造与征服,最终却必然走向对人自身进行规划、改造与征服,世界图像的时代乃是世界暗夜的时代,围困于技术之中的人没有出路。[①] 韩松对现代的悲观,清清楚楚地描绘出了一幅技术废墟之中没有出路甚至人自身也会异化的阴暗图景。这样的图景在对现代性充满乐观的时代是无法表现出来的,只有在经历了建构式的现代理性主义的磨难、技术的幽暗面也日渐凸显之后,文学中才有可能描绘出来。不过追溯到远古,世界文化中到处可见迷宫的图像,在西方文化中,它尤其是一个原型性的意象。有迷宫,就有走出迷宫的途径,有弥涅斯的迷宫,便有阿

[①] 参见海德格尔的《世界图像的时代》,收入《林中路》,孙周兴译,上海译文出版社,2008年。

里阿涅斯的线团……即使是在现代主义的迷宫中,无论是艾略特笔下的"荒原",还是乔伊斯的"都柏林",也都未放弃走出迷宫、寻求拯救的希望……致力于营造没有出口的迷宫,也许是因为心灵仍然窒碍于现代性的"洞穴"之中吧。在古典时代的哲学中,"洞穴隐喻"可以解释为走出意见的洞穴,看到"至真"的范型,企图彻底反思现代性的现代哲人施特劳斯重提"古今之争",并且把此看作走出洞穴的必由之路①——这条道路是否畅通,只有走过才能知道,因为还有施特劳斯提醒我们注意的"第二层洞穴"的危险,而尚未尝试此路之人,纵或看到了深重的暗影,也必然被束缚在现代性构成的第一层洞穴之中。

四、叩问生命

在当代中国新科幻的著名作品中,我最喜欢的,不是刘慈欣阴暗浓郁、雄浑宏伟的《三体》,也不是韩松妖艳诡异的《地铁》,而是王晋康质朴无华却切中要害的《生命之歌》。王晋康的科幻小说关注的中心是生命,风格一向简单朴素,却可能是中国新科幻作家中最有人文情怀的一位,事实上,他在《蚁生》中对自由意志的尊重,就说明他没有被20世纪中国流行的科学主义冲昏头脑,而持守着某种人性的尊严。

《生命之歌》这篇篇幅不长的短篇小说,形式有着古典作品的素朴,关心的却是至关重要的生命本质问题。现代分子生物学研究早就发现DNA结构可以转化为音乐,并且发现一些重要的生命功能可以在DNA结构中定位,然而,确定生命与非生命的本质区别的生命本身的生存欲望,却仍是现代科学的一个难题(是否真有可能解决,也在未知之列,在我看来几乎不可能解决):《生命之歌》中的科学家孔昭仁对此提出了一个猜想——我不知道科学界是否提出过类似的猜想,如果有,那也一定是一个天才的猜想——他摆脱现代分子生物学研究DNA功能时单一密

---

① 与施米特一样,列奥·施特劳斯的思想在中国也由刘小枫、甘阳等学者引入,一面引起了年轻一代对古典学术的强烈兴趣,施派学术的不循常径同样也引起了范围广泛的争议。

码精确对应的观念，认为这一功能可能存在于DNA结构的次级序列中，并经历千辛万苦，从成千上万种生物的DNA结构中总结出了这一序列，将之转化为音乐。这一设想如果能实现的话，那可能是宇宙间最了不起的咒语、世界上最伟大的音乐：

> 乐曲时而高亢明亮，时而萦回低诉，时而沉郁苍凉，它显现了黑暗的微光，混沌中的有序。它倾诉着对生的渴望，对死亡的恐惧；对成功的执着追求，对失败的坦然承受。乐曲神秘的内在魔力使人迷醉，使人震撼，它使每个人的心灵甚至每个细胞都激起了强烈的谐振。

然而，这一"上帝的秘密"为人类所掌握却并不一定是幸事——因为这有可能让非生命，比如说机器人，转化为生命，从而对人类的生存造成威胁——这部小说更了不起的地方也就在这里，他让这个老人家二十年如一日保守这一秘密，承受世人的笑骂——如果说前者仅是一种科学的智慧，后者则是意识到自己的责任的更为成熟的政治的智慧。直到后来的莽撞者在他残留的笔记的字里行间的启发下，重新揭示了这一秘密，并重新在机器人身上实验，却启动了这位老人埋藏在机器人身上的自毁装置因而不幸丧生。被修复的机器人获得了人类对生的渴望，对死的恐惧，以及对繁衍的向往，还有欺骗和诡计，在"他"的弹奏下，生命之歌再一次响起，"他"还企图借助电脑将之转化为软件，并通过互联网的传递迅速繁衍一个具有自我意识的机器人种族。关键的时刻老人再次出现，毁掉了电脑，解开了谜底，却因秘密一再被解开而在灰心沮丧中放弃了守护的责任，直到他的女儿从事件中觉醒，重新接过了守护这一秘密的重任……

启蒙运动以来的现代智慧，是一种"解密"的智慧，"保密"的古老教诲日渐被遗忘，直到如今愈发变得形迹可疑——这一古老智慧的被遗忘，已然和仍在为人类带来愈来愈多的困境和难题——把现代科学的智慧和古老的政治智慧结合在一部小说中，王晋康几乎是凭借着惊人的直觉触及到列奥·施特劳斯重提的自然哲学与政治哲学的关系问题，在很大程度上，他可能得益于仍然浸淫在中国文化和日常生活中的古老智慧的熏陶，也使得我们的科幻小说，终于在一些关键的问题上能够切中肯綮，说出要害。

单纯从科学猜想上说，生存欲望对应于DNA的次级结构，可能是一个了不起的猜想，但从哲学上来说，这还远远是一个比较低的层次——仅仅是到了关键的门槛，而尚未登堂入室。譬如从佛家唯识学的角度看，对生存欲望的考察，仅仅触及第七识末那识的自我执着心，此上与此外，尚远有境界。由末那识而起的执着心，既是众生自我意识的来源，却也是主客二分和众生烦恼痛苦的根本，泛泛而言，即就是刘慈欣的《三体》中构建的"黑暗森林体系"，其基础也便是建立在这一根本执持之上。事实上，如果意识到生命的神秘，远远超出我们现有的了解，我们也会不由得发出类乎《三体》中逃逸到太空的人类第一次接触到多维空间时的惊叹：

> 方寸之间，
> 深不见底。

外部空间如是，人类的心灵和精神空间尤其如是——即就是古往今来人类伟大的精神创造，也只不过是从这个空间中生发出的一粒微尘，"寄蜉蝣于宇宙，渺沧海之一粟"，实在没有什么值得过分的骄傲与得意。从科幻出发，穿越民族寓言、政治论述、技术废墟，重新沉思生命的永恒和神秘，我们回到了人类精神刚刚觉醒，哲学、宗教、科学和艺术浑而未分的原点，仰观宇宙之大，俯察心灵之微，恢弘广大，深不可测……恢复了那种最初的惊奇。

（原刊《南方文坛》，2012年第1期）

童话诗人

——朋友常立，和他的"新民间童话"

不记得具体是哪一年认识常立的了。总归是他从北京邮电大学计算机系毕业，跑到复旦中文系来读硕士的时候。那时很为他专业转换之大纳闷，一谈之下，方知他的兴趣是文学创作，为此甚至不惜放弃了那时就业前途很好的专业。听了他的说明，我的疑惑自然消失，但一面感叹文学这东西魅惑力之大，一面又为他叹息：他凭一腔热情，冲到中文系读研，但却不知道在中文系研究和创作从来是两途，甚至竟或根本没有关系呢。

然而常立没有放弃他的梦想。他那时属意的体裁是小说，写作非常努力，隔三差五就有新作出来，有时也会发给我看。这些小说，带着那时文学青年普遍的先锋腔调，喜欢形式实验，又有一种颓唐的情调——和生活中那个乐呵呵的、充满活力的常立并不相同，所以虽然确实显示出了相当的才能，但可能实在缺乏生活经验的原因，显得并不落实，我只能暗自希望这位初出茅庐的小说家，随着阅历的增长，逐渐成熟起来——我相信他终会找到属于自己的叙述方式。

那时喜欢的是常立的诗——其实一开始并不知道他也写诗，而且写得很好——他自己也从来不以诗人自居，似乎是很不好意思，总是说自己只是玩票。但那些"玩票"的诗，实在有很惊人的地方，因为能够捕捉到一刹那间的感触，又有些匪夷所思的联想。我还记得当时给我留下很深印象的一首诗——有一个很普通的名字《寂寞街头》——写一个人冬天午夜坐在路边喝酒，看到一辆一辆的出租车开过，他在想这么晚了还有谁在奔波啊，也许是夜总会上班的小姐，"她们陪了一整天的客人可也真够累的",他正这么想着的时候,从暗处走来一个警察,"连想想也不允许吗这可太过分了",他想站起来解释一下,必要的话就拒捕,然而,"警察绕过了木头桌子绕过了他 / 走到墙角蹲下来　开始哭了 / 他咽了一口酒又吐了出来 / 这可太好笑了原来警察也会哭泣 / 所有人都会哭泣这可真是滑稽啊"。那个酒鬼继续深夜喝酒进行他的"哲学研究",然而,那个偶然一瞥间窥见的真相已经击中了我们,突然的陡转类似两个匪夷所思的镜头剪接的蒙太奇,让我们看到了日常生活遮掩下的另一面的实况。

我那时断定常立有诗的才能,只是他自己大概未必清楚,而是几乎倾尽全力于小说创作之中。其实想想也很正常,诗,总是和一瞬间的感兴联系在一起,而年轻人自然是感兴最为丰富也最为敏锐的时候,至于小说,无论如何总是需要点经验和世故,光凭热情、想象和技巧,那可不成。但人未必总是能意识到自己的才情所在,总是会以为自己热爱的就是自己擅长的——我们每个人都免不了如此吧。所幸常立没有放弃写诗,虽然说是玩票,却一直零零星星写了下来,积累下来,也有厚厚的一本了吧。也由于并未一定要做诗人,那些诗恰恰由于并非出于刻意,有一种切身的实感和直接的力量。

常立在复旦待了六年,硕士读完,又读了博士。博士毕业后,因为自己的梦想,又放弃了去华东师大出版社工作的机会——因为要坐班,他还是想保留更多的时间在写作上——跑到有些僻远的浙江师大去教书。我们的联络自然保持着,但不如他读书时那么密切,陆陆续续听说,他在那边一开始教文学写作,后来教影视艺术,都极受学生欢迎——我知道那是肯定的,任何了解他对文学写作和电影艺术的热爱的人都会知道那是非常自然的结果,那不仅是单纯的狂热,而且是每部小说、每部电影都要去拆解它们的结构,琢磨它们的技巧和方法——长期的积累,用到教学上,不受欢迎才是不可思议的呢。中途也和常立见过两三次面,许是生活安定下来的原因,他迅速地胖了起来——这可不像当初的那个文学青年啊……

然而就在这时,我在网上看到了常立用笔名"凌丁"发表的童话,大吃一惊,而又喜出望外,仿佛突然发现了熟悉的朋友身上一直不为人所知的另一种才能。那些童话当时真的吸引了我——它们属于所谓的黑色童话（常立自己当时命名为"新民间童话"）之列，但有他自己独自一家的风格，也跟他的那首诗一样，把现实的因素和匪夷所思的想象剪接联合起来，怪诞、好玩，却又有一种批判现实的锋芒。

我印象比较深的是一篇《名模的美腿》——"从前，有一个名模，她有一双举世无叁的美腿。在她生活的那个年代，每一个有权有钱的人都以摸到她的美腿为资本，每一个没权没钱的人都以摸到她的美腿为梦想。"名模每天有很多应酬，有时候她实在累了，就把美腿打发出去应酬，有一天，美腿爱上了一位英俊富有的青年，和他在一起盘桓了三天，美腿不在的第一天，"名模失去了美腿，睡得很安稳"；第二天，"名模失去了名，只是个模"；第三天，"名模失去了模，什么都不再是"——"当美腿赶回家的时候，那个什么都不再是的女人已经伤心而死，很快，她什么都不曾是。……无家可归的美腿想回到青年身边，但是那个失去美腿的青年也已经伤心而死……"美腿孤独地在世界上流浪，没有人愿意收留它们，直到在森林中遇到一位罗圈腿公主，公主用它们换下了自己的罗圈腿，从此和一位远方来的王子幸福地生活在一起——然而，故事还没有完，被公主赶走的罗圈腿，"非常思念公主，于是长途跋涉去寻找公主"。每年公主进香的时候——"罗圈腿都躲在佛像的背后，偷偷听着公主动听的祈祷，偷偷看着公主美丽的双腿，情不自禁地赞叹：'像梅里雪山的雪水一样纯洁呢，我真是爱她。'"这篇写给成年人看的童话，美腿出走的情节会让人想起果戈理的《鼻子》（虽然常立未必直接借鉴过它），其直接的讽刺锋芒则指向了我们这个"物化"的时代，然而它的滋味也不仅仅是辛辣的讽刺——也有幽默，有苦涩，有对失败者和被遗弃者的同情，又有一种单纯的忧伤，不太长的篇幅，竟然让人百味杂陈……那时我确信，常立找到了一种适合自己的叙事体裁。

童话，现在一般被看作是写给儿童看的。但也有一种观点，认为"童话本来就是神话的孪生体，在先民以神话记录神圣性的故事时，就已经在以童话记录世俗性的故事了。"而第一本作家童话集，贝洛的《鹅妈妈故事集》，也有学者认为"并不是为儿童创作的，而是想把民间故事改造得更符合法国上流社会文学的口味,它的读者是那时各种沙龙的贵族妇女们"(常立《从前,有一个点》p84)。且放下这些起源的事情不谈,童话的"轻逸"和"瑰奇",却确实给了一些重要的现代作家以灵感,甚至奠定了他们最有标志性的创作风格,譬如意大利的卡尔维诺和香港的西西;然而,童话的这种"轻逸"和"瑰奇",只是在它们和沉重凡俗的历史和现实化合的时候,才在现代文学里发出了它们最为璀璨夺目的光辉——最典型的例子还是意大利的卡尔维诺和香港的西西……那时我确信,常立沿着这条路走下去,一定会有自己丰富的收获。

后来继续在网上看到常立的"新民间童话",还是那么怪异、奇诡而又带着现实生活的气息,还是那么幽默、苦涩而又充满了对弱者的同情以及单纯的忧伤……我不知道他从哪里产生的灵感,会讲一些"捕鸟机爱上夜莺"、"环保警察爱上被当垃圾抛来抛去的人鱼"……诸如此类的故事——创作灵感本来就有些不可究诘,不过,我得说,我喜欢那些故事,而且期待着他更多的新收获。后来,突然有一天,常立打来电话说,他也创作起正格的童话啦。又是一个惊人的消息,问下来,原来他当了父亲,生了个孩子叫笑笑,笑笑渐渐长大,当爸爸的储存的别人的童话故事讲完了,就自己给他创作童话,而且要创作"最好的童话"——有这样一个爸爸的孩子,该是多么幸福啊。

再后来,去年下半年,又突然接到常立的电话,原来他创作的童话,已经可以结集出版了。然后,今年初,就收到了他寄来的样书——就是这本收入"新童年启蒙丛书"中的《从前,有一个点——事物的起源与秘密》(广西师范大学出版社,2013),收了十五篇童话,每篇童话后面附录一些自然科学和社会科学知识,像"宇宙的起源"、"时间的起源"、"质量的起源"、"童话的起源"、"机器人的秘密"、"政治管理的秘密"、"爱的秘密"……等等,是很好的儿童读物,尤其出自常立这样具有文理科双重背景的作者之手。

这个寒假,我有几天时间就沉浸在常立创作的这些童话里,同时享受着重温童年时光以及犹如与朋友闲谈的愉悦,而且,阅读中暗暗又有了新的发现——这些同样精彩的"正格"童话里,原来仍然潜藏着那位未曾老去的诗人,譬如,有谁会在讲述宇宙起源的故事时这样讲:"宇和宙生了好多好多孩子,有植物、矿物和动物,还有人类。人类中有许多不同的人,……有一种人很特别,他什么也不干,总是躺在草地上看星星,警察过来问他:'嘿!你在干什么?'他回答:'这个问题,我已经想了好几十年了……'这种人叫诗人。"(《从前,有一个点(1)——宇宙的起源》)又有谁会在讲述质量的故事时,想起特意要写一个小婴儿,他仰起头,看着北风吹得地上的叶子打起了旋,看得出了神——"多年以后,他会成为一个想飞的魔术师,即使北风睡着了,他也会飞起来,降落到想去的地方,给心爱的人送去……好吃的苹果。"而又有谁会这样回答"一个人要怎样才能让自己的生活有质量?"这个问题——"答案很简单,找到你心爱的人或事物——他们就是你的基态——然后把心里的锁链系在他们身上,你的生活就有了质量。"(《魔术师的苹果——质量的起源》)

  我不禁想:真正的热爱,终究会让一个人发现自己独具的才能——而真正的兴趣,是可以带领一个人走得多么远啊。

2013 年 2 月 19 日

(原刊《文艺报》2013 年 3 月 1 日 4 版)

先锋精神与小说创作[①]
——三部作品的分析

  1997年，开始跟陈思和老师读博士，随即就参与到《中国当代文学史教程》的写作之中。和任何集体项目一样，在一开始进行之后，照例是乏味或困难的部分，在挑选过程中会被遗留下来——这其中，一些是上世纪50—70年代的部分章节，新时期之后，则剩下先锋小说一章无人主动去碰——于是，就都由我承担了起来。也有收获：撰写50—70年代的部分，引起了自己对"潜在写作"的兴趣和关注，后来便以之作为博士论文的题目；先锋小说部分，则从此始终保持了断断续续的兴趣——去年给学生上"当代文学专题"课，还专门选择了相关作品，解读了一个学期。

  但虽说有兴趣，其实倒没有再写过什么，有些新的想法，上课时讲讲就算了，或者也不讲，就那么放着。这次编集旧文，就想，怎么也得把自己这方面的兴趣体现一点，但翻来翻去，也只能找到当年参与写文学史时的旧稿。读着十几年前的旧稿，今昔之感不觉便浮现出来：有些部分，现在再写的话，肯定不会那样写了，有的判断，则至今仍可保留，但基本上，仍觉得当年的那个小青年，写的这篇东西，犹如雾里看花，不够分明，当年竟敢于承担这个任务，实在倒有一半是凭了年轻人的胆气。倒是作品分析，基本上仍尚可以保留，有些地方，也还算有点自己的心得。——那时分析这些作品，也没什么凭借，可参考的概论性论文倒有，但细读作品的，很少、很少，而其实，理解这些作品的意义，倒是细读更重要，因为

[①] 文章题目和作品分析部分，来自笔者执笔的复旦版《中国当代文学史教程》第十七章。

不论是大的结构还是小的关节，其改变和讲究，都包含着不少有意思的地方，放在文学史演变中看，也很有意义。

　　如果今天再写这章内容，我仍会保留以下判断：第一，中国当代文学中先锋精神的源头，一直可以追溯到"文革"中青年一代的潜在写作，如白洋淀诗人的诗歌，如北岛等的小说，如张寥寥的剧本等。事实上，由于做过这方面的研究，对这一判断我是越来越确信，而且，事实上，它也是研究得很不充分的领域——不充分，就会忽略了起源时的东西，也会忽略80年代青年文学实验一以贯之的东西，从而把先锋文学的崛起，当作类似某种"奥伏赫变"的产物，忽略掉它们在中国文学自身发展中的逻辑和脉络；第二，先锋文学的贡献，基本上可从叙事革命、语言实验、生存探索三个方面总结，当然，现在大家都这么说，但认真说来，每个方面都是可以写一本专书的大话题，而三个作品的分析也就从这方面展开，也就不必再多说了；第三，我仍会保持对先锋文学意义的较高估计，绝不会把它们只看作形式主义的东西，而始终会将之看作一种值得后来者尊敬的"打破统一的世界图像与文学图像的努力"，其意义说之为革命也决不过分——事实上，如果没有这些努力，我们时代的文学就不大可能呈现出和前一个时代截然分别的面貌。

　　但在今天重新再写的话，我大概首先会强调先锋文学和实感经验的关系——忽略这一点，是这些作品经常被贴上"形式主义"、"仅仅是模仿"诸如此类标签进行指控时的最大误解。事实上，今天我们很清楚，马原的作品和他的西藏经验，残雪、余华、莫言的作品和他们的童年记忆等等，之间的密切关系，无论如何分不开。上世纪80年代的关注点是形式，但形式变革的背后，其实有经验的支撑，只是经验的呈现采用了另外一种方式——这在当时，其实也非常有必要，否则就难以避免对这些直接性的经验进行陈词滥调式的表现。影响和模仿的因素，今天看，其意义毋宁说，更大程度上在于打开了一种视野，提供了一些新的观看和呈现世界的方式，从而取得了一种解放的意义。这在莫言等案例那里，其实非常清楚（可参收入本集中的论莫言文）。其次，则是应该参照李陀等人的意见，把先锋文学，放置到80年代以降范围广泛的先锋文化运动中进行观察。[①] 这一先锋文化运动,在小说、电影、美术等各种艺术门类乃至思想文化和学术研究领域,都有所表现,它们共同构成了80年代以来文化场域的一部分,也只有回归到这一场域,才能更加清楚地理解它们的意义和局限。第三,则是应该对和先锋文学紧密相关的几个关键词汇,迷宫、超现实、寓言、生存处境等,进行更深度的理解。以孙甘露小说而言,原先我说他的小说"彻底斩断了小说与现实的关系,而专注于幻象与幻境的虚构,但这些幻象与幻境又都只是一些无关紧要的琐屑与线索,无法构成一个条理贯通的虚构世界。他着力于使小说语言诗化的诗性探索,词语被斩断了能指与所指的关系,以一种意想不到的方式搭配起来,使能指自我指涉与相互指涉。"但现在看,这一说法并不完全准确,更恰切地说,乃是由于超现实因素和感觉方式的涉入,他的小说的幻境世界,处于将要形成却又未形成之间,其间也有着近乎讽喻影射的因素,但经常在将要有落实的危险之际,又迅速滑开到超现实的幻境之中——确实有着语言游戏的因素,却并不完全是能指的戏耍。已故诗人刘苇曾经说,对80年代先锋文学的误解,很大程度上来自于对超现实主义的理解不够,至少就孙甘露等人的写作看,这是一个很重要的提醒。

前几年,偶然在会议上,听到有朋友发言,说是先锋文学运动,只不过是当时几个作家和几个批评家的"合谋",我想,仔细了解文学发展脉络的话,就不会这么看。后来,又听到种种对先锋文学的批评,我想,回到80年代文学语境的话,理解和表达,可能都会更客观些。时间过得并不算太长,但当年笼罩在先锋文学上的光环,确实已经散去;当年这一运动的语境,也经常被遗忘。散去和遗忘之后,对其总的文学贡献,以及对具体作品价值的评估,见仁见智,很正常;提倡另一种方向,对先锋文学进行批评性的阐释,也能理解;但一笔抹杀,则似乎并不可取——事实上,我们都从80年代的革新中受益,先锋文学,便是其中重要的一项,重估历史,似乎还是不忘这一点比较好。

[①] 参阅李陀编《昨天的故事——关于重写文学史》编者前言"先锋文学运动与文学史写作",三联书店,2011年。

先锋文学，当然有其局限性。事实上，"先锋"这一词汇被用在文学上没多久，就曾被波德莱尔轻蔑地称之为"文学上的军事学派"；评论家也常提及，由于有着反抗对立面的意识，先锋文学也常被对立面限制，导致自己不够丰富成熟，在文本性上有所欠缺——但在文学愈益常态化、平面化乃至市场化的今天，是否又可以说，80年代中国文学中的先锋精神，毕竟还是有其值得追怀的一面？当年的先锋实验，和历史意识及现实关怀合流，在90年代后的文学中取得更大成就（参收入本集的《荒诞，现实，以及"主义"？》一文），这一趋势，当然有其合理性，也非常能够理解，但在同时，也便愈加让人对持续不断地进行着孤军奋战般的纯粹的文学实验和探索的残雪那样的作家，产生由衷的敬意。至于完全不受关注的新世纪先锋文学，也便在这样的平庸化的语境中，获得了不可替代的价值。

以上是对这一论题的一些新的感想。原先的概要叙述，因为不满意，就全删去不留，仅留下三篇经过删改修正的作品分析，算是留下一点青春的面影。

2013年11月草

一、小说叙事美学的探索：马原的《冈底斯的诱惑》

在中国当代文学史上，马原第一个把小说的叙事因素置于比情节因素更重要的地位，他广泛地采用"元叙事"的手法，有意识地追求一种亦真亦幻的叙事效果，形成著名的"马原的叙事圈套"。[①] 事实上，这使他不仅致力于瓦解经典现实主义的"似真幻觉"，更创造了一种对现实的新的理解。

《冈底斯的诱惑》，初刊于《上海文学》1985年第2期。它的第一个值得重视的特点，是"元叙事"手法的运用。在小说的第四节中，第一级

---

① 参阅吴亮同名论文，载《当代作家评论》，1987年第3期。

的叙事者"我"直接跳出来，向读者声明这里的故事不是爱情故事；在第十五节，他又站出来与读者直接讨论小说的"结构"、"线索"与"遗留问题"，如顿月为什么莫名其妙地断线，为什么不给他未婚妻尼姆写信——这个叙述者以讨巧的态度粗暴地告诉读者，顿月"入伍不久就因公牺牲了"等等。他显然不回避这样设置结局出于小说技术上的考虑。这种自觉地暴露小说的虚构性的技法，当然会产生一种间离效果，明确地告诉读者，虚构就是虚构，不能把小说当作现实。马原通过元叙事的手法，不但反讽了传统现实主义小说的情节连贯性以及基于此基础上的小说世界的整体性与真实性，他还从根本上质疑经验的整体性、连续性与确实性，正是这一点，才动摇了小说的"似真幻觉"。

这种不同寻常，在小说的结构上也表现出来。小说的主体部分，是几个故事的拼合与组装，但与一般的看法不同，马原故弄玄虚的"拼合与组装"，似乎并非出于纯技术的考虑。在小说叙述的进展过程中，在组织、叙述全部故事的第一级叙述者之下，还有几个"二级叙述者"：一个是老作家，他以第一人称讲述了自己的一次神秘经历，又以第二人称"你"讲述了猎人穷布打猎时的神秘经验；另一个是第三人称叙述者，讲述了陆高、姚亮等人去看"天葬"的故事，并转述了听来的顿珠、顿月的神秘故事。这些故事中，都牵涉到未知的神秘因素：在老作家的故事中，他在一次神秘的远游中看到一个"巨大的羊头"，这个羊头是神秘的宗教偶像，还是史前生物的化石，抑或是老作家在特定环境下产生的幻觉？在穷布的故事里，他似乎碰到了"喜马拉雅山雪人"，但叙述者马上告诉我们，关于这种雪人的存在并没有科学的证据——那么穷布碰到的究竟是什么？在顿珠、顿月的故事中，不识字的顿珠在失踪一个月后（他自己只觉得出去了一天），突然能唱全部的《格萨尔王传》，对这件事有遗传的、神话的、唯物的种种解释，但没有一种解释能说服其他解释的持有者……等等。这些有头无尾、抽去了因果关系、显得有些不可解的故事片断，拼合起来就构成小说的大体。在所有这些故事中都牵涉到一些神秘的、未知的因素，但作者从来不准备告诉读者这些神秘因素到底是什么——甚至更要紧的，它们是否真的存在？抑或只是人的幻觉与臆想？所有这些疑问，在小说本文中，都是没有结果的——尽管这些故事，都是以很精确的、现实主义式的、甚至是"客观的"态度讲述出来的。

马原要在小说里达到一种"亦真亦幻"的艺术效果，所以才让第一级叙述者肆无忌惮地在小说中直接露面，打破叙述的进程，以元叙事的手法拆除"真实"与"虚构"之间的墙壁。小说其实一开始就显示出这一点，它引了拉格洛孚的一句话："当然，信不信都由你们，打猎的故事是不能强要人相信的。"更耐人寻味的是小说第一节中冒出来的第一人称叙述者"我"，这个"我"是谁？我们从小说本文中没法弄清楚，他显然不是"老作家"，因为他才三十来岁；他也不可能是陆高，因为他在敲陆高的门，怂恿他去参加一次冒险；他自己也告诉我们他不是姚亮……总之，他不可能是小说故事中的任何人物，因为他在后面根本没有露面。他是作家马原吗？也没法弄清楚。总之，这个暧昧模糊的叙述者，我们只知道他不是谁，而没法弄明白他是谁，但又是他发起组织了整个探险过程，而后者是小说的基础。那么这个探险过程是谁组织的，又是谁讲述的？谁是那个第一级的叙述者？我们不知道，于是整部小说都变得暧昧、恍惚与可疑起来。

由此我们再一次感受到，艺术形式不仅仅是形式。全知的叙述者与现实幻觉的消退，不仅仅是一个小小的艺术技巧的变革。我们知道，传统的权威意识形态，不仅有解释生活的能力，而且有组织经验、甚至最个人性的经验使之成为一个明晰清楚、条理一贯的叙述的能力。《冈底斯的诱惑》这样的小说，则是权威意识形态不再具有普遍意义后的一种表征，它预示了一个不再有明晰清楚、条理一贯的整体性叙述赋予个体经验以现实性与意义，从而只剩下暧昧不明的、似真似幻的个体经验与个人叙述的时代的到来。也许由此我们可以理解马原的叙事革命在当代文学史上的意义。

二、小说语言美学的实验：孙甘露的《我是少年酒坛子》

孙甘露的小说，在先锋小说中也是异类。事实上，由于在写小说之前，孙甘露首先是个诗人，所以，我们与其把他的小说与叙事文学的传统联系起来考察，还不如把它与超现实主义之后的诗歌写作联系起来看待。他的小说语言实验，导致的是超现实主义诗歌式的梦态抒情、冥想与沉思，《我是少年酒坛子》（初刊于 1987 年《人民文学》1、2 期合刊）中的许多段落，分行排列，都是很不错的诗歌：

> 他们决定遇见的
> 第一块岩石的。回忆。
> 送给它音乐。其余的岩石
> 有福了。他们分享回忆。
> 等候音乐来拯救他们进入消沉。
>
> 这是 1959 年之前的一个片断。
> 沉思默想的英雄们表演牺牲。
> 在河流与山脉之间。
> 一些凄苦的植物。被画入风景。

这种分行排列，虽然没有添加字句，却还算对原作做了些改动，其实这篇小说的许多段落只需略加调整，如"尾声"：

> 放筏的人们顺流而下
> 傍水而会的是翩翩少年
> 是渔色的英雄

他使得诗情的舞蹈改变了小说语言严格的行军，语言不再有一个指向意义的所指，而是从惯常的组合中解放出来，专注于自己，并作出一些颇具难度的姿势。如这样的一段："那些人开始过山了。他们手持古老的信念。在 1959 年的山谷里。注视一片期待已久的云越过他们头顶。""在我们谈话的时候，时间因讽拟而为感觉所羁留。"等等。"信念"可以"手持"，"时间"可以被"讽拟"，"1959 年"可以修饰"山谷"，这完全是与日常语言的组合规则对着干——而这正是一般公认的诗歌语言的特点，但比一般的诗歌语言更进一步，在这种超现实主义式的语言中，语词不再指向现实,也不具有主体赋予的象征或隐喻意向,它们从表意功能中滑脱,成为一些自由的语象,在文本中自在地游走。在这种类似冥想或梦幻的状态中,一个意念的游走就可以让许多不相干的语象连在一起,似乎讲了一个有深意的故事,其实什么也没有。我们看其中的一个小段落:

> 他们最先发现的是那片划向深谷的。枝叶。他们为它取了两个名字。使它们在落至谷底能够互相意识。随后以其中的一个名字穿越梦境。并且不至迷失。并且传回痛苦的讯息。使另一个入迷。守护这 1959 年的秘密。

如同"古老的信念"仅仅是一个煞有介事的词汇一样,所谓的"秘密"也仅仅是个空洞的秘密,被"命名"的落叶,可以"互相意识",甚至可以"穿透梦境","传回痛苦的讯息",都带有强烈的梦幻色彩,显然是在类似于梦幻状态下的某一意念点化的许多语象的定向组合,如同梦中的许多稀奇古怪但却色彩缤纷的蝴蝶——这样的蝴蝶,飞满了孙甘露小说的夜空。他"专注于这一向度上的可能性,并把它推向了极点,正是这一极端的做法——远离具体物事,使抽象观念诗化,斩断语言的所指,让能指做封闭运动,如此等等——"[①]使他与其他先锋作家区别开来。

其实,上面对他的小说片断的分析也可以适用于全篇,虽说《我是少年酒坛子》并非是他的语言实验最极端的小说(后者如《信使之函》、《访问梦境》等等)。它似乎还提供给我们一个煞有介事的"引言"、"场景"、"人物"、"故事"和"结语",但是整体看来语词与语象的冥想与游戏,使得这一切表面上的煞有介事,变成了迷宫中的梦幻,"在现实世界这个遥远得无法看清也没有必要看清的背景之上,是玄思冥想的神秘世界",同样也是朦胧迷茫的梦幻世界——正是超现实主义者追求的境界。在这个世界中,来自于通常小说中的"引言"、"场景"、"人物"、"故事"、"结语"等等,经常很大程度上,仅仅是个反讽,无法用通常的方法来分析。在这

---

① 张新颖:《栖居与游牧之地》,学林出版社,1993 年,第 41—42 页。

篇小说中,"引言"来自于一部其存在与否十分可疑的书籍,"场景"是超现实主义诗歌梦呓式的段落,"人物"则"毫无办法,诗情洋溢"——"我的世界,也就是/一眼水井,几处栏杆。/一壶浊酒,几句昏话。"故事则是两个来无影去无踪的诗人在一处叫做"鸵鸟钱庄"的酒店里一场不着边际的谈话。"鸵鸟钱庄"中"草席如水、瓦罐如冰,","极为阴暗潮湿,如同我满脑子的胡思乱想",掌柜的"神情介于哲人与鳏夫之间";钱庄里没有下酒的小菜,"据邻桌一对表情暧昧的人声称,谈话,就是这儿下酒的小菜。"于是所谓的故事就是一场不着边际的谈话,是"梦语般入迷的低述"——"引人遐想不已的语调,给人一种讶异不已的愉悦之感",是"一首十分口语化的诗作片断。不断切入,走向不明,娓娓道来。"我们还是把这些"谈话"改写成诗句来看:

在梦与梦之间,是一些典礼
　　　和一些仪式
而仪式和雨点是同时来临的
在传说中,这是
　　　永恒出现的方式
　　　　　　　——片断一

我们总有
无穷无尽的走廊
和与之相连的无穷无尽的花园
岁去年来,这些漫步演绎出
空穴来风般的神力

而异香薰人的花园,则给人一种
独寝花间,孤眠水上的氛围
行走和死亡,同样妙不可言
　　　　　　　——片断二

这是语言的致幻剂。"总之，他是不真实的，而又是令人难忘的。"这样的语言是孙甘露小说的中枢，环绕这两个诗人的语言的，则是周围模糊的人群吵吵嚷嚷的评论。这些语言每一次似乎都要给出我们一点故事的线索，但每一次都在紧要的转折关头，把我们丢弃在语言迷宫的花园，像一个恍惚迷离的梦境。《我是少年酒坛子》中若隐若现的故事也是这样，两个"诗人"的谈话场所由"钱庄"转到迷宫般的"花园"，一个诗人突然追随一只铜币跑得无影无踪，据一个"卖春药的江湖骗子"讲："他已不再追赶铜币，半道上，他随几个苦行僧追赶一匹发情的骡子去啦"，于是只有"我"独自屹立在花园之中。如果说这也是故事，那么必须改写对故事的定义，如同小说里说的："倘若我愿意，我还可以面对另一个奇迹：成为一只空洞的容器——一个杜撰而缺乏张力的故事是它的标志。"

总之，《我是少年酒坛子》让我们明显地感受到了孙甘露对幻想与冥想的近乎天然的亲近与热爱。"他使我们又一次止步于我们的理智之前，并且深感怀疑地将我们的心灵和思想拆散开来，分别予以考虑"，"将平凡的探索重新领回到感觉的空旷地带"。在这里，他的冥想与语言实验"设置了一个个迷宫"。"他的想象穿行于迷宫中，一边津津乐道地破谜解谜，一边又以破解活动遮蔽了烛照谜底的光亮，'用一种貌似明晰和实事求是的风格掩盖其中的秘密'。"①

三、残酷与冷漠的人性发掘：余华的《现实一种》

余华在 1986—1987 年间写作的小说，每一篇都可以看作一个寓言。他企图建构一个封闭的个人化的小说世界，通过这种世界，赋予外部世界一个他认为是真实的图像模型。这显示出一种强烈的解释世界的冲动，仿佛一个少年人突然发现他掌握着某种世界的秘密后，迫不及待地要将之到处宣讲——他表面摹拟的老成中夹杂着一种错愕：事实上，正是后者而不是前者，产生了一种新的观察世界的视角，也确实发现了世界的

---

① 张新颖：《栖居与游牧之地》，学林出版社，1993 年，第 41—42 页。

另一面。但这一时期他所刻意追求的"无我"的叙述效果，迫使他不得不创造一个面具——一个冷漠的叙述者，结果，是他的"冷漠"而不是他的"震惊"留给当时的读者最深的印象。小说《现实一种》（初刊于《北京文学》1988年第1期），本文中并没有什么观念化的议论，然而从小说的题目和情节布局，都可以看出一种解说观念的意图，这种意图犹如有的批评家所说："是一种观念性的解释世界的冲动和为世界制造一次性的图像模型的艺术理想的复杂混合。"[①]

这种图像模型，首先可以从小说的布局中发现。这是一种"沙漏"式的小说布局，它显示出一种刻意的对称性：山岗的儿子皮皮杀死了山峰的儿子，山峰杀死了皮皮，山岗杀死了山峰，山峰的妻子借助公安机关杀死了山岗。甚至人物的名字"山岗"、"山峰"也显示出一种刻意的对称。如果仅从主题学的角度讨论，这里讲的并不是一个新鲜的故事，这种连环报式的情节，在民间故事乃至传统小说里，其实已经有着广泛的流传[②]。值得注意的是，以前这类故事的所有讲法，都提供了一个起因，这些起因都很微小琐屑，显示出人性中文明的一面，远远抵挡不住其野蛮与愚蠢的一面——后者略受诱惑就一触即发，而一旦引发就会像多米诺骨牌一样自动发展、扩大，直到将双方都毁灭殆尽。在以往的此类故事中，其实已经体现出看待人性的另一种视角，只是因为采取了一种传统的讲故事形式，从而导致了对之的遮蔽——读者或听众迷恋于故事的离奇，从而忘记了更深层次的追问。从情节的角度考虑，余华的贡献在于取消了此类故事的起因，将这种连环仇杀，设计为一种盲目的冲动，同时他将互相残杀的对象设计为传统五伦关系中的兄弟一伦，使这种仇杀的故事表现得更为触目惊心，而进一步的在叙述上的革新，使得他将一个古老的故事改变成了一个新的故事。

余华说："我寻找的是无我的叙述方式"，在叙述过程中"尽可能回

[①] 郜元宝语，参阅陈思和等人的对话集《理解90年代》，人民文学出版社，1996年，第9页。
[②] 读者可以参考《醒世恒言》中的《一文钱小隙酿大祸》。

避直接的叙述,让阴沉的天空来展示阳光"。① 与传统故事的讲法不同,余华设计了一个冷漠的叙述者,并借助这个叙述者,提供了观察世界的另一种视角,这种视角,极端而直截了当地使人看到另一幅世界图景,也看到人性黑暗的一面。这个叙述者使得他将这个残忍的故事貌似不动声色地讲述出来,这也在小说的叙述态度中表现出来,小说中叙述者特权的使用尽量降低,既不作过多的议论,也不对人物进行心理分析,更不作价值评判,仿佛是从天外俯视世间的愚昧与凶残。但叙述者的作用还是很重要的,他的冷漠使人物可以走到前台,进行充分的表演。他好像一部灵活的摄影机,不断变换视点,通过变换将各个片断组接起来,展示出一系列的杀害的血淋淋的过程。这样的叙述产生了强烈的效果,仇杀的场面令人毛骨悚然地表现出来。例如小说中山岗虐杀兄弟山峰的场面,小说将之描写为一种处心积虑的算计,但对这种算计并没有进行详细的心理展示,而仅仅描写他的外部活动,呆板的叙述将我们带到山峰被捆绑在树上,山岗向他的脚底板上浇满了骨头汤,然后让一只小狗去舔时,我们才明白他的目的。即使在这种极端的场合,叙述者也决不对人物的意识活动进行描写,而仅仅展示人物的感觉与直接反应,譬如小说中这样叙述山峰被虐杀的场面:

> 然而这时一股奇异的感觉从脚底慢慢升起,又往上面爬了过来,越爬越快,不一会就爬到胸口了。他第三次喊叫还没出来,就不由得自己脑袋一缩,然后拼命地笑了起来。他要缩回腿,可腿没法弯曲,于是他只得将腿上下摆动,身体尽管乱扭起来,可一点也没有动。他的脑袋此刻摇得令人眼花缭乱。山峰的笑声像是两张铝片刮出来一样。
>
> 山岗这时的神色令人愉快,他对山峰说:"你可真高兴呵。"随后他回头对妻子说:"高兴得都有点让我妒嫉了。"妻子没有望着他,她的眼睛正望着那条狗,小狗贪婪地用舌头舔着山峰

---

① 余华:《虚伪的作品》,收入《余华作品集》第2卷,中国社会科学出版社,1994年,第283页。

赤裸的脚底。他发现妻子的神色和狗一样贪婪。接着他又去看看弟媳,弟媳还坐在地上,她已经被山峰古怪的笑声弄糊涂了。她呆呆地望着山峰,她因为莫名其妙都有点神志不清了。

这种叙述上的冷漠与简略,有着深刻的观念上的策略考虑。作者余华声称自己追求的是"真实",但是这种真实并不是"被日常生活围困的经验",而是一种"作家眼中的真实"。为了有别于前一种真实,他在叙述上采取了与之相异的策略,这种简略也正是其中的重要因素。正是借助于这种简略,而不是对日常生活经验的叙述、评价、解释(总而言之,合理化),将世界与人性黑暗的另一面演示出来。叙述上仅仅描写人物的外部动作、简单的感觉与直接的生理反应,而对人物的理性活动付之阙如,正是有意识地将之描写为失去理性的物种——这不但契合小说中那种盲目仇杀的情节,也符合他对世界与人性的观念。正如有评论家指出的:"他仿佛是跳出了这个世界,回过头来冷静地看人们是怎样的活法。《现实一种》就是把人生的一幕揭示出来给你看:人生的真相是什么?从小孩间的无意伤害,到大人们的相互杀戮,每个人的犯罪似乎都是出于偶然或者本能,就跟游戏相同。"[①] 简略的叙述策略无疑适应于这种意图。

那么,余华所追求的"真实"到底是什么呢?他自己说:"到《现实一种》为止,我有关真实的思考只是对常识的怀疑。也就是说,当我不再相信有关现实生活常识时,这种怀疑便导致我对另一部分真实的重视,从而直接诱发了我有关混乱和暴力的直接想法。"《现实一种》中的暴力可以说正是对这"另一部分真实"的象喻:从古老的奴隶的角斗,到现在的拳击、甚至是斗蟋蟀,余华都从中看到了"文明对野蛮的悄悄让步",意识到"暴力是如何深入人心","在暴力和混乱面前,文明只是一个口号,秩序成了装饰"。[②] 小说的结尾,山岗身上的大多数器官被移植都没有成功,生殖器官的移植却成功了,死者的生命种子仍然极其荒诞地延续下

[①] 陈思和语,参阅陈思和等人的对话集《理解90年代》,人民文学出版社,1996年,第11页。
[②] 余华:《虚伪的作品》,收入《余华作品集》第2卷,中国社会科学出版社,第281、280页。

去，象征着混乱与暴力仍然会绵延不绝。《现实一种》的形式是造作的，或者用余华的话说，是"虚伪的形式"，然而借助于这种"虚伪的形式"，余华对他发现的"另一部分真实"作了成功的表现。也许因为他为世界制造图像模型的艺术理想太过强烈，他这一时期的思维方式在《现实一种》中已经成熟和固定下来，趋于定型化。定型意味着死亡，这逼迫他以后的创作发生新的变化。

荒诞，现实，以及"主义"？①

一

2005—2006年，余华的长篇小说《兄弟》出版，这部小说，尤其是下半部，引起了中国文学界的大争论，余波甚至延续至今。笔者属于对这部小说（尤其是下半部）褒奖有加的一员，在笔者看来，这部小说中出现的一些最重要的因素，被批评者所忽略——这些因素显示出，近二十年来中国文学中若断若续地存在的一种创作倾向，在日渐清晰地浮出水面。

这种倾向，可以尝试性地称为"荒诞现实主义"，基于以下理由：首先，这些小说中的描述，都出现了明显的荒诞的成分，另一方面，这种荒诞又基于飞速发展、活力充沛而又混乱荒唐的中国社会现实，同时，在叙事特点上，这些小说又大体上遵循基本的制造"现实幻觉"的"形式现实主义"的叙事成规。

荒诞现实主义，不同于魔幻现实主义，因为魔幻或超现实的因素，不一定是它们的基本成分；它也不同于戏剧中的"荒诞派"，后者经常有着高度的假定性、抽象性和虚拟性；此外，有一些批评家描述其中的某些小说时，运用了巴赫金的拉伯雷研究中使用的"怪诞现实主义"的概念，这显然与"荒诞"（absurdity）和"怪诞"（grotesque）两个词，在中文里容易混淆有关，此处不及辨析，然而，与巴赫金使用"怪诞现实主义"这一概念时所指涉的肉体化、狂欢化、既"毁灭、否定"又"肯定、再生"等

---

① 本文为作者在复旦大学与圣彼得堡大学举办的"第四届远东文学研讨会"上的发言稿，收入本书时题目有改动。

狂欢性的怪诞因素相比，中国的这些小说，在基本气质上，缺乏拉伯雷的《巨人传》中那样充沛的元气与活力，相反却表现出强烈的荒诞、虚无感觉——有时甚至包含有一种抑制不住的愤怒；最后，虽然这些作品无不指涉现实，有的批判锋芒甚为尖锐，但由于它们强烈的荒诞性和夸张性，它们又不同于传统以"模仿现实"为能事的批判现实主义小说——这显然和它们都承续80年代先锋文学的血脉有关。当然，不可否认，以上这些文学现象，都可能对中国作家产生过巨大影响（尤其是魔幻现实主义，80年代以后对中国作家的影响更是无远弗届），甚至，作家本人也可能对某些现成的命名进行事后追认，然而，由于上述原因，笔者认为，中国的这些小说，有其独特的特征，因此，需要新的命名和理论描述。

　　问题既由余华的《兄弟》而起，则这部小说（尤其是下半部），自然是笔者心目中这一倾向的代表性作品；此外，此前广受关注与争议的小说家阎连科的《坚硬如水》、《日光流年》、《受活》等或批判、或寓言性的小说，在笔者看来，也应放入这一脉络中进行讨论；而如果对这一类小说进行追源，则它在时间上至少可以追溯到莫言的某些小说，例如写于上世纪80年代末90年代初锋芒尖锐而又扑朔迷离的长篇小说《十三步》和《酒国》——是不是还可以向上追溯，笔者尚不能确定。

二

　　《兄弟》下半部，基本的叙述时间是上世纪80年代以迄当下，正是中国走出封闭、飞速发展的时期，在这期间，曾经在"文革"造成的家庭苦难中相依为命的兄弟二人宋钢与李光头，经历了截然不同的命运。

　　作为传统正派好人形象的宋钢，在这一时期噩运连连，下岗失业，四处为谋生奔波，无法承受的挫败感，使他也受一夜暴富的时代神话吸引，被江湖骗子欺骗去四处流荡，待到赚了一点小钱，满身疮痍、风尘仆仆回到家中，昔日爱人林红已然红杏出墙，成为兄弟李光头的姘妇，身心都满是创伤的宋钢，最终在极端的孤独与绝望中结束了自己的性命。与宋钢相比，在传统文学中一贯会被描绘为不大正派的浪子形象的"李光头"，却在这个新时代迅速飞黄腾达，小说结束时，已然成为富甲一方的实力巨贾，甚至预备搭乘俄罗斯的飞船去太空游览。李光头神话般地成为巨富的经历，最易引起批评者的苛议。譬如其借"捡垃圾"东山再起，譬如其经营垃圾西装的国际生意而一夜暴富，在批评者眼里都难免荒诞无稽之嫌。然而，作为一部荒诞现实主义的作品，它不必对这个时代的方方面面都作出客观如实的描述，而是要借助对一些社会现象的夸张描写，指向现实本身的荒诞与不可思议。

现实本身的发展，有时更直接对批评者的观点形成强烈的否定与讽刺。如同我的有的同事也已经注意到的，就在人们还在争论李光头"捡垃圾"致富是否可信时，中国的新闻媒体爆出猛料，2006年居于富豪排行榜首位的巨富，原来就曾靠贩卖垃圾发家——现实的不可思议，远远超过了文学的想象；而"垃圾西装"现象，如果人们不太健忘的话，正是80年代中国改革开放初期，媒体上广泛报道过的事件——虽然说它们是现如今公众耻于提及的记忆，然而，重新激活记忆，引起反省，本身就是小说的一项承担。至于李光头长袖善舞，成为一方巨富之后酒色自娱，举办所谓的"处美人"大赛，虽也略显夸张，却也并不是没有现实基础，也的确能代表我们这个时代暴富阶层的粗俗一面。与宋钢相比，李光头令人惊诧的经历，可能更能代表这个镀金时代不那么令人乐于启齿的一面，而严肃的文学，本身就不应是制造令人陶醉的致幻剂，而更应产生某种令人清醒的"祛魅除幻"的力量。

80年代中期的先锋潮流之后，中国作家都加强了在叙述方面的自觉意识，代表性的话是这样说："小说不是叙述一场冒险，而是一场叙述的冒险。"《兄弟》下半部里，充满了来自现实生活的细节，这种细节如此丰富，如此不可思议，如此吸引人——譬如江湖骗子周游发明"吸管包子"，譬如宋钢隆胸做"丰乳剂"的代言人，譬如林红、赵诗人、刘作家随着时代变化也发生了不可思议的身份转化，等等——以至于作者本身，似乎也受到某种来自现实力量的难于抵御的推动和吸引，而放弃了他过去经常会刻意去寻求的精致的形式，但这当然也并非是说，这部小说中就没有叙述的自觉。我们会注意到，在叙述过程中，余华有意识地采用了某种程式化的叙述，譬如李光头先是派遣小孩子、后又亲自率领福利厂的瞎子、聋子、瘸子、傻子去向林红求婚的场面，譬如李光头投机失败后刘镇的出资者余拔牙、关剪刀、王冰棍、童铁匠、苏妈用不同方式对他拳打脚踢的场景，譬如李光头收拾"赵诗人"、"刘作家"的场面，譬如在他办"处美人"大赛时各路趋炎附势女人轮番上场的丑态表演，等等，都用重复加变奏的形式写出，使得小说有一种强烈的喜剧感，却又不像他十年前的一些小说那样刻意为之。叙述自觉的另一面，则是"对位法"的使用，这既表现在小说的总体结构上，也表现在某些细部处理上——前者譬如说"文革"与当下，"革命"暴力与"物欲横流"，构成两个时代的对位，兄弟二人在这两个时代的不同命运，也构成了对位，事实上这也形成了这部小说的基本结构；后者譬如赵诗人和刘作家在不同时代对李光头的态度（由横施暴力到卑躬屈膝）的对位，李光头落魄时与暴发后刘镇众人（余拔牙、关剪刀、王冰棍、童铁匠、苏妈等）对他的不同态度的对位……等等，丰富的对位技巧，让这部小说的细节充满了对照与反讽，也构成了这部小说戏剧性的重要来源。

在整体的叙述语调上，余华也显然进行了精心的选择。小说上半部的叙述采用了感伤的语调，下半部则采用了谐谑式的叙述语调——所有的句子都有一点玩笑的、漫画的味道，对当下的时代，有点亲昵又有点瞧不起，有点距离又有点关心，所讲述的东西既有现实所本又不免有些拉扯和夸张，然而这样的一种叙述语调，却又并非指向一种狂欢式的喜剧色彩，小说的整体上有一种荒诞虚无感，指向历史与现实的荒唐与灵魂的空虚无望，给人一种欲哭无泪的感觉。小说一开始，叙述者就写"我们刘镇的超级巨富李光头异想天开"，打算搭乘俄罗斯飞船上太空游览，但上了太空又如何呢？"李光头坐在他远近闻名的镀金马桶上，闭上眼睛开始想象自己在太空轨道上的漂泊生涯，四周的冷清深不可测，李光头俯瞰壮丽的地球如何徐徐展开，不由心酸落泪，这时候他才意识到自己在地球上已经是举目无亲了。"到了小说结尾，这个情节又出现了，依然有种悲凉，但悲凉的意味隐伏下来，谐谑的东西又增强了，李光头看着夜空，"满脸浪漫的情怀"，说要把宋钢的骨灰放在"每天可以看见十六次日出和十六次日落的太空轨道上","从此以后,我的兄弟宋钢就是外星人了"。这种悲凉和谐谑之间的游移,清醒和耽溺之间的摇摆,可能就是叙述者的含混,可能也是作者和我们这个时代的含混。

三

余华的《兄弟》,因其来源于现实的荒诞夸张叙述而饱受争议,但在近二十年来的中国小说中,这种风格并非罕见,有的作家的小说,设想之大胆,描写之离奇,笔锋之锐利,比起《兄弟》来,可谓有过之而无不及。这其中,近十来年声望与影响力上升最快的作家阎连科,可以说是其中最特出的一位。

阎连科早期的小说,是通常的现实主义作品,虽然中规中矩、获奖频频,但并不为评论界看重,一直到在上世纪末本世纪初,接连写出《日光流年》(长篇,1998)、《耙耧天歌》(小说集,2001)、《坚硬如水》(长篇,2001)、《受活》(长篇,2004)等,方才广受注目。

阎连科的小说中,《日光流年》可能最有寓言色彩。三姓村人患喉堵症,近百年来,无论男女,无人能活过四十岁,司马氏、蓝氏、杜氏三姓,辈辈在村中争夺最高领导权,然而,夺得领导权后,无论表现如何出色,无论他们想出各种偏方奇招(或鼓动大家吃油菜,或带领众人深耕换土,或率众修渠引水),却始终无法带领大家走出命运的诅咒。这里面,最为悲怆的可谓第一卷(时序上则是最后)司马蓝率领大家修渠引水的悲剧,为修渠成功,司马氏几代付出牺牲,司马蓝本人更是牺牲了自己的幸福,村人也为此牺牲自由和财富,然而修渠成功,引来的却是滚滚浊流——山外的水源已然污染,他也无望地结束生命。《日光流年》书写中国北方偏远山村生存之艰难与无望,很容易让人解读为历史寓言或民族寓言,然而,阅读作者的《自序》,我们可能也会发现,小说中其实也暗含着有关生命的寓言。阎氏感慨说:人生一世,草木一秋,生死存亡,得失祸福,原都不过是生命的一段过程,这道理是如此晓白而密奥,可我们总是对之不知不觉或不屑一顾,"草木一生是什么?谁都知道那是一次枯荣。是荣枯的一个轮回。可荣枯落到我们头上，我们就把这轮回的过程，弄得非常复杂、烦琐、意义无穷。"（《日光流年》自序，时代文艺出版社 2001 年版）不过，话说回来，阎连科本人也未必见得如此超脱，《日光流年》借助穷乡僻壤的故事，实实在在地写出了生存的艰难，小说的封闭结构，则闭锁了一切希望，仿佛生存本身，就是没有结局的考验，一场注定没有胜利的战斗，怎么样的努力都是白费，怎么样的答案都是错误，荒谬绝望感之堆砌，几非常人所可承受。

阎连科的另外两部小说，则直接描写历史和现实的荒诞夸张。《坚硬如水》中，"文革"时代的一对男女，一边搞"革命造反"，一边像搞革命一样挖地道偷情；同时一边偷情，一边大听革命歌曲，后者不但是他们"革命造反"的伴奏曲，更是他们鼓足"干"劲的催情剂，性与政治的纠葛隐喻，虽略显直白，却活现时代的亢奋夸张。阎连科的小说似乎一向对触犯禁忌颇为热衷，至少有两部小说中都出现了"性爱＋渎圣"的场面，个中心态，颇耐捉摸。至于更受关注的小说《受活》，则回到他一贯描写的苦难主题，其中的柳县长为了政绩，想出购买列宁遗体建纪念堂发展旅游搞活经济的"奇招"，为了凑钱买遗体，又强逼"受活庄"的残疾人出门卖艺，情节甚为荒诞，批判也非常锐利。

阎连科的小说中，经常出现一些怪异意象，这些意象突兀刺目，直接让人产生生理上的厌恶感，像《日光流年》中的"卖皮"、《坚硬如水》中的"渎圣"、《受活》中的"残疾村庄"等等，这些意象，不像一般文学中的怪异意象那样容易在作品设置的假定性语境中让人忽视，它们远非如此平滑，似乎在在都显示出作家内心中某种不能平复的创伤——一个世界的没有痊愈的伤口。

四

中国文学中的荒诞小说，"文革"后不久就已出现，著名的如宗璞的《泥沼中的头颅》、张贤亮的《浪漫的黑炮》、王蒙的《冬天的故事》、《坚硬的稀粥》等等，80 年代末，评论家吴亮等也曾编选过一本颇为有名的

《荒诞派小说》（时代文艺出版社，1988年），选录的则多是较有现代主义倾向的作品——但这些小说，都有高度的假定性和虚拟性，和我们所说的荒诞现实主义，似乎还是不同，后者显然是80年代的探索文学潮流与中国现代文学的批判现实传统结合后产生出来的新种。所以，具体到荒诞现实主义，我以为向上追溯，可能要追溯到莫言的两部长篇：一部是不太受重视的《十三步》（1989），一部是广为人知的《酒国》（1992），这两部小说的情节都颇为荒诞，前者中如死人复活的情节，后者中如"酒国食婴"的象征性描述（直承鲁迅《狂人日记》中的"吃人"主题）——两部小说中都运用了复杂的叙述手法，《酒国》中的叙述更是似真似幻，然而，由于采用细节逼真与心理刻画等现实主义惯技，这两部小说都企图制造出某种使人信以为真的现实幻觉，称为荒诞现实主义，并不为过。在基本精神上，则两部小说都"感时忧国"，直承中国现代文学现实主义的精神传统。

五

　　莫言、阎连科、余华，都出身于中国的基层社会，也因此，他们可能对社会中的怪现象更为敏感。然而，他们对现实的荒诞描写，为什么到90年代之后才日渐浮出水面？一种直接的解释可能是，随着近十多年来的经济迅猛发展，中国社会发展中不平衡乃至畸形的一面日益暴露出来，以致社会现实本身中就充满了各种荒诞的因素，这些荒诞的现象，几乎不用作家去想象，在现实里本就俯拾皆是。虽说这种解释有"还原论"之嫌，但我相信，正是这种情况给予了这些作家直接的灵感来源和创作动力。

　　一个持续关注中国社会现实的人，他会发现，比起历史上超现实式的"反右"、"大跃进"、"文革"，近些年中国社会发展中的某些事件，可能少了前者的悲怆，却确乎给人以荒诞的感觉，从SARS事件到太湖水污染，从一夜之间产生的超级女生到超现实的楼价，从邛州市委书记"十七大"归来在当地搞的国家最高领导阅兵式的欢迎仪式，到一夜之间将全国无量人众卷入其中的"华南虎"事件……现实的发展真是愈出愈奇，而随着互联网等通讯工具的迅速普及，这些荒诞事件也愈益迅速地进入公众视野。复旦大学的评论家严锋在与余华讨论时说："当下中国最大的现实就是超现实。"(《〈兄弟〉夜话》)时间的发展似乎在不断印证这句话的警策。据说余华的《兄弟》下半部，一些灵感来源于网络上的社会新闻，这点我有点相信，而且我也相信，当下中国某些现象与事件，即使不做加工，直接写进小说，就是一部精彩的荒诞现实主义作品。

  莫言、阎连科、余华等人的小说，已经日益让荒诞现实主义的创作倾向浮出水面，那么，它们会日益壮大，以致最终形成一个蔚为壮观的潮流吗？还是，中国社会的发展迅速突破了瓶颈期，我们终于进入了一个较为平和稳定的状态，以致荒诞现实主义显得不合时宜而迅速失去了成长的土壤？一切都有待于观察，要下断语，似乎还为时过早。为中国社会的进步计，我们宁可文学作出牺牲，所以，我们衷心期待着后一种选择，但历史的经验似乎告诉我们，永远不要过于盲目乐观。

2008年3月1日

（收入《第四届远东文学研讨会论文集》，
［俄罗斯］圣彼得堡大学出版社，2008年。）

藉由现代文学经验,打开活生生的民间世界
——莫言四题

2012年诺贝尔文学奖颁予莫言,消息发布之前,中国舆论界就爆发了规模空前的针对特定作家的争论,然而,熟悉中国当代文学的读者,却绝不会对这一结果感到意外。莫言三十余年的创作,不但有着自己独特的风格,而且形成了自己独有的文学世界——这一世界与中国的历史和现实、民间文化资源和新文学传统,以及域外现代文学经验之间有着复杂而清晰的关联,最后铸就的,却是莫言独自一家的色彩绚烂、大开大阖、奇异而又现实的世界。单纯就文学成就而言,此一文学世界独具的魅力和深切的历史和现实关怀,已让莫言得诺奖绝对是实至名归。

一、异域与中国

从莫言三十余年的写作历程来看,他的创作标志性的改变,发生在1985年,在此之前他的尝试性写作,总体上尚不脱当时文坛的基本格调,到1985年,他的创作发生彻底转变,如果说1985年是莫言创作腾飞的真正起点,现在看来一点也不为过。1985年当然是一个广为人知的重要年份,这一年,"先锋文学"和"寻根文学"迅速崛起,彻底改变了中国当代文学的整体面貌。从历史上看,"先锋文学"潮流,相关于域外现代文学对中国当代写作的影响和启发,考虑到中国文学在当时借之获得的语言实验、叙事革命以及相关的对既定世界图像的突破,这一影响与启发的作用,说是革命性的也不为过;"寻根文学"思潮,虽冠以"文化寻根"

的名号，但当时除阿城之外，更多的作家关注的，其实是经由底层民间经验而来的本土民俗性因素的发掘。莫言并未自外于这两条在当时充满活力的文学路线，他的创作中这两种因素互相交织，但是也各有偏重，形成两个系列，兹后则化合出其独具魅力的小说世界。不过虽说并未自外于时代潮流，综合来看，莫言的创作实际上却走了一条独特的道路。

从今天的角度回顾，可以看得很清楚，当时的文学潮流对莫言最大的影响，是促使他有了独特的觉醒、解放与发现。换句话说，文学影响与时代潮流的刺激，导致的不是使他模仿与发现别人，而是发现自己——自己的来历与自己独有的世界。而对于自己的独特之处，莫言其实有非常清楚的自觉，以外来影响而言，莫言从未否认福克纳与马尔克斯对他的巨大影响——熟悉1980年代中国文学的读者，应该对这两位作家（此次授奖词中特意提及）在当时中国文学界的巨大影响记忆犹新——但莫言没有简单地摹仿这些作家，他曾经这样说过："我比很多中国作家高明的是，我并不刻意地去摹仿外国作家的叙事方式和他们讲述的故事，而是深入地去研究他们作品的内涵，去理解他们观察生活的方式，以及他们对人生、世界的看法"。譬如福克纳，他欣赏的是"他那种讲述故事的语气和态度"，"读了福克纳之后，我感到如梦初醒，原来小说可以这样地胡说八道，原来农村里发生的那些鸡毛蒜皮的小事也可以堂而皇之地写成小说。"（莫言：《饥饿和孤独是我创作的财富》）这与马尔克斯当年从卡夫卡那里受到的启发简直如出一辙，马尔克斯也是在十七岁时读到了卡夫卡的《变形记》，发现小说"原来能这么写呀。要是能这么写，我倒也有兴致了。""我认为他是采用我外祖母的那种方法用德语来讲述故事的。"（［哥伦比亚］加西亚·马尔克斯、门多萨：《番石榴飘香》，林一安译，三联书店，1987年，第39页。）从影响的角度看，从先辈作家那里获得启发乃至解放作用，要远比直接的模仿高明几个层次。回头来看莫言，如果说他受到这些作家的影响的话，他其实是从他们那里获得一种启发，一种胆量，自由地解放自己的感觉、体验、想象乃至语言和叙述，而尤为重要的，则是让他重新发现了自己所从来、自己也一直生活于其间的活生生的中国民间世界，可以说：世界文学的启发给他的写作打开了一道闸门，使得民间的生活经验与生命气息在他的笔下源源不断地流动起来。

二、先锋与民间

莫言的这一独特却也颇具代表性的经验，可以简单地概括为："经由异域发现中国，经由先锋发现民间。"

文学史上曾经有很多作家有过类似的发现自己的经验，譬如沈从文，也是在早期杂乱无章的摸索之后，发现故乡才是自己永远抒写不完并进一步思考、成长的基地。与前辈作家相比，莫言一代的独特之处，是这一发现经由了域外现代主义及之后的文学潮流的刺激。这一借径，好的一面，是带来了语言、感觉、叙述、观念以及世界图景的全方位解放——不过，如果说在感觉与叙述方面，莫言与那一代写作者共享了这一解放作用，他笔下那个不受任何现成框架羁绊的鲜活的民间世界，在当时却绝对是独自一家。任何熟读《枯河》、《秋水》、《白狗秋千架》、《老枪》，尤其是《草鞋窨子》、《飞艇》、《苍蝇·门牙》、《红高粱》等小说的读者，可能都不会忘记最初看到这些小说时的激动，这里面没有了前一个时期中国小说写民间世界时的迂腐、冬烘与矫情，更没有此前被种种条条框框束缚着的紧身衣，一切都是那么舒展、随意、放肆、有声有色，伴随着感觉、叙述与观念的解放的，是一个活生生的民间实感世界的解放。

讨论"民间到底为文学带来了什么"这个问题，答案在我看来很清楚，就是不可替代的"实感经验"。我很看重像沈从文和莫言这样的作家为中国现代文学增添的新的质素——来自民间生活的实感经验，使我们的文学不再是单纯的借鉴、移植、模仿或者对个人的感觉、思想、情感和想象的表达，而是获得了一种来自生活世界的深度和厚度。沈从文与莫言，地域不同，时代有别，风格的区别当然也很大——沈从文善于捕捉乡土中国人情风俗之美，相对来说更清澈一些；莫言构筑的高密东北乡，藏污纳垢、有容乃大，却更能表现贫穷艰难却生机勃勃的民间生活本相。然而，不论他们的风格的区别如何明显，我们都能够从他们的作品中感受到一种真正来自民间的"实感"——他们的作品有着丰富的变调与和弦，这在没有民间生活实感的作家那里是极为缺少的。他们的成败得失,可能都会对以后的中国作家吸收民间生活世界的营养提供可贵的经验与教训。

文学与民间接通关系(也就是所谓的"接地气"),除了接续"实感经验"的源头活水之外,也会获得来自民间的丰厚的文化资源的支持。莫言接续了中国的这一"小传统",其"野语村言",也便得到了来自民族集体无意识的、一定程度上可以说是源源不断的供给与营养。而从其创作的发展来看,莫言并未止步于民间实感经验的移植,而是进一步地扩展了这一经验,像福克纳的"约克纳帕塔法县"一样,他的"高密东北乡",不断地容纳着他的新的经验和感受(尤其是对历史和现实的感应、认识、思考和想象),从一块邮票大的地理空间,扩展为漫无边际的文学空间。从《红高粱家族》、《天堂蒜薹之歌》到《丰乳肥臀》、《檀香刑》、《四十一炮》、《生死疲劳》、《蛙》,这个文学世界不断展开和丰富——其自身的逻辑及其和现实世界的关系,是非常值得探讨的话题,而其中最关键的一点,可能是:你难道不能够从中发现一种民间的历史观?这种"民间史观",联通着民间的实感经验、文化传统和历史记忆,在中国现代文学中有其脉络(如沈从文、老舍、李劼人、萧红等所表现的),80年代中期之后在长期被遮蔽之后重新涌流而出,在当代中国一些最优秀的作家(如余华、阿来、陈忠实、贾平凹、王安忆等等)那里,都有着出色的表现,而以莫言的表现最为浓墨重彩——其中贯通着的对民间苦难的书写、记忆、沉思以及感同身受的体会和同情,联通着中西文化主流中的民本传统和人道情怀,而其对民间良知、智慧和生命力的发现,则发掘出了中华民族浴火重生至为重要、至为宝贵的一部分精神和生命资源。

三、"欢笑"与"怪诞"

此次诺贝尔文学奖授奖辞,将莫言小说的风格描述为"hallucinatory realism",此词译为"魔幻现实主义"显然不妥,后者对应的英语词组为"magic realism",对应的西班牙语则为 Realismo Magico,其中的 Magico,"词典里有以下解释:魔术的、神奇的、机巧的、突变的、不可思议的和出乎意料的等，都不包含幻想和幻觉的含义。"① 而 hallucinatory，基本的含义则为"幻觉的，引起幻觉的"；此外，魔幻现实主义内含着美洲居民（主要是印第安人与黑人）近乎原始思维的神秘宇宙观，莫言小说虽受到拉美魔幻主义的影响，也吸收了中国民间保留的神秘文化因素，其文学世界所形成的那种奇异效果，却更多来自于文学想象的集中、夸张、变形作用。然而，译为"幻觉现实主义"却也似有些不伦不类，我们也许可以将之译为"幻异现实主义"——不用"奇幻"（fantasy）一词，是有意识地与该词在当下文学语境中偏重于虚无缥缈的想象、"奇异而虚幻，不真实"等意项保持距离。搁下词语上的推敲不表，显然大家都意识到了莫言那种貌似矛盾实则相辅相成的奇异、生动而又现实的想象的特点。②

而若检视莫言小说借由幻想和现实、历史和当下、民间和先锋、中国经验和现代技巧形成的独特的想象世界，我们会发现其中有着两种明显不同的色调，一种是明亮的、欢乐的，一种是阴郁的、怪诞的。似乎作为小说家的莫言，内心里面有一个"顽童"，也有一个"愤怒的青年"（或"感时忧国"的书生），由此也自然让他的想象力表现出两种倾向：一是顽童式的想象力，把严肃的、重大的事情，变为一场游戏与狂欢，消解了其中的严重性，而化为生命力的张扬；一是阴郁、荒诞的想象力，其色调之凄厉，想象之怪诞，表达之极端，经常挑战着人的承受力的极限——对不义的愤怒，经常让他的写作夸张变形，有着非常极端的想象（经常是对"恶"的极端想象），于是在他的小说中便经常出现类似于地狱边缘的非人间的风景——莫言有时甚至会表现出耽溺于这种风景。

---

① 陈光孚：《魔幻现实主义》，花城出版社，1986年，第10页。
② 2012年12月24日，瑞典学院院士、诺贝尔文学奖评委会委员、前主席谢尔·埃斯普马克先生来复旦大学演讲时，笔者在提问时曾专门向他请教选择"hallucinatory realism"一词的用意，以及其和"magic realism"的区别，他的回答要点大致如下："hallucinatory realism"这个词是专门为莫言量身定做的，是有意识地避免把莫言和马尔克斯捆绑，因为莫言的创作有着自己独特的个人风格，而且也与中国的想象传统如蒲松龄的《聊斋志异》等有着密切关系。他同时也说，马尔克斯的意义不在于教莫言怎样写作，而是起了范例的作用，使莫言的写作方式合法化。（按：这一点，显然已成为了中外研究者的共识。）——2013年12月2日补注

莫言想象力的这两种倾向，是在他的写作获得自我解放的一开始就表现出来，此后则叠有发展。以第一种倾向而言，在中国当代文学中，尽管此前已有汪曾祺的《受戒》、《大淖记事》等小说开始摆脱此前的束缚来呈现民间生活，莫言的《草鞋窨子》和《飞艇》等小说的出现，却自有其不可代替的意义。汪曾祺延续也一定程度上纯化了沈从文的写作路线，表现民间生活的同时也寄托着自己的理想——这种理想受到古典文化的熏陶，带有一定程度的文人色彩；莫言的这两部作品，则更能体现民间的本色，尤其其中包含着某种兴高采烈的意味，显示出普通民间粗糙简陋甚或艰难的生活中，本身便包含着生命力的恣肆张扬。这两篇小说都接近于速写，《草鞋窨子》更容易被误解为谈狐说鬼的小品，实则其中连通了一个一直被遮蔽着的民间生活和想象的世界，夸大一点，甚至可以说，它复活了一种传统——这是一个日常意识之下的无意识的世界，也是一个被正统排除与压抑的民间想象世界，"齐东野语"的闲谈让这一世界呈现出来，让读者赫然发现，原来写作可以这么无需承载过多的外加意义，也可以这么兴高采烈、眉飞色舞，却也自然而然地有着释放、疏解与逃离的作用。这种笑声延续在《飞艇》、《三十年前的一次长跑比赛》、《生死疲劳》等一系列小说之中，成为莫言作品特有的一种声调。贯串在作品中的笑声，把严重的事故与艰难的生活都化为了生命力飞扬的欢悦。莫言也几乎表现出一种民间说书艺人的才能，关注的不仅是故事，更是细节与氛围，从一个简单的故事中引出整个世界，制造出一种特殊的兴兴头头的气氛。以《生死疲劳》而言，不用说，小说的主线是非常严肃的，其中孤独面对整个时代的农民形象，更是有着某种悲剧英雄的特点，曾有评论认为，小说中太为精彩的动物故事喧宾夺主，掩盖了全书写六十年乡村编年史的严肃性，然而，放在莫言小说游戏与狂欢的脉络中来考察，这一现象其实也不难理解，莫言是不自觉地又受到这种精神的吸引，把严肃、沉重，化为了叙述与想象中生命力的舞蹈狂欢，把随时可能伴随严肃而来的石化的危险，化为了复活的欣悦……若按照巴赫金的说法，民间节庆中的狂欢精神，本身就有着宇宙观的意义，莫言的这一类作品，岂非感通了这一精神？

不过如果就此仅仅把莫言看作一个"狂欢化"的作家，我们却要遭遇莫言的另一类作品中阴郁、怪诞的想象的挑战。这里面，最为典型的可能要推《十三步》与《酒国》中的极端想象。《十三步》是莫言的一部不太受重视的杰作，对于读者来说，绝对会是一次极端的阅读体验，整部小说弥漫着一种腐烂、恶臭的气味，其基本的氛围则是阴森、狞厉的，包容着巨大的黑暗与愤怒，预示着恐怖和不祥，与此相对的，则是小说在叙述艺术层面的丰富成功，几乎是莫言在技术上最为复杂有机的小说——以莫言想象力阴森、怪诞、狞厉的一面而言，在他的创作中，能够与此匹敌的，可能唯有《酒国》。莫言在一次对话中，承认《酒国》中的"食婴"想象，受到鲁迅小说中的"吃人"意象的启发（《莫言对话新录·说不尽的鲁迅》），这当然指出了莫言与中国现代文学中的"感时忧国"、批判现实精神的联系，然而如果看小说中恣意挥洒的阴暗想象，你也很难说，莫言未必不无形中为这种阴森狞厉的想象所吸引。小说中的极端想象，不仅在象征层面唤起读者的理性反思，也在感性层面引起读者肉体上的厌恶感，若说引起读者的感性反应本是艺术的一种功能，莫言可以说把这一功能发挥到了极致。

评论界讨论莫言后一类创作，一般马上会联系到巴赫金的"怪诞现实主义"。然而，由于更偏向于整体的荒诞和否定，莫言的此类作品，更适合用沃尔夫冈·凯泽尔对"怪诞"的论述来描述，凯泽尔认为："怪诞是异化的世界"，是"一种唤出并克服世界的凶险方面的尝试"（《美人和野兽——文学艺术中的怪诞》"结语"）。巴赫金则认为，凯泽尔的"怪诞"论述，实际上只适用于"浪漫主义和现代主义的怪诞风格，严格说只是现代主义的怪诞风格"，而与此前的怪诞风格格格不入，巴赫金颇为敏锐地指出，后者有着"与民间诙谐文化和狂欢节世界感受完整世界的不可分离的真正本性"，由此所产生的"怪诞现实主义"，作为其标志性特征的"降格"和"贬低化"等，"不仅具有毁灭、否定的意义，而且也具有肯定的、再生的意义：它是双重性的，它同时既否定又肯定。"（《弗朗索瓦·拉伯雷的创作与中世纪和文艺复兴时期的民间文化》"导言"）在这个意义上，巴赫金把浪漫主义和现代主义的怪诞风格看作是对"怪诞现实主义"的退化，尤其是在后者那里，怪诞风格已然完全形式化，固然借此获得了尖锐与刺激之力，却抹去了其本所负载的民间节庆感受的意义，因而不免落入了凯泽尔所描述的以"阴暗、恐怖和可怕的音调"为基调的"令人震惊"的"陌生"的"怪诞世界"。

幸而后者只是莫言的一类创作，其最为大气也最能代表他的独特风格的作品，还是这两类想象在发展之中交错化合形成的波澜壮阔的文学画卷，如《红高粱家族》、《丰乳肥臀》、《檀香刑》等。这一类作品，融欢乐与阴郁、嬉戏与怪诞于一炉，一方面是对荒诞历史与苦难现实的描绘，另一方面则焕发出民间生机勃勃、压制不住的活力——与巴赫金对"怪诞现实主义"的描述，几乎可以说是密合无间。这一类作品油画般绚烂厚重的底色，夸张、变形、扭曲的形象，深重的苦难和悲怆的呼喊，恣肆汪洋的生命力，以及其间出没的种种近乎神话传说中的（无论是在行善还是作恶方面）男人和女人们，几乎可以说构筑了一个独特的却又与历史和现实息息相关的神话世界。

四、后来者超越的可能路向

综合来看莫言的写作资源，其最基本的生命感受和文化资源，无疑是来自民间大地的实感经验和文化传统，但其直接承续和从属的文学写作传统，却是以鲁迅为代表的新文学传统和上世纪80年代中国文学界集中借鉴、吸收的西方现代文学潮流（后两者在某些方面也有重合）。就莫言的写作来说，民间实感经验和文化传统，无疑是他最重要的资源——这一储存着民族记忆和集体无意识的宝库，可以说是作家创作的无尽宝藏。

事实上，自古以来的中国小说，对于这一宝藏，一直有所沟通，而对于中国小说的此一传统，莫言显然有着非常积极的感应，他充分地表现出一个"说故事的人"的才能，俨然这一源远流长的伟大传统的一个天才后继者。说是天才，并不过分，莫言在这方面确实具有特殊的天分与才能——他的世界，繁华、热闹、充满戏剧性，不管是乐观张扬，还是阴郁荒凉，写来都眉飞色舞、兴兴头头，生来便是这一行的"缪斯"或"祖师爷"赏饭的人，随便什么事情，在别人写来可能枯燥乏味，思致枯窘，在他笔下，便另有一番神采，别有一番兴味。不过也许想象的才华太过洋溢，让他的小说里，处处是戏剧、处处是意象，热闹繁华，没有空隙，大气磅礴，而少清流。他的写作动力是充沛的情，这种情不仅仅是个人的，更与他所从来的民间大地息息相通，这种"情"带动他（有时是牵制着他），汩汩滔滔，泥沙俱下，却难得安静，更未能触及至深的寂静，所以莫言的小说里听不到寂寞的声音，听不到沉思的声音，更听不到清澈的心灵最深处的声音。

就对民间世界和想象传统的表现和接续来说，莫言综合现代文学经验的"幻异现实主义"风格，可以说已臻于登峰造极，后来者在这一路向要有所超越，势必要付出巨大的努力——综合各方面情况判断，也甚少可能。但"山重水复疑无路"时，也不乏"柳暗花明又一村"的可能：莫言所代表的写作路向，主要沟通的是民间文化的"小传统"，小传统之外，却也还有"大传统"的问题——"小传统"可以让我们触及民族乃至人类集体无意识中的"象"，个人禀赋可以让我们充分感通流淌在民间的充沛的"情"，而如何解析和安排这些"象"，疏导与化解这些"情"，则除了沟通中西文化"大传统"中的智慧之外，别无他径。

事实上，现代世界虽然求新求变，各种光怪陆离、令人瞠目结舌的现象也层出不穷，文学世界也标新立异、刻意出奇，然而"自其不变者而观之"，自轴心时代以来，人类对现实的感受、思考和对超越的追求，却几乎没有变化过——由于历史的原因，中国现代文学中除极个别作家外，甚少涉及到对这些万古常新的问题的关注和思考，然而，未来中国文学要能真正厕身于世界文化，却不能不进入这一层面的思考，并积极地与人类文化大传统中积累的智慧和那些永恒的追求进行沟通与对话——识者曾言，最好的文学，由民族的愿望和气息积累，相通于民族整体的憧憬和想象，并可与世界其他民族文学的顶峰对话。

2012 年 10 月 21 日改定

（原刊《社会科学报》2012 年 11 月 1 日 6 版，收入本集时题目做了改正）

流水带来的，带走的……
——《秦腔》闲话

《秦腔》的叙述节奏很慢，写的虽然是一个村子一年多时间里的事情，给人的感觉却似乎是十年、二十年似的。小说中的时间，犹如前人所言，几乎像日光，简直让人感觉不到它移动，然而却是倏忽的。一天一天琐碎泼烦的日子，每天的日子似乎都没怎么变，然而一天天积累下来，却类乎地覆天翻：不想来的一点一点来了，不想走的一点一点走了。

一

《秦腔》当然写到了秦腔——或者不如说，写到了秦腔的衰败。

外地人听慷慨激越的秦腔，听得入耳的不多，因多半仅见其形，未必能得其神，但对于秦地之人来说，秦腔却是深植于生活之中，虽然是娱乐，却也自有着生命的庄严与放肆。小时候，正月里在姐姐家做客，她们村演戏名闻十里八乡，姐姐的公公便是打板的好手，带我去看排戏，敲锣打鼓的青壮年在凳子上坐了一排，拉二胡、打板的老人们坐在热炕上首并兼指导之责，演员便在室内土地上排练，平日泼辣爱娇的小女子们，排起戏来竟格外肃然，排了一遍又一遍，不对处便细心恭听老人们从炕上高声指点，一段短短的丫鬟小姐后花园看花，便不知排了几个下午，认真处丝毫不亚于专业剧团。老人小孩，人人会吼几声秦腔，识字的老人家里不一定藏书，秦腔剧本却会收藏不少。我刚学会阅读后，如饥似渴，到处找文字看，书是难找到的，某年麦收时节却从同村的一个老辈处借来一堆秦腔剧本，看场时一老一少对台词，麦收完时一个人便可唱完全本的《三滴血》、《铡美案》。同村的小孩，四五岁、七八岁便会像模像样唱包公，我初中时参加县里组织的夏令营，一个许久不见的同学出现在晚会上，十几岁的少年一段包黑头唱得气壮山河。

但这样的情况似乎在渐渐消失。《秦腔》是贾平凹写自己家乡，想来总会有不少贴肉贴心之处。然而看完了，很多事情模糊成一片，印象最深刻的，却是里面写到秦腔的命运：中星当了剧团的团长，好大喜功，把团员聚起来送戏下乡，不成想，每到一个地方，敲锣打鼓，观众却寥寥，甚至没人看。小说中有个演员说："中午演到最后，我往台下一看，只剩下一个观众了！可那个观众却叫喊他把钱丢了，说是我拿了他的钱，我说我在台上演戏哩，你在台下看戏哩，我怎么会拿了你的钱？他竟然说我在台下看戏哩，你在台上演戏哩，一共咱两个人，我的钱不见了不是你拿走的还能是谁拿走的？"看到这一段，仿佛被打了一拳——不管演员和作者是不是在编段子，秦腔在丧失观众，大概总是不假的。小说下文，这个村子的村民竟然和演员们打了起来，"说是戏台上是他们三户人家放麦草的地方，为演戏才腾了出来，应该给他们三户人家付腾场费。"——小时候，村里演戏大人小孩欢欣鼓舞，跑到各村呼朋唤友，如今竟是这种情势，秦腔真的气数尽了？

若真已不招人待见，有意去鼓捣，只能是帮倒忙，譬如小说里的中星，为了政绩，把演员重新聚拢起来送戏下乡，自己最后是当上了县长，却间接地毁了剧团。有些东西，不待见它的人能毁了它，待见它但目的是拿它派用场，却会更快地毁了它。秦腔的根，只能在民间（所有的地方戏都如此吧）。老百姓爱它，要亡也没那么容易；若真的已经不爱了，再"动之以情，晓之以理"，还是爱不起来。一定要包装打扮招人爱，自己最后也变得怪模怪样。去年陕西某颇负盛名的剧团到上海演出三天，有朋友请我去看《李慧娘》，为了迎合南方口味，布景是精致了，戏词是细腻了——但南方人还是根本不要看，捧场的还是在上海的陕西人——秦腔的味道却没有了。李慧娘的鬼魂吹火，本是秦腔的绝活，演员却故意夸张它，以不同方式吹了十多次，虽然招来了彩声，却把戏变成了杂耍，还没有我小时候赶集看的县剧团的演出醇正。

内外交攻,焉得不败?

二

说了这么多,似乎秦腔便是这部小说的主题,其实不是,它写的还是拉拉杂杂的日子,秦腔的命运只是缓缓流动着的琐碎平常的生活中的一件事情而已,只是因为我对它有点感觉,所以特意拿出来说说。但虽然只不过是一件事情,尝一脔却已可知味。小说里那种拉拉杂杂、慢慢悠悠的叙述节奏,流水账一样记录下了很多琐碎的事情,一点点的变动,积累得多了,就发生了巨大的变化,还是灰扑扑的、琐碎平凡的乡村日常生活,我们却已经有点陌生,有点惊恐,有点惶惑:这就是我们的家园么?这还是我们的家园么?

不特是读者会产生惶惑,作者其实也惶惑。这部小说有一种内在的分裂感——似乎是当下文化本身的分裂。小说中的叙述者"我"和村子里走出来的作家夏风,都喜欢着秦腔女演员白雪:白雪色艺双全,为人朴实,似乎作者一心要把她写成乡村的灵魂似的,然而,她的命运却颇有些生不逢时,秦腔在消亡,整个乡村的生活秩序在瓦解,不论是在感情上还是在生活中,她都找不到了位置。叙述者"我"痴痴傻傻、疯疯癫癫、神神道道,痴心于白雪却表达得那样拙劣,白雪也并不喜欢甚至害怕他;夏风赢得了白雪,然而他对乡村的生活方式、对秦腔都没有感情,一心要切断自己和乡土的联系,于是不可避免得到白雪而不珍惜,日常生活中牵牵绊绊、争争吵吵,最后不得不分开。爱的人得不到,得到的不觉得可贵,也不会珍惜,其实不仅白雪的命运如此,秦腔和乡村生活方式的命运也是如此。若更放大一点尺度看,是不是也如此呢?难说。

贾平凹写出了这种揪住了人心的内在分裂感,写得真好!

但还不够好。说起来,贾平凹其实写的是自己的根,自己"最后的生活资源"、最后一块"阵地"——清风街的原型,便是他的故乡棣花街;里面的老老少少,原型便是自己的乡邻乡亲……这样的紧紧与自己心灵相连的地方，写起来其实是需要更朴素一点的。如此看来，小说里那个痴痴傻傻、疯疯癫癫、神神道道的叙述者，便显得太突兀，太有特点——从这样的凹凸不平的透镜中看过去，再朴素的感情也不免变形了。其实真要表现某种冲突、分裂、纠缠，一个普通的、朴素的叙述者的叙述效果可能更好——更可以牵动读者内心深处的那根弦。半痴不傻、半疯不癫、神神道道的叙述者，不但不一定能抓住读者，反而破坏了内心朴素的情感。成全自己的，常常也是束缚自己的——怪力乱神，恶浊之气，用来形成风格有余，抓住不放则有失。还是"返朴归真"好。

读《秦腔》，我是从《后记》读的，《后记》那样朴素，真好。贾平凹的散文是写得越来越好了——我不禁想，如果他能像写散文那样写小说，就太好了。《秦腔》还是太像小说。

三

《秦腔》在《收获》上刚连载完，复旦便开了个讨论会——网上有人攻击说小说还没出来就开讨论会，其实是不确的。贾平凹也来了。批评家发言如仪，贾平凹一直在认真地听，不时在小本本上记录。看着他似乎很认真的样子，我心里在想，现在能够诚恳地听批评家意见的作家并不多，贾平凹真不错；转念又想，如果他不这么认真，说不定更好。晚上在复旦和学生交流，会场真是人山人海——想看贾平凹的学生真多，读过他的书的学生多不多呢？我一面想，一面摇头，觉得"我们那时候不如此的"，但似乎也不尽然，而且这样想有点类乎九斤老太，于是不再想下去——但如此"望风披靡"，终究还是觉得有点不对劲。贾平凹的风度倒还好，虽然打着陕西腔，会场里倒是欢声笑语不绝。我是过了看名人的年龄了——那原因大概也因为原来也看过，看来看去，觉得实在没什么可看的。倒还记得第一次看到贾平凹，是大学刚入学的时候，那也是贾平凹的母校，所以校长请他在新生典礼上发言。印象中，也是普普通通，一口陕西话，说了些什么已经记不清了，只记得说到他们"文革"中整日在母校挖防空洞，新生们也是一片哄笑。

如今的贾平凹还是那样普普通通，甚至觉得有些"土"；土到极致，也自有魅力，但要到这个"极致"，却也不易。倒是讨论会将要结束，贾平凹发言时讲到小说里所写的农村的情况，用了一句"水火不交"，我听了，不禁一凛。

时间像平静的流水一样，缓缓过去了，想让它来的来了，不想让它来的也来了；想让它走的走了，不想让它走的也走了。"敢叫日月换新天"，转眼间换了人间。然而，来了的就真来了么？走了的就真走了么？

读完了小说，我这样想着。

2005 年 4 月 10 日

（原刊《文景》2005 年第 5 期）

漫谈贾樟柯的"故乡三部曲"

应该是2000年下半年的事情吧,那时候我刚毕业留校,开始了"人之患"的生涯,一位朋友拿了几张电影盘来给我看,其中就有贾樟柯的《小武》。文件是rm格式的,画质很粗糙,那时候我对中国电影几乎已经不抱什么希望,所以这个光盘放了很久,也没有去动它,有一天却不知怎么地拿起它去放,没想到一看就看进去了。此后几年,陆陆续续又看到了《站台》和《任逍遥》,也通过各种材料对贾樟柯有了一点了解,一些模糊不清的感受也渐渐清晰起来,我终于可以说:贾樟柯触及到了当代中国电影——乃至艺术——的真正问题

一、未加剪裁的影像和声音

譬如说,我们可以从贾樟柯的影像风格中看到一种对待世界的态度。
电影《小武》一开场,背景声音是赵本山的说唱,公车上灰扑扑的乘客面孔和各种各样的装扮,镜头一转,车窗上挂着的毛主席像在晃荡;小武下车后,镜头转向汾阳县城凌乱肮脏但也在流动变化着的街道,高音喇叭里广播着"严打"的消息;小武跳上药店老板更胜的自行车,更胜劝他"严打"时期不要顶风作案,一边问他能不能找回某熟人昨天被偷的身份证……《小武》中充满了这种毛毛刺刺的原生态的影像、声音和对话,在这些影像、声音和对话中,一种熟悉的气氛和这个气氛之中的人际关系,扑面而来,而这种气息,在我们的电影中真的是久违了。
且慢,说这种气息是久违了,意思是它以前出现过,但是,在当代中国大陆的创作电影中,这种气息真的出现过吗?如果有,那也应该很

少——事实上较为人知的,只有在张艺谋的《秋菊打官司》等少数电影中短暂的偷拍镜头中偶然出现过,后来还引起了一桩"肖像权"官司。大多数的电影,呈现给我们的是精心安排和修剪过的影像——虽然精心安排和修剪也不见得便能够光鲜明媚,但导演是在很辛苦地向"光鲜明媚"的方向努力啊,不能否认他们有时确实达到了这种效果,但大多数情况下影像是非驴非马,灰败的气息没遮住,更加上了虚假的毛病,而一旦让观众感到了假模假式,这种影像便已不可救药了。

这样,《小武》中的影像特殊的地方便显现了出来,这是一种未加剪裁的影像。为什么这种未加剪裁的影像这么难以出现呢?说明我们对自己的现实生活不自信。我们的现实生活不够光鲜明媚,所以我们要去刻意追求它——这种刻意来源于有意的倡导,也来源于拍摄者对艺术的浅薄的想象,最后成了植根在我们的思维中的潜意识——以致我们觉得电影影像便应该是光鲜明媚和精心安排的。

光鲜明媚和精心安排有什么特殊的意图和特殊的对世界的想象?这种意图和想象也许是我们习焉不察的。光鲜明媚——明亮,积极,世界的灰败的一面被精心地排斥;精心安排——一切不在最初意图之中的东西都小心地被驱逐出去,一切都是可以被精心控制的,影像也不例外。这里面包含着一种世界观:世界是可以被人为地控制和引导的。这甚至成了一种强迫症。但世界真的是可以人为地控制和引导的吗?如果不能呢?对不起,如果不能,"我们"的精心安排的影像便不会给你呈现它。"我们"只给你"我们"准备给的,超出这一点,便超出了"我们"的分内。但,如果"我们"的眼光很狭窄呢?那"我们"只给你"我们"很狭窄的眼光所能给你的。

那么,更广大的世界的信息如何呈现呢?这便需要未加剪裁的影像。一种未刻意设定的影像语言。它能捕捉的信息虽然只是现实的一部分,但仍然比那种精心安排的影像语言包含的信息要多得多,甚至,它所捕捉到的那些片断的画面,便是全息的,一个片断之中包含或已经暗示着现实的全部的信息——"一花一天国","从一滴水中看到整个世界"。这种影像语言是开放的,它可以让我们狭窄的视野之中未必能捕捉到的信息加入进来，甚至为了让现实的信息更多地进入，它随时可以调整最初的拍摄意图。

二、扑面而来的现实的气息

《小武》中，有这么一个场景：小武陪吴梅梅做完头发的第二天，百无聊赖地在街头游荡，傍晚时来到一个街头卡拉OK摊前，一个男人一手夹着烟，和一个女人吃力地对唱着《心雨》："为什么总在飘雨的日子，深深地把你想起……"这个场景，最初的剧本上是安排在百货公司前的，但在实拍时场景改为了花圈店前的街头卡拉OK摊——后者是在外景地偶然发现的——于是我们看到了电影里颇具幽默感的画面，背景是各种各样的花圈，前面是一个颇具地方特色的卡拉OK摊，一个男人夹着烟很努力地和一个女人对唱着爱情歌曲……① 这种出人意料的场景，只有在现实生活中才能偶遇，就看导演能不能抓住时机，让现实生活的气息扑面而来。

还有一个临时调整的场景：小武被抓住后被警察带进派出所，我们先看到办公室里有一个女警察逗一个小女孩："文文，爷爷呢？"然后我们看到小女孩转过身找爷爷，被推进门的小武撞倒在地，戴着墨镜的老警察把小武按在沙发上，把小孙女扶起来。这个镜头特别传神，带着孙女执行公务的老警察，把中国小县城那种特殊的气氛精彩地透露出来。据贾樟柯回忆，这个警察是临时找到的："本来当时我还没去找，但有个目标是找一个真警察来演，后来有一天这警察就来我们住在（原文如此，应为'的'——引者注）一个小招待所里，他是抓奸。……然后我觉得这个警察挺有意思的，他戴了一个大的方框的墨镜，走路左摇右晃的，最吸引我的是他带了一个小孩，是他孙女，他在执行公务时还顺带看孩子。后来我跟他说想请你演个角色，他挺高兴，答应了；答应之后连场地都解决了，去他那个派出所去拍。并且把他的孙女也带去了，就是电影出现的那个

---

① 贾樟柯：《电影〈小武〉》（剧本与实拍时的改动对照），收入吴文光主编《现场》第一卷，天津社会科学院出版社，2000年。该场景改动见该书第157页。

小女孩。"① 所有的这些信息，似乎不过是一些细节，但却传神地表达出现实生活的气息……这样的神来之笔如果不是在现实里碰到，谁也想象不出来。类似的镜头，最能说明现实的信息进入到画面时带来的生气。

不仅画面是这样，声音也传达出现实的气息。譬如被广泛称道的《站台》中穿插着的从"火车向着韶山跑"一直到《渴望》的主题曲等各个时代的流行节目和流行音乐，传达出从上世纪70年代末到90年代初中国社会变迁的信息。不过，相对于这种精心安排的信息，我还是更喜欢《小武》之中混杂的声音：街道上各种各样的声音，高音喇叭里广播着的"严打"的消息，街头上电视里播放的县电视台土拉吧唧的采访和点歌，街头电影院的高音喇叭里的片告（一个男人机械的声音："下午五点，下午五点，放映，最新香港一男三女暗恋式性喜剧片《星光俏佳人》……"），录像厅里传出来港片《喋血双雄》的对白和音乐，街头人们不着调地唱卡拉OK的声音，村子里的高音喇叭喊着："谁要买猪肉，谁要买猪肉，请到我家来……"这些在同一时空中的声音，有力地说明着现实的混杂与复杂，因为它传达出时代剧烈变化的信息，混乱中自有一种活力。小武的故事发生在这样的声音背景下，才有说服力和感染力，如果我们只能听到人们对话的声音和精心安排的背景声音（包括音乐），小武的故事便要单薄得多。

贾樟柯的这三部片子中，充满了流行音乐，这本来也是和我们这个时代声息相通的，但它除了能传达时代气息外，有一些效果也很惊人。譬如，声音和画面的对照，有时候形成一种强烈的反讽效果：小武给小勇结婚送礼钱受到冷遇之后，气闷地呆在一个酒馆里，这时候电视机里传来的是情意绵绵的《心雨》的歌声；小武在歌厅里放浪形骸的时候，包房里的背景声音是《江山美人》的歌声；小武被抓住后，汾阳县城浅薄的灯红酒绿的夜色中，传来一个男人吃力地吼着的《霸王别姬》……联想到小武的小偷身份和没有着落的处境，你不能不对这些声音和画面的强烈对照

---

① 吴文光：《访问〈小武〉导演贾樟柯》，收入吴文光主编《现场》第一卷，天津社会科学院出版社，2000年，第196页。

形成的反讽效果哑然失笑，同时也感到一种难言的苦涩。还有一个典型例子：《任逍遥》中，斌斌喜剧式的抢银行未遂后被抓到公安局里，警察让他唱首歌，靠在墙边的茫然失措的少年，不着腔不着调，软绵绵、结结巴巴地竟然唱起了《任逍遥》——"英雄不怕出身太淡薄，有志气高哪儿天也骄傲……"《任逍遥》可能是"故乡三部曲"中最单薄的片子，但就冲着结尾的这个声音和画面形成的苦涩的反讽，我就觉得贾樟柯并未大失水准。

"故乡三部曲"中充斥着的流行歌曲，也许还包含着一种创作者自己也未必意识到的含义：当角色在情绪激动的时候，只能用流行歌曲表达自己的情绪，让你一方面感到流行文化对身处其中的个人的塑造已经达到了一种习焉不察的地步，但在另外一面，却也不能不发现，由于这种塑造，普通人已经在失去表达自己的语言，他们只能用借来的他人创作的歌曲，远不那么恰切地表达自己的心声……譬如，心灵失落的小武，只能想到《心雨》、《江山美人》、《霸王别姬》等流行歌曲——除了沉默与游荡，他没法表现自己内心真正的声音，而借用别人的声音却又形成了一种尖锐的讽刺效果……在流行音乐的喧嚣背后，中国还是一个无声的中国。马克思的话"他们没法表达自己"，在这里可以改成——"他们只能借用别人来表达自己"。

三、从"实感经验"出发

"故乡三部曲"，尤其是《小武》，给人的复杂的感受和来自现实世界的气息，只能在未加剪裁的画面和声音中表达出来。未加剪裁的画面和声音说明了一种对待世界的开放态度。世界自发地涌现到画面和声音里面来，摄影机的眼睛便活了。

不过，并不是所有的导演都有这个能力。在很大程度上，我们的电影和艺术都处在一种不断地修剪的过程中。而这种修剪，也并非完全出于某种意识的倡导，它和我们所置身的文化环境也摆不脱干系——我们的世界，愈来愈充满了各种文化产品，从各种各样的书本，一直到各种各样的影像，这些书本和影像自身也构成了一个世界——当一个人只是置身在这样的世界中，他的作品只是和各种各样的文化产品（譬如书本和影像）发生互文关系时，他就看不到更广大的世界了，或者说，他的现实感就日渐消失了。想象界所造成的这种现实感的消失，在相当程度上已经是后现代社会的一个病症[①]，但在中国，现实感的消失相当大程度上却是由于创作界有意识地排斥和压抑自身的现实经验，而只将自己和各种各样的文化范本联系起来。由此造成的结果是很可悲的：上世纪80年代以来，我们已经对艺术有了各种各样的观念，也有了各种各样的模仿对象，于是总觉得，像某某（这个某某一定是一个外国大师）那样的作品，才是真正的艺术，而直白朴素地表达我们的经验，第一个引起的反应就是：这值得表达吗？这难道也是艺术吗？我们的艺术和自身经验之间愈来愈疏远，更加谈不上去追究其中有什么深入的、只有我们自己能够感受到的地方了。

在吴文光的一次采访中，贾樟柯曾经这样回忆自己在电影学院时所置身的环境：

> **吴文光**：你这种方法跟原先熟悉的、或者你周围的同学一样吗？
> **贾樟柯**：我觉得完全不一样，很多人关心的是什么：哎呀！我要拍一个电影！我要创新！要拍得像MTV一样！像广告风格！这个摄影那个光，要不就是诗画电影……都是从这种东西入手。我周围大部分人谈电影的时候，总要拿这个东西来界定，说像什么什么样电影，他唯独不说他要拍一个电影，他总要拍一个像诗一样的电影，或像MTV一样的，或像某个人的某部电影那样的电影，甚至有的人为他以后做导演做准备，他也像张艺谋一样每天去翻很多小说，去找他要拍什么。后来我就问他，你就没有自己想拍的东西？你为什么自己要找一个东西去拍它，

[①] 参阅《后现代主义与文化理论——杰姆逊教授讲演录》第四章第七、第八节，唐小兵译，陕西师大出版社，1987年。

就没有说有个东西我一定要拍?我觉得这是一个本末倒置的东西,你起码,你从来没拍过电影,你又选择了电影,你就没有你自己想拍的东西?我觉得这是特别不正常的东西。……①

这种本末倒置的弊病,并不只在电影学院里才有,至少,在很多学习文学或者尝试写作的人身上也可以看到,他们可以给你讲很多的名著,可以讲很多的技巧、方法,会说他要写像某某那样的小说——这个某某,也一定是个外国大师,甚至在时尚潮流发生变化时,他也会告诉你,他要写一本关心社会底层的小说……但当你去追问,到底什么是他非写不可的、不写就会觉得憋闷的东西时,他却会哑然,回答不出来。一个人如果没法尊重自己的实感经验,他就切断了自己通向丰富复杂的生活世界的道路,他的艺术就没有了地气,只能局限在自己非常苍白狭窄的想象之中了——而这样做出来的东西,是没有生命力的。

所以,我觉得,贾樟柯找到了通向生活世界的方法,他在自己的艺术生命觉醒的起点,便找到了从自己的实感经验出发这个入口,而这个觉醒或者说发现,不仅对贾樟柯本人是重要的,对整个中国艺术界——至少是年青一代的艺术家来说,也是非常重要的。还是在吴文光的那次采访中,贾樟柯谈到他在看侯孝贤的《悲情城市》导演笔记时所得到的启发:

> 看这些导演自己谈自己的书籍,其实让我找到一个怎样进入电影世界的这样一个入口。当时我看侯孝贤《悲情城市》那本书,觉得啊,特别开窍!觉得电影这种形式并不是特别神秘的一个东西。比如侯孝贤就谈他怎么样找他的方法的,他的编剧给他推荐说应该看看沈从文自传,他就去看,看后他就被沈从文那种平静的、包容的东西给震惊了,他说在那样一个纷乱的年代里沈从文能够很平静包容地看待世间的万物,侯孝贤他开始找到他的电影的态度和视点,而我,从这儿开始才发现从感

---

① 吴文光:《访问〈小武〉导演贾樟柯》,收入吴文光主编《现场》第一卷,天津社会科学院出版社,2000年,第187—188页。

受感情出发来寻找电影的方法,而不是从一个概念,一个太理论的东西出发。①

这里谈到沈从文,刚好是一个我比较熟悉的作家。沈从文写湘西的那批作品,和别的作家写乡土中国的作品不一样的地方,刚好就在于他对乡土生活有充分的实感经验,同时对之也有很深的感情,这样,他的作品便是丰厚的,与那些从理论或者概念出发的作品相比,自有真假、厚薄之别。沈从文影响了侯孝贤,侯孝贤反过来又让贾樟柯寻找到了自己的方法,或者说发现了自己,这样一种艺术的旅行,即使只是让中国的艺术家们开始尊重自己的实感经验,发现自己脚下的大地,其意义便已不可低估。在不同场合,贾樟柯曾经做过这样的表示:

> 对我影响最大的电影作品有两部,一个是《黄土地》,我是在二十多岁看了《黄土地》才想当导演,另外一个就是1996年看到《风柜来的人》,才懂得珍惜自己的生命和经验,才摆脱了传统的传奇和戏剧性电影的模式。②

> 我觉得大家好像有一个共同的东西,就是说,很多人在逃避自己来的一个路,来的一个方向,尽量地割断自己跟过去的联系,我自己就不喜欢这样,我喜欢用一个词,就是说,像我自己吧,我觉得,我真的是有"农业背景"的一个导演,而且我相信很多艺术家其实都有这个背景,而且整个中国有一个巨大的农业背景,为什么我们要抛弃这东西?你要问我最了解的人是什么,我最了解的人首先是县城里,这样城乡交界的地方一些人的思想,因为我就从小生活在这个环境里,我自己就是这样一个人。再一方面就是农民,我的姨妈,我的表哥都是农民,我

---

① 吴文光:《访问〈小武〉导演贾樟柯》,收入吴文光主编《现场》第一卷,天津社会科学院出版社,2000年,第187页。
② 《贾樟柯自述》(张英记录、整理),载《南方周末》,2004年3月18日。

最了解他们，我为什么不拍自己熟悉和了解的东西？而且这些东西也是最能感动我自己的，所以，我觉得，我自己有一个信条，就是不愿意割断自己跟土地的联系。①

通向故乡的道路便是寻找自己的根的道路。一个人只有珍惜自己的生命和体验，建立起自己和脚下土地的联系，他的艺术才有可能获得生生不息的活力。这个社会在剧烈变化中的各种信息，各种各样的声色光影和气息，才有可能源源不断地进入到他的视野和心灵，并赋予他的作品以生机和活力。20世纪90年代以来，我们处在一个"与世界接轨"的神话中，大家的眼睛都很势利地把关注投向"发达"国家（实际上具有在发达国家生活过的经验的人在中国到底是少数，所以连这种关注也具有一种自欺欺人的性质），退而求其次，也只把目光投向上海、北京、广州、深圳等大都市，而这些大城市，在中国广大的土地上，如同贾樟柯所说的，只是几个"盆景"而已，更广大的中国人的生存状态被很势利地遗忘着，媒体和出版业一心一意地想把全国人民制造成做白日梦的包法利夫人——在这个背景下，在本来最容易热衷于造梦的银幕上，突然看到了向自己的实感经验和生活世界敞开的电影，看到了不愿和脚下的土地割断联系的态度，你当然会精神一振。

因为终于有人找到了艺术的坦途。

四、变迁时代的"诗"

当一个人珍惜自己的生命和经验，并找到了通向生活世界、通向脚下的大地的道路时，他的身上，那种"艺术"的优越感和虚浮骄矜之气，便开始消失，他便会发现普通人在这个剧烈变迁时代的心灵信息，发现他们的尊严和疼痛，他的艺术便和普通人民建立起了联系。

---

① "小凤直播室"：《贾樟柯 黄土地 / 聊斋志异 / 崔健》（小凤、刘冬虹对贾樟柯的访谈），http://www.51ting.com/ziminglm/xiaofengzbs/xfzbswj/jiazhangke.htm。

看贾樟柯的电影,经常有一些地方,突然引起你的共鸣,触及到你内心最柔软的地方。

《小武》之中,小武虽然是一个小偷,但内心却有一种坚持,更保留有一些健全的人性,只是在一个剧烈变迁的时代,他的坚持和人性,却似乎渐渐失去了着落。小武的"哥们"靳小勇要结婚了,请了很多人(很多是当地有势力的人),但却有意遗漏了当年一起共患难的小武。小武却一直记着他们当年一起当小偷时他对小勇的承诺:

> 那年我俩身上带着四毛一分钱,从汾阳一直逃到北京。我俩晚上瞎聊,我说等他结婚,我要送他两斤十块一张的钱。那时候没有一百的大票,大团结就是最大的了。①

虽然小勇早已由于贩私烟和开歌厅暴发,小武却始终觉得"不是钱不钱的问题,我俩不一样",所以为了当年的承诺和朋友义气不惜在"严打"时期顶风作案,但暴发的小勇却觉得他的钱来路不明而拒绝他的礼钱。这两人的会面是一个很精彩的场景:

> **小武**:你他妈变了。
> 靳小勇不说话。
> **小武**:你他妈变了。
> **靳小勇**:别这个他妈的,那个他妈的,老是他妈的。
> 小武一下瞪起了眼睛:我操,你跟我急?你敢跟我急?
> **靳小勇**:我忘了,我忘了还不行吗?
> **小武**:你他妈是忘了。②

更有意思的是后面的场景,小武和胡梅梅在歌厅时,靳小勇派手下二宝来还他送的礼钱:

---

① 贾樟柯《电影〈小武〉》(剧本与实拍时的改动对照),吴文光主编《现场》第一卷,天津社会科学院出版社,2000年,第144页。
② 同上书,第146页。

二宝把一个红包递给小武：小勇说，这个钱还给你。

小武没有接，二宝把钱放在桌子上。

小武：他还说什么了？

二宝：他说你的钱来路不明，他不能收。都是朋友理解一下。

小武镇静了一下：那你回去告诉他，就说我说的啊，他他妈走私烟，贩烟，他开歌厅，赚歌女的钱，钱一样不干净。

二宝：行，我回去告诉他。

小武：滚！

二宝：行，那我滚了！

……

小武笨手笨脚地搂住胡梅梅，两个人亲热。

突然轻轻的敲门声。

小武：进来。

二宝进来：小武呢？

小武：你怎么又来了？

二宝：小勇要我告诉你，他贩烟不是走私，那叫贸易；他开歌厅不是赚歌女的钱，那叫吴（娱）乐业。

小武：滚！

二宝：那我滚了，拜拜。[1]

贾樟柯曾经这样阐释小武和小勇的关系：时代的变化迅速制造着遗忘，很多人有意无意地遗忘着自己的过去，迫不及待地与之切断联系，并迅速地用各种时髦词汇为自己制造着新的社会身份，以迅速而泰然地实现这种转变，即使这种转变不合以往的伦理规范，他们也能用这些词汇让自己心安理得。小勇便在这种词汇的转换中心安理得，而小武因为不能实现这种转换，因为他内心有一种坚持抗拒这种转换，便在这个巨大的变

---

[1] 贾樟柯《电影〈小武〉》（剧本与实拍时的改动对照），吴文光主编《现场》第一卷，天津社会科学院出版社，2000年，第167—168页。

动中找不到位置，不管是在现实中还是在精神上都没有着落。① 这部电影原先有一个很长的名字：《靳小勇的哥们　胡梅梅的靠山　梁长有的儿子：小武》，影片的结构也是以小武与这三个人的关系为序，但对于仍旧坚持着过去的某种东西的小武来说：哥们因为暴发而疏远了他，歌女胡梅梅觅到了更好的出路离开了他，父亲也抛弃了他。所以，虽然影片给小武设置的身份是小偷，但显然它想通过他的漂浮游荡的生活状态，来表达对更普遍的失去了与过去的联系但又找不到未来出路的普通人群精神上没有着落的生存状态的关心，也正是这一点，让我们把注意力不是集中在小武的小偷身份上，而是集中在其未明言出的内心中的茫然和疼痛上面。

事实上，"故乡三部曲"中的主要人物，大多数都处在这种茫然漂浮的失路状态之中。《站台》之中，张军、崔明亮等人在经历了整个时代的变迁，从文工团一直转换到闯荡江湖到处走穴，最后还是不得不回到自己的家乡，过着庸常的生活。影片的结尾：崔明亮家，尹瑞娟抱着孩子在哄，火炉上的水壶烧开了水，发出火车汽笛一样的尖啸声——这曾经是激动他们渴望远方世界的声音，崔明亮却靠在自己家的沙发上睡着了……他们的闯荡，他们的青春的骚动，并没有找到出路。《任逍遥》中的斌斌和小季，两个生活在破败的城市失业的少年，他们的爱情幻想和发财的愿望被这个时代及其流行文化挑动起来了，但现实中他们却被抛弃，只能在幼稚的冲动中走向对自己心目中的黑社会"英雄"的模仿，进行了一场可笑的银行抢劫——这部电影不但透露出年青一代失路的绝叫，更传达出某种危险的信息。

而就在这种茫然漂浮、没有出路的状态中，普通人——甚至是社会边缘人身上那种尊严、那种内心深处的感情和人性，突然地表现出来。《小武》之中，胡梅梅给家里打电话时，向家里撒谎说自己在北京的学校里上学，刚刚见了一个导演，并问候和关心自己家里的每一个成员……这个场景突然让你感受到了这个人身上那种和我们一样的人性，虽然她已经沦落为一个歌女，但她仍然坚持着自己的幻想，而且和我们一样有着

---

① 参阅"小凤直播室"：《贾樟柯·黄土地/聊斋志异/崔健》（小凤、刘冬虹对贾樟柯的访谈）。

对亲人的挂牵。说她自欺欺人也好，说她性格分裂也好，这个一般认为的社会边缘人身上其实有着和我们一样正常的人性——她又是怎么沦落到这种地步的呢？而小武去看望病中的梅梅的场景，更是让人心中某种柔软而美好的东西表现出来——胡梅梅对小武说："我也喜欢唱歌，知道吗？有人说我长得像王靖雯，可我这辈子也成不了明星了。"她给小武唱了一首王菲的歌："我的天空／为何下着雨／我的天空／为何总挂着泪……"唱着唱着，突然掉下了眼泪，把头埋到被子里……这个镜头，把一个人内心中最柔软的地方表现出来，而下面胡梅梅一定要小武给她唱歌时，小武要她闭上眼睛，然后掏出他在小勇家无意识"顺"的打火机，轻轻按下去，响起了贝多芬的《致爱丽丝》的曲子……看到这里，让人拍案叫绝，什么叫"同是天涯沦落人"，这就叫"同是天涯沦落人"——把这些被时代抛弃的普通人（甚至是社会边缘人）心灵中最美好最柔软的地方表达出来，当代中国电影中还从未出现过这样伟大的人道主义力量！

"故乡三部曲"中，这样的镜头其实很多。《站台》中，文工团被承包后，尹瑞娟没有和自己的朋友们一起去闯荡江湖走穴，电影中她再次出现时，我们看到她推着自行车，走过正在挖路（一个现在中国屡见不鲜的景观）的汾阳街道，进入了一个房间，房间的背景有办公桌、文件柜、书报架，桌子上放着一个税务员的帽子，我们意识到她已经转换身份成了小县城里的一个公务员了，收音机里传来电台点歌的声音，尹瑞娟突然跳起了舞，是那样激情的舞蹈，仿佛投入了自己全部的感情……是对青春的怀恋呢，还是对青春的告别？从此以后，一个人就告别了自己的幻想，进入了循规蹈矩的"正常"的生活了吧？但是青春时期被激发起来的幻想，真的是能够完全遗忘、彻底告别得了的吗？……还有一个镜头，崔明亮他们"走穴"的途中，有一天在一个山谷中汽车突然抛锚了，这时候，远处突然传来火车的声音，一车人兴奋地喊着"火车，火车……"就跑了过去，这时候背景响起了歌曲《站台》："……我的心在等待，永远在等待；我的心在等待，永远在等待……"我们突然意识到，这些小县城的"艺术工作者"，原来连火车都没见过，似乎很可怜，但他们那种对远处、对未知世界的向往，却还是让人感动，因为和我们并无二致。接下来的镜头，晚上，还是在这个山谷，蓝灰色的夜色中，一群人聚在一起，崔明亮突然走到河边，点燃了地上的荒草，火光向远处蔓延着……不知怎的，看到这里，你会突然被打动。

在我们狭隘的思维中，我们总是只把诗意和诗、诗人联系起来，仿佛这只是诗人的任务——至多是文学家和艺术家的任务，普通人的生活，仿佛便永远只是灰扑扑的庸常的生活、毫无诗意似的。"故乡三部曲"不是这样，它们让我们看到了置身在庸常之中的普通人身上的温情和诗意，而这种诗意，恰恰是从乱糟糟、毛刺刺，没有剪裁也没有打磨过的生活中突然涌现出来的——诗意不仅仅存在于精美的画面或词句之中（这是最浮表的），也不仅仅是对各种极端的生存状态的探索或者对各种超现实的幻想的表现，诗意也存在于肮脏的、凌乱的、灰扑扑的生活之中，一旦它从这里上升起来，它便具有强烈的感染力量。

有一年，有位长者给我们讲"中国文化典籍概说"，在讲到"诗者，志之所之也。在心为志，发言为诗"时，他引申说："在现代中国，有时候，诗也许不存在于新旧诗歌中，但当你在诗歌里找不到诗时，诗并没有消失，它也许就存在于一部小说的一个片断，一个电影的一个场景，一首流行歌曲的某句歌词甚至某个广告的画面之中……当它突然打动你，和你的心灵'砰'地碰撞在一起的时候，那就是诗。"不知道贾樟柯能走多远，不知道他是不是能够一直保持对生活世界开放的态度从而源源不断地发现和吸取新的经验而不被自己已经取得的成绩和荣誉所限制，但至少就"故乡三部曲"来说，那种对生活开放的态度，那种从自己的实感经验出发的精神以及那种对普通人生活中的诗意的发现，都可以让我们说："故乡三部曲"就是现时代的诗，就是这个混乱复杂、剧烈变迁的时代的"无邪"的诗。我们期待也祝愿贾樟柯能够有更多的建树。

2005 年 1 月 11 日于复旦十一舍

（原刊《杭州师范学院学报》社科版，2005 年第 2 期）

一些美好、安静而自然的事情
——读李娟散文集《我的阿勒泰》①

李娟有着长期在新疆生活的经历，现在仍然还住在阿勒泰地区一个名叫阿克哈拉的哈萨克小村子里，也似乎并没有刻意要改变这种生活方式的打算。在现在这个如此骚动喧嚣的时代里，这样的生活态度，真有些异乎寻常。我想她一定是发现了某种真正美好的东西，所以才会那么心安理得地甘愿被吸引。

这本散文集，写的是那样一些遥远的地方的事情，戈壁，草原，雪山，帐篷，骏马、牧人，这些事情对于生活在钢筋水泥丛林里的都市人来说，天然就有一种吸引力，然而，本书真正吸引人之处，却不仅仅由于题材的力量——李娟不是以一个旅客猎奇的眼光，去写边疆的异域风光，她对这里的生活充满了熟悉与爱意，笔下的一草一木，一条河流，通向家乡的一条道路，乃至邻居家的一个小孩子，匪夷所思的边地医生，酒鬼、醉汉，家里老外婆可笑的习惯，河边巨石上的一次午睡，在她笔下都别有一种光彩，更不用说弹冬不拉的青年，淳朴自然的少女，地区赛马会，乡村舞会这些本来就美好快乐的事情了。所以，《我的阿勒泰》的特别之处，并不仅仅是作者笔下那些事物，更在于作者心灵里的某种质素——正因为作者的心灵有些美好而自然的东西，她才能发现并引导我们看到她笔下那些美好而自然的事情。

读这本书的时候，我一直在想，这种真正美好的东西到底是什么？

---

① 云南人民出版社 2010 年 7 月第 1 版。

我首先想到的是安静。看李娟的《自序》，她说她是"在大雪围拥的安静中"，"一遍一遍翻看这些年的文字，感到非常温暖"。实际上，全书的文字，本身内里就有一种安静的品质。书里写的生活，充满了自然的活力，然而作者的态度，却有一种深刻的安静。这种安静在现在，真是一种难能可贵的素质。这两天刚开完一个会，在会上，香港来的青年作家唐睿说，香港人平时生活忙碌，难得安静一会儿，便有一种负罪感。其实，现在的内地都市，何尝不是如此。现代生活仿佛一个怪兽，催逼着大家匆匆赶路，使得奔忙几乎成了一种貌似必不可少的习惯，很少有人检视自己大多数时候其实是做了无用功，更少有人在忙碌之中关心我们必不可少的内心生活。《我的阿勒泰》保持了这种安静的素质，用不着太刻意，它自然便会吸引我们。

其次，我想说，在我们这个想尽办法引起大家注意的时代，李娟的写作，难能可贵地保持了一种亲切的素质——一种越来越少的可贵的素质。在这个喧嚣的时代，大家拼命地想办法吸引人的眼球，以至于夸张喧闹，成了我们时代的风格。连我们的文学也不例外，即使是我们最好的作家，也经常擅长于写强烈，而不擅长写平淡，仅仅有个别的作家是例外。我们的感官阈值被刺激得越来越高，我们也越来越对强烈的戏剧化感到疲惫，我们期待那些亲切、平淡而美好的事情，这时候我们发现，还有像李娟这样的作者，如此不受潮流吸引，那样全神贯注地写着身边的人、事和风景，想着那些每个人在心中的那个诗人还未死去的时候想的那些事情，不用太费力，她笔下的那些树木、河流、山川、马群、骑手、老人、顽童，便抵达了我们内心深处某个平日很少开放的角落。就像本书第一篇文章《我所能带给你们的事物》写的，我们的家、我们的亲人，给了我们多少可贵的东西，却悄无声息，从不声张，我们从我们喧嚣的生活中，带回给他们的，外表光鲜，名目夸张，却常常仅仅是一些华而不实的事物。我们真该好好想想，什么是生活中真正重要、美好而必需的事物，什么样的品质才是真正重要、美好而必需的品质。

最后我想说，这本书有一种广阔的品格，一种在大西北的戈壁、草原、土地上自然会产生的广阔——未曾体验过这种广阔的人们，真的是需要亲身体验过才能感受到这种品格。李娟写星空，一下笔就是"星空华丽，在世界上半部分兀自狂欢"，真是把大家都震了。本雅明曾经灵光一闪地写道：古人的日常生活中，经常不用太刻意，便能看到浩瀚璀璨的星空，星空曾经是他们的世界的一部分，所以他们会经常想到那些高远、深刻、基本的事情——缺失了这种广阔的现代人，是多么遗憾啊。

这几年，来自新疆的散文作家经常给我们带来惊喜，前有刘亮程，后有李娟，似乎某些来自农业文明的可贵的品质，只有在边疆的作家那里还保持着。但看李娟的《木耳》，现时代的喧嚣，却也未必没有影响到边疆。这篇文章写因野生木耳引起的狂潮，正是我们这个经常产生"非同寻常的大众化癫狂"的时代的一个典型案例，所以虽然是纪实性的散文，也可以当作象征性的小说来读，而且是一篇非常优秀的小说——谁说小说就不能写真实的事情？李娟写采木耳的人，眼睛里只有木耳，而没有山野，山野"在他们的脚下、在他们眼里，因变得过于熟知而再也不能令人惊奇了。并因此对他们隐蔽了某种强大的力量。"这是真的，人的心灵经常会被各种力量封闭起来，因而丧失了惊奇的能力，也丧失了触及天地大美的力量，李娟令人惊奇地保持了这种能力，真是令人欣慰，也希望她能经受成功的考验，即使在喧嚣之中，也始终能保持那种安静、亲切、广阔的品质。她在《自序》里说的那句话，多么好啊：

> 我正是这样慢慢地写啊写啊，才成为此刻的自己。

2010 年 7 月 14 日

（原刊《文汇读书周报》，2010 年 7 月 30 日）

昌耀在青藏高原：读他1956—1967年间的诗作

昌耀自称"是一株／化归于北土的金桔"，"将自己看作一个过继给了北国的孩子"，他1950年十三岁时入伍为文工团员，次年赴朝鲜战场，1953年退伍后入河北省荣军中学，1955年6月完成两年高中学业后即报名参加大西北开发（时年仅十九岁），到1957年因诗作《林中试笛》被打成"右派"，"此后仅得以一'赎罪者'身份辗转于青海西部荒原从事农垦，至1979年春全国贯彻落实中央'54号文件'精神始得解放"。直到2000年3月在西宁辞世，昌耀的大半生，都与西部荒原和民间社会有着密切的联系。①

一、高原上的艺术觉醒

考察昌耀的写作经历，可以说，他的生命探索与艺术探索，是在西部民间大地上真正萌醒的。西部荒原不仅是他大半生的生存环境，更为他的诗歌带来了艺术和精神上新的因素。如今我们看昌耀初到青海的诗作，依然不能不感到惊奇：

鹰·雪·牧人

鹰，鼓着铅色的风
从冰山的峰顶起飞，
寒冷，自翼鼓上抖落。

---

① 参考《〈昌耀的诗〉后记》，引文见《昌耀的诗》，人民文学出版社，1998年，第420—421页。

>在灰白的雾霭
>飞鹰消失，
>大草原上裸臂的牧人
>横身探出马刀，
>品尝了
>初雪的滋味。①

这首 1956 年 11 月 23 日写于兴海县阿曲乎草原的诗，时至今日依然让人感觉很清新。引人注目的，首先是诗人面对自然时那种开放不隔的态度，主观意识的介入被降低到极点，雄伟的自然与生命自在的生存状态在诗中自由无碍地展开，这与 20 世纪 50 年代惯以自然风物做意识形态化比拟的思维惯性迥然相异；其次，全诗的视点极高极远，其变化却非常斩截自然（由鹰的特写转入一个鸟瞰镜头再转入远景，最后在牧人横身探刀的特写上定格），亦由此形成诗歌旷远有力的风格；最后，诗歌的语言也洁净有力，显示出诗人在语言上的自觉。

昌耀 1952 年十六岁时就开始发表诗作，显然是个很有天分的诗人，但他少年时的诗作，不脱当时的滥调，而一入青藏高原，其诗作却仿佛脱胎换骨，究其原因，当然不能不说他的独特气质终于找到了依托的对象，也许西部高远旷大的自然存在，本身就会对人形成一种威压和激发，迫使人由人事与意识形态的琐屑中脱出，感应天地自然之广阔、岁月历史之悠久以及置身其间的人类生存之艰难、温暖与伟大。不是说，昌耀入西部之后的诗就完全不存在彼时的流行词汇与语调，但他最独具风格的诗，却全然是清新地表现西部旷远厚重有力的存在的：

高车

　　是什么在天地河汉之间鼓动如翼手？……是高车。是青海的高车。我看重它们。但我之难于忘情它们，更在于它们本是

---

① 《鹰·雪·牧人》，收入《昌耀诗文总集》，青海人民出版社，2000 年，第 2 页。

英雄。而英雄是不可被遗忘的。

> 从地平线渐次隆起者
> 是青海的高车。
>
> 从北斗星官之侧悄然轧过者
> 是青海的高车。
>
> 而从岁月间摇撼着远去者
> 仍还是青海的高车呀。
>
> 高车的青海于我是威武的巨人。
> 青海的高车于我是巨人之轶诗。①

如果说《鹰·雪·牧人》主要是从空间上展示西部的旷远辽阔存在,《高车》依然有着高远的视点,但却增添了时间一维,那如巨人一样的高车,不仅在"天地河汉之间鼓动如翼手""从北斗星空之侧悄然轧过",也"从岁月间摇撼着远去"。这高车不仅是现实中的风物,它还带着悠久的历史之中的英雄气概,显示出在艰难环境中生长的人类的英雄傲岸的气质在现实之中依然延续着。

对空间(高原)和时间(历史)的感认追怀,会不可避免地延伸到对源头的追认,我们看昌耀两段写黄河的诗:

> 披着鳞光瑞气
> 浩浩湃湃轰轰烈烈铺天盖地朝我腾飞而来者
> 是古之大河。怦怦然心动。
> 而于瑞气鳞光之中咏者歌者并手舞足蹈者则一河的子孙。
>
> ——《寄语三章》之三②

---

① 《高车》,收入《昌耀诗文总集》,青海人民出版社,2000年,第7页。
② 《寄语三章》,收入《昌耀诗文总集》,青海人民出版社,2000年,第12—13页。

激流
带着雪谷的凉意以一路浩波抛下九曲连环,
为原野壮色为大山图影为征夫洗尘为英雄挥泪。
沿着黄河我听见跫跫足音,
感觉在我生命的深层早注有一滴黄河的精血。

海螺声声
是立在屋脊的黄河子民对东方太阳热烈的呼唤。

——《激流》①

  由于黄河的意象,西部高原由静态的旷远阔大带上了动态的奔腾不息的感觉,而青藏高原本来便是民族之河黄河和长江的源头,在这里,江河的源头和民族精神的源头汇合,自然与历史汇合——在那"披着鳞光瑞气/浩浩溔溔轰轰烈烈铺天盖地朝我腾飞而来"、"带着雪谷的凉意以一路浩波抛下九曲连环,/为原野壮色为大山图影为征夫洗尘为英雄挥泪"的黄河意象上,雄伟壮大奔腾不息的自然力量与民族历史民族精神汇合,喷发出巨大的力量,难怪感应着这些力量的人要自称为"河的子孙"、"黄河子民",并于瑞气鳞光中咏歌舞蹈、立在世界屋脊发出对太阳的呼唤。
  不过,刚到西部的昌耀,在感应其崇高之外,对之也不乏亲近,所以他的有些诗,让一般人意识中悲壮苍凉的西部风物带上了温柔之感,我们看他写的《边城》②:

边城。夜从城楼跳将下来
跼蹐原野。

——拜噶法,拜噶法,
你手帕上绣着什么花?

---

① 《激流》,收入《昌耀诗文总集》,青海人民出版社,2000年,第14页。
② 《边城》,收入《昌耀诗文总集》,青海人民出版社,2000年,第5页。

（小哥哥，我绣着鸳鸯蝴蝶花。）

——拜噶法，拜噶法，
别忙躲进屋，我有一件
美极的披风！

夜从城垛跳将下来。
跳将下来跳将下来踯躅原野。

这里踯躅原野的"夜"很容易让人想起桑德堡的《雾》："雾来了，/踮着猫的细步。//他弓起腰蹲着，/静静地俯视/海港和城市，/又再往前走。"他们都是把庞大无形的东西具象化为有形的生命，给人温柔的感觉，不过昌耀把"夜"比作和女孩子调笑的小伙子，显得更有亲近感；而诗中的复沓和无头无尾的对话，更让人联想到洛尔迦的那种似乎没什么意思但又引起神秘的联想的谣曲。如果一个人不仅从荒凉浩瀚的西部高原发现了崇高，而且也发现了美，发现了温柔、亲近，他就可以和西部高原共命运了。

二、生命的凝滞与复苏

1957 年，昌耀被打为"右派"，此后以一"赎罪者"身份辗转于青海西部荒原从事农垦，他的创作也因之中断了三年多。今天我们可以归入"潜在写作"的范畴的，主要是他 1961—1967 年的作品。阅读这些诗歌，我们可以清楚地发现，昌耀的西部感受在他刚到这里时感受到的崇高旷远之外，明显地加入了沉重之感。试看《踏着蚀洞斑驳的岩原》，同是写西部，诗人的关注点显然有了新的因素，这里不再有 1957 年之前的爽朗豪放——1957 年之前的昌耀，即使是写作像《高车》这样厚重的诗篇，仍然可以让我们感应到诗中的豪气，而《踏着蚀洞斑驳的岩原》[①]，却全然

[①]《踏着蚀洞斑驳的岩原》，收入《昌耀诗文总集》，青海人民出版社，2000 年，第 25 页。

是一片沉重凝滞。在这里，寸草不生的岩原被诗人比作"金属般凝固的铸体"，只有老鹰的身影飘忽其间，而感应着西部自然的蛮荒、凝重，诗人的语言也变得像刀刻一样：

> 踏着蚀洞斑驳的岩原
> 我到草原去……
>
> 午时的阳光以直角投射到这块舒展的
> 甲壳。寸草不生。老鹰的掠影
> 像一片飘来的阔叶
> 斜扫过这金属般凝固的铸体，
> 消失于远方岩表的返照，
> 遁去如骑士。
>
> 在我之前有一匹跛行的瘦马。
> 听它一步步落下的蹄足
> 沉重有如恋人的咯血。

这在荒原上跛行、艰难沉重的蹄足犹如"恋人的咯血"的瘦马，显然融入了诗人的心境。西部高原的自然风物本来是一种自然的存在，但诗人的处境不同，却会与不同的风景发生共鸣，而也许就是这艰难处境的沉重，使得诗人对西部的感应深入一层。某种意义上，这种对艰难沉重的感应或可比喻为一种淘洗、一种锻冶，有了这种锻冶与淘洗，一个人和他的诗就再也不可能沦为粗鄙轻薄。这种锻冶与淘洗，对年轻的昌耀也许显得残酷，但却为他成为一个优秀的诗人做好了准备，犹如他在《影子与我》[①]中所写的：

> 我恋慕我的身影：
> 黧黑的他，更易遭受粗鄙讹诈。

[①]《影子与我》，收入《昌耀诗文总集》，青海人民出版社，2000年，第42页。

> 看哪，我保护他。与其共哀荣。
> 只有我准确地辨析他的体线。
> 他的躯干黑棕榈般端庄。
> 我陪伴他常年走在高山雪野。在风中
> 与他时时沐浴湍流，洗去世俗尘垢。
> 当我点燃锻炉，朝铁砧重重抡起锻锤，
> 在铁屑迸射释出的星火
> 他抽搐，瞬刻拉长体躯，像放声的笑，
> 像躲藏的谜底，倒向四壁，为光华倾泻
> 而兴奋得陡然苍白。

而在这沉重感之上，仍然不变的，是昌耀对于西部的亲近感，我们可以看他的《夜行在西部高原》[①]：

> 夜行在西部高原
> 我从来不曾觉得孤独。
>
> ——低低的熏烟
> 被牧羊狗所看护。
> 有成熟的泥土的气味儿。
> 不时，我看见大山的绝壁
> 推开一扇窗洞，像夜的
> 樱桃小口，要对我说些什么，
> 蓦地又沉默不语了，
> 我猜想是乳儿的母亲
> 点燃窗台上的油灯，
> 过后又忽地吹灭了……

[①]《夜行在西部高原》，收入《昌耀诗文总集》，青海人民出版社，2000年，第29页。

这里所描写的，不仅是西部特有的景色，更有着对西部风土人情的温情和亲近。这温情和亲近感再进一步就变成了爱——当他到达这西部的荒甸时，便发出这样的感叹："……我不走了。/ 这里，有无垠的处女地"，当疲惫的诗人在这里休憩仰观天空，"大熊星座""像一株张灯结彩的藤萝，/ 从北方的地平线 / 伸展出它的繁枝茂叶"，而诗人自己的"诗稿"，则"要像一张张的光谱，/ 扫描出——/ 这夜夕的色彩，/ 这篝火，这荒甸的 / 情窦初开的磷火……"①

而实际上，昌耀写出了西部高原的方方面面——如果没有对西部土地与民间风俗人情的爱，他是不会写出这些诗篇的。在他笔下，西部的赭黄色的土地，"有如它的享有者那样成熟""有如象牙般的坚实、致密和华贵，/ 经受得了最沉重的爱情的磨砺"（《这是赭黄色的土地》）②；扛着皮筏的"筏子客"，"与激流拼命周旋原是为的崖畔那扇窗口，/ 那里有一朵盛开的牡丹"（《筏子客》）③；投入到与浪涛搏斗的"疯狂"的"快乐"的水手们，渴望着"姑娘彩萝姬"的倩影（《水手长——渡船——我们》）④；有时这样的水手，"皮肤带着江河的水腥"、"头发挂着水底的游丝"、"眼瞳藏着礁石的狰狞"、"胸脯浮着烟水的幻影"、"脉搏还悸动着激流的鼓噪"，召唤着勇敢的人与他们同行（《水手》）⑤；清晨，"走向土地与牛"的"早起的劳动者"那样美好（《晨兴：走向土地与牛》）⑥；在草原的夜气中"神秘的夜歌越来越响亮，/ 填充着失去的空间"，走向荒原的女子漫逸着"心的独白"（《草原初章》）⑦……而更重要的是，西部给了

---

① 《荒甸》，收入《命运之书——昌耀四十年诗作精品》，青海人民出版社，1994年，第18页；又见《昌耀诗文总集》，第27页，标点分行略有异。
② 《这是赭黄色的土地》，收入《昌耀诗文总集》，青海人民出版社，2000年，第26页。
③ 《筏子客》，收入《命运之书》，第18—19页，《昌耀诗文总集》，第28页，分行有小异。
④ 《水手长——渡船——我们》，收入《昌耀诗文总集》，青海人民出版社，2000年，第38—40页。
⑤ 《水手》，同上书，第59页。
⑥ 《晨兴：走向土地和牛》，同上书，第37页。
⑦ 《草原初章》，同上书，第57页。

他温暖的家的感觉,他也从生存在底层民间的人身上渴求着启迪。《良宵》[1]一诗,写的是新婚的良夜,似乎是昌耀对自己新婚的记述,诗人虽身处逆境,自己也怀疑那些欢乐美好是否可以领受,但他对自己的爱情在其间获得营养、健康成长有充分的自信:

> 放逐的诗人啊
> 这良宵是属于你的吗?
> 这新嫁娘的柔情蜜意的夜是属于你的吗?
> 这在山岳、涛声和午夜钟楼流动的夜
> 是属于你的吗?这使月光下的花苞
> 如小天鹅徐徐展翅的夜是属于你的吗?
> 不,今夜没有月光,没有花朵,也没有天鹅,
> 我的手指染着细雨和青草气息,
> 但即使这样的雨夜也完全是属于你的吗?
> 是的,全部属于我。
> 但不要以为我的爱情已生满菌斑,
> 我从空气摄取营养,经由阳光提取钙质,
> 我的须髭如同箭毛,
> 而我的爱情却如夜色一样羞涩。
> 啊,你自夜中与我对语的朋友
> 请递给我十指纤纤的你的素手。

而在另一首《给我如水的丝竹》[2]中,饥渴的诗人向流浪的盲歌者要求理解与教诲:

> 我渴,给我如水的丝竹之颤动,盲者!
> 我渴,给我如瀑跌宕的男低音,盲者!

---

[1]《良宵》,收入《昌耀诗文总集》,青海人民出版社,2000年,第47页。
[2]《给我如水的丝竹》,同上书,第50页。

唯有你能理解我的焦渴之称为焦渴！

我也是一个流浪汉。
我的肤体有冰山的擦痕。
我的衣袍有篝火的薰香。
我的瞳孔有钻石的结晶。

天黑了，是你汨汨泉嗽指引了病热的我。
我摸索着踏进你深深的眼窝，你无须发觉。
而当你作一声吟哦，风悄息。
我重又享有丝竹那如水的爽洁。

我是一个渴饮的人。
盲者，请给我水。请给我如水滋补的教诲。

当西部既是他爱情的寄托，也是他渴求的教诲的来源时，我们可以感觉昌耀对西部的认同越来越强烈，而他也在诗中自觉地把自己看作西部家族的一员，犹如他在《家族》[①]中所写的："这块土地 / 被造化所雕刻…… / 我们被这土地所雕刻。/ 是北部古老森林的义子。""我们在这里。我们 / 是这块土地的家族，/ 被自己的土地所造化。"在另一首重要的作品《凶年逸稿》[②]中，他更进一步说自己是西部土地的"儿子"：

我是这土地的儿子。
我懂得每一方言的情感细节。
那些乡间的人们总是习惯坐在黄昏的门槛
向着延伸在远方的路安详地凝视。
夜里，裸身的男子趴卧在炕头毡条被筒
让苦惯了的心薰醉在捧吸的烟草。

---

① 《家族》，收入《昌耀诗文总集》，青海人民出版社，2000 年，第 53 页。
② 《凶年逸稿》，同上书，第 30—35 页。

黑眼珠的女儿们都是一颗颗生命力旺盛的种子。
都是一盏盏清亮的油灯。

《凶年逸稿》写的是"饥馑的年代",整首诗已初具昌耀复出后的那些长诗的雏形,对生命力量的歌颂更是昌耀后来反复吟哦的主题。诗的第一节,望山良久,驰骋遐思,崖岸徘徊,"蓦然被茫无头绪的印象或说不透的原由／深深苦恼",这遐思、苦恼,似乎是面对一个巨大无外的对象或复杂深刻的经验时必然会有的心理,因为这对象太巨大、经验太复杂,难以用惯常的语言和表达方式把握;诗的第二节,追忆灾难之前幸福时期的生活(那已如梦一般遥远了),"我坐在黄瓜藤蔓的枝影里抄录采自民间的歌词",落在桌布的影迹,"或有着石涛的墨韵笔意"。中午的强烈的太阳光"烧得屋瓦的釉质层面微微颤抖",夜晚坐在斗室,"听古城墙上泥土簌簌剥落如铭文流失于金石。／夜气中沉浮着一种特殊的丁香气味。／是线装图书、露水或黎明的气味。"而在对宁静诗意的生活的回忆之后,却是现实的饥馑的年代,生命繁衍的力量似乎将永远绝迹,希望只有在语言中存在。在昌耀笔下,那无望地追寻食粮和希望的场景被描述得像梦一般恍惚,又像见鬼一样恐怖:

这是一个被称作绝少孕妇的年代。
我们的绿色希望以语言形式盛在餐盘
任人下箸。我们习惯了精神会餐。
一次我们隐身草原暮色将一束青草误投给了
夜游的种公牛,当我们蹲在牛胯才绝望地醒悟
已不可能得到原所期望吸嘬的鲜奶汁。
我们在大草原上迷失,跑啊跑啊……
直到夜深才跑到一处陌生村落,
我们倒头便在廊阶沉沉睡去,
一晚夕只觉着门厅里笙歌弦舞不辍,
身边时时驰过送客的车马。

> 我们再也醒不来。
> 既然这里曾也沃若我们青春的花叶,
> 我们早已与这土地融为一体。
> 我们不想苏醒。但是鸡已啼明。
> 新燃的腐殖土堆远在对河被垦荒者巡护,
> 荧荧如同万家灯火,如黎明中的城。
> 而我们才发现自己是露宿在一片荒坟。

但即使在这"因饥馑而恍惚"的年代,身边的森林草地、一草一木依然证明着山河大地"诚然可爱",立在坟场泥淖的白须翁仲,也似乎严厉地"让我重新考虑他所守卫的永恒真理"。饥馑终究要过去,生命终究要复苏,那惊喜地发现大地重新孕育的第一次场景多么动人:

> 那一年在双层防风玻璃窗底
> 有各式花瓣的雕刻奇妙地折射阳光,
> 那是以冬日黄昏的寒冷孕育的浮雕。
> 终于等到某日一个男孩推开门扇跨进大厅,
> 手举一棵采自向阳墙角连同土根刨起的青禾,
> 众人从文案抬起下颌向他送去一束可疑的目光,
> 仿佛男孩手心托起的竟是一块盗来的宝石。
> 而我想道:大地果然已在悄悄中妊娠了啊。

生命复苏之后,幻想也复苏,"我以炊烟运动的微粒 / 娇纵我梦幻的马驹",诗人深切地体会到自己是这土地的儿子,"在鹰群与风的嬉戏中感受到被勇敢者 / 领有的道路",在激越而瞬息万变的风中,"我在沉默中感受了生存的全部壮烈。/ 如果我不是这土地的儿子,将不能 / 在冥思中同样勾勒出这土地的锋刃。"长诗的最后一节,充分地表达了昌耀对土地与阳光的爱与痴迷,

> 我以极好的兴致观察一撮春天的泥土。

> 看春天的泥土如何跟阳光角力。
> 看它们如何僵持不下,看它们喘息。
> 看它们摩擦,痛苦地分泌出黄体脂。
> 看阳光晶体如何刺入泥土润湿的毛孔。
> 看泥土如何附着松针般锐利的阳光挛缩抽搐。
> 看它们相互吞噬又相互吐出。
> 看它们又如何挤眉弄眼紧紧地拥抱。

这对土地与阳光的迷恋,归根结底是对其孕育的生命的力量的迷恋,经历艰苦的绝境,面对大地的新的孕育,诗人当然有资格感叹:

> 啊,美的泥土。
> 啊,美的眼光。
> 生活当然不朽。

昌耀后来在他的名诗《慈航》①中反复吟咏:"是的,在善恶的角力中/爱的繁衍与生殖/比死亡的戕残更古老/更勇武百倍。"比照这反复吟咏的主题,我们当可明白"生活当然不朽"的含义。而在《凶年逸稿》中,我们已可看出《慈航》以及昌耀后来的长诗中的重要特点:即从生活经验深入地发掘到那些生存最根本的元素,这些元素正好与一些神话原型重合,从而构成全诗深在的神话结构,这深在的结构,不但不排除个体由生命体验出发的抒情,而且将之进行了有力的深化和扩张。在《凶年逸稿》中,这最根本的元素就是生命和死亡的搏斗,死亡(以饥馑为代表)与再生的主题构成了全诗内在的神话结构——也许正因为被流放压制到最底层,真正成为土地的儿子,昌耀才能更深入地体会到这最基本的元素,他的写作于是也于无形中切合了人类神话、艺术乃至宗教最基本的母题。

---

① 《慈航》,收入《昌耀诗文总集》,青海人民出版社,2000 年,第 110—128 页。

三、山河大地的境界

这可以标志着流放在西部荒原的昌耀触摸到山河大地、生命自然最根本的力量,所以,这年轻的诗人流放西部时的写作有时达到了一种让人愕然的境界。这境界高大阔远,却暗藏着艰难的搏杀,需要人付出鲜血的代价才能见识,同时又非常孤独寂寞,唯有遗世独立者才能获得这赐予,如他的《峨日朵雪峰之侧》[①]所写的:

> 这是我此刻仅能征服的高度了,
> 我小心地探出前额,
> 惊异于薄壁那边
> 朝向峨日朵之雪彷徨许久的太阳
> 正决然跃入一片引力无穷的
> 山海。石砾不时滑坡,
> 引动棕色深渊自上而下的一派嚣鸣,
> 像军旅远去的喊杀声。
> 我的指关节铆钉一样楔入巨石的罅隙。
> 血滴,从撕裂的千层掌鞋底渗出。
>
> 呵,真渴望有一只雄鹰或雪豹与我为伍。
> 在锈蚀的岩壁但有一只小得可怜的蜘蛛
> 与我一同默享着这大自然赐予的
> 快慰。

由于深切地认同、感受西部的严峻艰难,诗人的气质之中也增加了一层严峻,正如他吟咏的"红杨树"——在他看来,这红杨树犹如"虔诚的红衣僧人",深深地扎根在西部严峻的大地上,强健坚韧,敢于去挖掘、

[①]《峨日朵雪峰之侧》,收入《命运之书——昌耀四十年诗作精品》,青海人民出版社,1994年,第27页,《昌耀诗文总集》,第44页,字句略有小异。

探索、面对他反复吟咏过的生命的"可怕的真理":

> 红杨树——这虔诚的僧人,
> 裹着秋日火红的红袈裟,
> 默守一方园囿……
>
> 我是那种呆立的偶像吗?
> 我的生命是在风雨吹打中奔行在长远的道路。
> 我爱上了强健的肉体,脑颅和握惯镰刀的手。
> 我去熟悉历史。
> 我自觉地去视察地下的墓穴,
> 发现可怕的真理在每一步闪光。
>
> 你看我转向蓝天的眼睛一天天成熟,
> 充盈着醇厚多汁的情爱。①

感受着西部的壮阔美丽,也感受着西部的严峻艰险,敢于面对"可怕的真理",而又对之"充盈着醇厚多汁的情爱",昌耀终于成长为西部的儿子,成长为一个强男子,气质中也深深地渗透进了险峻多山的西部的严峻执着,如同他在《断章》②中所写的:"我成长。/ 我的眉额显示出思辨的光泽。/ 荒原注意到了一个走来的强男子。""我喜欢望山。望着山的顶巅,/ 我为说不确切的缘由而长久激动。/ 而无所措。/ 有时也落落寡合:/ 当薄暮我投宿苍茫的滩头,/ 那只名叫天禄的石兽面带悻悻笑意,/ 嘲弄我对你的红爱出于迂执……"在这个意义上,我们当然可以称昌耀为西部诗人,或者说,西部精神的守夜人。在广垠的西部大地上,即使抚摸熔岩中的累累"石核",也可以让他"从这凹凸中":

> ……拼读大河砰然的轰鸣,

---

① 《这虔诚的红衣僧人》,收入《昌耀诗文总集》,青海人民出版社,2000年,第49页。
② 《断章》,同上书,第51—52页。

胸腔复唤起摇撼的风涛。

然而，虽然深切地感应到西部的精神，昌耀的精神却决非局于一隅，可以说他是从高原感受山河大地，从西部感悟世界，由个人感受生命的真理，在这个意义上，他又绝非"西部诗人"的名号所可限制。流放西部让他真正生活到了底层民间，让他真正接触到大地山川的精气，感受到生命和自然最为深在的东西，"发现可怕的真理在每一步闪光"，同时又使他的诗的境界越来越洗净凡庸而趋于高远，凡此种种，都预示着一位具有普遍性的大诗人终将面世（他平反复出后果然没有让爱诗的人失望）——而这位诗人写于1962年的《断章》，如果说还没有达到、却显然已经触及冯友兰所说的"天地境界"，试看最后两节：

4
没有篝火。云层
如金箔发出破空的骦耆。

这样寒冷的夜……
但即使在这样寒冷的夜
我仍旧感觉得到我所景仰的这座岩石，
这岩石上锥立的我正随山河大地作圆形运动，
投向浩渺宇宙。
感觉到日光就在前面蒸腾。

5
炊烟的微粒在无风中静止。
我潜泳的身子如激流孳养的昆布……
此时，我才完全享有置身巨人怀抱的安详。

有学者曾这样概括文学作品中的自然意识的两层含义："一是把自然看作人世社会的对立物，在流连于原始的非文化性的大自然中，寄寓了诗人逃避现实的苦恼。这是浪漫主义者的境界，是夏朵勃里昂和湖畔诗人们的诗情发源地；另一层是把生命的意义投诸宇宙，通过对宇宙奥秘的无穷性的探究来获得对生命意义的无穷性的重新认识。这是中国文化传统中常有的境界。"[①] 昌耀在西部大地上的生命探索，即给人这后一种印象，而在自然宇宙的壮阔无穷中对生命意义的无穷性的体认，与他对底层民间的原始生命力以及民族精神生命的源头的感悟是联系在一起的，如果说，这些因素都是 80 年代之后寻根文学中的代表性特点，那么，显然，早在流放劳改之中，昌耀的写作即已揭示出这一向度，其表达也已达到了一种本源的深度与宏阔的境界。

（原载《潜在写作：1949—1976》，复旦大学出版社，2007 年）

[①] 陈思和:《中国新文学发展中的传统文化因素》，收入《中国新文学整体观》，上海文艺出版社，2001 年第 2 版，第 243 页。

《内陆高迥》:细读昌耀写于1988年末的这首诗[①]

> 无论是(西部)"精神"也好,(西部)"气质"也好,(西部)"风格"也好,它总之只能是这块土地的色彩,这块土地上民族的文化……时代潮流……等等交相感应的产物。是浑然一体的。它源头古老,又是不断处于更新之中。它有勃勃生气。是的,当我触及到"西部主题"时总是能感受到它的某种力度,觉出一种阳刚、阴柔相生的多色调的美,并且总觉得透出来一层或淡或浓的神秘。——我以为在这些方面都可能寻找到"西部精神"的信息。
>
> ——昌耀:《诗的礼赞》

昌耀大半生居于青海,1957年被错划"右派"后,更是生活于广阔而贫瘠的青藏高原的最下层,因之他对西部那种悲剧性的生存处境有一种深入骨髓的感受。与他的同代人相比,昌耀不仅将个人的悲剧历史作为反思民族、国家悲剧的契机,并且有能力将之上升到一种人类普遍的悲剧处境的地步。

有评论家将昌耀诗歌的转变划定在1986年,认为在这之前,"昌耀基

[①] 本文依据《中国当代文学史教程》(陈思和教授主编,复旦大学出版社1999年版)第十四章第四节的部分内容改写。本章初稿执笔者原为王光东,笔者在承担统稿任务时对许多内容(尤其是作品分析)进行了重写,《内陆高迥》由笔者提议选入《教程》,作品分析亦由笔者撰写补入。

本保持着传统现实主义的风格,重在通过客观外象的描述,达到主观抒情的目的……表现在诗歌中的悲剧精神,则是以忧患意识为内容,以善恶、是非为标准的传统悲剧价值判断,展示的是被流放荒原的苦难。"而从1986年起,他"走向隐喻性抒情","追求诗的多义性和朦胧性","转向对宇宙和人生奥义的探寻",他的悲剧意识也发生了嬗变,"他被一种人类的生存宿命深深地攫住了",这是"一种建立在人类生命意识上的新的悲剧意识","一种超功利、超利害的人类存在本身的悲剧",这一时期,"'悲壮'作为昌耀悲剧美感的体现,主要并不表现在英雄主义的悲剧命运的搏击,而表现在为战胜生存荒诞所进行的恒久的人格升华与完善。"[①] 如果将之理解为一种理想化的简洁描述,这大体上是一种可以接受的划分。

《内陆高迥》[②]写于1988年12月12日,属于后一阶段的诗,它比较简洁而完美地表现了昌耀浸透了西部气质的悲剧精神所达到的高度。昌耀自述,在这一阶段,他"已不太习于从一个角度去认识对象,不太习于寻找唯一的答案,不太习于直观的形象感受",认为"诗的语义场是诗语的多义性和多理解性的生存空间",《内陆高迥》叙述的多角度性、写景的抽象性、悲剧意蕴的多义性正是这种诗歌意识的明显征象。

诗歌一开始,就以简洁的意象勾画出一幅抒情主人公孤独的剪影:"内陆。一则垂立的身影。在河源。"紧接着一句石破天惊的咏叹:"谁与我同享暮色的金黄然后一起退入月亮宝石?"第一句描绘的剪影,显然是站在身外所勾勒出的,第二句的抒情,则直接从心里发出,短短两句已经暗含了视点的变换。紧接着,视点又转换为这个站在河源高度的抒情主人公的视角,他的视界向远处的高原大陆无限延展:

> 孤独的内陆高迥沉寂空旷恒大
> 使一切可能的轰动自肇始就将潮解而失去弹性。
> 而永远渺小。

[①] 李万庆:《"内陆高迥——论昌耀诗歌的悲剧精神"》,载《当代作家评论》,1991年第1期。
[②] 《内陆高迥》文本,据《命运之书——昌耀四十年诗作精品》,青海人民出版社,1994年。

> 孤独的内陆。
> 无声的火曜。
> 无声的崩毁。

　　这里在表现内陆高原的空旷广大时，所做的描述几乎完全是抽象的，除过一组形容词的堆积外，仅仅作了一句引申的描述，所有可能的轰动，自世界之初起，即在内陆的"高迥沉寂空旷恒大"中，注定会被消解而归于沉寂，这既是描述，也是隐喻：这个巨大空旷的空间，在象征的意义上，可以看作是世界乃至宇宙的隐喻，也是人类乃至生物的宿命的归宿的隐喻——在这个巨大广漠的空间里，一切的生命运动，所有的生命奋斗的壮丽史诗，在这里都只是"无声的火曜／无声的崩毁"，难怪抒情主人公要叹惜："孤独的内陆"。短短几句抽象的描述，却已经形象地显示出一片广阔悲怆的空间，一种遗世独立的境界。

　　紧接着，诗的视点凝聚在一个独行于天地之间的旅行者身上，也同时引申出"在路上"的主题——昌耀信奉"诗的'技巧'乃在于审美气质"的"自由挥写：我写我'善养'之'气'"，故而下面的诗句完全打破了常规，它是一行诗，但却是由八个单句组成的其长无比的一行诗，自然，你可以把它分开来读，但组织在一起的单句却仍让你有一种透不过气来的急促感觉，与前面凝重缓慢的节奏完全成为一种对比，而描述也由前面的抽象旷远转化为精雕细琢，几乎像电影里的特写镜头：

> 一个蓬头垢面的旅行者西行在旷远的公路，一只燎黑了的铝制饭锅倒扣在他的背囊，一根充作手杖的棍棒横抱在腰际。他的鬓角扎起。兔毛似的灰白有如霉变。他的颈弯前翘如牛负轭。他睁大的瞳仁也似因窒息而在喘息。我直觉他的饥渴也是我的饥渴。我直觉组成他的肉体的一部分也曾是组成我的肉体的一部分。使他苦闷的原因也是使我同样苦闷的原因，而我感受到的欢乐却未必是他的欢乐。

　　这种精细的描绘呈现出的旅行者形象，使人震动的不仅是他的肮脏、贫穷、疲惫，更是那种义无反顾一往无前地行进的形象——我们直觉地感受到这样的旅行者，一定有一个值得他追求的目的与一种信念的支撑，这几乎是一个求道者的形象。这是这个形象给我们的第一层感受。

进而，我们也许会产生诸如此类的疑问：这个旅行者是现实中的人物，还是仅仅是抒情主人公想象中的形象？在时间上，他是已经过去的记忆，还是正好在眼前出现的形象？具体如何解答这些问题，也许并不重要，因为他可以是其中的任意一种——他甚至可以是过去的"我"的形象外化，或者是现在的"我"的另一个形象。然而，无论是谁，一往无前地在路上行走的他，与也曾经如此前行的"我"，固然有着感受可以相通之处，之间却仍有不能心心相通之处——"使他苦闷的原因也是使我同样苦闷的原因，而我感受到的欢乐却未必是他的欢乐"。即使同是追求者，即使同时意识到有同类的存在，对于个体来说，由于层次的不同，仍然不能心心相印，从而那种彻骨孤独的感觉，也就终究不能完全摆脱——"今日之我"与"昔日之我"，亦未尝不是如此，于是那句慨叹，便像音乐的主题句一样再一次响起：

> 而愈益沉重的却只是灵魂的寂寞 / 谁与我同享暮色的金黄
> 然后一起退入月光宝石？

诗歌下文，转向这个在路上的旅行者的视点，他"穿行在高迥内陆"，"不见村庄。/ 不见田垄。/ 不见井垣。"紧接着，视点又立刻提升到极高极高之处——也许是从天上乃至上帝的高度，承续前文出现了两个贬抑性的描述意象，将雄伟的自然描述为极为渺小不堪的东西，犹如生物的碎片残骸："远山粗陋如同防水布绷紧在巨型动物骨架。/ 沼泽散布如同鲜绿的蛙皮。"而读到下面一句，我们可以确认这就是上帝的视点：

> 一个挑战的旅行者步行在上帝的沙盘。

贬抑的意象将上面极力夸饰的高迥的内陆比作沙盘，也许，在上帝眼里，人世的奋斗、生命的追求，注定就像蚂蚁在沙盘里行走那样可悲可笑吧？这个意象有一种宿命的悲剧性，不过同时却也产生一种崇高的感觉，因为其中有一种与宿命抗争的悲剧精神，一种迎接上帝挑战的反抗荒诞的精神——面对广阔的内陆高原所象征的世界或命运，人也许是渺小的，但以"步行"为代表的他的那种渺小却又不屈探询的意志，却终究是无法被战胜也无法被抹杀的，有了这个"挑战的旅行者"，这个空旷孤寂的空间，也终究是有了一点不同吧……于是，诗歌引申出一个既是写实的又是象征的结尾：

> 河源／一群旅游者手执酒瓶伫立望天豪饮，随后／将空瓶猛力抛掷在脚底高迥的路。／一次准宗教祭仪。／一地碎片如同鳞甲而令男儿动容。／内陆漂起。

伫立河源的一群旅游者——应该也包括那个孤独的抒情主人公与那个执著的旅行者吧——汇聚在一起，进行"一次准宗教祭仪"（——酒神祭仪？），这里有一种类似于朝圣者达到圣地之后的豪情、欣悦、迷狂，但同时却也有着一种悲壮甚至悲怆的色彩，使得近似神圣祭仪的行为，又加上了一种疯狂、宣泄的因素——且不说全诗反复出现的"暮色金黄"、"月亮宝石"（像昌耀诗歌中经常出现的"烈风·高标·血晕"、"血色黄昏"一样）等意象，渲染出的是一种悲壮、苍凉的境界，仅仅设想黄昏中那群在河源狂饮的旅行者灰黑色的剪影，那种全诗中彻入骨髓的孤独感与宿命的悲剧感，就仍然是难以消除的。

到达"河源"，却仍然有一种悲怆感——这种含混表达了诗人的现代感：诗里的"旅行者"也许是一个理想主义者，然而经过多少年的苦难，对世界的荒谬他又有一种清醒的意识，贯穿着他的"想象中的行旅"的，不是一种古典式的有终点的追求，而是一种现代式的没有终点的行走，犹如歌德的浮士德，永远不能到达让他感觉尽善尽美的境界。所以诗歌最后的"内陆漂起"，既是醉意之中真切的感受，也同时暗含了一个生物性的意象：满地酒瓶碎片被比喻为如同"鳞甲"，"内陆漂起"则也可解读作整个内陆犹如"鱼"或者"龙"一样漂了起来……这不是一种停滞和静止，而是仍然充满了悲怆的运动感。

昌耀的这首诗，每一段都可以说描写的是西部特有的真实景象，但同时却又带有浓厚的象征色彩，整体上则贯穿了一个"朝圣"的神话结构——只是在这里，"朝圣"的主题已经悄然转为带着现代精神的"在路上"主题。如果说有一个"目的"的话，漫漫长行的目的是什么？作为象征的"河源"，具有多义性，它可以是一种日渐稀薄的理想主义精神的象征，也可以是民族文化的源头的象征，也可以是生命的本源、信仰的本源的象征，生命的极高境界的象征，等等。这一点上，最能显示出诗的整体意蕴的多义性，但这种多义仍然有一种相对稳定的能让我们把握得住的意绪，最终吸引我们的，是诗中那种河源的高远境界、"谁与我共享暮色的金黄然后一起隐入月亮宝石"的高洁而孤独的精神，以及那种面对命运的挑战义无反顾地前行的悲剧意识。

2013年长篇小说综述

说是综述，其实只能算是一瞥。现在每年出版的长篇小说实体书，据说有两三千部之多，本文涉及十几部，就个人阅读来说已近极限，但就比例来看只能算是九牛一毛，主观、偏见在所难免，所幸这十几部小说，除了个人特殊关注之外，仍能够涵盖本年度最为出名的那些作品。此外，还有一些小说，如残雪的《新世纪爱情故事》、夏商的《东岸纪事》，也值得注意，但因阅读所限，暂且存而不论。另外，可能也会有成名或尚不著名的作家富于创新的作品，完全逸出了我们的视野，这是任何时代都没奈何的事，也再一次提醒了我们的局限。

先说总的印象：都说2013年是长篇小说的大年——种种热闹，确实使得本年度长篇领域显示出一派繁华的局面。然而，如果再仔细检查的话，却不难发现，繁华只是表象，近些年中国小说内在的主题或关键词，其实相当稳定，此中意味，颇耐琢磨——普遍稳定之中，却也有少数突破，那么，这突破也便实在可喜。

关键词之一："现实"

现实仍是中国小说关注的一个重心。这在转型愈益深入的现时代，其实也不意外。著名作家和文坛新锐，把触角纷纷伸向社会热点问题，在矛盾纷繁复杂的现时代，同样一点也不意外。与一切变革年代相似，这些作品都带有某种"问题小说"的性质，但和以往不同的是，文学这一次，并不是冲锋陷阵的排头兵——这却也并不是没有收获，至少在艺术上，它们并不为"问题"所限，而都展现出时代的复杂面影，这当然也可以说成是,中国作家对"现实"的理解趋于成熟。

本年初,高产的贾平凹,便携其三十六万字的小说《带灯》,又一次震动文坛。去年便有刘震云的《我不是潘金莲》,处理一直广受关注、但一直又似乎无解、且似乎是某种无形的文学禁区的"上访"问题,今年贾平凹以其新作对之进行重磅关注,也可见得问题的深广,使得文坛名家们也不能不"思出其位",放下身段,不避"问题小说"之嫌,越界对社会热点问题进行关注和研究。

名家到底是名家,虽说是处理热点问题,却并不触及无形的红线,采取了某种明显的回避策略。当然,回避也有收获,刘震云从一个有些滑稽的起头,一步一步展开官场众生相,也一步一步写出问题的荒诞纠结——似乎谁都没有责任,似乎谁都很冤枉,问题却一层层积累下来,又一次次被用荒唐的方法处置,滚雪球一般不断放大,最后,蚂蚁也变成了大象,个中荒诞尽在不言中。比起刘震云前几年的力作《一句顶一万句》,《我不是潘金莲》只能说是小品,荒诞夸张,近乎直露,有点《官场现形记》和《二十年目睹之怪现状》的味道,从文学看,不能算上品,但也有深刻的地方,譬如失却了民间原来运转自如的自我调解机制,法律不能触及的道德、心理问题得不到化解,在荒谬的系统中只能被不断放大,从而导致最后的难局,此中问题,并非简单的推行法律所可解决,甚者法治也可以成为回避问题的借口——但此问题,由来已久,其起源可以追溯到近代以来单向度的现代化过程,注定是个较长时段的问题。与《我不是潘金莲》相比,贾平凹的《带灯》,从问题入手,处理的却不只是简单的社会问题,而是展现出了当下中国乡村社会基层的方方面面——种种问题,种种众生相,也便有了几分古代中国"观风"的味道——闻乐知雅意,观风知兴衰,文字通灵,也便可触到几分盛衰之几。贾平凹自述写《带灯》时,"兴趣了中国西汉时期那种史的文章的风格"①,但从其笔法看,却仍是以往细腻扎实、紧针密线的徐缓风格,仍是观风而非写史。不过,换个角度,贾平凹的十几部长篇小说,除《废都》而外,从《浮躁》、《高老

---

① 贾平凹:《带灯·后记》,人民文学出版社,2013年,第361页。

庄》、《土门》,至新近的《秦腔》、《高兴》、《古炉》、《带灯》,如此持续地"现实主义"地关注中国乡土社会历史和现实(尤其是近二三十年)的变化,当代成名作家中,一人而已——无心插柳柳成荫,其历年作品积累下来,倒颇有了几分社会史和风俗史的意味,可以说是其长期扎实工作应有的回报。

同为关注现实,贾平凹的《带灯》可以说是写实,九月份出版的阎连科的《炸裂志》,则可以说是寓言。"炸裂"二字,先声夺人,颇得近些年疯狂式发展的神韵,但既为寓言,概括、处理便都有"失之于简"的地方。阎连科继承了他以往荒诞、夸张的笔法,也继承了其以往对权力的漫画化批判,只是历史毕竟不能简单地以权力争夺来概括,普通人的愿望和力量,也毕竟不可以忽视,否则便失去了历史的"生气"——如此,"志"便未落到实处。从其笔法看,虽说模拟地方志,但"志"也基本上是个概念,仅有地方志之名,未具地方志之形,仍基本上是常见的按时间顺序进展的叙述。阎连科近些年提出了"神实主义"的概念,但"实"有了欠缺,"神"也便依托不稳,形神不能相应,便易有主题先行之弊——此可说是近些年此类小说易见的弊病,也是功夫和耐心不够的表现,若能再细致耐心、低调无为一些,"挫其锐,解其纷,和其光,同其尘",眼光和表现都可能两样些,写作也或可再上一层次。小说结尾,寓言化为预言,显示出对时代发展某一趋向的忧虑,"言者无罪,闻者足戒"。

和著名作家相比,年轻作家表现现实,也颇有可圈可点之处。1986年出生的郑小驴,本年出版的《西洲曲》,说是表现计划生育问题,但其优长之处,其实在于表现了一个年轻人成长期所看到的底层生活,因为年轻,因为有许多鲜活的经验和记忆做底子,读来便多了许多感性的润泽和个体生命的信息,这是来自生活一线的年轻作家的天然优势,也是"江山代有才人出"之所以有其必要的部分原因。

在历史上,近代化转型时期,也常是现实主义小说兴盛的时期,因种种新现象需要去探索、关注和研究,不过好的小说,都会有某种宏阔的视界,即使从问题出发,也不会为问题所限,这样才有长远的价值。从这一方面看,当下中国关注现实之作,问题意识有余,视野和格局则有些不足,态度也不够超然,便容易被当下所限,亦正说明此一进路,尚有充分的发展余地。

关键词之二:"内心"

余华的《第七天》,一般可能也会认为是一部表现现实的作品,这当然有其道理;而由于出版之前的商业化宣传,这部作品也引起了广泛争议,毁誉参半——但几乎所有观察都忽略了一点,《第七天》最特殊的地方,其实非常严肃,不只是所谓的"表现现实",更是表现当下现实中中国人的内心状况,这对于余华的创作来说似乎是飞跃了一个层次,对于当下中国文学来说,也是一个可喜的进展。就这一点而言,《第七天》其实可以说是叙述了一个"灵魂空间的故事"——它不仅是在描写底层中国人生活的艰辛,更在于描写他们灵魂的枯槁和无所归依,于是便出现了小说中描写得生动可感、极其出色的游魂世界,而出于人道主义的同情心理,余华在这个游魂空间中设置了某种类乎乌托邦的世界,让这些孤苦无依的灵魂,在这个虚拟空间中得到了他们在现实之中得不到的温暖、关怀和慰藉。《第七天》有几分拉美魔幻现实主义开创者之一胡安·鲁尔福的《佩德罗·巴拉莫》的意味,一定程度上也许可以说是余华在向鲁尔福致敬——但余华的处理实际上颇有自己独具一格的地方,他的鬼魂世界有自己清晰的逻辑,其中的心理也是一般中国人完全可以理解的,与《佩德罗·巴拉莫》全然迷离恍惚、不可用常理测度的迷宫式的幽灵世界并不完全相同;《第七天》也指向了某种奠基在相互关怀和同情之上救赎的可能,和《佩德罗·巴拉莫》完全的阴暗荒诞也不一样。

《第七天》可能从新闻报道里撷取了一些创作素材,譬如强拆、譬如医疗丑闻、譬如青年人卖肾换取苹果手机等等,这也是这本小说容易引起争议之处,事实上也是这部小说写作得比较薄弱的地方,因为到底缺少实感性的生活经验,一些具体的细节和微妙的心理就很难有切身的体会,也就难免有空疏和臆想的成分——对于成名作家关注现实生活来说,这实际上也是一个很难克服的弱点。但反过来看,余华对这些素材的处理,实际上也颇有自己独到的地方：他写的不只是经济和生活上的被剥夺，更写的是心灵上的被剥夺；写的不仅是现实中的不平等导致的经济和权利上受压制，更是价值观被流行思想主宰麻醉之后心灵上的被控制——这一点，深刻地触及到了当代中国作家都没有触及的地方，可以说是一个了不起的突破。所以尽管这部小说也有薄弱之处，但瑕不掩瑜，在本年度出版的小说中属于最值得重视之列。

这也就引出了当下中国小说的另一个关键词——"内心"。当下中国作家开始关注中国人的内心世界和内心生活，并且渐有蔚为潮流之势，这无论如何是一个可喜的进展——不仅因为它比单纯平面化地关注现实生活表象要深入一层，更由于内心世界的状况几乎就是现实世界状况的根底：现实的混乱来源于内心的混乱，内心里的焦虑也直接导致了现实的不安——内心世界从来不是一个封闭的空间，现实生活方方面面的信息就直接表现在这个空间之中，就此来说，检讨当下中国人内心生活中方方面面的问题，找到其中的关窍，寻找疗救的可能，指出向上一路，无论如何是当代文学和文化值得努力的方向。就当下文学表现内心生活而言，普遍的趋向还是比较偏于对负面因素的发掘，上出之路偶尔有作家会有所触及，总的来说意识和力度都很不够——但这大概也是绕不过去的必由之路，经验的积累和发掘的深入，或者会在将来使得文学在这一向度上有所突破。

苏童的《黄雀记》，一般认为是一部情节性较强的佳构之作，小说的叙述确实非常圆熟，节奏和情绪的控制，气氛的营造和心理的把握，也非大作家不能为，但就其深层关注而言，这部小说其实关注的是"罪恶的心理学"：一桩"黄雀在后"式的强奸案，牵涉到其中的三个普通人，保润、柳生和小仙女在之后十来年时间里心理的变迁，暂时逃脱惩罚却背负"罪"的重压的柳生的心理纠结，被冤入狱的保润的生命波折和心理变迁，以及并不全然无辜的受害者小仙女在新时代性格、心理和命运的变化，都在小说中表现得极其生动和有说服力，也显示出"罪"以及对其不公平的处置，会导致的可能后果。苏童的小说一向以营造气氛见长，《黄雀记》也并非情节所可概括，阴暗湫湿的香椿树街，一开始就笼罩着精神失常的气氛，三个主要人物性格上的缺陷，香椿树街人们特有的心理，都使得这样的故事注定会在这样的气氛中发生，而其独特的发展也与此种环境以及其中人的心理气质若合符节，无过无不及，在本年度的小说中属于技术上最为圆熟精致之列。也有遗憾的地方，就是小说一开始笼罩着一种象征性的氛围，祖父的精神失常、香椿树街庸常无奈的气息、精神病院莫名的氛围和保润逐步在其间发展出的精致和习以为常的暴力、案件发生地点怪诞的树林和水塔……凡此种种，都让这个故事发生的环境有着一种怪异和失常，而又隐隐和历史与现实有着关联，具有上升为普遍化的象征的可能，可惜的是这种象征性未能一以贯之地保持下去，否则小说的成就要更高一层。

年轻作家乔叶的《认罪书》，以及更为年轻的90后作家冬筱的《流放七月》，是今年的意外收获。两部小说也都涉及到"罪"的主题，乔叶的处理，更着力一些，《认罪书》的形式是一个曾经堕落的女子的手记，她由自己的罪恶和报复欲出发，犹如探案般地逐步发现了他人的罪恶，以及曾经充溢在历史中的普遍的罪恶，最后幡然醒悟，承担起自己的那一部分罪责，然而以往的罪责毕竟不能简单消弭，就在她开始醒悟并开始悔改时，种种巧合使得其恶果骤然浮现，也使得她陷入更深刻的忏悔之中，最后在因癌症死亡前，留下一份警醒世人的手记。乔叶的这部小说，形式上有新颖之处，涉及的问题也比较深刻，也有现实性，有论者比之于托尔斯泰的《复活》——这个比拟有恰当的地方，就是忏悔的主题，但也有不合适的地方，《复活》写的不仅是人性中的恶，也不仅是忏悔，更是忏悔之后灵魂的新生——乔叶在后一点上，明显不足，但这也可以说是时代和环境的局限，不单纯是作家个人的责任。总体上，这部小说也是本年最值得关注的小说之一，既是乔叶个人的收获，也标志着年轻作家的重大进步。

冬筱的《流放七月》，也给人惊喜之感。作者是"七月派"诗人冀汸的第三代，小说的情节主脉，也是主人公探索祖父一辈（小说中也设置为"七月派"诗人）生命历程和亲历的历史（尤其是株连甚广的冤案）的过程，在探索的过程中，对自己的生命也有了新的发现和认识。这部小说给人的惊喜之感，不仅在于年轻的、刚出道的作家也开始表现出其历史意识，更在于将历史和自身生命的勾连，并且他也不是公式化地处理历史，也写出了置身于历史中的人们的恩怨错综、由于冤案导致的心理上的隔阂和长期的心理负担，以及它们对后两代子孙命运的影响，小说最深刻的提问可能在于：历史就那么简单轻易地过去了吗？它对于后人生命和心理上的创伤究竟何时以及如何才能平息？——有没有这种可能？一个刚刚出道的年轻作家就开始思索这些问题，也让人对于以后的文学不致完全流于平面化和娱乐化有了一点谨慎的乐观。

三部小说都出现了情节上的巧构和巧合，趋势是，愈年轻的作家，巧合就运用得更多一些。巧构向来被认为是匠气的表现，会影响到小说的从容大气，而巧合则常是作家能力不足的表现，更有着通俗化的危险。相比较而言，巧构和巧合在苏童那里得到了完全的驾驭，没有伤害到小说的整体氛围和主题，但在乔叶那里，就已显示出几分匠气，到了冬筱那里，则显然已经有了通俗化的危险——《流放七月》中描绘的三代人，处于各种复杂的亲缘关系之中，尤其是小说明线的几个人物，本来大家互不相识，后来才发现都有着家族第三代成员的身份，这种巧合，是通俗文学的典型方法，年轻的作家可能过多受到了青春文学和网络小说的影响，事实上小说中"寻找和发现"的主题，已经有着充足的戏剧性，完全用不着再用这些小家子气的巧合来增加——这也就是经验和功力不够，需要向成熟作家学习的地方了。

三部小说表现"罪"，最后都让罪人走向毁灭——这是颇有意味的地方。我的揣测，除了要刻意深刻之外，要表现灵魂的觉醒和复活，当代中国作家的准备和功力，可能都明显不够——不像《复活》，老托尔斯泰的这部小说，固然表现了"罪"，更自始至终贯穿着灵魂苏醒与复活的钟声……

关键词之三："记忆"

"记忆"也是当下中国小说的一个主题，事实上，乔叶的《认罪书》与冬筱的《流放七月》也都涉及到这一主题，前者牵涉到对集体记忆的勘察，后者则发掘家族记忆——更多一些与个人生命的关联。如果说，年轻作家在处理历史记忆时需要采用探索和发掘的方式，以往历史的亲历者,则更多回望与总结的姿态。

韩少功的《日夜书》,有论者以为是一本"记忆之书",在记忆和小说之间几乎难以划分出来清楚的界限。这个看法可能并不那么完全准确,作为一本"盘点"之作,《日夜书》当然有记忆的基础,但事实上也有总结的意味——韩少功和他的许多同辈人一样,已纷纷进入花甲之年,旧说"三十岁为一世",经历过两世,又是"文革"与"改革"那样截然不同的两世的一代人,清点集体记忆和个人记忆,非但有其必要,读者也期待它能告诉我们许多切身而富于启发的信息。小说的叙述总的来说比较明晰,也有几分从容散漫,难能可贵的是未流于夸张和炫耀,而有几分客观节制,但既是总结,当然也就少不了类型概括,韩少功自述本书受到了"纪传体"的一些启发①,小说以"我"(陶小布)的叙述为线索,串起了一些不同的人物和故事,旧日的知青转为官员、企业家、民间思想家、发明者……时代改变,身份改变,也就难免引起许多可笑可悲或者啼笑皆非的故事。以"纪传体"来看,小说中马涛和发明家贺亦民的故事,最为有声有色和富于启发性:前者是"文革"时期的"民间思想家",有几分先觉者的意味,在新时代却自我膨胀,成为一个令人厌烦的"自我中心主义者";后者身世坎坷、漂泊江湖,却因思维不受拘束阴差阳错成为发明家,但在新时代,他在发明和改造时虽然能别具心裁,却不能明白和适应当下社会中种种明的暗的规则,其悲剧固然出于意外,却也有几分必然——作为知青一代变形记中的个案,这两个人的故事,具有颠覆一般认知惯性的丰富信息,所以最能引起一般读者的注意,与之相比,叙事者陶小布,就显得有些普通,却也许更有代表性,他也有自己的成就,却不像前者那样传奇和引人注目,也曾有过冒险和抗争,然而也就这样默默无闻地老去了,但虽不易为人注意,却不乏对时代和现实的感应和思考,更能够代表隐没在黑暗中的一代人的良知,其无奈和悲悯也便易引起人们的同情和共鸣。不过总的说来,与人们事先的期待相比,《日夜书》的成就还是有一些差距,其中的原因,也许恰在于因为到底有概括的野心和表

---

① 木叶:《韩少功:从文革时代到改革时代》(专访),《中华读书报》2013年9月25日第七版。

现时代的意思,无形中便减少了些与个人生命血肉相关的信息——不论对于文学还是对于自己来说,后者显然更为珍贵。

与此相比,林白的小说《北去来辞》,个人的记忆和经验便有了充溢的表现:"个人经验是这部书中至为重要的内容,这意味着,除了我把自己的个人经验给予书中的人物,同时也必须为书中的人物找到属于他们的个人经验。"① 有意思的是,林白的本意是写个人,却无意间也写出了时代的面影,而因为带着个人信息,这时代面影便也变得鲜活生动,有生命的痛感和温度,与具体的人息息相关,而不只是冷峻的总结与反思。"海红"60年代的孩提记忆,八九十年代的文学狂热与生命跌宕,新世纪的成长与突围,一方面是她个人独一无二的经历和记忆,另一方面在与他人的交错纠缠中也折射出时代的面影与信息,与此同时她也负荷着创伤与痛苦艰难却显著地成长,从个人的世界走向广阔的天地,从与世界扞格不入走向一定程度的和解——这种成长、进步与改变,其实是很了不起的事情。在此过程中,与海红生命密切相关的慕芳、银禾、春泱、道良等人生命信息的加入,则延展了小说感应的触角和表现的深度和广度,使得一部表现个人记忆的小说有了厚重之感。这本小说一定程度上是林白之前写作的集大成之作,她以前小说中的各种主题和人物都涌现到这部小说之中,"从未有过这么多的人物,如此深长的时间来到我的笔下,我也从来没有如此地感到自身和人物的局限。"② 不那么准确地说,《北去来辞》可以看作是《一个人的战争》与《妇女闲聊录》的"合体",如此迥然相异的两种小说在《北去来辞》中形成了有机的结构,融合得亲密无间,也可以看出林白卓越的才能和显著的进步,属于本年度长篇小说的重大收获。

与《北去来辞》一样是去年发表、今年出版的路内的小说《花街往事》,也给人惊喜之感。这同样是一部融合集体记忆与个人记忆的作品,就描写的切实可感来说,可能有许多个人和家族的经验作为基础。小说的前半部分描写"文革"以迄80年代,视野开阔,表现从容舒展,语调

---

① 林白:《北去来辞·后记》,北京出版社,2013年,第418页。
② 同上。

兴奋、不乏讽刺，却均得到了节制，颇有几分大家气象，尤为难得的是，70后作家正面描写"文革"年代，却也做到了有声有色，与亲历者的表现相比不遑多让，让读者对年轻一辈作家理解和表现历史有了更多期待。从个人的阅读感受来说，小说的后半部分，似乎稍显得逼仄了些，不像前面那样从容舒展、气象开阔——这从篇幅上也看得出来，后面五章的内容，才与前面三章篇幅相若，还略略不及些，除了内容方面更多表现主人公个人经验的原因外，作家写作时的力量和气息也可能没有得到最恰当的调节，可能也是重要的原因，以致写到后来，气息有些衰弱，这可以说是这部小说的遗憾，但总的来说，无疑是一部成功之作，也让人们对路内的写作有了更多期待。

本年出版的80后作家甫跃辉的《刻舟记》，写的是边远地区的童年记忆，牵涉到创伤、暴力、性、觉醒和成长等种种主题。许多作家在创作开端或创作改变的关键阶段，都会有一部回忆与描写童年之作，与前人相比，甫跃辉的这部小说，至少做到了真诚、可感、有声有色，充满了具体的生命印记，又不乏情感与思考的深度，作为一代人记忆的"影子"[①]，它可以说是80后作家的《在细雨中呼喊》或《少年血》，起步阶段能有如此表现，非常难能可贵。

关键词之四："民间"

2013年，有两部小说犹如突然闯入的黑马，震惊文坛——它们都经过了长期的准备，写作上都很有特点，而均牵涉到对民间生活的表现。表现民间当然不是什么新主题——但事实上仍有许多空间可以发掘，这两部小说，在这个方向上，都有新的贡献和进展。

金宇澄长期从事编辑工作，今年出手的第一部长篇《繁花》一举成名，引起很多赞誉，也引起很多争论。许多评论都把关注重点集中到小

[①] 甫跃辉说："如果真实经历是一棵树，它们便是树的影子。我的写作更多瞄准的是影子，在我看来，影子比树本身更迷人，甚至，更真实。"《刻舟记·后记》，见该书（文汇出版社，2013年）第214页。

说中的上海方言上，但可能更值得关注的是，这部小说不论在笔法上还是在趣味上，都与近代以来的上海小说，如《海上花列传》、《海上繁华梦》、《歇浦潮》等一脉相承，笔法上的平淡节制、注重细节，叙述上的穿插躲闪、紧针密线，视点上的贴近日常生活，趣味上的注重世俗风月，都颇得此派小说神韵。小说用几个普通人的经历，穿插描写了两个时代，和同类小说比，没有对大事件大转折的戏剧性表现，却更贴近日常生活的底色，也让人们对两个时代上海普通市民阶层的日常生活有所感受和认识。而从其成绩来看，小说中表现新时期的市民生活，连篇累牍的私情、酒局、幽会，未免让人有些不耐，表现"文革"时期的部分，许是经过了时间的淘洗，却做到了有声有色——除了有拾遗补缺的意义之外，读来也颇有兴味。贴近日常世俗，其实也是"双刃剑"，好处是比较切实可感，有日常生活的韵味，坏处则是繁冗琐细，趣味和境界不高——这是这一派小说共同的弱点，《繁花》也未能幸免，所幸在密实繁冗的世俗生活细节中，偶尔也有一些部分意境清幽，显示出"让人心明眼亮的一刹那"——的确有几分《海上花列传》的神韵。

  从近代以来，表现上海生活的小说，不知怎么总有些阴暗雾数、格局狭窄，在这种情况下，看黄永玉先生以个人记忆与旧时湘西生活为底的八十余万字的长卷小说《无愁河上的浪荡汉子》，便有让人豁然开朗、精神一振的感觉。《无愁河上的浪荡汉子》，毫无疑问是今年出版的成就最高的小说，事实上，发表之前在《收获》杂志上已经进行过长达五年的连载，恰好在2013年正式出版是本年度长篇小说领域的幸事。小说写湘西生活、旧时人物，浑朴野性中有一种从容达观，不仅是在写一种近代以来饱经摧残、日渐流散的生活方式，也是在写一种生命哲学（在今天愈发显出其意义，也便愈有追寻和回顾的必要），而由于作者的个性、阅历、处境，都足以使他逐步有点接近无所顾忌、从心所欲之境，小说的文体也便近于汪洋恣肆、收放自如，读来使人神旺——这事实上是没法模仿的，凑巧有此成果，只能说是中国文学的幸运。

2014年1月23日　四季花城

我们时代的内心生活

——新世纪三部中国小说的解读[①]

题目很大,其实要谈的,只是对三部当代中国小说的解读。在现在的环境下,静下心来,看看普通中国人的内心状况,或者比让热点问题牵着鼻子走,更有意思。三部小说,都是我在近年来的阅读中特别有感触的,希望能够借助对之的解读,窥测到一点潜藏在当下中国人内心隐微的信息。

一

要谈的第一部书,是严歌苓2005年出版的短篇小说集《穗子物语》。我对这本书很推崇,觉得是新世纪以来中国最好的短篇小说集——虽然事实上此书似乎并不太受关注,在严歌苓的创作中也很边缘,但我有我的理由,并不全然主观。

这本收录了十二篇小说的集子,写的是人物"穗子"从童年到少女时代的片断印象,也可以说,是作者严歌苓成长期的"记忆"——尽管文学和历史并不全然对应,"其中的故事并不都是穗子的经历,而是她对那个时代的印象,包括道听途说的故事给她形成的印象",所以,用作者自己的话来描述,会更准确一些:"穗子是'少年的我'的印象派版本。"[②]书

[①] 本文为笔者2012年6月2日在早稻田大学文学院中国现代文化研究所的演讲稿,原题为《阴影、焦虑与自觉:现时代中国人的内心生活》。
[②] 严歌苓:《穗子物语·自序》,广西师大出版社,2005年。以下引用该书,仅在括号里注明页码。

的构成，有些像海明威的《尼克故事集》，"穗子"在十二篇故事中贯穿始终，有些时候是主人公，更多时候，则只是隐身众人之中的一个旁观者，和尼克一样，她也看到很多、听到很多，与此同时，她也伴随着这些故事长大成人。

"穗子"的成长期，恰当"文革"年代，不免会触及尘封的"伤痕"。写"文革"的书已经那么多，"伤痕"也不是什么新话题，严歌苓的这本书有什么特殊？如果特殊指的是"内容"，这本书恐怕还真没有什么太特殊——尽管严歌苓的经历丰富独特，可能会引起读者的好奇——不过，特殊也可以指一种写法，一种风格，或一种态度，恰恰是这些方面，让这本书变得别具一格，从而也使书中的那些"内容"，在新的眼光和态度之下，得到新的观察、呈现和理解。这些故事，写得非常平静、克制，甚至不乏冷峻，也更为包容、灵活，不那么急于进行道德评价或者符合政治正确，但也并非说放弃了道德关怀——这也正是比较吊诡的地方，这种平静克制的还原和想象，反而可能让道德关怀变得更为准确、敏锐、有力，其中缘由，非常耐人寻味。①

这样一种态度，和严歌苓是隔着遥远的时间、遥远的距离，写自己的成长记忆有关——这种写作，在一定程度上，也正是一种精神治疗，尽管那个年代正在被有意无意地淡化、忘却乃至美化，但对当事人自己来说，有些记忆却始终难以磨灭，只是这种记忆，远比粗枝大叶的宏大叙事具体幽微，也切身可感得多，而正因为切身、具体、可感，所以更需要冷静乃至孤独的清理，而非有意无意的迎合。从实际效果来看，也正是这种"不大声以色"的态度，使得她描摹出了那个年代的日常生活，也准确地捕捉到了那个时代在人们身心中留下的"印记"。

《穗子物语》描写的那个年代，我们今天熟悉的日常经验，像亲情、爱、友情、分离、无奈等等，仍然在顽强地持存着，但却无不沾染着那个年代的特殊气息，也因此，那些庸常永恒的经验，便都产生了严重的扭曲，

---

① 在我看来，这种态度，恐怕也是摆脱以前写"文革"的文学那种强烈的控诉语调和表面化的戏剧效果，触及时代的"背面"和"底色"，所必不可少的。

与正常年代相比，对比更鲜明，色彩更强烈，效果也更刺激，表现也更为粗暴、直接、不加掩饰——所有这些变形和扭曲，在人们的心里留下的"印记"，对于当事者来说，摆脱不了，磨灭不掉，已经成为人们生命经历的一部分——既留下了难以恢复的创伤，偶尔（譬如说在穗子身上），也提供了反省和觉悟、因而同时也正是成长的契机。

在这些"印记"里面，最值得注意的，也还是"伤害"的印记，不仅是"时代"或他人对自己的伤害，也包括自己可能对别人形成的伤害，后一点尤其重要——"我们"，当年所有的普通人，在大时代里，也并非全然那么一尘不染、清白无辜——真正意识到这一点，其实决非如一般所认为的那么容易，因为在解剖自己的勇气之外，也还需要那么一种能够发现自己内心真相的目力。"文革"后一段时间里，中国社会，包括文学界，曾广泛讨论所谓"忏悔意识"的问题[①]，对此需要补充一点：这种忏悔意识，只有深入到人心幽微之处，涉及到被遮蔽和遗忘了的起心动念的一刹间，才会有真正的认识、觉醒以及转化的可能。这也正是《穗子物语》这本书非常了不起的地方——严歌苓真正的独特之处，在我看来，正是能够捕捉到那种"印记"的根源，内心里"起心动念"的一刹间，而且，写得非常准确——毋庸说，对于某种特定的精神治疗来说，"准确"远非那么不值一提或者轻易可致的品质，而是具有非常重要的意义，因为它能触及容易被人忽略却非常关键的细微之处，在我们这个忙碌、浮躁、来不及整理自己内心的时代，尤其如此。

《穗子物语》中的第一篇小说《老人鱼》，一开始就涉及到了"背叛与伤害"，所写的是那个时代常见的家庭悲剧，然而没有一点悲壮——这也正是严歌苓比较精细的地方，一定程度上也是她的特色，让我们瞥到了那些据说是"激情燃烧"、"理想主义"的年代，同样也无法摆脱日常生活的庸俗气息。借助时代（"文革"）的帮助，穗子的父母终于找到了名正言顺的机会，在外婆死后，把穗子和外公分开（他们在穗子幼小时嫌麻烦把

[①] 陈思和《中国新文学发展中的忏悔意识》曾对之进行较为全面的讨论，收入《中国新文学整体观》（上海文艺出版社1987年初版，2000年增订版）。

她寄养在老人身边，后来却又对他们之间的感情感到嫉妒）——整个的过程，被描述得犹如一个密谋，小小年纪的穗子（九岁），便第一次体验到了人生中的势利和背叛——尽管这背叛是发生在内心，别人无从得知，也无从指摘，却始终是一个无法直面的"郁结"。

"背叛与伤害"的主题，在后面的篇章中得到深化。《穗子物语》中有一篇《拖鞋大队》，讲了这样的一个故事：一群"文革"中被打倒的作家和艺术家们的女儿——都是十来岁的孩子，为了免受欺负，组成了一个"拖鞋大队"（穗子也是其中的一员），团队的标志就是脚上穿的处理的"一顺拐"的海绵夹脚拖鞋。一个将军的女儿耿荻，因为知道（可能也有些崇拜）她们的父亲，同情她们的境遇，加入了这个团体，使得这些女孩子们的物质境遇得到改善，也为她们提供了保护。然而，由于耿荻颇有几分阳刚气质，也不像她们已经习惯了野性和放肆，而保留了基本的羞涩与回避习惯，竟使得她们对她的性别产生怀疑，这些女孩子的怀疑渐渐滋长，于是设置了种种圈套企图"揭穿"耿荻的真实面目，不过，这些阴谋诡计，也被耿荻带来的好处和外界的干扰而不断打断，直到团体之中最漂亮的成员蔻蔻，因为被团体排除急于回归而提出"重要证据"，并说自己可能被耿荻"占过便宜"，团体成员的心理因为惊恐和仇恨团结起来，她们实施自己精心策划的阴谋，以暴力的形式揭开谜底……然而，结果却大大出乎她们的意料。

这篇小说，其实有多重的主题，最表层的主题，是"性别身份"的谜题，里面可能包含了种种复杂的心理；第二层次的主题，则是怀疑、背叛与伤害的主题。我们可以设想，在一个正常、多元且宽容的年代，这样的故事可能根本不会产生，即使对耿荻的性别产生怀疑，也不会以这种精心策划的集体阴谋和暴力的形式，去强行揭开谜底，特殊年代的处境，让人与人之间的关系，变得更易产生警惕和怀疑，结果导致了最粗鲁残忍的背叛与伤害；第三层次的主题，则是对第二层次的主题的深化，即"文明的退化"的主题。在这个主题上，这篇小说，给人印象深刻的，首先是有力地描述出那些伴随着"文明的退化"而不知不觉地发生的"细节的退化"——毋庸说，在今天，人们在描述历史时，已普遍习惯于空泛的概念、话语以及"党同伐异"的习气,在这种情况下,对于细节的具体记忆,无论如何是一种宝贵的品质。《拖鞋大队》中故事发生的环境,作家协会的宿舍大院,楼房被有意无意设计成"凹"字形——人们从一开始就学会了互相窥探与监视。这些孩子的父母,被"打倒"后送到农场去改造,为了生存,他们也习惯了互相监视与揭发,甚至连女儿们远道送来的礼物,也被蔻蔻的父亲出卖——蔻蔻也因此被团体疏远和排除。至于这些女孩子,作为文化人的后代,本应最有教养,却退化到近乎蛮荒,小说通过耿荻的视角,描写她们吃东西的场景:

> 耿荻还是那样,脸上带着淡淡的轻蔑,看这群文人之后开荤。她们一个个飞快地往嘴里填着,眼睛却盯着别人的手和嘴,生怕别人吃得比自己快。耿荻无论带什么食物,她们都这样就地解决:在地上铺一张报纸,七八个人围着报纸蹲下,完全是群茹毛饮血的狼崽。耿荻甚至相信一旦食物紧缺的局面恶化,她们也会像狼崽一样自相残杀。耿荻不时带些食物给她们打牙祭,似乎就是怕她们由"反革命狗崽子"变成狼崽。(p91)

女孩子们的行为方式,也是大言不惭的粗鲁和放肆,大笑大闹,恶毒咒骂,却也爱占便宜,更会为了一点矛盾就和自己的亲人打架斗殴,甚至排除了最基本的羞耻感——耿荻最初引起她们的怀疑,就是因为在这一点上和她们不同。她们的心灵也已被这时代同化、污染,"也是这'怀疑一切'大时代的一部分"(p109),也从这时代大人的行为中,早早学会了结伙与孤立,投靠与叛卖,甚至会熟练运用"敌我矛盾"、"人民内部矛盾"等等这些政治术语——她们自己也不察觉有何不妥,直到酿成大错才悔之莫及。她们的本性也并不一定坏,只是这种本性——内心里善良柔软的一面,偶尔才有机会流露、表达,小说里写她们端午节骑车五十里给劳改中的父亲送礼物:

> 耿荻坐在她们身边,嘴里叼一根狗尾巴草。她从来没见过她们如此安静,娴雅,充满诗意。

> 工间休息时间到了。女孩们向工场中的父亲们走去……把夏天的衣服和礼品交给了父亲们,便朝耿荻这边走来,耿荻完全不认识她们了,她们沉默并凝重,忘却了世间一切鸡零狗碎的破事,全是一副优美的灰冷情调。耿荻想,这大概是她们的真面目了。(p112)

然而这种偶尔的温情流露,却会因为大人之间的检举揭发而瞬间崩溃,转为仇恨,陷入类似的排除和惩罚的游戏——她们在这样丑陋的年代,天真无知地作出野蛮残酷的事情,因而发生小说叙述的那样的故事,并不稀奇。

20世纪,全世界不同的制度和国家中,都发生了种种集体性的暴力灾难,也产生了维持这些集体暴力的制度,"文明的退化"(与科技的进步吊诡地相伴),一直是一个被广泛关注的主题,严歌苓的这篇故事,虽然写得风趣幽默,但在对这个主题的涉及上,其实并不亚于威廉·戈尔丁的《蝇王》——尽管表现的重量和深度,当然有别。小说里所写的作协大院的"凹"字形大楼,类似于福柯在《规训与惩罚》中所讨论的"环形监狱",已暗示出了无所不在的"监视"与"警戒"的主题;女孩子们经常聚会的女厕所,则更充满了肮脏与伤残的意象:

> 看看这个洞穴吧,可以诱发任何人野性发作——这个早已被禁用的女厕所里,堆满石膏雕塑的残头断肢。女孩们老熟人似的曾将它们介绍给耿荻:这是猎神黛安娜的大奶子,这是大卫王的胸大肌,这是欲望之神萨特尔的山羊身体,这是复仇女妖美杜莎的头发。沿着墙壁悬置一圈木架,上面有两个雷锋头像、四个巨大的刘胡兰面孔,眼珠子大如皮蛋。还有几双青筋暴露的大手,那是陈永贵的。也可能是王铁人的。(p102)

这个肮脏残破的环境,可以看作是对充满了赤裸裸的暴力与伤害的整个时代的象喻,耿荻就是在这样的环境中,遭到了"拖鞋大队"的阴谋诡计的粗暴伤害:

预先摆好的陈永贵几双大手"哗啦啦"朝耿荻倾塌下来。耿荻明白中了圈套，正要夺门而逃，悬拴在门上的"美杜莎"突然坠落，砸在耿荻头上。

　　……不久，浸透尿液的地上，汪起一层血。她的血。

　　女孩们狞笑着，围上来，撕开她洁净的学生蓝伪装。（p122）

《穗子物语》中写了那个年代各种各样的背叛与伤害，其中有一些，为穗子自己所身受，里面最残忍的，也许是《灰舞鞋》中，业已参军进入文工团的穗子，违反纪律早恋，却遭到恋人邵东俊残酷的叛卖（背后也有种种庸俗的算计），又是小小年纪（十五岁），就遭受类似霍桑的《红字》中的海丝特·白兰所遭受的集体性示众的批判仪式和舆论压力的羞辱；《穗子物语》也进而写了各种各样的背叛与伤害的恶果——最典型的，也许就是《白麻雀》中的结尾，费尽千般心思百般辛苦，褪去自己质朴的野性，被规训和融入军队文工团的藏族歌手斑玛措，却因失去原来的光彩而被部队复员，特殊年代的特殊人生，过得像一段讽刺，若干年后，那种深深潜藏郁结的创伤，在偶尔被触及的时候，化为暴力，发泄在自己的孩子身上……若进一步看，一个糟糕时代的潜移默化，对人的心理意识与行为方式的影响——不仅是对"加害者"们，也尤其是对"受害者"们的影响——其实也就是对文化的破坏，这种破坏，在特定的意义上，比那些更具体的破坏，影响还要深远，也在这个意义上说，还要恶劣——这在今天，其实可以说，也已经非常明显。

　　这些暴力和伤害，这些严酷年代在人们心灵中留下的印记，《穗子物语》中都有精彩的揭示。譬如《黑影》之中，穗子喂养的野猫"黑影"，因为偷食遭到人们的报复："它浑身的毛被火钳烫焦了，并留下了一沟一桩的烙伤。伤得最重的地方是它的嘴，里外都被烫烂，使穗子意识到，饥荒年头的人们十分凶猛……"（p72）小说中这样写外公对时代的思考："他纳闷食品短缺是否跟一场又一场的革命或运动有关系；一般说来人一吃饱饭就懒得革命了，所以革命劲头大的人都是饿着的。"（p65）《小顾艳传》里，小顾为救丈夫，向军代表出卖身体，后来因为出身和地位相似，和黄代表产生感情，但在她和黄代表幽会时，作协大院里的那些孩子们，经常呆在楼顶监视——"倒不是她们一定要和小顾作对，而是她们已学会在和各种人的作对中找到乐趣了"；她们和小顾相遇，也会故意给她制造种种难堪甚至恶作剧的戏弄——她们"已经看见了她眼里的讨饶。但她们已学会心硬。她们在找到一个人，可以给她一点小虐待时，绝不因为自己没出息的刹那心软而放过她。"（p138）……在今天的角度看，那些残酷年代的印记，既表现在人们的内心，也外化在人们的行为举止、身体姿态上，其难以痊愈，也许竟会和这一代人的生命相始终，甚至会在后人身上仍顽强延续。《耗子》中的黄小玫，父亲成为著名"右派"后，她跟随改嫁高干的母亲（前文工团名演员）在继父家长大，由于长期寄人篱下，加上生父的身份"低人一等"，心理、行为不免产生种种扭曲，靠母亲的关系参军进入文工团后，仍改变不了偷偷摸摸、鬼鬼祟祟的习惯，被别人称为"耗子"，受尽排挤欺负，自己也已习以为常。然而，这个可怜的"耗子"，"文革"结束后，换个环境，却成了老山战场上不惜生命救人的英雄，伤病员的偶像，并进而成为在全国报告"英勇事迹"的英模，连长相也渐渐英姿勃发——然而，在她人生最辉煌的时候，眼看着就要成为一个新的被塑造的英雄，父亲也官复原职，一家老少相认团聚，当年暗恋的男演员也向她写信倾诉衷肠，人生一瞬间似乎从最阴暗变为最圆满，她却在这一刹那，承受不住剧烈变化带来的冲击，精神失常，在做报告时大声倾诉："你们别把我看成女雷锋，其实雷锋也没什么了不起的！"（p297）……这个故事可以成为一个经典的心理分析案例，同时也是一个至为意味深长的悲剧。

难得的是，在这些背叛、伤害与扭曲的烙印之外，严歌苓不经意间，写出了人们内心幽微中的一动，譬如说，《拖鞋大队》中最为年幼的成员之一穗子，也曾对团体那种对耿荻的不大有根据的怀疑产生过怀疑，然而由于害怕被团体疏离，这种怀疑并未表露出来——这一情节发生在"拖鞋大队"骑车去看望劳改中的父亲的时候，穗子坐在耿荻自行车的后座上和她闲谈（其他人和她们拉开距离，已经在谋划另一个"剥去耿荻伪装"的圈套），小说的视角这时切换到她的内心：

> 她在想，或许耿将军家风独特，为了什么封建迷信的秘密原因把个小子扮成闺女了。但穗子还是觉得这太离奇了。三三发动的这场"大怀疑"运动，大概是一场大冤枉。……
>
> 穗子真想告诉耿荻，你逃吧，现在逃还来得及。但她绝不能背叛"拖鞋大队"。穗子已背叛了老外公，她已经只剩"拖鞋大队"这点患难友情了。（p111）

穗子的犹豫，未能使得耿荻避免遭受到这样的伤害，也未能使得异日的自己避免遗憾与悔恨，彼时彼地固然难以求全责备，追根溯源却有其必要——"拖鞋大队"的成员，后来的处境，都天翻地覆、大为改善，然而，想必在这件事情上，那些参与行动者的内心负担，要比穗子更为沉重，尽管也可能会因为麻木、疲惫和遗忘，而毫无觉察……在《穗子物语》中，严歌苓经常不太经意地洞烛幽微：像《老人鱼》中穗子对外公的"背叛"与歉疚；像《梨花疫》中因穗子有口无心的一句流言，让"萍子"被作为"麻风病"患者被抓走，从此成为多年萦绕她心头的迷雾与重担；像《灰舞鞋》中邵东俊背叛穗子时的内心活动和穗子被背叛和"示众"时的内心反应；像《白麻雀》中和斑玛措感情最深的小蓉被迫执行命令、设计遣返她时的内心纠缠……所有的伤害和被伤害的"伤痕"和印记，说起来抽象，然而，发生的时候，其实非常具体，涉及到活生生的具体的个人的生活和内心活动，甚至就发生在非常具体的一举手、一投足乃至内心的一动之间……

这也正是我认为严歌苓这本小说集最了不起的地方。《穗子物语》写过往时代对人留下的印记，不是抽象地描写，而是非常具体、冷静也非常准确地去重新回忆、体会和还原（当然是通过叙述和想象的手段）——这种对于"具体性"的记忆和书写，有力地抵抗着遗忘与美化，也正是文学的一种无法替代、也不容忽视的作用吧——而且这种回忆、体会和还原，能够触及到伤害发生的一刹那，遗憾形成的一瞬间，起心动念的一念顷。一念间是如此的转瞬即逝，也是如此的容易被遗忘，更是容易被不断累积的记忆和印象所埋没，点点滴滴、层层叠叠累积下来，却是今天的我们的一部分,而千千万万人的一刹那一刹那的念头的积累,至少可以说,是形成我们这个远非那么令人满意的时代的部分原因——也因此,回溯、捕捉、直面、回复和解消这些极易被遗忘、却极难被正视的过往的一念之转,可能正是我们这个时代康复起来的自我治疗的一部分。我们知道:在弗洛伊德的精神分析理论中,回溯到心理纽结形成的原初情境,是治疗时特别关键的地方——这些原初情境,可能会因为特别严重或特别残酷,使得人不敢直视,压抑到潜意识之中,但它们形成的创伤和纽结,却不会因为不敢直视或刻意的忽略不起作用,而是会在潜意识中左右我们的心理和行为,即使我们觉察不到。个体意识如此,集体意识也未尝不是如此,我们时代的许多问题,在过往时代的个体和集体心理之中,可能早已埋下了祸根——发现、直面这些问题,并承担起责任,已然刻不容缓。就此来说,勘察个人和民族的创伤经验,并且准确地揭示那些原初情境,对于不论是个人意识还是民族意识的治疗来说,恐怕仍然具有极为重要的意义——也如同精神分析的作用一样:它不是许诺给我们另一个美丽却空幻的好梦,而是从逃避中转向,正视世界和自己不完美、残缺乃至严酷的面向,努力去过一种诚实而正直的生活。

二

要谈的第二本书,是一本写得不太好的小说——阎连科在 2008 年出版的小说《风雅颂》。[①] 阎连科是近十多年中国声名上升最快却也最有争议的作家,这两点,和他关注社会热点问题、持比较激进的批判立场有关,却也尤其和他喜欢用荒诞、夸张、寓言化的方式进行叙述有关。阎连科的作品,质量不太稳定:在比较好的时候,他的小说的形象和情节层面,会有比较具体扎实的展开,也能够从实际生活经验中获得一定的支撑,从而可以和其荒诞、夸张、形式化、寓言化的一面,达成一种平衡,像《日光流年》、《受活》、《耙耧天歌》、《年月日》等等;但在比较差的时候,他的

---

① 阎连科:《风雅颂》,江苏人民出版社,2008 年。下文引用该书仅在括号里注明页码。

小说的这两个方面，会产生脱节，情节展开既不大符合叙述逻辑，也缺乏现实经验的支撑，因而流于单薄夸张的想象和过于主观的情绪化批判——《风雅颂》应该说属于后一类作品。

粗粗来看，这本小说写的是一个学院里的知识分子的悲惨故事，一个受到学术腐败和制度腐败迫害的教授，逃跑和寻找出路的故事。清燕大学的副教授杨科，研究的是《诗经》，据此写了一本探讨上古中国人宗教信仰和精神家园的专著《风雅之颂》，但他花数年心血，完成了这本自以为划时代的著作之后，却发现自己的妻子（一位研究新闻传播的教授）和副校长长期私通并被他碰到当面——他自己愿意原宥他们，换得著作的出版和其他一些实际支持，却未曾想遭到副校长的迫害，被送到精神病院。过后，他花费多年心血的著作，也被妻子改头换面剽窃出版，后者并要求和他离婚——可以说，这个倒霉的人物，几乎集一个中国教授所有可能的不幸于一身。在北京撞得头破血流的杨科，逃回自己的老家豫西耙耧山区寻找平静，但故乡却也已经改头换面：当年自己因为考上大学而对之背叛了的乡村恋人，在市场经济大潮中，几经折腾，已然不复往日的质朴；老家县城，也已经弥漫着一种奢侈淫靡的腐化堕落气氛；家乡父老，也变得有些急功近利、势利刻薄，最后，他在老家也待不下来——但天无绝人之路，杨科在再一次落荒而逃时，发现了一个"诗经古城"，这个"诗城"，保留了孔子删诗前的许多诗篇（当然是阎连科凭空虚构的，如果是真的话，可以说是秦始皇兵马俑后最了不起的考古发现），于是，他跑回首都，向清燕大学和其他一些官方文化学术机构寻找支持，自然是无功而返，最后，他率领家乡县城中一些为谋生而陷入色情行业、但仍保留了基本的质朴和单纯的"小姐"们，逃跑到这个"诗经古城"之中，而一些因种种原因受到排挤、压制和欺凌的知识分子——小说中列举了一位因"与火箭升天相关的实验失败"而成了"替罪羊"的物理学家，一位二十八年没能攻克数学难题，"却能根据人的经络在睡眠中的颤动频率和有病状况中神经疼痛的指数，大致推算出人的寿命来"的数学家，"还有清燕大学的一位名望最高的哲学家，华夏大学最著名的土木工程系的两位年届耄耋成就斐然的建筑师，和一个以研究佛教为主、最后却被今生与来世的复杂所困惑的宗教家","一位国家农科院的高级农业工程师"（p319—320）等等，三十个专家教授（都是一些不得志的知识分子），也闻风而来，在他们的建设之下，生活在"诗经古城"的人们，获得了精神和肉体的双重解放，"诗城"不但成了一个精神自由的桃花源，也成了一个情欲解放的乌托邦……实在是一个夸张、荒诞、错乱的文本。

《风雅颂》中的批判，具有暧昧性。读者阅读这部小说，在一开始的阅读预期中，很容易会将之看成是又一部批判和揭露社会黑暗面的黑幕之作——现下层出不穷的那种作品——只是这一次，矛头指向的是大学和学术界。这自然在作品中有明显的根据，不过，从这个层面看的话，这部小说实际上有非常严重的缺点，最致命的问题是，由于阎连科对大学和学术界不熟悉，所写的情况流于表面，批判切不中要害，于是成为流俗的"性与权力"的夸张，仅仅成就了一幅粗糙夸张的漫画。[①] 所以，作为一部现实批判性的作品看，这部作品可以说写得很糟糕——不是说，类似的现象不应该批判，而是由于阎连科自身经验的局限，描写得非常夸张肤廓，批判也不到位，切不中肯綮——事实上，这本书出版后在中国受到的批评和质疑，多半也就在这一方面。

---

① 举两个例子：第一个是大学的学术腐败和官本位，这两方面，当然有问题，而且，确实很严重，但是不是就到了小说中所写的那种程度，或者会以那么夸张的流俗方式表现出来？我认为不是。只要看看近些年一些著名学者的学术腐败如何被揭发出来，并在全社会引起关注，形成轩然大波，可以说，发生在杨科身上那样的集所有苦难于一身的情况，基本上是不可能出现的，中国社会到底在进步——社会的多元化和媒体（尤其是网络）的发达，也注定这样的情况一旦出现，并非没有渠道讨回公道，绝非一定要去当忍辱负重的冤大头。其次，则是关于重要考古成果发现后的情况的想象和描写——事实上，这些考古发现，在当代中国，一旦有蛛丝马迹，马上也会形成全社会的关注，这只要看郭店楚简、上博楚简和清华简引起的注意就不难了解。中国社会现在有一种气氛，就是要对自己的文化源头有所了解，可以说重新又在兴起一种"好古之风"，和之前——譬如"破四旧"的"文革"时代——非常不同，在这种情况下，一旦有类似小说中虚构的"诗经古城"那样的重大发现的话（当然这个想象本身很"无厘头"，根本欠缺古代文化常识），难以想象会不引起全社会的关注，即使官方文化机构会有官僚的蛮横无理作梗，也势必会引起媒体和民间的注意，从而最终得到国家层面的重视。这两个方面，在叙述可信性上都有非常严重的弊端。

但事实上,这样的批评和质疑,本身可能就源于对这部小说的性质的误读——可以说,这并不是一部现实主义的小说,而是一部主观性颇强的"狂想小说",作为一部"狂想小说",这部作品并非意在反映现实,而多多少少可以看作表现了一个"主观内面的世界"。① 在我们的阅读过程中,最初对于"现实批判"的阅读预期,到发现"诗经古城"时,基本上可以说就已经被打破,等到最后,这些被社会压制和排挤的人们,逃逸到"诗城"中,建造一个情欲和精神都得以解放的乌托邦时,可以说,小说的主观狂想性质,已完全可以得到印证。事实上,即使在前面偏于"现实主义"的部分,也留下了这种"主观狂想"的蛛丝马迹——譬如,杨科因为和学生"手牵手抗击沙尘暴",以及和妻子及副校长的矛盾而被送入精神病院,他的那些关于《诗经》的讲座,在大学里没有听众,在精神病院却极受欢迎等等,这样的一些细节,已经暗示了这部作品的主观性质。事实上,如把文本后面的部分,看作杨科受迫害之后神经质的臆想,乃至把全书的情节也看作一种受迫害狂想,也未必不可以作为一种解读路向——尽管这一点,可以说表现得非常含混,但全书的那种闹剧的、夸张的、放纵的、主观狂想的性质,仍然可以说非常清楚——尽管这种"主观狂想"的性质,也不能为小说的叙述不够切实开脱,因为那直接打破了叙述的可信性和读者进入文本世界时的"代入感"。

这样一个主观狂想的文本,有什么价值?从我们的论题的角度看,尽管作为文学作品来看,《风雅颂》是一部非常不成功的小说,但它却仍然表现了一个"心灵的世界",流露出了许多我们这个时代特有的心灵信息:权力的蛮横,现实的不公,人心的堕落,弥漫社会的焦虑不安,和相应的对公平、正义、自由的焦躁而不切实际的追求,以及,我们也不得不承认的,知识分子(至少其中的一部分)的软弱、耽于想象和虚浮(杨科就是一个现成的好例子)——尽管这些信息是否表现得准确、沉着、落实,有

---

① 阎连科的这部小说出版时,出版商在封套上加了"荒诞现实主义"等宣传字样,然而,由于这部作品的主观狂想性太强,基本上可以说脱离了"现实主义"的范围,因此也不能归入"荒诞现实主义"行列。关于"荒诞现实主义"的分析和理解,可参看拙文《近二十年中国文学中的荒诞现实主义》,刊《东吴学术》,2012 年第 1 期。

足够的启发力和洞见，是另外一个问题。

作为一个偏于主观性的文本来阅读，这部小说的基本结构其实非常清楚，就是一个"出走"与"回家"的主题——中国现代文学中，从鲁迅、郁达夫、沈从文到芦焚，反复不断地书写过这一主题，"出走"和"回家"的原因有很多，现实的不义、腐败、压制、堕落，对农村和底层人民生活状况的关注，以及精神上的彷徨不安和寻找出路，都是理由。在这个层面，阎连科的《风雅颂》这部小说，可以说是对中国现代文学中的这个经典主题的再一次叙写，它集中地表现了我们这个时代的焦虑、恐惧和不安这些基本上偏于负面的信息，由于充斥着这些负面信息，必然造成巨大的精神压力，而且似乎在现实中很难看到现成的出路，于是，内在的要求和叙述机制，必然会导致寻找一个精神上的出路，也就是在《风雅颂》中再一次叙写的"回家"的主题。① "回家"的原因，是由于置身的环境，已经不能再作为一个安身立命的家园——不论从现实生存的层面，还是从精神家园的层面来看——对于这个难题，《风雅颂》的叙述逻辑是追寻和逃离：在现实层面，是从腐败的"京城"，逃离到故乡；从精神层面看，则是从当下文化环境中的污泥浑水中逃离，返回源头活水，寻找和重建新的精神家园。然而，小说主人公的这种寻找，注定了是要失败——他所欲返回的故土，已经随着有些畸形的现代化的展开，变得功利、堕落、面目全非，对他来说，不但无法寄托生存，精神上的理解更不可能得到，最后还是不得不逃离。阎连科的最终解决是"乌托邦"——在那个臆想的"诗经古城"中，身体层面的追求和精神层面的追求，一并得到了解决——尽管这个"色情+精神"的"乌托邦"，从一开始就带有阎连科个人的"奇想"性质，从任何角度看，都显得非常怪异。

小说中以《诗经》作为代表意欲逃离到的民族文化和精神相对质朴单纯的源头，这种匠心可以说表现得非常明显。譬如，它表现在小说的结构安排上——小说每部，都用"风"、"雅"、"颂"来标示（阎连科还生造

---

① 事实上，这部小说最初的题名就是《回家》，但由于阎连科的一些朋友，认为这个题目不能概括该书的全部内容，于是他将之改为现在的书名。

了"风雅之颂"这样不甚可解的名词),每一小节的标题,则都采用了《诗经》中的篇题;在具体的叙述中,它也引用了很多诗篇,还生造了许多《诗经》中丧失的"遗篇"(只能说部分做到了接近形似),另外还加了许多注释进行解释(意图直露地模仿现代小说实验文本);在小说的情节发展中,以《诗经》作为寻找与重返"精神家园"的代表,则在杨科一开始的研究中——从《诗经》中探索民族最初的精神信仰——就表现了出来,等到发现和逃离到"诗经古城",则已经可以说接近直露——尽管也可以说,由于小说重视"发现"《诗经》编集之前相传为孔子删余的诗篇,表现出了一种对非正统性或者更为原初的起源的认同。回归到文化源头去清理和思考问题,可以说有一定的合理性,然而,这需要本身对文化精神有一种体认,欠缺这种体认的话,无论如何不可能做到落实,阎连科显然欠缺这样的悟性和功力,《风雅颂》逃逸到浅薄怪异的乌托邦狂想之中,实际上显然也正反映出了作者自己的局限。

这种双重的"出走—回家"的结构,可以解释这部偏于主观的作品的基本主题。尽管阎连科自己并不完全认同这个解读[①],然而不管作家自己怎么说,回到小说本身,《风雅颂》中"出走—回家"的主题和基本结构,可以说表现得非常清晰,所以至少可以成为一种解读——还可能是最为合理的一种解读;而从小说的表现来看,"出走"的叙述,可以说表现得是差强人意,"回家"的叙述,则大有问题——尽管也可以说,其中包含一点点有参考价值的思路——而叙述的"差强人意"和"大有问题",则进一步暗示了,叙述主体内部,存在着非常严重的问题。

[①] 2008年这本书出版后,在复旦大学中文系召开的研讨会上,阎连科在最后回应时解释说,尽管在《后记》中也有关于"回家"的叙述和说明(见原书328页),但实际上,他自己在写这部小说的时候,并没有这样清楚的意识,只是事后回顾起来,才做了这样的说明——但在写作的时候,事实上并不太清楚自己究竟在写什么。这个解释有可以理解的部分,事实上,经常会有这种情况,许多作家在写作的时候,并不知道自己要写的究竟是什么,作为一门"制造幻象的艺术"的从业者——小说和戏剧作家,更常常是如此,加之文学本身的多义性,使得问题更为复杂。这恐怕也从另外的层面,说明了文学批评存在的重要理由——对幻象、想象和叙述进行分析和解读,并追问其来源和意义,进行澄清和疏解(一定程度上,这其实也是哲学在起源时进行的部分工作)。

这就要落实到对小说中的第一人称叙事者、同时也是主人公的杨科的分析上。这个人物，典型地体现了这部小说批判意识的暧昧性——阎连科既有对社会权力和腐败风气进行批判的意识，也有对中国知识分子本身的弱点进行分析的意识①，然而，如果说前一方面的批判，缺点在于表现得夸张肤廓、不够落实的话，后一方面的缺点，则在于不够冷峻深入，缺乏深入解剖的勇气，导致实际表现上，批判性并不明显，而寄托了过多的同情乃至——如果不客气地说的话——自恋和自怜的意识（这方面的弱点如果能够克服的话，则这部小说的成就可上一层次）。从文本的脉络来看，杨科的困境，可以说，很大程度上是由自己造成，譬如说，遭遇不平，最直接的反应应该是反抗，即使形格势禁，不得不妥协或沉默，也绝不应该折辱自己的内心，而不是如小说中所描写的那样，下跪、乞求、屈服、自怜，以及连自己都未必觉得有说服力的滔滔不绝的说教——小说中的此类描述，可以说是阅读过程中最让人不适的地方。其次，这个人物在面对底层人民时，身上有莫名其妙的优越感和某种近乎伪善的意识，尤其表现在他回乡后对待"天堂街"的"小姐"们的态度上。至于小说最后在"诗经古城"中寄托的色情和平等的想象，怎么看也不像一个可以作为精神寄托乃至安身立命的地方——如果中国知识分子只有这么一点理想，那也未免太为悲惨。

以这么一个人物，来寄托寻找精神家园的努力，其必然失败，恐怕也是理所当然的事情。作者显然并不一定清楚其中的问题，事实上，这个年龄段的作家，除了极少数例外，由于普遍地缺乏古典修养，对于古典学术和古典精神，普遍地感到隔膜，即使后来有所补救，却依然缺少对于古典的潜移默化式的体会，从而对经典研习对于人的内在精神的开显和人格建立的沁润作用，毫无体会，最多只能从现代的学院建制中——本身有种种缺点，由于特殊的历史，中国的学院又有自己特殊的问题——去了解皮毛，从而，与自己对学院建制的不满和批评，形成尖锐的对照和讽刺。《风雅颂》中出现的问题，也正属于这种情况，阎连科所能想象的，只能

---

① 也带有一定的自省意识，如阎氏自述，从人物与作者名字发音明显的近似性上就可看出。

是杨科那样的专家——这样的专家，由于仅仅掌握一些粗糙的现代学术手段，面对古典，常常陷于鲁莽灭裂，对于和古典文本的涵泳交流，毫无体会，也因之其学问和人格互相分离，知识的积累和人格的卑琐，有时形成奇怪的对比。缺乏古典修养与体会，这个问题当然由来已久，阎连科的表现，当然情有可原，然而，对古典精神的隔膜，也使得他在叙述中，只能堆积出一个臆想的乌托邦来解决问题，而全然不知古典精神和古典理想，就表现在当下的一言一行、一举一动之中。在现实的危机之中，返回文化本根，汲取源头活水，并和外来思想及现代文化互相调整与对话，未必不是一条可以走通的道路，只是这个道路，烟草迷离，歧途重重，绝非浮皮潦草、一知半解、粗心大意、任情使性所能窥测——虽然和古典的接触，已有无形的浸润作用——而在看到与行走在这个道路上之前，检视自己内心的种种遮覆、畸形和扭曲，恐怕尤其必不可少。

回头再来看寻找与回归精神家园的问题。在 2008 年的一次讨论会上，有位年轻批评家质疑到上代作家的作品中充斥着的焦虑感时说，为什么总是缠绕于"家园失落"的哀叹，而不能有"处处无家处处家"的心境？这位批评家可能缺少经验，因而不能体会上代作家对于家园的感情；但从另一方面看，这话也不能算错，只是有些轻易——"此心安处是吾乡"，要想"处处无家处处家"，先需要"安心"。只是"心安"，对于人群中绝大多数人来说，便已经是绝大问题——更可能还根本未曾意识到其中的问题——真是谈何容易。

三

要谈的第三本书，是刘震云在 2009 年出版的《一句顶一万句》[①]，这本书出版后，受到了广泛的好评，而在我看来，这本书可以说是新世纪以来中国最好的一部长篇小说，触及到人心深处的地方，有一种直指人心的力量。

---

① 刘震云：《一句顶一万句》，长江文艺出版社，2009 年。

刘震云一出道，最拿手的，是写最世俗的生活（尤其是小公务员的日常生活和钩心斗角的官场）中的人际关系，写得非常好，像《一地鸡毛》、《官人》等等。他后来把这种经验扩展到历史书写中，同样写得非常好，像《故乡相处流传》，把历史上的大人物，像我们熟悉的曹操、袁绍等，完全还原为凡人——自然有异议，但不可否认提供了一种观察视角。《一句顶万一句》则有些不同。这本书还在印刷之中，出版社把清样送给批评家张新颖读，他读了，和我谈起，说非常好，写的是普通中国人的精神生活。我当时听了，大吃一惊，出版后找来读了，也觉得非常好，而且觉得张新颖的认识，非常恰当。

回头来看这部小说。小说的叙述，可以说非常朴素，几乎有一种古代小说"说话人"的口吻，但对于普通读者来说，其实一开始阅读，还是有点难度，因为它叙述得非常密实——可以说是密密麻麻。小说的上半部，讲民国时期一个叫杨百顺（后来改了好多名字）的人的故事，下半部，讲"文革"后一个叫牛爱国的人的故事；杨百顺后来失散的养女，是牛爱国的母亲，上、下两部，便通过这个人物联系起来。叙述的主线，可以说非常清晰，但在叙述过程中，很多人影响到这些人物的命运，为了说明那些关键性的命运转折，就有必要把牵连的每个人都讲清楚，于是，小说里就密密麻麻地展开了一大群人物的命运——老杨、老马、老李、老孔、老窦、老段、老裴、老蔡、老曾、老汪、老熊、老季、老范、老宋等等——非常像《清明上河图》的风格，可以说是一种特别有中国特色的叙述。这些人物，都是过去和现在中国背景下，普通得不能再普通的人①，他们的生活、命运，互相交织、影响——非常类似过去中国古书中的一句话，"楚国亡猿，祸延林木；城门失火，殃及池鱼。"②——张三嘴上的一句话，影响到李四

---

① 譬如说，上半部的人有卖豆腐的、贩驴的、喊丧的、剃头的、杀猪的、染布的、开饭铺的、外国来传教的，也有当官的……下半部有当兵的、开车运货的、在百货商店当售货员的、开照相馆的、养猪的、澡堂擦背的，以及公务员……等等。
② 出北齐杜弼《檄梁文》。"楚国亡猿，祸延林木"：据说春秋战国时代，楚王豢养的一只猴子一次跑到山林里去了，楚王派人捉，怎么也捉不到。后来为了把猴子从山里赶出来，就放了一把火，把山林烧了。

内心的某一波澜,波及到赵五的生活,改变的却是王二麻子的命运。单纯叙述一个人命运中的那些波折,就非常复杂,而况人间世一大堆人的故事,钩心斗角,阴差阳错,密密麻麻地交织在一起,读来便有真切的"网"的感觉——古人称世间为"尘网",良有以也。《一句顶一万句》的这种风格,可以说,是典型的网状叙述,古代中国小说,像《金瓶梅》《红楼梦》《海上花列传》,曾经发展了这种叙述风格,刘震云可以说复活了这种风格,重新用之来叙述现代中国人的经验,并对之有所发展。

写"尘网",可以说是刘震云的"当行本色",即使写得很精彩,也算不得太大的进步,真正了不起的,是在后一方面,也就是张新颖所说的,发现和描述了"普通人的精神生活"——他说得很好:这部小说"写的这些人物,卖豆腐的、剃头的、杀猪的、贩驴的、喊丧的、染布的、开饭铺的,还有提刀上路杀人的,他们的精神活动是如此饱满和剧烈,以至于影响、改变和左右着他们的生存和命运。"[①]小说中描写的这些普通人,有发自内心的精神追求,而且确实非常"饱满和剧烈",然而,也正因为"饱满和剧烈",不可避免会和现实中的种种因素发生冲撞,从而使得命运不知不觉发生转向。对精神生活的追求,以及这种追求和人自身及复杂的现实条件的妥协、冲突、抗争和反省,才正是生活本身的活动,也才是生活,也才是生存和命运——而这一点,也刚好就是这部小说表现得非常精彩的地方。

小说里面的许多人物,他们有发自内心的爱好和追求,而且完全是没有功利的,他们也投入了许多热情,有的甚至完全献出了生命,实际的人生,却阴差阳错、一波三折,有时也非常有喜剧性。譬如:杨百顺的爸爸老杨,是个卖豆腐的,却喜欢敲鼓;老杨的朋友老马,是个赶大车的,却喜欢吹笙;杨百顺自己,出身"豆腐世家",却喜欢听一个叫罗长礼的人喊丧,为此不惜在发着高烧时跑几十里地去观摩,因之触怒父亲被赶出家门;杨百顺的弟弟杨百利,喜欢听算命的瞎子老贾弹三弦,自己却无此才能,又与老贾不投缘,学三弦的事只好告吹,后来又喜欢"喷空"——就

---

① 张新颖:《贩夫走卒的精神生活》,载《当代作家评论》,2009年第4期。

着现实里的种种由头，编出各种故事吹牛——放到现在，可以说天生有小说家的才能，但实际上做的，先是看大门，后来是在火车上当司炉添煤；杨百顺的一个师傅，开竹业社的老曾，喜欢一个人在脑子里"过戏"——一被打断就非常不高兴；他的另一个师傅，意大利传教士老詹，热爱为"主"传播福音、拯救"罪人"，却不善言辞，传教非常不在行（几十年才在延津发展了八个信徒，后来杨百顺算第九个，投奔他却是为了谋生），但却天生擅长建筑，一学就会，一会就精，还会因地制宜，发挥创造性（教会拨的建筑容纳一百来人的教堂的经费，愣是让他建成了能容纳三百来人的教堂。教堂后来被县长小韩侵占办学堂，于是发誓建一个更大的。）……还有这个县城的三个县长：第一个小韩，喜欢说话，热爱演讲，强占天主教堂改办干部培训学校让自己过瘾，最后却因"话痨"惹上司不满而被罢官；第二个老胡，不爱说话，热爱做木工，后来这个县城以出木匠著名；第三个县长老史，是福建人，却喜欢苏州的锡剧，最后让延津这个北方城市，南方的锡剧反而很是流行。我们可以看到，这些人的爱好和命运，颠来倒去、阴差阳错，充满了喜剧性，包含几分有点残酷的讽刺和无奈，却也不能不说是"现实的写照"。小说里借算命的瞎子老贾，说出了这么一番富于哲理的话："瞎老贾阅人多了，倒把自个儿阅伤了心。因为在他看来，所有人都生错了年头；所有人每天干的，都不是命里该有的，奔也是白奔；所有人的命，都和他这个人别着劲和岔着道。"[①]这是宿命论者的话，我们倒也不用迷信——因为毕竟命运还是有改变的可能——不过，我们也得承认，用这个眼光去观察这个不完美的世界上大多数人的命运，倒也八九不离十。

这还只是个人的爱好、追求和命运，如果这些人的爱好、追求和命运，再发生互相的交错和联系，又会出现什么样的情况？这也就是《一句顶一万句》了不起的地方：这部小说，进一步关注了这个不太完美的世界上，这些有着种种局限的人们的生命、精神和命运的互相交涉。《一句顶一万句》的网状叙述，与以往相比，独特之处正在这里，它比以往的小说

[①] 刘震云：《一句顶一万句》，长江文艺出版社，2009 年，第 34 页。

更深入一步，精彩地描述出，世间万物，乃至人的生活、心灵和命运，在看不见的地方——譬如说在人的内心生活及其波动中，息息相关，从而深化了"网状叙述"的观念。稍微真正留意到这种看不见的网络，我们其实会起戒慎恐惧之感——当然也会警醒我们努力做个好人——因为我们并非全然有意的行为和起心动念，完全可能影响到他人的命运，犹如混沌学中的"蝴蝶效应"。对于这种人的心灵和命运的互相感应、交织，《周易·文言》有很好的描述："同声相应，同气相求，水流湿，火就燥，云从龙，风从虎，圣人作而万物睹，本乎天者亲上，本乎地者亲下，则各从其类也。"然而，虽说"同声相应，同气相求"，人在现实中遭遇的，即以父子、夫妻、兄弟、朋友、师生而言，也并非全是和自己心心相印的——现实中更多的，也许是不那么和谐，有时候甚至完全不和谐，于是在接触过程中，会发生种种交错和变化，如《周易·系辞》所言："刚柔相摩，八卦相荡……方以类聚，物以群分，吉凶生矣。"小说中"蝴蝶效应"负面的例子，如老杨和老马，虽是朋友，其实并不交心，老马给老杨出的馊主意，其中很关键的一个，影响到杨百顺、杨百利兄弟俩的命运，也导致杨百顺后来知道实情，内心愤激不平，差点走到杀人放火的边缘。"蝴蝶效应"正面的例子，如杨百顺少年时被父亲赶出，在打谷场上露宿，偶遇剃头匠老裴，度过一劫，却也无意间救了剃头匠老裴的命——后者被老婆的胡搅蛮缠和"歪理邪说"逼得走投无路，也差点到了"杀人放火"的边缘；而后来杨百顺在自己怒火中烧，想要去找老马拼命的紧要关头，也是偶遇一个流浪儿，让他冷静下来，把他从愤激冲动中挽回。《一句顶一万句》，对人的心灵和命运的这种有意无意的影响、交涉，有特殊的敏感，它进一步写出，那些在苦难的人世间，以生命为代价反思得到的洞见，对于那些"声应气求"的诚实的人来说，会具有真正的交流和感通的力量——以至于他们整个的生活态度，都会发生改观和转变。

事实上这也是这部小说写得比较深入的地方，如果仅仅沉浸在"人间世"的相激相感、相摩相荡之中——犹如《庄子·齐物论》中所言，"与接为构，日以心斗，缦者、窖者、密者，小恐惴惴，大恐缦缦"——也就看不到生命的美好，如《齐物论》中另一句所言："近死之心，莫使复阳也。"而由于人有发展自己天性的需要，友谊和爱的需要，反思和理解的需要，他们在人间世也就有了对这些东西的追求——这就牵涉到《一句顶一万句》中，写得非常深入的两点：一是对于"同声相应，同气相求"、相互的交流、理解和爱的需要（小说中的词是"说得着"）的追求，使得书中作为主线的那些人物，跨越几十年的时间、几千里地的距离，顽强地寻找和交流，甚至在身故之后，仍然通过后人，互相交换着信息；二是这些人，同时也不间断地对自己的人生和生存的世界，进行着反思和理解，他们之间的交流，也便包括了对于生命的苦难和意义的领会。小说中那些执拗地追求这些需要的人们，会遇到种种挫折，由于自己的缺陷、软弱，也会犯种种错误，但当他们始终一致地忠实于自己的内心的时候，他们中的少数，也可能会对世界、人生和命运，看明白一点点。

这就要讲到这部小说的高潮，主要人物在内心的相遇——真正要弄清楚这个高潮，就需要把杨百顺（吴摩西）、牛爱国以及牛爱国的母亲曹青娥（亦即杨失散的养女吴巧玲）的故事，都讲清楚，那样实际上等于要把全书重述一遍，在此我们仅能做撮要叙述。这三个人物都个性鲜明、经历曲折、命途多舛，他们都微末渺小，在世界上被命运的狂风吹来荡去——像杨百顺，当过杀猪的学徒，当过染坊的伙计，入过教，当过竹业社的雇工，在延津县城挑过水，到县城衙门中种过菜，被吴香香招赘过去做过馒头店挂名的掌柜，却没有一个职业和身份能安定下来，连名字也改来改去（从杨百顺改为杨摩西，又改为吴摩西、罗长礼）；像吴巧玲（曹青娥），从小就被人拐卖，和继父失散，长大后又由于种种原因婚姻家庭不顺心；像牛爱国，也因家庭不和远走他方，偶遇"说得着"的人，又错失了过去，再一次落入人间是是非非的纠缠之中，不得不再一次出走，寻路天涯……说来也是可怜，这些人坎坷一辈子，就没碰到过几个"说得着"的人：杨百顺做过许多行当，招赘到馒头店时（这时已改名为吴摩西），才碰到"说得着"的人，但却不是妻子，而是五岁的养女巧玲；吴巧玲被人拐卖，所幸落入好人家，改名曹青娥，长大后个性要强，年轻时本与镇上的拖拉机手侯宝山"说得着"，却因一语不合，顺从父母之愿，嫁给牛书道，婚后脾气不合，日子要过下去，就要把丈夫"调皮捣蛋、胡搅蛮缠"的性格扭过来，然而扭过来后，却发现自己的性格也被改变——"事情打根上起就错了"；牛爱国也是，年轻时本有几个说得来的朋友，为此经常在整理不好内心的时候，千里迢迢去找朋友"说道"，然而世事本在流转之中，当年"说得着"的朋友，也会发生意想不到的变化，因而互相之间发生误解、错位，或者相互之间有些保留，不再交心，他的婚姻和感情也是，经人介绍"将就"而成的婚姻，一开始似乎没有问题，婚后两年，才发现是性格不合，"说不着"，勉强过下去，三年之后，才发现，事情也是"打根上起就错了"。牛爱国出走到河北，偶遇"说得着"的饭店老板娘章楚红，两人感情笃弥的时候，章决意和他私奔，他这时却乱了方寸，首鼠两端，恰逢家中发生变故，母亲病重，于是仓皇逃离——直到再次陷入世间的纠缠，又一次从中出走和逃离……"说得着"的人，如此不容易碰到，更不容易长久相聚，也就难怪书中的人物，会出于"声应气求"的原因，几千里路、几十年时间里，不断地互相寻找，甚至临终前还留下信息遥遥感应；而"人间世"如此错综纷乱，大多数人（我们也居于其间），并非"生而知之者"，只能感到其中的不适，却难以弄清其中的原因，更谈不上在其中安心，也就难怪这些人要一次次主动、被动地从中逃离、寻找，然而在被命运的狂风和自己内心的盲目力量驱来荡去的过程中，少数人也可能会有心明眼亮的一刹那，发现和认识到自己内心的真实，也在电光火石间，明白亘古以来前人的故事，沟通到其中的能量……尽管这种"心明眼亮"，对其中的大多数人来说可能只是一瞬间，由此他们却也许会获得一点安心，在这个纷乱的世界上生存下去，产生一种真实、平静、达观的生活态度。

　　杨百顺（吴摩西）的命运串起上半部《出延津记》，牛爱国的故事串起下半部《回延津记》，本身就形成了一种对位。他们的命运都那样别扭、尴尬、难堪却又充满凶险——凶险还不是说有生命之虞，而是他们被这尴尬、苦恼的生活引诱逼迫，难以忍受下去的时候，数次几乎都到了杀人放火的边缘，仅仅因为某一偶然，才使他们从这命运里错开过去，过去了，再想起来，方才是一身冷汗。小说中暗示，这可能是很多在"尘网"中生活的人共有的心理经验：传教的意大利人老詹死后，吴摩西从他遗留的建筑草图背后,发现一句话——"魔鬼的私语";牛爱国后来千里迢迢,找到吴摩西的后人,在这句话后边发现吴摩西加的另一句话:"不杀人,我就放火"。原来每个人内心都有着天人之战——人禽之辨,"几希"。吴摩西与牛爱国,两个本无血缘关系、互不连属的人,因了吴摩西被拐走的养女(吴巧玲)就是牛爱国的生母(曹青娥),命运便拐弯抹角、曲曲折折联系起来,让两段不相干的故事混成了一段故事。《出延津记》,构词模仿的当然是《出埃及记》,那么,《回延津记》,难道是"回埃及记"?也不是,因《回延津记》,实际上也是"出沁源记",都是两段从世俗生活中出走和寻找的故事——只是后来牛爱国的寻找,一路从山西沁源回到母亲的出生地延津,便有弄清楚整个故事的全部因果的作用——回归,同样是一种寻找,潜意识中企图弄清楚的,其实是内心、世界和命运的真相。

　　吴摩西与牛爱国,都是被世俗生活中的种种错位、尴尬、矛盾、压力逼迫,从自己生活的世界出走,一开始不由自主,后来是自觉自愿,就像他们的找人,一开始是假找,找着找着,就变成了真找——吴摩西是因为走失了养女巧玲,牛爱国是想弄清楚母亲临终前的心事。出走其实也不是具体的出走,深处的渴望实际上是从"尘网"中走出来,假找真找,一开始找的都是具体的目标,找着找着,便抽象起来,关乎了生存与命运——与其说找的是具体的目标,不如说找的是明白和安心;与其说找的是"说得着"的人,不如说找的是个能够明白自己的人,不过,如果自己都不明白自己的话,别人能明白吗?或者进一步问:不明白自己的人,有可能明白别人(更不用说世界了)吗?然而不管怎样,崎崎岖岖走过一生,那些忠实于自己内心的人——不管多么平凡普通,多多少少还是会将人生、世界和命运看明白一点点,明白了一点点,也就有了真正的交流和沟通,或者"内心的相遇"的可能——即使这种相遇、沟通和交流,也是通过曲曲折折的形式达成。

　　这便牵涉到了小说中没有揭开的谜题:吴摩西(罗长礼)临终前,留下一句话,希望他最亲近的孙子罗安江,如果能找到并有可能的话,带给自己早年失散的养女吴巧玲(曹青娥)一封信;罗安江患了癌症,生命的最后一段日子,独自来到吴摩西原来出走的故乡延津,辗转联系上已在山西沁源过了大半辈子的曹青娥（吴巧玲）；曹青娥收到罗安江的信，却没有回信，也没有赴约，罗安江候之不得，也未专程去山西找，回家后三个月即离世；八年后曹青娥去世，临终前已说不清话，写下几个字，儿子牛爱国费尽思量，猜测不得，在发现罗安江的信后，才知道曹青娥可能是想向罗安江或吴摩西说什么话；牛爱国在假找私奔的妻子与其情夫的过程中，却起意真找姥爷吴摩西与母亲曹青娥最终留下的话到底会是什么。千里迢迢，"老话"找是找不着，却发现了"自己有一句新话"，要告诉与自己"说得着"，自己却在关键时候，因心烦意乱、又有些软弱，不敢面对于是弃之而去的章楚红……吴摩西临终前要给曹青娥说的是什么话？曹青娥去世前又想给罗安江说什么？牛爱国发现自己想说给章楚红的那句"新话"又是什么？——活了一辈子，那样坎坷、别扭、不如意，乃至难堪、痛苦、饱受折磨，人欠欠人，满地葛藤，斩不断，理还乱，却终究是把自己和别人，看明白也想明白了一点吧？看明白、想明白了一点，也便对人、对命运、对世界，有点明白，有点认识。

　　苏格拉底临终前留给世人一句话说："未经省察的人生是不值得过的"（亦译："未经省察的人生没有价值"）①，当年吴摩西出走到陕西咸阳，曹青娥在百般不如意的境况下，仍勉力生活，后来牛爱国东西南北地奔走，乃至小说中未曾展开的情节，潜藏在别人叙述里的罗安江奔赴延津的故事——有意无意间，莫不是对自己和自己相关的人的生活，实际上也就是自己的生活世界和命运，进行"复盘"和反省。这种以生命为代价的洞见和省悟，因为解消了一些因循和苟且，也就取消了一些心灵的遮覆，赤裸裸地面对生存和命运，而非依据既成的思想体系和一己之偏见，从而对自己和他人的生命会有相对较为清楚的体会和洞察，也从而才产生真正的心灵相遇和交流的可能。②回头再来看小说中未揭开的谜题：以一辈

---

① 柏拉图：《苏格拉底的申辩》38a。
② 这样的体会和洞察，在合适的时间，合适的地点，对合适的人说出，即使是普普通通的一句话，也常常有着直指人心的力量。当年杨摩西（杨百顺）对于是否入赘和改姓犹豫不决，不知何去何从，去找师傅老詹商量，老詹平时传教，一见人便说"信主"可以知道"自己是谁，从哪儿来，向哪儿去"，但几乎从来没有成功过，而且被人顶得一愣一愣，这次

子的生命为代价，小老百姓原来也会有与"伟大领袖"一样"一句顶一万句"①的话——这话固然可能普普通通，说出来，却不但完全把自己的人生总结得清清楚楚，也能一语之间，解开彼此之间的心结，照亮彼此命运的迷局——吴摩西临终前的嘱托如此，曹青娥去世前想说的话如此，甚至牛爱国想告诉章楚红的"新话"，也是如此。只是人生要自己看明白，看明白也便明白了他人，看不明白，说也无益，而况换了时间、地点、对象，原先可说的话也不宜再说。吴摩西、曹青娥、牛爱国，想说的到底是什么话？是一句话还是几句话？还是几句话就是一句话？——小说里全无交代，留下了意味深长、参究不尽的空白，犹如一个禅宗公案。

也因了这毫无交代，成全了小说的最高点，既是几段故事交接的穹顶，也逼使读者去反观自己的人生，参详那亘古如新的问答。

2012/4/25 草毕，4/30 改，5/22 又改，6/19 再改，8/8 日定稿

（原刊《东吴学术》，2013 年第 1 期）

头一回不以"主"的名义，而以"大爷"的名义向杨百顺说："遇到小事，可以指望别人；遇到大事，千万不能把自个儿的命运，拴到别人身上。"又分析他的犹豫说："啥叫悲呀？非心所愿谓之悲呀。"又分析杨摩西心里还是愿意的："你恰恰说反了，如果不愿意，你早不说这事了；恰恰是找我商量，证明你心里愿意。""愿意就对了。摩西呀，你比离开我时强多了，知道自个儿是谁了。知道自个儿是谁，才能明白往哪儿去呀。"这也许是小说中老詹一辈子讲过的最有力的一段话——"过去跟老詹学经时，老詹讲主，一讲一夜，杨摩西一句没听进去；现在换成说杨摩西，杨摩西倒觉得句句中的，不禁潸然泪下。"（p144—145）吴摩西后来失散巧玲，偶遇开店的老者开导；曹青娥（吴巧玲）后来婚姻虽不如意，却仍勇敢地把日子过下来；牛爱国到咸阳后，罗安江妻子看出他有心思，善意地提醒——翻来覆去说的，也不过这样一个意思："日子是过以后，不是过从前。"——这样的醒悟和提醒，看似普普通通，也算不上了不起的意思，在关键的时候，却给了人们在这个不太完满的世界上，生活下去的勇气。

① "一句顶一万句"，原是"文革"爆发前夕林彪吹捧当时国家领导人毛泽东的话，对于从那个年代过来的中国人来说，这句话可谓家喻户晓，刘震云用之作为书名，当然是显而易见的反讽。

第二辑

短评随笔

王小波的两面

很少有中国作家像王小波那样在观念上如此清晰地把"想象的纯粹"和"不受现实逻辑约束的自由"作为自己的文学理想,然而,他所企图营造的想象世界却总是无法成为一个自足的世界,而他企图达到的"一种更为纯粹的文学状态"总是无法"纯粹"——来源于现实的无法摆脱的经验和感受,像梦魇一样不断地进入他的想象世界中来。这构成了王小波身上明显的矛盾与张力。也因此,与那些在单一向度上引人注目的当代中国作家相比,王小波显得远为混杂,他经常把直露、粗鄙、灰色、饱受压抑的生活,与诗意的情感、喟叹、哀伤进行杂糅与对位,在表面上放纵荒诞、肆无忌惮的议论与想象背后,隐藏着由现实的压抑与割裂产生的沉痛感——正是这种混杂,传达出生活的内涵,揭示出表面轰轰烈烈的声响底下一种非常清澈哀伤的旋律。

王小波并不缺少达到想象的自足与文学的纯粹的才能。恰恰相反,几乎所有的读者都会震慑于他无与伦比的荒诞奇特的想象才能,像《红拂夜奔》中的洛阳城、城中人的生活方式、踩着高跷在洛阳城里凌空飞翔的李卫公、他与红拂从洛阳城逃亡的方式以及以后在长安城匪夷所思的生活等等——设想的奇特,可能只有写作《故事新编》时的鲁迅堪与媲美。这样异想天开的想象,一般的作家即使偶尔会有,但很难达到他那样层出不穷、俯拾皆是的密度。这种荒诞的想象力,也表现在他的比较"现实主义"的作品(如《革命时期的爱情》里的"杀人机器")与悲观阴郁的"反面乌托邦"里。创造一个完整的想象世界当然有很重要的意义,它不但体现了想象的乐趣,而且能够验证人的想象能力究竟能够达到什么高度,就像建构一个数学体系,可能没有什么用,却能够证明人类智力的高度。王小波在这方面有足够的能力，但我们也可以清楚地看出，他并没有成为这种探索想象力的极限的作家。他的小说里的荒诞的想象，常常是对现实处境的夸张，一件普通的事物在极端夸张后，变得很荒诞有趣，同时却让人更加清醒地体会到我们生存处境的可悲。把一种沉痛的东西用一种滑稽的想象表现出来，这正是王小波最典型的特色——例如他想象的李卫公造的开平方机，本来就是很荒诞的想象，但它最后终于能够付诸实现，却是因为太宗把它买去当作一种杀人机器（因为开出的平方根是无理数，被惩罚的人根本没有办法躲避）——纯粹出于思维乐趣与创造冲动的"开平方机"最后变成了统治工具，这样的想象里面充满着多少无言的悲痛！进一步看，王小波的诸如此类的对"智慧的悲剧"的想象，总是来源与指向现实，他所设想的过去与未来都指向现在，并与现在形成一种对位。想象世界中的灰暗与现实生活中的灰暗，不仅无奈的调子是相通的，而且同出一源。

这样，王小波的想象，就远没有他喜爱的卡尔维诺那样轻逸，相反却长着一双沉重的翅膀。追求文学的纯粹，与摆脱不了的来自现实体验的羁绊，其间的张力贯穿了王小波的文学的始终，不但想象力的自由发挥因之变质，即使技术上的探索也摆脱不了它的制约。《万寿寺》中"王二"写作的关于薛嵩与红线的故事，以各种不同的方式设置和讲述了二十多遍，显示出穷尽想象与叙述的可能性的雄心，然而，"王二"每一次对这个故事的叙述都由追求自由的动机开始，却都无法遏止地落入灰暗的境遇，每一次的叙述与想象都无法完整与完满，直到——所有的想象"都无可挽回地沦为真实"，所有对自由的追求都无可奈何地昭示着不自由的限制，所有的梦幻都幻灭于现实的灰暗，于是，对叙述的可能性的追求即处处昭示出叙述者无法缓解的焦虑，而想象与现实的相通，即在在说明了现实对想象的无可逃脱的压抑。

与此类似，王小波虽然追求文学的"有趣"，他却更加清楚地看到，并颇有些沉重地调侃说："……有趣像一个历史阶段，正在被超越。"王小波自己的文学虽然做到了"有趣"，却无法摆脱沉重，读者到他这里期待"有趣"，最终却也无法免于忧伤。所以，一些评论者用"狂欢化"来概括王小波文学的特点，恐怕并不完全准确：王小波虽然具有拉伯雷那样狂放恣肆的想象力，他的笑声，却并非后者的那种坦荡的、可以创造一个巨人世界的洪亮的笑声，王小波的笑，是来自于现实的荒谬的无可奈何、苦中作乐的笑。这种笑只有处身在同一处境中的我们才能心有灵犀——借用哈韦尔的话："外国人常常为我们所愿意承受的痛苦而瞠目，同时也为我们为之欢笑的事情而结舌。这很难解释，但如果没有那些欢笑我们就不能完成那些严肃的事情。如果一个人的面色随着他所面临的问题的严肃程度而越来越严肃，那么他就会很快地变得僵硬，成为他自己的雕像。"（《哈韦尔自传》）

现代中国文学经常在"纯文学"与"干预现实的文学"两个极端之间摇摆，似乎这两者是一对不可调和的矛盾或"非此即彼"的选择。在这样的两元对立中，我们经常忘记了文学所自来之处，正在于我们无法摆脱的生活经验和生存体验，而不管写作者如何自认，从这一点出发的写作，必不可免地会在"文学"与现实之间维持一种张力，也因此，它既不从属于现实功利，也不会自我封闭画地为牢，它不是任何现实运动的奴隶，却也不以一个封闭自足的世界麻痹我们，而是企图恢复我们的感觉，恢复我们对生活的痛感……在王小波去世五年之后，我们可以清楚地看到：对叙事可能性的追求与最终摆脱不了让它们同归一种结局，对想象的推重与摆脱不了的现实体验和关怀之间的张力，既是王小波的文学的界限，也是它的卓越之处——因为这种界限正是对于我们的生存的界限的体认，而正是在所有这些矛盾紧张中，王小波拆解着成规，又巧妙地利用成规，创造了他的小说世界。它是一个想象的世界，但又不是一个到文本为止的世界；它利用了现实材料，但又不是对现实的简单反映；在最后，我们看到王小波的文学是艺术，但却又怒气冲冲地对现实发出抗议。也正是这些实际的表现而不是王小波明言的理论上的宣称，让我们看到了它对强调观念上的创新、叙述可能性的探索与文学世界自足性的先锋文学的超越——这样的文学的天地，远远大于80年代的先锋文学的天地，因为它不仅是对各种文学传统的冒犯，也是对现实权力关系的方方面面的冒犯。

提前死亡者纪事

——刁斗小说《我哥刁北年表》简评

"我哥"刁北在五十岁时，认为自己已经死去——不是肉体已经消失，而是精神已经死亡，于是委托刁斗为自己写本传记，但后来，却自己借刁斗的叙述将他的一生写了下来（这么做，小说里刁北说，是为了避免第一人称的滥情），刁斗说自己只加了个后记，便成了这本《我哥刁北年表》（凤凰传媒出版集团、江苏文艺出版社，2008年）。

当然，刁斗虽然用了这么一个障眼法，作者还是他自己。将自己设置为一个旁观的叙述者，用一种冷静的眼光审视自己精神上的兄长辈，便审视出来一些惨不忍睹的东西——关乎个人命运，也关乎时代历史。用滥情或感伤主义的眼光去看，"文革"中两次被逮的刁北可以看作是那代人中的先觉者，一般的崇拜者也确乎将他看作异端的英雄，刁斗却用消解的方法，一点点消去神话的光芒，发掘出一个只是不愿意完全按照时代设计好的程式去走、愿意自己琢磨点事的人，身不由己被卷入时代的故事。这样的故事，可能比异端/主流的对立更加惨不忍睹，却更多了些难堪。刁北的个人生活也一团糟，家庭爱情，一事无成，反思热血的青年时代时，刁北说："也许我不是当亚瑟[①]的料，只能向约翰·克利斯多夫看齐。"叙述者刁斗（或刁斗宣称的传记作者"刁北"？）却注释说："不论从解放人类的角度讲还是从个人奋斗的角度讲，我哥刁北都不成功，一直没混个人模狗样……"（p67）

[①]《牛虻》中的革命主人公。"文革"前共青团中央曾向青年推荐该书，主人公曾是那一代人的偶像。

刁北命运多舛，即使"文革"结束，也一直未能融入主流，借各种边缘的活儿自食其力，生平从事的最后一桩职业，是替墓园里的死者代拟各种临终遗言——本是一桩冠冕堂皇的合谋欺骗，却使他在知天命之年看清了自己的软弱与自欺。"他说，他只不过是个偏爱思想的读书人，与大部分普通人没什么两样，一无所长，一事无成，可仅仅因为他的经历中的传奇因素，便被看成另类的英雄。"（p291—292）"是历史的阴差阳错造就了'这一个'他，他成了他人抗议禁忌其实是屈从禁忌的借口，一个自欺欺人的借口。"（p293）似乎是生命的一个彻悟，从此放下多少年的读书思考，闭口不谈天下事，甘愿做个普通人。

自从90年代初王安忆写出《叔叔的故事》，当代小说中再一次出现了对先辈神话的解构，只是刁斗的语调多了些无奈与玩世不恭，没有了王安忆的痛入心肺。这也许相关于刁北一代生命本身的不够沉重，也许相关于刁斗与我们共同生存的当下的时代气氛。然而无论如何，刁北的感悟，尚不足以刺入人心特别深入的地方——这不是说在漫长的五十年中他的人生毫无启发，事实上，他的超脱与冷眼旁观对新文化以来的青年文化，各种犹如服用兴奋剂的狂热、暴力，上一代人与同代人甚至下一代人的欺人与自欺，都是清醒的解毒剂，热爱阅读哲学书籍的刁北是个有"爱智者"根器的人，然而，虽然他了悟"零是什么？就是无嘛，即使算有，也似有却无，实无虚有"，却犹如那个粗俗的表达（"人是大自然放出的屁"）所流露的轻浮与不平，他的思想尚未在人类思想的大传统中充分地折腾过，他的生命也没有足够深入地历练过，纵然归零，他也未能清楚虚无也是应当也可以洗去的东西，心宽体胖之余，他也未必见得能"见山是山，见水是水"，看到生命本来的胜景。不过，刁北与大多数人一样没法超越时代文化背景的限制，似也是很自然的事，然而刁斗让刁北在五十岁就宣告退出，到底似乎还是早了点。

小说最后附录的刁北"自编"年表，杂乱抄录各种人物临终表现或遗言，似无理，却更为耐人寻思。

2008年8月1日　上海

（原载《新民周刊》，2008年8月27日）

读杜涯诗随感

杜涯的诗，有一种缓慢、平静而从容的节奏，比起以往，这个以往，我指的是90年代以前，这种节奏和语调，都更接近自然。90年代以前的大多数诗，经常有一种倾诉、灌输和影响别人的冲动，语调是急切的，节奏短促——其实是比较糟糕的"现代"的节奏和语调，诗情也经常比较浅表——当然也有好的（像30年代的现代诗），但总的来说不太自然；90年代以后，不一样了，经过漫长摸索的新诗开始找到了自己的节奏和声音，一种比较符合现代人和现代汉语的节奏和声音，我想这大约确乎是新诗终于成熟的一个标志。

具体到杜涯，我想说她的诗读起来比别人的诗要更平静和深远一些。这种平静和深远，当然不仅仅是因为诗歌中叙述性因素的加强——这仍然是一种笼统的说法，而是因为她本身叙说和思考的，是一些深远的东西。毋庸讳言，这种深远的东西，在世界文学里，都和农业背景——我不确定是不是还可以和牧业背景——分不开，因为这种生活方式，始终和自然比较接近一些，也容易想到那些深远的东西。比较起来，现代都市，人造性显然是主要的因素，在这样的生活方式中，人们想的都是很短浅的东西，呼吸也越来越急促，受不了一点刺激，话语充斥的地方，反而没有真正的声音。杜涯的平静的叙述，有时候是寂寞的独语，接近于回忆，而在这寂寞的独语和回忆中，那些永恒性的形象浮现出来，桃花，偏远山村的农人，母亲，简单、平静而永恒的生活方式……

偏远的反而可能是更加亲近的，简单的反而可能是更加永恒的——这经常会被误解为一种浪漫主义的情绪发作，更糟糕的，是被误解为一种时髦的怀乡病，其实这背后，有更深层的道理，要撇开这些浅表的浮沫才能感应到。当然，话说回来，平静而永恒的事物，生活在其中的人也不一定有自觉，须得本身就是单纯而敏感的心灵，甚至经常是在离开乃至失去以后的情况之下，反过来追望才能发现。所以，这里面，其实也有一种自觉，表面上是叙述风景和旧事，同时也就显示了一个心灵的世界，有一种自觉的回望和追索。这就要说到杜涯的诗的玄思的性质，而这种玄思，是从叙述中自然浮现出来的，像《高处》一诗从对具体的叙述，过渡到抽象的寻问，几乎看不出痕迹。这当然说明二者在她这里，是浑然无间的。也因此，她的诗有一种整体的素质——她其实很注意锤炼句子，也有一些警句，像：

> 桃花在我的头顶，
> 开得绚烂而平静

——但我更欣赏的，是，这些了不起的句子在整体中的浑而未分，甚至为了整体的境界而放弃了对特出的句子的追求——抗拒这一诱惑是一个成熟诗人的标志，而能自然表现出这一点，则说明这诗人内部本身有一些自然而浑朴的东西。

对杜涯写的在城市中生活的乡人的处境也有同感，而一样地感觉到对这种生活方式的改变无可如何，而同时对杜涯理解、叙述这些人们的苦衷感到钦佩，因为到底是有实感的诗人，没有落入居高临下地指导等等的恶趣味。然而，那种简单、平静的生活方式和质朴、自然的美感，是不是就应该被遗忘？我觉得不是，相反，觉得有返还的必要，如陶诗所言：

> 羁鸟恋旧林，
> 池鱼思故渊。

做不到，能欣赏也好。欣赏不了，不赶尽杀绝也好。

最后，想说一下，我很喜欢读到的这些诗，因为意境、气息的接近，也因为在她，以及别的诗人身上，看到了一种情况——犹如许多年前的一位作家所言：他们不是用唐代人的方式说现在的话，也不是用外国人的方式说中国人的话，他们用今天的中国人的语言写诗，而且写出来的确实是诗，是今天中国人的境界，又可以和古人相通——这其实是了不起的事情，因为终于触摸到了自己和自己语言的声音、节奏和气息。

2012 年 2 月 29 日

时代与机运

——"中篇小说与类型文学研讨会"发言稿

中篇小说与类型文学,两个话题,之间没有内在的关联,但换个角度,也可以看出,它们的繁荣,乃至成为文学界关注的热点,都与时代的机运有关。

中篇小说在上世纪80年代,得时代之机,成为当时中国小说最重要的体裁,可以说,那个时代是中篇小说的黄金时代,各个年龄层次,不同类型和各种倾向的作家,在当时都写出了出色的、代表那个时代文学成就的中篇,以至于离开这个体裁,80年代文学几乎就无从谈起。也正因为这个原因,中篇小说,在中国当代文学中成为了一个重要的写作体裁,这在世界文学中都是例外——我们知道,外国有短篇小说(story)、长篇小说(novel)的概念,但没有中篇的概念,有一个novella的概念(似乎也不太常用),有时翻译成"中篇小说",但更好的翻译,可能是"小长篇"。总之,中篇得到如此认真的对待、重视和研究、讨论,是中国当代文学的一个特有现象,而且如上所述,与其在80年代的繁荣和重要地位有关。

不过,机运经常会发生转变,所以对昔日的荣光,其实也不可执着。就中篇小说来说,它的"运",可能还会持续很长一段时间,但当年独占鳌头的时代之"机",恐怕早已转变——这从我们直观上也可以得到印证,一谈80年代,我们心目中能代表当时小说成就的,绝大多数都是中篇,但90年代之后,除了少数例外,这一位置,恐怕早已经让位于长篇。至于像方方女士说的,出版限制的改变,像短经典之类的出版热潮,是否会带来中篇小说的另一个繁荣局面,不得而知——可以期待,尚待观察。但总的来说,特殊时代特殊机缘,毕竟不可执着——明乎此,然后可以商量以后的发展。

从文学价值来说,一部小说是否有价值,从来不是篇幅决定的,而与其他素质有关。博尔赫斯不会因为只写短篇,就比其他拉美作家地位低些,恐怕还要高些;《阿Q正传》、《边城》,按现在的"篇幅画线"的标准,恐怕也只能算中篇,其成就则远超过同时代的长篇,但,另一面看,它们成为经典,当然也不是因为篇幅是"中篇"……不必再举更多例子,小说的价值,不在篇幅,思想、形象的敏锐、深刻,语言、形式等方面的成熟、创新等,可能都更为重要,而一个作品能否超越时代,这个作品是否具有丰富的层次,能否从具体的叙述层面上升到超越的象征层次,从一时一地的情事,上升到普遍的感慨,恐怕最为重要。现在的中篇小说,叙述都很成熟,故事也都不错,但恐怕大多缺少后一方面的意识。

至于作家自己的写作,是选取哪种体裁,形成何等篇幅,与经验、思想、技术、气息乃至生理、心理的状况,都有关系,所以也不可强求,适合自己就好。

至于类型文学,这在现在的中国好像是个新话题,但在外国,在过去的中国,都是普通现象。类型文学,其实就是通俗文学,在1949年前的中国,被新文学界贬称为"鸳鸯蝴蝶派"的——现在看来其实也就是当时的通俗文学,其中各种类型,社会、言情、武侠、侦探……等等,早已非常繁荣。在外国,类型文学早已成型,各个类型都有自己特定的出版渠道、读者对象和文学奖项,作家也有自己的组织,和严肃文学,大学里讲的文学,不能说完全没有交叉,但基本上是平行并驰,井水不犯河水。再从历史上看,类型文学,因为基本上满足的是好奇和娱乐的需要,所以,自从文学(广义)被发现具有交换价值之后,这种现象早已出现——不必有其名,但肯定有其实,像唐宋时代勾栏瓦舍里的"说话",便已分为四类,"小说,说公案说铁骑儿,说经说参请,讲史",其中的"小说"(有专指,比今天小说的概念要狭窄得多)一门,又名"银字儿"(演述此类小说时，以银字管吹奏相和，故有此称），取材以婚姻家庭为主，又分为"烟粉、灵怪、传奇"等，可以说，已经出现了类型的细分。后来印刷术发达，明清时期的历史演义小说、神魔小说、侠义公案小说、人情小说、才子佳人小说等等，各自蔚为大观。外国也一样，类型小说从骑士小说，到言情小说、哥特小说、科幻小说、侦探小说等，起源很早，伴随近代化而发达，趋向是越到后来越繁荣，类型的数量增加，内部又再进行细分……

由唐宋到明清以至近代，中国小说类型的划分一脉相承而又有所演变，近代以来又受西方影响，增添了一些新类型（像科幻、侦探等），但通俗文学始终兴盛繁荣，不同类型繁衍生息不辍。按道理说，"类型文学"不是什么新现象，但为什么在今天的中国大陆，我们好像觉得是个新东西？这大概还得从毛泽东时代说起，那个时代，通俗文学的多种类型都被认为是宣传封建迷信、诲淫诲盗或者思想意识不正确而被取缔，虽然其中的一些因素也被当时的一部分主流文学吸收，形成今天的研究者所谓的"革命通俗文学"——像《三家巷》之于言情，像《林海雪原》之于侠义、冒险和神魔……等等，但大体上，可以说，通俗文学原有的传统和分类，都被中断，直到80年代之后才渐次复活，之后借助网络时代的到来而重新崛起，以至今天形成蔚为大观之势。现今类型文学的繁荣，正得此时代之"机"。

从更普遍的层次来看，历来人类社会的文化，都有高层和低层的层次之别。以古典中国而言，士大夫读的是经史，扩展而至佛道，市井大众欣赏说书、戏曲、小说，井然有序，井水不犯河水，可以互相影响、交通，却不必互相取代乃至取缔。起源于西方的世界现代文学内部，也历来有高下的层次之别。类型文学因为基本上满足的是人的好奇和娱乐的需要，可以说基本上属于低层文化，在文学内部也属于大众文学（顶多到"中间文学"），而严肃文学，身位要高一些，以小说而言，中西小说的起源都很卑微，但在近代以来的西方，小说日益成为作家探索社会现实和人类处境的一种工具，作家也厕身于知识分子之列，在思想和艺术上都有关注和探索文化前沿的使命，所以严肃小说也成为人类高层文化生活的一部分——我们的现代文学，接续的其实是这个传统，虽然它经常不一定达到它本应达到的层次。

两种文化并行不悖，可以互相影响、交流，但企图互相取代甚至取缔，却是悲剧——企图以高层文化取缔低层文化，"人皆可以为尧舜"变成"人皆必须为尧舜"，六十岁的农村老大娘牙牙学语的三岁小儿都要吟诗作文读哲学，固然造成悲剧，但以低层文化取代高层文化，大学生乃至研究生都只读类型小说，何尝不是另一种悲剧？现在的情况下，高层文化沦落，中国尤其如此，核心的东西，识者寥寥，造成很多无理可喻的情况，所以后一种倾向要更危险一些。两种文学，写作和阅读的心态不同，研究方法也不同。一种文学的读者，希望在作品中读到自己以前不知道的东西——新的经验、新的发现和探索，另一种文学的读者，则希望在书本中不断地读到之前的阅读中已经熟悉的东西——顶多有一些小变化；一种文学，可以进行文本细读和研究，另一种文学，恐怕大多数还是以"合并同类项"进行模式分析为佳。大学文学系教学和研究的对象，毕竟应以前一种文学为主，后一种，只能是一些新兴的研究方向（像文化研究和大众文化分析等）的对象。

当然不是要否定大众文化——从外部看，那是螳臂挡车，自不量力，不识时务；更内在一些看，大众文化自有自己的身位和价值：群众喜爱的东西，有其本身的道理；一代代人气息的积累，加上有较高修养的文化人参与，也可能出现好东西——像中国的《三国演义》和《西游记》等，无不如此。类型文学也是如此，它们是地上的东西，但都有一个天上的根，能够形成类型的东西，像武侠、言情、冒险、侦探、科幻、恐怖、悬疑乃至在今天中国网络上兴起的玄幻和修真，都牵涉到人心深处的一些倾向乃至内在的愿望和要求，在人性中有它们的根源。在今天的中国，它们方兴未艾，现状当然是鱼龙混杂，但人才的汇聚和时间的积累、淘洗，也可能出现好东西，此可对比日本漫画业的兴盛之于《钢之炼金术士》和《海贼王》的出现。但大众文化的东西，固然有长时间大范围气息积累的优势，也可能吸引有天才者的参与，但要真正站得住，毕竟还需要来自文化核心的东西点化。中国的类型文学，这一点恐怕尚有欠缺。我以前读过萧鼎的《诛仙》——网络上非常著名的玄幻小说，语言、叙述、情节乃至世界的架构都很精彩,总体风格上等于还珠楼主和金庸的综合,但还珠楼主的背景是道教,金庸的根底则是佛教尤其是禅宗,萧鼎大概也有这方面的需要,但修养不够,所以境界上不去,书中虚构的《天书》,几不可读,不像金庸,杜撰的东西背后都有很深的道理。又可以说一下前一向流行的《甄嬛传》,拍成电视剧其实很好看,但只看到人际关系中钩心斗角、互相竞争的一面,而没有看到对之消解、转化乃至超越的可能,知阴而不知阳,所以也算不得上品。

泛泛说,类型文学要发展,在某一类型内部登峰造极,是一种方向;另一种方向,则是对之的突破——最大可能的出路,一是来自类型的综合,一是来自对类型自身的破坏与超越(以武侠小说而言,前者如《天龙八部》,后者如《鹿鼎记》)。类型文学要出现能进入高层文化的好东西,最大可能正来自于后一种方向。因为想帮严肃文学说说话,我在这一方面稍微多说几句:严肃文学可以从类型文学中演化出来,也可以从中汲取营养,但这多半不是来自于对之的袭用,而极大可能来自对之的背反,此如《堂吉诃德》之于骑士小说,陀思妥耶夫斯基之于侦探小说,冯尼古特之于科幻小说——类型文学进入严肃文学,或严肃文学吸收类型的因素,基本上都不是来自于类型的正格,而来自于其变格和破格。

2013 年 4 月 25 日整理、补充

怀念绿原先生

2009年9月29日晚七时左右,一个师兄发来短信,寥寥四字:"绿原去世"。不是太意外,却还是有些感慨:《七月》的老先生又少了一个,一个时代确实是与我们渐行渐远。

1999年初冬,我曾因师长之介,去信向绿原先生询问1955—1962年他因"胡风集团"冤案隔离期间和"文革"期间的潜在写作的背景和具体写作情况,很快收到了他写于11月10日的回信。信中说:"……这两个时期对我来说,还有重要得多、严重得多的事情要做,写作只能是非常偶然的几次。当时,只觉前路茫茫,毫无预知的可能,所写的东西大都是灰暗的,悲伤的,甚至是绝望的,不但客观上不可能发表,主观上也觉得不值得留存。其所以想写,可以说出于一种现在看来很不明智的习惯,即为了自我排遣而不惜冒一定的风险。一旦心血来潮,就在纸片上、笔记簿上,或者给家人的信中把它描摹下来,句不成句,段不成段,就匆匆搁笔扔在那儿,从来不曾完整成篇过。……总的说来,那些随写随扔的东西是见不得人的,既没有积极的内容,更谈不上艺术性,如果对我个人有过什么用处,不过是通过某种宣泄作用,防止我在走投无路的情况下误入歧途而已。"这自然是谦辞,读过这些诗歌的人都会知道这些诗歌虽没有有意识地追求所谓"艺术性",却绝不至于"见不得人"。我自己因研究需要曾通读绿原先生的诗歌,最为欣赏的,一是他开始写诗时的《童话》时期的诗作,另一则是他的这些潜在写作,我想这并不是我的偏见,因这两个阶段他的诗作都有充沛的个人感性,不落浮泛,虽然他在历史上影响最大的是40年代末的朗诵诗歌。他的潜在写作,也是民族历史的一段精神见证,其意义更不仅限于个人,当然就对作者自己的意义来说,信中的这些话却也是很平实诚笃的话。

第二次通信，要到2002年，那时因编"潜在写作书系"中《春泥里的白色花》一卷的需要，去信询问原稿保存情况，收到他写于5月17日的回信说："来信所提原稿问题，据回忆，我的那几首诗虽都有具体情节作背景，当时只是为了'舒愤懑'，顺手在任何白页上匆匆记下，既未有意识地当'潜在'作品来写，更未想到将来可能发表。到平反后可以发表时，有些篇章比较简单，没有什么修改，就拿出去了，如《谢谢你》、《没有舌头的人》、《但切不要悲伤》；也有些篇章原来只是几句或几行，后来经过修改，如《重读〈圣经〉》、《面壁而立》、《手语诗》等。无论修改与否，这类作品都不是后来在太平时日凭空写得出来的。"这封信的背景是因潜在写作文本的可靠性问题受到一些学者的质疑，所以我们想趁编辑"书系"的机会，把文本问题弄明白。现在想来，当时的想法是有些迂了，毕竟时间久远，各种条件所限，很多问题难以完全清楚，倒不如从大处着眼，从理论上解决问题。今年上半年在上海大学的一次当代文学会议上，北大的吴晓东先生评点我的发言时，说到潜在写作的"双重功能"问题：潜在写作构成完整的文学事实，横贯了当代文学六十年的"两个三十年"，因此对于两个时期都有意义，不过这意义是不同侧面。在这样的理解下，文本的原始面貌问题虽然仍存在，但已然是小问题了。

不过我那时候还是很执着，这年十月份复旦与苏大合开"第二届胡风国际研讨会"，我那时在韩国大邱任客席，因想访问一些老先生，便专程回国与会。也就是在这次会议上，我第一次见到了绿原先生，第一印象是不似照片上的胖而白皙，似乎要瘦小些，人也内向、深沉，倒是符合我读他的诗歌时的印象。在谈到"潜在写作"文本原始面貌复原上的困难时，他说，一首诗，从最初的构思到最后的定型，可以延续很长的时间，但这首诗的构思中心，即一般所说的"诗眼"，却经常在最初一刹那被触动时即已成形。他并坦承说，像《手语诗》，最初涌入他脑海中的只有以下核心诗句："长——夜——漫——漫／辗——转——难——眠／不能哭也不能笑／也不想哭不想笑／我的心是个纸折的灯笼／里面燃起了一朵小小的风暴"，又说他的名诗《重读〈圣经〉》，最初仅有以下几句："今天,耶稣不止钉一回十字架,/今天,彼拉多决不会为耶稣讲情,/今天,玛丽亚·马格黛莲注定永远蒙羞,/今天,犹大决不会想到自尽。"这些诗形成我们看到的发表文本时,已然发展与完善,但其核心情绪与思想(诗眼)仍然一脉相承。绿原先生的一席话对我有大启发,我也由此悟到我的研究最重要的宗旨,应是考察与把握这原初感兴与心理历程的问题,思路由此豁然开朗。我的工作曾得很多前辈、师长与友朋的帮助与恩惠,绿原先生的一番指点,也是其中一点很重要的助力。

2007年《潜在写作:1949—1976》出版,收到样书我即寄呈几位前辈,一段时间后,收到绿原先生的回信,信中勉励有加,让我很是感动,迅即回信致谢。这成了我们的最后一次联系。绿原先生辞世的噩耗传来,朋友来电问可否写几句话,我略加思索便答应了,于情于理,我都该写几笔,以示对曾得指点与勉励的不忘。绿原先生一首名诗题曰《又一名哥伦布》,谁知道呢,也许死亡不过是又一次航行,倘真如此,我们都该祝这位也曾饱经劫难的老人一路平安:

即使他终于到达不了印度

他也一定会发现一个新大陆。

2009年10月21日　上海三门路

(原载《文汇读书周报》,2009年10月30日)

白云苍狗，关山万里
——读王鼎钧的"回忆录四部曲"

王鼎钧先生的四卷回忆录，两三年来一直有在海外任教的朋友热心推荐，一直也就很向往，今年1月，三联书店引进王先生的著作，首批推出的就有这四本书，因为某种机缘，书一出版我便拿到，人到中年，事务纷杂，但因为实在有兴趣，仍坚持着，两月里断断续续地读完了这套百万言巨作，恍然间不仅如面对作者的个人经历，亦如从另一个角度重读现代史——至少是抗战、内战、冷战等关键环节。

这套回忆录，首版是在台湾，1992年出版第一卷，2009年终于出齐，前后历经十七年，写作时间应有十五至二十年，可见是作者晚年最为重视的文字功业。四部曲的第一部《昨天的云》，写抗战前作者故乡山东兰陵的生活状况及战争爆发后作者及家人的遭遇，第二部《怒目少年》写作者作为流亡学生至安徽阜阳在山东名将李仙洲创办的国立二十二中就读及随学校西迁陕南汉阴的经历，第三部《关山夺路》写作者战后四年期间所亲历的内战史，第四部《文学江湖》则写1949年5月作者登陆台湾至1978年9月赴美任教期间所亲历的三十年台湾文学演化及世相变迁——作者自述说要写出一代中国人的"因果纠结、生死流转"，可见出其宏愿不限于个人，而有从个人上窥时代、从文学上出到历史的抱负。

我的粗浅的阅读印象，四部回忆录，要说精彩，以第三部《关山夺路》为最，此部书从作者战后被诱从军写起，历叙至东北任宪兵、目睹国民党军纪政事败坏后托关系在秦皇岛任军需、在天津被解放军俘虏、放归后亡命上海重回原机关就食以迄上海解放前夕获得一线机会仓皇逃生台湾的经历，引人入胜不让于任何写历史大转折中个人命运的小说，而经历体会的复杂曲折及个人感受的痛切曲折犹多过之。而要说对今天大陆读者最有借鉴意义的，则首推第四部《文学江湖》，盖从战时文化转为和平建设时期的文化，两岸历史演化有其互为镜像的相似同构之处，而彼岸发生的一些文化社会现象，若干年后亦常在此岸出现，此如从现代主义的勃兴到流行文化的横行，从以政治军事为中心到经济发展为主脉等，皆其牟牟大者，细部可做相似比对者更数不胜数，虽则不可完全机械地做相似等同比照——由于历史原因，许多现象在对岸先出现，但规模和格局都不可和此岸相比，且台湾和大陆各有自己独特的结构和问题，究竟不可完全等观——但以他人已经历者作为镜鉴，毕竟可让正身历类似变迁者少些仓皇、多些从容，所以此书的意义不仅限于文史爱好者，对于关注社会变迁的读者，也有一定参考价值。

现代史上，胡适倡导社会人士不分阶层皆可写自传和回忆录最力，并身体力行，刚过不惑就写出《四十自述》。从积累历史材料的角度看，此说颇为有理，因无论是时代要角还是平民百姓，其所历所感，皆有人所不知、无法代替的一面，大人物的自述固有资于考史，小人物的回忆也可让后人多了解一些风俗世相的变迁。历史的吊诡在于时过境迁之后，影响历史的大事皆为人所共知，而过往时代的人情风俗，后来者则多不了了，过去时代人所共知的常识每每反而成了后人的缺门，以意度之常难免语境错失之讥，读普通人的自述和回忆，对此可以有一定的补偏救弊作用。因为不可避免涉及时代的常态和变异，好的自传和回忆录，兼有文学和历史的价值，不但可让人触摸到历史的骨架，也可让人触摸到历史的肌理。

王鼎钧先生去美之前，在台湾已是大名鼎鼎的散文家，回忆四部曲，文笔的优美、剪裁的得当那是不用说。书中的记叙，每常让人感受到过往时代的质地，如第一卷写抗战前山东兰陵的生活状况及大族之家的日常情态，第二卷写流亡学校的师生关系，第三卷写军营旧习，第四卷写台湾社会变迁，皆可让人有身历之感。有些记叙，颇能补今人习见之失，如书中写兰陵王氏的贤人乱世弃官返乡兴学，如逃难途中父亲为讲邓攸逃难故事，皆能让人想见传统中国重教育、重伦理深入到社会基层日常生活中的情形。另外有些记叙,则颇能一叶知秋,譬如记叙抗战初期流亡学校将门子弟与流亡学生共克时艰,从不"隔离躲避",亦未曾白眼相加,显示出"严格的家教",但抗战胜利复员,即处境悬隔,阶层差异显示于表层,70年代台湾经济起飞但文化失范、精神空虚,名门子弟颓废堕落至沦为流氓太保横行市廛,让人观察到历史变迁的几微之征。此外,如书中记叙抗战爆发后作者随家人逃亡及打游击的间隙,随族中名士"疯爷""插柳学诗",抗战期间听流亡学校的老师议论时局,居台期间蒋氏政权管制宽松后的处士横议,皆可让人观察到在横逆交加、辗转流离、多灾多难的20世纪中华民族仍然顽强持守着的文化底蕴,而有些评论谈言微中,则显示出不论哪个时代,中国民间都不乏见识不凡和头脑清醒之士。

回忆四部曲有历史的抱负,如第三部《关山夺路》,作者自评比之于张正隆的《雪白血红》,同列为读内战史不可或缺的参考读物。事实上,如论文学成就,此书要胜于张书,而就补史之阙而言,则张书视野格局要比本书开阔,而两书同样取材于亲历者的回忆,一为采访,一为身受,写作者的背景、视野和角度有别,而又恰成对照,二书对读,最有意思。而尤为难得的是,作者反观历史,有自己的史识,所以成就在一般的回忆录之上,譬如评论国民党标举"开明专制"之得失,抗战胜利前后蒋氏声望由盛向衰之陡转,抗战后期及内战期间学潮风起云涌的心理逻辑,以及台湾由"戒严"到"解严"此一历史转折的内在动因等,此等情事皆为作者所身历,几十年间又不断反身思考,所以每有见人所不见、发人所未发之言。

2013 年 4 月 1 日　上海

(原载《文汇读书周报》,2013 年 5 月 17 日 8 版)

山河大地的声音
——谈韩国电影《西便制》

"潘索林"是韩国的民间戏曲,据说其发声方法之难,在世界上也居于前列。"潘索林"女艺人的演唱,初听之下,只觉声嘶力竭,适应了,方觉这声音发自肺腑丹田,呕哑嘲哳之中,自有民间生命的律动和山河大地的轰鸣。《西便制》这部电影是韩国导演林权泽的名作,曾得过上海电影节大奖,不过虽然得了大奖,在中国似乎一点影响都没有。也许还值得我们再说说。

在任何意义上,这部电影都会强烈地冒犯我们的人道主义情感,但同时却也会让我们有一种很深的感动。片中的主要角色,便是世代以"潘索林"为业的艺人。父亲带着姐弟两人,在山川大地上流浪,虽然过着辛苦贫贱的生活,但在艺业上父亲却要求严格得到了苛刻的程度,终于弟弟忍受不了这种严苛而出走,这时候最让人震惊的事情发生了——父亲为了让女儿专心致志以达到艺术上的至高境界,在她不知情的情况下,让她喝了一种会导致双目失明的汤药——若干年后,父亲去世,女儿成了"潘索林"大师……在看这部电影的时候,这个关键情节非常让人震惊,不过如果仔细追忆的话,也许震惊反而是后来的,当时只觉得震动——影片的叙述让我们悬置对这父亲的行为进行简单的价值评判。但这一切是怎样达成的呢?是怎样一种手段,竟然可以让我们从已然深入骨髓的人道主义情感中拔出?

这也许是因为,在深层意义上,韩国的山河大地才是影片真正的主人公。在贯串影片始终的"潘索林"艺人的流浪中,韩国的陵谷山川展示出其花朝月夕、雨淋雪霁的万般景象并和艺人的歌声交流应和。而这景象总的来说，并不是杏花春雨江南，却也并非铁马秋风塞北——多山多陵的风景不失宏伟，但却并非壮阔——一层层展开着的障碍，破了除了，你便会从心所欲，但这障碍却似乎绵延得没有尽头，犹如人生似的，若非断然舍弃、专心致志，便永无达到最高境界的可能。在包围着我们的宏阔的自然和艰难的人生面前，其实容不得我们太多的肤浅的滥情。女主人公服药之后，发声愈发深沉纯熟，我们看着她面对山川田野练习着，仿佛要把心呕出来似的，但她自己已然渐渐看不清眼前的景象了，但也许亦因此反而更能和山河大地的精魄交流，或者，自己就化作了山河大地的精魄。

我最初不明白为什么多年之后，姐弟二人终于团聚并且进行了感天动地的彻夜悲歌之后，弟弟竟然又留下姐姐一人，自己离去，现在可以明白了——"潘索林"艺人是韩国大地的精灵，在大地上流浪是她的宿命，也是她的生命所在。

影片的结尾，全然目盲的"潘索林"大师由一个童子引路，走过覆盖着白雪的大地山河。

集团对抗中个人的悲剧
——谈韩国电影《JSA安全地带》

最初是因为网友的介绍知道这部电影的。在韩国客居无聊，就去影像店借，看完后很受震动，但当我向客居的这所大学哲学系的教授林先生提起时，他笑了笑，说：这种电影，近些年才被允许拍摄，民主化以前呢，肯定会被认为是为赤化张目——那时候什么都不准是红的，连脸都不准红。

影片开始，南北之间的共同警备区，某北方哨所响起枪声，两名北方军人被杀，南北双方对此各执一词，最后交由中立国监察委员会调查，但当韩裔瑞士籍少校Sophie（李英爱饰）着手调查时，却发现疑点越来越多，不过，所有的疑点最后都指向——不是侦探片里的大奸大恶，而是被集团对立所摧毁的普通人性中美好的因素。李秉宪饰演的南方士兵，某次在巡逻时不小心越界，误踩地雷，被宋康昊饰演的北方士兵搭救，出于感激的心理，他设法和他们来往，最后隔桥相望的四名南北哨兵，竟然结下了深厚的友谊，然而某夜当他们在北方哨所欢庆时，却被巡视的军官发现，紧张对峙的气氛中，电光火石的一点偶然，竟然造成流血事件，甚至威胁着半岛上脆弱的和平……

算起来，朝鲜半岛是如今还保留了冷战体制的地方之一。这种对抗体制对普通的个人有何影响？表面看来，如果没有北方军官的突然出现，这些个人之间的友谊也许就延续下去，一直到他们退伍后，变成美好回忆，但仔细想来，这实在是不太现实的设想，偶然之间有必然，他们的友谊注定延续不下去，即使幸或不被发现，也没有什么普遍性的意义。

在集团对立之中，普通人之间的交往到底在多大程度上受到其制约？

《JSA安全地带》让我想了很多。我想起英国作家E. M. 福斯特与中国作家萧乾的交往来，福斯特曾经声称他只相信个人之间的友谊而不信任任何集团的神话，但中国"文革"时期他托某访华代表团给故交萧乾带信时，萧乾因为自身处境的原因，不敢给他回信，两人的友谊竟因此而中辍。与集团所制造的误解、隔膜相比，个人的力量实在太渺小。去年我在韩国的时候，正是朝核危机趋于白热化的时期，一点擦枪走火，后果也许竟会倾城倾国，当时想，我们也许可以迅速撤回祖国，可是，朝鲜半岛上成千上万的平民百姓怎么办呢？

在地球上面，也许没有比我们人类更愚蠢的生物。我们亲手制造了许多庞然大物，可面对它们的毁灭性力量，我们竟然一筹莫展。或许，个体、普通人民的力量虽然脆弱，但却是我们走出僵局的唯一希望——《JSA安全地带》中，李秉宪为了表示感激，一开始只能把信绑在石子上投向北方，这个镜头感人至深，而宋康昊说，在紧要关头，出手快慢并不重要，重要的是要沉着冷静，更是让人深思。

只是在紧张关头，我们能做到沉着冷静吗？以往的人类历史，让我们很难对之乐观。

2004年1月12日

（原刊《新民周刊》，2004年第5期）

凶案背后的社会心理

——谈韩国电影《杀人回忆》

《杀人回忆》在韩国热播时，我正在韩国大邱任教，一边看，一边想着我们中国电影的老问题：卖座的电影总觉得和社会脱节，切中社会问题的电影却很难卖座。瞧瞧人家！不但刷新了票房纪录，在国内国际上囊括了多项奖项，更难得的是和自己的现实血脉相通，既好看又不乏批判反思的深度。

说起来，这部电影也有点侦探片的味道，题材选取的是80年代轰动韩国、迄今仍未告破的连环强奸杀人案件（凶手的作案对象是雨夜落单的女人，作案手段极其残忍），这大约也是这部片子卖座的重要原因。不过，把这部片子受到广泛欢迎仅仅归因于轰动性的题材，却未免太轻看了这部电影，事实上，这部电影既不是活报剧，也不是刺激人的感官的低级趣味的影片，它之所以受欢迎，很大程度上来自于编导和民间社会心心相印的对以往体制的反思。

宋康昊饰演的警探，一抓到疑犯，便循循善诱地诱导人家回忆杀人经过，而不管这人是不是真凶，跟他搭档的警察，一见疑犯拒不服从，便马上上去给他一脚，甚至把人倒吊起来——影片一演到这里，电影院里哄堂大笑，大约因为这种事情在80年代的韩国司空见惯，大家都心照不宣。更让人哭笑不得的是，无辜疑犯，在这种"杀人回忆"的仪式中，大多数吃打不住或者受到诱导，不但自认有罪而且头头是道地交代"杀人"经过。金琮饰演的从汉城来的警官一开始怀疑、抵制这种审讯方式，但当连环案件一再发生，侦破过程毫无头绪时，他竟也陷入了这种心理，甚至比乡下警察有过之而无不及。如果要了解80年代的韩国社会，《杀人回忆》可以提供一个窗口：破案的紧要关头，急需调集警力而不得，原来警察都被调到邻近城市镇压民众示威去了；被关押拷打的一个无辜疑犯是基督徒，他所在的教会的会众集合在警局门口齐唱赞美诗示威抗议；因为警民关系紧张，掌握关键性破案线索的证人竟在警民冲突中因事故丧生……等等，都显示出韩国民主化过程中的关键性矛盾。

　　影片一开始不乏喜剧色彩，譬如宋康昊在侦破毫无头绪时去向"仙姑"求神问卦，半夜三更跑到案发现场去"圆光"，譬如宋康昊酒后和金琮大打出手时说，美国太大所以他们的侦探要用头脑破案，韩国很小，所以只需要用脚破案，都让人忍俊不禁，但当原本清醒理智的金琮也陷入有罪推定的心理中，甚至趋于疯狂时，就不能不让人感到沉重。《杀人回忆》揭示了韩国军政时代的社会气氛和特殊心态，而且，这种心态竟隐隐然弥漫社会，进入到日常生活之中，影片结尾宋康昊饰演的警察辞职后，在饭桌上对待儿子也无意中流露出类似心理，让人不禁对内在于东方社会中的某种缺陷悚然深省。

2004年1月13日

（原刊《新民周刊》，2004年第15期）

并非南极才有的疯狂

——谈韩国影片《南极日记》

这些天——其实是很久以来，对人类追求各种各样幻像的行为感兴趣，所以看到《南极日记》（林必成导演，宋康昊、刘智泰主演）很有感慨。当然一开始看没有这么"主题先行"，几乎完全是抱着看风光片的目的。看着看着，气氛越来越恐怖诡异，看到最后，才发现，恐怖的还并不是影片里一直没有交代清楚的灵异镜头，恐怖的是人的执迷的意志，以及，人的心魔造成、自己却走不出去的迷宫。

一支韩国探险队，要在没有补给的条件下到达南极大陆"不可抵达的地点"（南纬82度08分，东经54度58分），一路上，危险重重——一个队员病倒失踪，一个掉进冰缝中的万丈深渊，南极的暴风雪又毁灭了他们的电子通讯设备。队长却以魔鬼般的意志力执着地要求他的队员借助罗盘和地图这种最原始的工具，通向那个"不可抵达的地点"。他的魔鬼般的执着，最后获得了成功，他的队员们却一个一个送命，最后只剩下最年轻的金敏在（刘智泰饰），在这个地点告诉他："这只不过是地球上的一个点而已。"

队长的角色，宋康昊演得非常精彩——他是韩国演技最出色的演员之一，在《JSA安全地带》、《杀人回忆》、《孝子洞理发馆》里都有上佳的表现，看过的观众不必我再饶舌。且说在本片里，他一开始出现时，观众是通过年轻的金敏在的眼睛看他的，这位登过珠峰的探险家不免显得非常高大，然而，接下来他慷慨激昂地说出这么一段话："我们去那里不是去自杀。我们去那里是要活下去。像我们这样的男人只有在做一些别人无法做到的事情时，才能证明自己的存在。"虽说是可以预期探险队长这样的人物照例会说这样的话，但宋康昊的表情不免还是让人觉得有些奇怪。第一个队员失踪后，他为了防止人心思归，在大家都睡着的时候，破坏掉与基地联系的通讯设备——镜头是一个特写，宋康昊满脸凝重、"卡嘣卡嘣"咀嚼着从无线电设备里取出来的零件。再后来，他为了弹压副队长要求启动 E.L.T 设备求救的要求，把后者的眼镜摘下来，面无表情地一下一下捏成碎片。宋康昊把这个控制欲极强的人的性格演得非常成功。接近尾声时，他发现与他结伴同行的队员脚冻伤了，毫不留情地拿出锯子，一下一下把他的脚锯掉，鲜血喷了一身，我们直觉地觉得我们面对的是个疯子——为了达到某一目的，把自己和别人的生命都不当回事的那种。

  影片里的灵异镜头，到底是有意安排的线索，还是只不过是幻觉？影片交代得实在不清楚，不过，模糊有模糊的好处。队长面前频频出现儿子跳楼自杀的镜头——那个孩子在自杀之前说是看到了一些东西，向父亲打电话求救，做父亲的教训了他一番做人要坚强之类的道理，结果这个十岁的孩子不敢独处，就从十五层楼跳了下去——在南极探险的队长，面前频频出现的这个景象，灵异也好，幻觉也好，都逼迫着他无法逃避、必须面对他那偏执的性格也无法压抑的良心的责备。何况，他的那种执拗的疯狂，未尝不是对良心责备的逃避：在他们到达目的地之后，队长对金敏在说："我停不下来。我要到一个没有人能到，只有我才能到达的地方。……从一开始，你就应该阻止我的。"不知怎的，看到这里，就想着影响东亚近现代史的"目的型父权制权力结构"（其实也不限于东亚）——一个人凭着意志能够到达"不可抵达的地点"，但他能够走出自己的良心谴责造成的迷宫吗？

  影片里，探险队拣到了一本 1922 年英国探险队的《南极日记》，而电影的故事几乎是对《日记》故事的重复。有道是：探险的故事年年有，偏执狂的故事也历久弥新。

2005 年 9 月 25 日

那样璀璨的青春也有忧伤
——谈日本导演岩井俊二电影《花与爱丽思》

《花与爱丽思》,镜头美得惊人,一片樱花的璀璨绽放中,少女花与爱丽思笑闹着跑过,偶尔还会捧起缤纷落英,互相抛掷……整部片子也是这样,青春的爱情绽放美如樱花,青春的忧郁却也像落英在微风中缓缓飘落——若有若无,却挥之不去。

少女花心仪的学长宫本走路神不守舍,撞到了卷闸门,摔得七荤八素,花抓住这个机会,欺骗宫本说他已经失忆,而自己是他表白过的女友……于是两人开始了一场建立在"谎言"上的"恋爱",谎言的雪球越滚越大,爱丽思也被卷了进来,为了给花圆谎,充当宫本的前女友。不想宫本看到爱丽思,"心里就扑通扑通",仿佛真的找回了记忆和恋爱的感觉,爱丽思也渐渐进入角色……故事的发展完全超出了花最初的设计。

谎言最后总是要被拆穿的,然而三人却在一场匪夷所思的游戏中,经历了最初的感情……青春时候的诡计即使再没心没肺,也不似成人世界的心计那样有现实的杀伤力——即使是建立在谎言基础上的幻梦,最后却还是把自己单纯的感情投入到了其中。有些东西,成长之中总要失去,不过,如果是在美好的谎言、游戏和单纯真实的感情中失去的,毕竟也不失为一种纯洁美好的记忆。故事结束了,青春还在,仿佛春梦无痕,又犹如东风吹走满天的落花飞絮,来临的初夏还是干干净净。

岩井俊二说是要拍一部青春喜剧,忧伤却还是渗透在里面,一缕缕的:尚未经历过爱情的少女便体会到像失恋一样的感觉;爱丽思向已经离异的父亲告别时说生涩的中文"我爱你"、"再见",在向宫本告别时,她又说了一次，留下了一头雾水的少年；花向宫本坦白真相时满面的泪水，背景是学校艺术节上铁臂阿童木的卡通形象天真地瞪着大眼睛向室内窥视；爱丽思在初次求职成功后在浴室里无言啜泣……不过，也许这些丝丝缕缕的忧伤，本来就是青春的一部分吧？

  在这个复杂的世界中，也许只有还没有完全失去纯洁的人，才能如此细致入微地展现少男少女的青春，并给予毫无保留的理解和赞美。在三个人的爱情游戏结束后，爱丽思在片场面试时，以纸杯代替舞鞋，跳了一曲奔放舒展的芭蕾……是成熟了吗？还是青春终于能够勇敢地绽放？……岩井说：片子拍完了，回头去看，主人公花和爱丽丝也还是没能成为"想象中的好孩子"，而给人"野丫头般"的"特殊感受"，其实，说起来，即使给人"野丫头"般的感受，花与爱丽思也是我们这个充满社会病的现代社会的好孩子，犹如青春的美丽即使在最简陋的环境中也能够开出鲜花，犹如爱丽思即使穿着纸杯也能够轻歌曼舞……

2005 年 1 月 14 日

（原刊《新民周刊》，2005 年第 4 期）

通向死亡的梦想

——谈意大利导演贝托鲁奇电影《戏梦巴黎》

轰隆轰隆,中国"文化大革命"的枪炮声传到了巴黎;轰隆轰隆,一代西方人心神激荡的巴黎1968年"革命"的声音,若干年后又传回了中国,成为文人的时髦谈资,谈到了21世纪,似乎还齿颊留香。

不过,说实在的,在见识过真刀真枪的中国人看来,巴黎的1968,实在像"过家家"。

"过家家"是"过家家",人家可是相当认真地在过——当然你也可以说,再认真也只不过是游戏而已。《戏梦巴黎》一开始,从美国来的雏儿——淳朴青年马修,在"革命"的街头,遇到法式反叛青年孪生兄妹伊莎贝拉和特奥时,伊莎贝拉把自己铐在路边的铁栅栏上——一个行为艺术式的POSE,于是,看这部电影时,"姿态"这个词,一直在我思想中延续着:三个青年延续着看过的电影中的梦想,模仿着电影中的姿态,对着电影中的台词。他们的对台词游戏,对出错者的惩罚让人张口结舌(同时也觉得孩子气):伊莎贝拉罚特奥在玛琳·黛德丽的照片前自慰,特奥罚伊莎贝拉当着自己的面和马修做爱——电影中这对孪生兄妹相爱甚深,那么,这种惩罚便几乎有着自我惩罚的味道,似乎非要看看已被自己内化的社会道德观念能够被破坏到什么程度。

这种破坏和极限探索一直贯串着整个电影,他们模仿戈达尔《法外狂徒》中的镜头狂叫着跑过卢浮宫,三个人一起在浴盆里沐浴,一起睡在土耳其式的小帐中……父母度假去了,兄妹俩把马修接到家中,三人一起"闹革命",把一个典型中产阶级家庭搞得臭烘烘。不过,这就是"革命"吗？中产阶级"乖宝宝",闹起"革命"来,再怎么"反叛",也难免类乎模仿的"镜像",更难免有缩手缩脚的地方——或者说,内心中单纯的一面,再怎么嚣张还是难以彻底摆脱：伊莎贝拉的姿态那么"革命",似乎所有的中产阶级道德观全不在眼中,马修问她"如果被妈妈发现时会怎样",她说："那我就自杀。"那种极限探索的气焰,一下子被这句话抵消了。电影中,兄妹俩背着毛语录："革命不是请客吃饭",等等——怎么听,都有一种反讽的味道。年轻人对体制不满意,要抗争,要反抗,但他们心目中的革命,总是带着浪漫蒂克的气息,幻想化,艺术化——说穿了,不过是一种梦想的激情。

而梦想带领着他们,可以带领到什么程度呢？兄妹俩最后不屑一顾地撇开马修（因为他没法摆脱布尔乔亚气）,投向和街头警察的作战——几乎是投向死亡的怀抱。没有边界的梦想通向了死亡,但死亡却未必就是真正的革命。因为缺乏改变现实的力量,正应了这部片子原来的名字："梦想家"。

贝托鲁奇设置了"乖宝宝"马修作为叙述者,看另外两个"乖宝宝"闹革命,马修看来看去,自己也给看进去了,不过看进去后,却也看出"革命"的虚妄来。这似乎是一种反思,情感上贝氏却对那种反叛的激情梦萦魂牵——马修再怎么学习,也始终是兄妹俩的局外人,真要激情赴死时,还是要把他抛弃的。说起来,1968是人家的青春,梦想再虚妄,青春还是值得怀恋的,而况还是那样"激情燃烧的岁月"——不过话又说回来,我们还是应该珍惜自己的青春,梦是要做,睁眼看现实更有必要。

2005年1月13日

（原刊《新民周刊》,2005年第12期）

有关乡村流动电影的一点记忆

还是上世纪80年代的事。每隔一段时间,电影放映队便会到村子里来,那时候,这是一件平常的大事。放映员在队长家吃饭的时候,小伙子们帮着把银幕和喇叭挂在墙上或树间,孩子们奔走相告,太阳还没落,便相约着拿起马扎、板凳或椅子去占位置。电影开映前很早,银幕下便已上演着一场场活剧:孩子们吃着零食,跑来跑去,借着放映灯的光线,用手作出猫、狗、兔子等各种形状投射到银幕上,有时也因为抢地方,发生争执,便互相提着对方父母的名字骂将起来。半大小子们成群结队,耍着嘴皮子,看到姑娘们来了便"嗷嗷"起哄——因为平时看哪个伙伴与某个姑娘来往得勤些,便会开玩笑说他们是"两口子",这在那时是很厉害的"指控"——姑娘们便反唇相讥,直到终于红了脸,骂一声"流氓",走得远远地睥睨着这帮坏小子。大人们收工吃完晚饭,便坐到孩子们占的地方,互相问着"吃了吗?"聊起天来,如果碰到外村来的亲戚,便问:"几时来的?我舅、妗子(或者姑父姑母、姨父姨母等)可好?怎么没来看电影?"等待电影开场的时候,是最焦急、难耐也最兴奋的时候,终于,放映员来了,试了几下放映机,电影便正式开始,很快银幕下便鸦雀无声,除了偶尔因为银幕上的坏人太坏有人起了骂声,或者某个老太太看悲情戏看得太投入欷歔起来。偶尔也有等了很久,拷贝没有送来,银幕下的人们便陆续离去,碰到后来的人问起有没有电影,便骗他们说"有"——"什么电影?""银幕下的小鬼们。"后来的人便骂一声,也跟着一起回去。

乡村放电影照例是露天,不卖票。偶尔也不知道为什么会卖起票来,那便得找一个大院落——一般当然是在那时尚还健在的大队部。80年代初的时候,票价记得是五分还是一毛,但那时候孩子们哪里有钱,便在门外不甘心地守候,聪明的便借了别人的票,回家裁了蓝色的小纸块,用毛笔小楷照猫画虎,然后在煤油里浸过晾干,作出油印的效果,有时候竟也混得进去。"文革"后重映《一江春水向东流》,因为很受欢迎,所以在我们村放的时候,也在大队部的场院卖起票来。那时候我只有六七岁吧,眼巴巴在门外守候,一直到最后也没有大人把我带进去。姐姐不知怎么混了进去,回来后便向我们炫耀,津津有味地给我们讲这个电影的情节——没有看到这部电影,成了我童年最大的遗憾之一。

我在乡村看这种露天电影,从孩子一直看成了少年。当年流行的电影,几乎一部部都看过了。喜欢看的,最初是战斗片、"反特片"、喜剧片,后来是武打片,以及各种情节紧凑的故事片——那时候的口味,便是张爱玲批评的传统中国人对小说的阅读趣味,"唯一的标准是'传奇化的情节,写实的细节'"。北方乡村,大人们也口味朴实,节奏太慢,情感太洋化的影片,照例是骂一声"煎水"("白开水"、"淡而无味"的意思),便挟了凳子回去睡大觉。记得《一盘没有下完的棋》放了四分之一,银幕下便走了一大半人。越剧电影《红楼梦》重新可以放映的时候,我还很小,听也听不懂,看也看不明白,银幕上角色眼泪汪汪,我却蒙眬睡去,想起来该是生平第一次经验到无聊的滋味。鲁迅小时候受不了戏台上老旦咿咿呀呀,应该便是这么一种经验。现在想来,有些电影为什么在乡村不受欢迎,也不是由于题材是都市的或者情感太细腻,实在是因为有些东西在乡村生活世界里找不到可以比拟的东西——于身不亲。《一江春水向东流》、《人生》为什么那么受欢迎?不就是因为它们都不过是"现代陈世美"的故事吗?有时候想想,如果把王家卫的电影放到乡村去演,不知是怎么一种效果?大概我的乡亲们还是会骂一声"煎水"立刻走人吧?(更不要说塔克夫斯基的电影了。)艺术电影本身需要培养自己的观众,而不同的观众或环境,显然需要不同的电影,不过,中国电影似乎已经把普罗大众遗忘得太久了。

乡村流动电影带来多少欢乐?乡村的文化生活因为它有多少改变?说不清楚,不过一旦没有了,想起来却会觉得若有所失。印象深的,是电影中的歌曲,会很快成为年轻人的流行歌,取代了老辈们热衷的地方戏曲。从最初重映的《上甘岭》中的"一条大河波浪阔",到后来《少林寺》中的"日出嵩山坳,晨钟惊飞鸟",再到《人生》中的"哥哥你走西口",当年老家的孩子们几乎人人一听就会。多少人的音乐才能被电影所点燃,又渐渐熄灭了?现在的乡村,几乎是一个没有音乐的国度。

  再后来,流动放映队无形中解散了。只有在谁家有人去世办葬礼的时候,才会放上一场两场电影,安慰死者的灵魂,所放的也多半是过期很久的老电影。新的电影似乎和乡村生活绝缘了。不过,想想 90 年代中国电影的衰落,便觉得这也不是什么可惜的事情。而且,电视和影碟早已普及,伴着电视和影碟长大的乡村孩子们,他们的童年记忆,该是另外一种了吧?我因为读书,说起来早已是"背井离乡",现在家乡的孩子们,应该不会再有我们那种对流动电影的感情了。

2005 年 3 月 27 日

(原载 2005 年《申江服务导报》,"电影诞辰 110 周年特刊")

"无从驯服的斑马"
——由贾植芳先生《画传》① 所想到的

宋炳辉兄为贾植芳先生编了一本图文并茂的画传,《文景》的编辑朱生坚兄约我由之写点感想。一边应承着,脑海里首先浮现的,竟是沈从文一篇文章的题目——"无从驯服的斑马"。

"无从驯服的斑马",重点在前面的四个字。贾先生的为人为文,和沈从文的风格差别很大,不过,在所有这些差别之下,却能感到他们在深处相通的地方。先生历经坎坷,经受过四次牢狱之灾,八十岁时所写的自寿联,却是"脱胎未换骨,家破人不散",一种不羁的野气和傲骨,经历历史风云和时代变换,却依然生动地体现在即将九十高龄的老人身上。

翻着这本薄薄的画传,整理着这个月就要问世的《贾植芳文集》的部分校样,一些几年来出入先生门下的印象、记忆和感想,不觉浮上心头。

我第一次进入"贾府",是 1997 年刚考上陈思和老师的博士生的时候,在同门中算是比较晚了。那时候,先生已经虚龄八十二了,不过依然热情、幽默而健谈。那次拜访谈了什么,大都记不清了,只记得先生听说我是陕西渭南地区的人,便乐呵呵地说起他抗战中曾经在陕西辗转流徙,听说过两句品评渭南各县人性格的顺口溜,道是:"刁蒲城,野渭南,惹不起的大荔县。"秦民质朴悍勇,这个顺口溜现在也还在当地流行的,我听了,不由得也呵呵地笑起来,年龄和地域之间的阻隔,一下子在谈笑之

---

① 宋炳辉编:《一个中国知识分子的肖像:贾植芳画传》,复旦大学出版社,2004 年。

中消失了。想起读先生书时的印象,便觉得,先生就应该是这样谈笑风生、与人不隔的人。

在见到先生之前,我已经读过了先生的回忆录《狱里狱外》。我是在上世纪90年代初开始大学阶段的学习的,那时候很读了些80年代反思中国当代知识分子的文章,其中不少是分析中国知识分子的独立意识和主体性是如何丧失的,读得多了,便让一个未经世事的小青年很感苦闷——虽然现在看来,当时的很多说法只不过是未经反思的流俗之见而已。我后来读顾准,读张中晓,读陈寅恪,研究50—70年代的"潜在写作",对所谓某个阶段"中国只有一个大脑在思考"的神话般的历史图景,不但产生了很大的怀疑,更认为必须对之进行重构——在这个转变的过程中,有很多人和书产生了作用,不过现在想起来,影响最大、最有感性认识、也最觉亲近的,还是先生的这本回忆录。《狱里狱外》我是连夜读完的,读的时候,很激动,想不到竟然还有这样的人,经历了种种常人所难以想象的苦难,却在最不堪的处境中坚持着自己的思考,而这样的人,竟然就在我念书的这所学府里——那真是不多的几次让人激动的阅读经验,那时候还没有想到,自己以后会成为先生的再传弟子,经常出入于"贾府",得以亲炙先生的言传身教。

我们第一次上"贾府"时,贾师母还没有得病。我们和先生说话时,师母就坐在墙边陈从周先生送先生的那幅画旁边,并不插言,但也是一副乐呵呵很慈祥的样子,一点看不出饱经磨难的痕迹。中秋节时,我们还和先生师母热闹了一下,不想国庆长假刚过,陈思和老师上完课后,便面色严峻地告诉我们:当天中午饭时,师母突然手抖不止,送去医院诊断为中风,几乎当时就失去了语言能力;先生家里人手不够,需要我们帮忙轮流陪护,同时为免先生忧劳成疾,我们也需要轮流去陪陪先生。我们排好次序后,立刻就去先生家,先生不大的客厅里,已经坐了满满一屋子的人(老远就能听到严锋洪亮的嗓音),大家都是听说师母生病,来看望和安慰先生的。接下来一连好几天,也都是这样。为了让先生不至于太过忧心,一些前辈、师兄有意识地和先生说些往事,先生倒也乐观,兴之所至,和大家说一些经历和旧闻,间或夹杂一两句幽默精到的评点。也就是在这几天，我对先生的乐观、幽默和贾门弟子对老师的感情，留下了极为深刻的印象，因为在此之前，我从没有见过现在大学里面师生之间的相处，是可以如此不拘形式而又有真情厚意的。

不过，有一件事情，却还是让我对先生对师母的感情，有了更深的理解。那时有一位师妹因为几天后有事，要求和我换班去陪护师母，交接间出了点纰漏，先生以为当天无人陪护，有些急了，说："你们不去，我去！"我们赶紧说明情况，先生这才释然。仅仅是一次小误解，我却由之体会到，虽然依然乐观从容，先生内心对病中的师母的牵挂，其实远远超出了我们所感觉到的。

也就是从那时开始，我和先生熟悉起来，成了"贾府"客厅的常客，有时也帮着做点杂事。先生照例是说古论今，说得高兴的时候，便哈哈大笑起来，是那样爽朗的笑，在饱经忧患的老人们那儿，真的是很少看到的。先生回忆往事时，也不乏对自己进行调侃。有次说起抗战初起，他在部队中当对敌宣传的日语翻译，一次夜行军不小心掉了队，独自追赶大部队，夜路走得昏头昏脑，天亮时到了一个城市外，抬头一望，城墙上飘扬着的，竟然是日本的太阳旗，于是赶紧扭头就跑，所幸没有被鬼子发现。还有一次更好笑，那时先生刚从国民党部队中脱险，和师母化装成商人坐火车去济南投奔伯父，衣服鞋帽都是一副"良民"装扮，不知怎的，中途却买了一份日文的《朝日新闻》看将起来，结果恰遇日本人盘查——不记得先生说他当时是怎么回答才脱身的，这个紧张而又可笑的场景却一直留在我脑海里。想想其实也是，即使再紧张的日子，几乎是在刀刃上走过来的日子，中间也会有一些滑稽的因素，不过也要有达观的心态，才能体会到危难之中可笑的一面吧。不少场景，先生的回忆录、文章和传记中其实也有，不过听他讲来，别有一种生动。

不过贾府客厅的谈话，也并不全是言笑晏晏的，话题有时会转到沉重的一面。这中间的许多事，虽然是"白头宫女"话"天宝遗事"，但还是不写为妙。我印象很深的，是从中可以看到先生身上类乎鲁迅的壁立千仞的一面。一位在"胡案"中上交私信、起过关键作用的文士，目下也被一些人看作学者甚至"大师"，年轻时也是先生的朋友，"文革"后的一次"文代会"上,来敲先生宾馆房间的门,先生打开门,问:"你找谁?"此人曰:"就找你。"先生回答说:"我不认识你。"于是把房门砰然一声关上。这仅是广为人知的一例而已。先生平时那样平易、幽默,臧否起人物来,依然是说一些滑稽的事情,用词也很幽默,入得《今世说》的,但这些幽默之中自有一种严肃——不管是多么名高位重的人物,若大节有亏,决无可以通融的余地。那些故事,始则让人笑,继则让人悲,谈笑不觉间便有些沉重了,于是有些昏暗的摆满了图书的客厅兼书房,便寂然无声起来,唯有香烟和茶水的雾气袅袅上升,转头便见窗外第九宿舍的院子里草木青青,有鸟雀鸣啭。

张新颖兄有一篇文章叫《贾植芳先生的乐观和忧愤》,认识先生久了,便知道这是极为传神的题目,有乐观,有忧愤,才是完整的贾植芳先生。在先生身边久了,便觉得历史活了起来。这鲜活还不仅在于历史变得那样生动、丰富、立体,更在于历史获得了应有的重量。历史的重量,也需要一颗真实的心灵,才能体会和言传——乡愿回顾生平和历史,也可能描绘得丰富生动、多姿多彩,甚至由之划分出几个阶段来,让人觉得他不断进步似的,不过给人的感觉总不免轻飘浮滑,最后还是难免露出其贫血般的苍白来。

听着先生话旧,读着先生的传记和回忆,有时候便不免和自己的生命历程对照。这一对照,便对那一代人经历的曲折和生命的早熟感到吃惊,对他们的勇气也有一种由衷的敬意。1940年5月,先生虚龄才二十四岁,便在复杂的环境中,护送大嫂李星华(李大钊之女)及她的弟弟和儿子经西安辗转投奔延安,而在这之前,先生已经经历了因参加学生运动入狱、出狱后亡命日本、战争爆发后又回国参加抗战种种事情,其间多次经历了九死一生的危险。想想二十三四岁的我,还在复旦南区的研究生宿舍里苦闷着,百无聊赖地杂读着各种书籍,像困兽一样企图从阅读中找到自己突围的方向。在复杂的历史中,那一代知识分子真是早熟,也真是有在大世界中闯荡的勇气。

不过我后来阅读先生年轻时候写作的小说和抗战中写给胡风先生的

信,却发现,年轻时候那样勇敢强悍的先生,也有着种种的苦闷。在写给胡风的那些信中,经常写到寂寞、苦闷、气压低到连呼吸都困难——从书信中看,这里面导致先生发出那些感慨的原因,老中国的种种积弊,我们即使在今天也并非就完全不可以体会。例如,书信中提到,抗战中先生在国民党抗日部队时,在中条山战场调查到,"敌人之中真正的日本人不及十分之三,大部是山西人,而且就是本县人",敌人不但有充分的后备供应,"还在几个县城开了'军政训练班'一类的场所,训练青年,我们对面的敌人不唯士兵大部是中国人,连政治员(宣抚员)之类也成了中国人了,他们也随军工作,如贴标语召开民众大会之类,敌人现在是进一步的用政治方法来扶助军事的侵略了。但在我们自己阵营里,大部分人是混着苟安的生活,更有人讲'少管闲事'的'世故',莫名奇妙的过着。"这些事情,以前学历史的时候只有一点大概的了解,如今从这些书信中看到活生生的事实,不免让人觉得触目惊心,难怪年轻时的先生要慨叹:"中国这个国家真太古老了,难道黑暗和腐化这东西真是上好的油漆一样,涂于古老的壁上,怎样也擦不掉么?"(一九三八年十月十四日致胡风信)

现在想来,那时的年轻人,他们被唤醒了之后无路可走的苦闷,远比我们在太平年代里的"少年愁",强烈得多,也迫切得多,因为那时候追求理想和正义,常常要冒着生命的危险。1936年先生还不满二十岁时写的一篇小说《人的悲哀》里,一个因参加爱国运动而被捕、失学的青年,寄居在麻袋店中,麻袋店里的老板和伙计,对生活中的种种都持一种麻木、世故甚至残酷的态度,譬如麻袋店的掌柜,毫无心肝地对他说:

……你们这些青年呀,爱国呀!救社会呀!不平等呀!革命呀!哇里哇啦,吵得人心烦耳聋!但人家也好办,简单得很!像山东的老韩,那办法多便当?捉住这种人物,那就不问三七二十一,反正捉住了,好吧,那该你倒霉,往麻袋里一装,口一缝,哼!和一袋粮食一般,——但可没粮食值钱,粮食可以充饥呀——搭上火车,运到海边一个个填下去,真是神不知鬼不觉;尸首喂了鱼,到鱼长大了,被打渔的捞起挑进城,于是

"鲜鱼上市啦"！被送到公馆厨房，那看吧，鱼的吃法多着呢！结果是搬上食桌，卖国的吃了，……你看，就是这么一个变化，多简便！哈哈哈……

这几乎是对鲁迅笔下的"吃人"意象的一个生动的说明。我们不难想象，这一切，在这个青年心中，会引起怎样强烈的感受。这个青年坐在门口，看到了一个鲁迅杂文中曾经出现过的意象——一个像"绅士或善公"一样的头羊，领着温驯的羊群，浩浩荡荡地奔赴屠宰场。在他的心中，这个掌柜，还有伙计，或者就是羊群的成员吧！在这样的时代氛围中，一个年轻人要不苦闷也难。

许多人确实也在这种氛围中，慢慢地放弃了追求和抗争，处在一种恍惚茫然的状态，或者生命凝固，在幻想或欲望的放纵中苟且度日。这些时代状况，先生在这期间写作的小说里，留下了一些面影。譬如《剩余价值论》中的子固，年轻时候是那样的健康活泼，他的笑容和活力经常给予朋友很大的力量，可是后来，他放弃了自己的理想，过着贵公子的生活，然而，在接踵而来的战争中，他失去了一切，虽然混到了少将的军衔，人却已经丧魂失魄，过着行尸走肉的日子。又譬如《理想主义者》中的"五哥"，对抗战刚结束后的中国情况非常不满，天天怀念着他留学过的美利坚，每天都叹着气说要到美国去，但他实际上根本没有办法，只能在幻想和诅咒中荒废时日。还有《草黄色的影子》中的国民党将军史得彪，在军事失利之后，只能到上海滩过着皮肉滥淫的日子。说起来，这样的人的生命，已经不是人的生命了——在复杂的历史里，一个人其实是很容易成为"假人"或"傀儡"的，我们的一个成语"行尸走肉"，用来形容这样的状态，非常贴切。

不过，我们可以很轻易地嘲笑这种傀儡吗？我们可以很放心地说：我们就一定不会成为傀儡吗？前些天看美国翻拍的塔可夫斯基的名片《索拉里斯》，是一如既往的好莱坞的浅薄，不过里面的一个情节，倒是引人深思，其中的"假人"在杀了他的原型的真人后，质问前来问罪的人类说：你们为什么要歧视傀儡呢？——所有的傀儡都渴望做真正的人。你们以为你们和傀儡不一样，你们是真的人，你们真是真的人吗？你们真的和傀儡有什么不同吗？

在复杂的历史和苦闷的时代气氛中，做一个真正的人会遇到种种难以想到的困难，但归根结底，这也是幸福的。从贾先生在抗战中写给胡风的信中，我们可以看到年轻时先生的苦闷和寂寞，这种苦闷和寂寞有时到了这样的强度，有好几次，他甚至觉得"文字"无力，预备放弃文字工作——如果真的放弃了，也许就没有以后漫长的劫难了吧？先生终究没有放弃，也因之有了晚年满天云霞的辉煌——不过在年轻时候的贾先生的所有那些困惑之中，我们却也可以看到这样的段落：

> 弟数年来深有感于在这样的国度做"人"实在不是容易的一回事，遑论做有良心的文士？弟前函曾有"往后一个字都不写了"的话，就因为觉得做一个"配合"文士，实在还不如卖油条坦然而实在。甚至还不如这样体面。但话是这样说，人生到底是一件严肃而有意义的事，还是要用鞭挞的态度去渡过……我常想，世界上最美丽的姿态，就是手执武器躺在战场之野的勇士的姿态。弟从前从军之中曾真实的看到这种姿态，衷心曾想，人生到此，可云满足的感到着。（一九四四年四月三十一日致胡风信）

即使在困惫苦闷之中，一种昂扬的生命力仍在傲然地寻找着自己的出路。"五四"一代先行者，尤其是鲁迅，被先生自觉地视为自己的导师。荷戟笑卧沙场的战士，以及上文提到的领着同类进入屠宰场的头羊，这些形象都曾经在鲁迅的作品中出现过。不过，从作品中看，他从鲁迅所学到的，或者不如说他本来就和鲁迅所亲近、相似的，还不在于类似的欧化的句法，甚至也不在那些相同的意象和思想，而在于其中共通的一种精神：文学是通向一个"真正的人"的道路，是一个人生命充实外发"不得不尔"的工作。竹内好描述鲁迅时，曾经用过一个很精彩的词——"挣扎"，从贾植芳先生三、四十年代的作品中，我们可以感受到，一个二十多岁的青年，在苦闷的大时代，是如何痛苦而努力地寻找着自己的出路和时代的出路，我觉得这种寻找、努力的状态，也可以用"挣扎"这个词来形容。即使在最困难的时候，也不陷入现实的堕落和沉湎的泥潭，不放弃人的本性和希望，这样的挣扎的精神，我们可以从贾先生的生平和工作中感受到，也可以从他的文学中感受到，如同《人的悲哀》中那个矛盾、混乱而不安的苦闷青年在写给友人的信中这样痛苦地喊叫着的：

　　……这世界正在发育，真理和生命一样地存在于我们的本体中啊！……

　　说起来，这似乎不过是困惫中挣扎的呼喊，其中却包含着勃勃的生机和力量，一旦穿透了时代的苦闷和阴霾，便会散发出满天的霞光。

　　炳辉兄编著的这本画传，文字非常简洁，先生的生平和性格的概貌，却已跃然其间。画传对先生所遭受的多次苦难和其中的心灵挣扎，没有过多着笔，所以，要和先生的回忆录和相关的文字放在一起看，读者才能更加具体地感受到历史的重量，而只有对这种沉重有所感受，才能明白先生晚年的开朗、乐观、率性，是多么难得和可贵的一种境界。在学校里呆的时间长了，对社会和学院体制对人的驯化，有了一些直接的感受，我不免时常感慨，权力机制对人的驯化作用，简直强大到为身处其中的人所不自觉的地步，甚至某些知识者颇为自得的"狂傲"，也只不过是笼中驯兽的自傲而已。如今，文明的力量，甚至使得自然也被驯化，只要看看那些名山大川中拥塞着多少游人，凿刻着多少名人字迹，再对比古书记载中这些山川未被开发时的险峻、鸿蒙、神秘，就会对这一点有深刻的印象。穿牛鼻，络马首，非但是现代人"注定"的迫不得已的命运，有些人简直是对之孜孜以求呢。在这样的背景下，看到虽然历经劫难，晚年的先生身上依然有着那种无从驯服的生命活力和嶙嶙傲骨，自然让你感受到生命蓬勃的力量的伟大。

　　我也曾经惊奇，先生身上这种蓬勃的力量到底从何而来。今年十月初的一个晚上，和张新颖兄聊天，说到这个话题，他说：先生这一代人，是"五四"后成长起来的，基本上可以看作"五四"新文化精神上的儿子，这一代人的精神资源其实比较单纯，基本上是沿着"五四"新文化开拓的道路前进的，不过，这些单纯的人，却经历了20世纪中国最为复杂曲折的历史，但更有意思的是，他们虽然经历了这些复杂的历史，精神上却依然是单纯的，复杂曲折的历史，并没有使得他们的精神世界变得混乱、浑浊，相比起来，我们今天的精神世界，就有些复杂混乱了。这些话，不免让我想起先生因为"胡案"遗失的一部尼采传译稿的题目："晨曦的儿子"——"五四"新文化，今天看起来，有种种的缺点，但那种像朝霞一样喷薄而出的气象，在先生这一代人身上，却有着非常精彩的体现。

2002年11月20日，长期辗转病榻的任敏师母突然去世，那时我在韩国大邱任教，晚上听到这个消息，马上给先生家打电话，听说先生的情况还好，松了一口气。又和同在韩国的张新颖兄通了电话，但还是无法平静，索性什么都不做，走到阳台上，看着远方城市的灯火，想着先生和师母饱经坎坷的一生，想着他们那一代知识分子的道路，思绪走得很远，心情久久不能平静。翌年8月回到国内，立即到先生家里去拜望，先生还是那么达观，不过当我拿起先生送我的师母的纪念集，看到了先生写下的这段哭悼师母的话："我们家的'半边天'塌陷了！……我亲爱的妻子，敏，您慢慢走，不久的将来我们会在另一个世界团聚，就像您活着的时候，我们到处流浪，在颠簸不平的羊肠小道上携手一脚高一脚低地前行，挺着胸脯前行。"我心头一沉，感到一种揪心的难过。

现在翻着这本画传，在将近结尾时又看到了这段话，我的眼睛不觉又有些湿润了。在这个复杂的世界里，先生和师母的道路走得很正气，也走出了一番气象，我默默地祝愿先生永远保持那种年轻时候的青春和活力，也祈愿那种无从驯服的正气、傲骨与永远年轻的生命力，能够在我们这些后生小子身上延续、传承。

2004年11月19日凌晨于复旦十一舍陋室

（原载《文景》，2005年第1期）

《解冻时节》[①] 整理后记

将贾植芳先生"文革"中及"文革"后写给任敏师母的书信，与他1979—1981年平反期间的日记，以及师母的有关回忆汇集起来，编成一本书，是李辉先生的主意。我会逢其适，承担了一些具体的编辑、整理工作，在我个人是一种荣幸，同时也感到一种严肃的责任。

书信的主体部分与日记的时间衔接起来，正好可以为从冰天雪地到解冻时节中国社会的某一部分面影，留下一份活生生的见证。任何对当代中国历史有浓厚兴趣的人，都应该不会忽视这些个人写作的意义，因为正是这些材料，让我们感受到了特殊年代被打入底层的中国有良知的知识分子的生活质地——生活也许是苦难与荒谬的，然而即使在苦难与荒谬之中，人也应该发自内心地坚守一种人之所以成为人的东西，而一有机会，就将之转换成一种文化创造的源泉与动力。在编辑整理这本书的过程中，最使我感动的，不仅是先生在承受灭顶之灾时写给师母的书信中那种相濡以沫的温情，也不仅是他面对时代时始终如一的清醒，更是在其中体现的这种中国知识分子的韧性的良知与精神传统。余生也晚，又长于穷乡僻壤，不但对伟大领袖发动的多次惊人的运动与"革命"毫无亲历性的记忆，就是对其后的平反热潮，也仅是耳闻之而未目见之——那可是一个惊人的历史性的时刻，翻转过去的巨轮突然又翻转了过来，曾经遭受无妄之灾的人们慢慢又恢复了无辜之身，劫后余生的人们，开始还不大习惯，渐渐地，仿佛遭受兵凶战乱后的遗民，开始重新寻找自己多年失散的亲友，每时每刻都有可能遭遇新的欢欣与悲伤……那个时代仿佛一阳来

[①] 贾植芳、任敏：《解冻时节》，"历史备忘书系"之一，长江文艺出版社，2000年。

复，空气是清新的，然而又乍暖还寒——这样一个时代，对我们这些后生小子来说，只有凭资料和想象去还原和体验，当事者的记录与记忆，则为这种还原提供了最基本的依据。

去年上海有个电视台来给先生拍一个专题片，中间有一个镜头，要拍先生笑时的特写。先生平日言谈时常常大笑，可是这个时候就是笑不出来，后来有人逗他讲了一个自己当年的笑话，才笑得符合电视台的要求了。事后开玩笑说："先生今天演得很好，应该给你评一个奖。"先生笑着说："本色演员，本色演员。"过了一会儿又说："我们几十年来就是当社会演员。回头看，有的人一生是喜剧，有的人一生是悲剧，有的当时以为是正剧，今天看来是喜剧、甚至闹剧。"我问先生："那么您觉得您的一生是什么剧？"先生过了一会儿说："也是闹剧中的一个片断，不，是荒诞剧。"恐怕谁也不愿意自己的人生道路，走入历史的荒诞剧之中，然而当这个荒诞剧降临到头上——大幕拉开，你登上前台，却突然发现剧目已经改变时，你该如何面对呢？这恐怕是当代中国知识分子都曾面对过的问题。先生的痛苦之处与可贵之处，都在于他在这个历史的荒诞剧中，始终是一个清醒的角色——是荒诞剧中的古典英雄。一定程度上，本书就是这个古典英雄在荒诞剧中以及走出荒诞剧时的台词，但我相信读者不会仅仅将之当作戏剧来看待。

由于课业繁重，本书的整理过程拖了很长时间——如果没有诸位同门师兄师妹的帮助，整理工作可能会更旷日持久——他们的名字先生在前言中已经做了交代，在此向他们再一次致谢。书信部分有一些当初没有保留下来具体的写作年份，只能根据信中提到的政治事件以及其中反映的先生生活变化情况来编年，错误之处恐怕在所难免，编者自然难辞其咎，也恳切希望能得到有心人的指正。

1999 年 9 月 3 日于复旦南区

纸上的春天
——读贾植芳先生的《早春三年日记》①

贾植芳先生有记日记的习惯,不过早年的日记在1955年胡风冤案中被查抄,下落不明。但"文革"后,先生复出尚未平反时,即开始重新记日记——这些日记自1979年8月22日开始,一直延续到今天,累积下来的日记本有厚厚的一摞。每天晚上客人走完后,便是记日记的时间,老人的手有些抖,但仍然竭尽全力——给人的感觉,几乎是用笔把字戳在纸上。先生便是这样持之以恒地记着日记,全然不顾当初便是纸上的文字,给自己招来了莫大的麻烦。

这样专注的、持续的写作行为,似乎是要把自己所经历的时日中值得珍惜的,都一点点记下来。但是,记下来有什么用呢?没什么用。不过,二十六年来生命中的点点滴滴,便都呈现到了纸上——似乎是生命自身漫溢着,不但要在生活中表现出来,而且要在纸上自然地延续。

贾先生的日记以前已经出了两本,一本是收入2000年出版的《解冻时节》(长江文艺出版社)中的《平反日记》(1979—1981),一本是收入去年出版的《贾植芳文集》(上海社会科学院出版社)中的《退休前后》(1985—1987),目下大象出版社出版的这本《早春三年日记》(1982—1984)正好在二者之间承上启下,能够显示先生在那个平反之后早春时节的生活状态,也为中国历史的一角,留下了一些面影。

到过贾府的人都知道,先生家里的客人,几乎每日都是一拨走了,一

---

① 贾植芳:《早春三年日记》,"大象人物·日记文丛"之一,大象出版社,2005年。

拨又来，流水似的。翻翻《早春三年日记》，就会发现，那些日子，先生家的客人来得还要多。每个客人来了，先生都热诚相待，而每一个客人，都有着自己不同的故事，有些讲给了先生，便在日记中留下了踪迹。人的生命竟也像流水一样，在这些纸上会合了，外表似乎波澜不惊，下面却是惊涛骇浪。

贾先生50年代教过的学生，在1955年的时候都受到了牵累，先生平反复出后，却都重新汇聚到先生周围，没有一点怨言，而且后来每年都相约着一起来为先生过寿。《早春三年日记》中便记载着这第一次过寿时的情景，先生在日记里感动地写到：这在复旦历史上，恐怕还是"史无前例"的吧？经过患难的考验，人与人之间的感情更加真实地显示了出来。

其实，即使在忧患爆发的当时，这种真情便已经存在着，虽然有些故事，多年之后才知道。譬如，贾先生在1984年5月24日的日记中便记载了这么一件事："下午，老同学张忠孝来，她多年都在《光明日报》工作，我们不相见已近三十多年了，她的爱人詹铭新在'文革'中自尽，她也由一个小姑娘成了一个做了外婆的老太太。据她说，55年我出事时，当时在人事部工作的同学陈仰周发起保我活动，要大家签名。张泽厚签了，受到迫害。信转到《光明日报》被领导扣了，张忠孝未能签名，在'文革'中才得知此事，而陈仰周同学却从此没有音讯，迄今生死不明。我听了，非常难过，……"短短的几行字，记载的不但是一桩往事，更牵涉到了多少人的命运，而这仅仅是一例而已。

施昌东是贾先生50年代的得意弟子，因为和先生的关系，此后许多年受到迫害，但他却在逆境中成为颇有造诣的美学家。先生复出后，师生情谊更胜往昔，施昌东却被查出患了癌症。在癌病房，施昌东对多年关怀他的先生说："贾先生，你对我比我的父亲还好……"《早春三年日记》中，记载了施昌东患病一直到去世后料理后事的始末，而施昌东去世后多少年，先生一直为他的心血化成的遗著（长篇自传体小说《一个探索美的人》）的出版费了很大心血，也终于看到这部小说面世——不过，那已经是记载在《退休前后》中的事了。

先生的《早春三年日记》中，也记载着一些有趣而奇怪的人和事。他年轻时期的朋友曹白,也是颇有影响的"七月派"作家,多年来足不出户,有一次听说先生去参加赵树理会议,竟然写信来问先生和赵树理谈得怎么样——真是桃花源中人,"不知有汉,遑论魏晋"。曹白到先生家来吃饭,吃到中途,来了别人,他匆匆离去——因为他怕生人!

还有一位在复旦外文系教书的德国老太太,有次找先生不遇,先生去回访时,"她自我介绍说,父亲是律师,母亲是医生,她是外科医生,后来改行教文学,她想弄比较文学,因此要找我,她想写一本这类书作教材,请教于我云。她说,她五岁受希特勒迫害,'文革'中又受'四人帮'迫害(她丈夫是中国人),她写了一本自传,本拟在德出版,她女儿怕事,她决定死后作为遗作出版云。"现实生活,真的是比小说还离奇,也还要残酷——充满了不可思议的经历,以及许多不为人知的血和泪。

不过,《早春三年日记》中也并不只是和过去的牵连,那个早春的季节里,先生也结识了一些新的朋友——也并非全是"鸿儒",而与有的年轻朋友结识的原因也颇别具一格:有一次,一位青年喝多了酒,骑自行车把先生的腿撞折了,他很紧张,先生却不予追究,说是会影响年轻人的前途,就这么一来二去成了朋友,而这样结识的朋友也竟然是真朋友——1984年5月22日,上海地震,那时先生还没睡,屋墙轻微摇动,大家都起来了,那位把先生的腿碰伤的男青年的妻子特地奔来,把先生扶到宿舍门口马路上安坐下来,与众友邻一起张伞避祸。

先生还有一个亲密的小朋友,是他刚刚复出时邻居工人小卞的儿子,日记里亲切地喊他"小毛头"。小毛头如今已经是个很大的大小伙子了,不知道他看到先生这么多年的日记时会有何感想——这里面,记载了他的出生和他慢慢成长的过程,其中免不了挫折,不过很多大概他自己都忘记了吧。1984年1月2日,先生的日记中郑重其事地这么写道:"小毛头就是我们84年请的第二个客人。"

当然,《早春三年日记》中,并非都是这些有趣的事情,日记里也记载了很多先生作为一个大学老教授所必不可免的很多分内的职责和分外的杂事,记载了他对历史的思考和对现实的反应(他对现实包括对新的文艺作品反应的敏锐、准确、超前、大胆经常会让你大吃一惊),更处处散落着他的弟子们（比如陈思和、李辉、孙乃修以及更年轻的后来才入门的严锋等）的成长踪迹。

  老人在思考着，朋友和客人们川流不息地带来自己的故事和传闻，年轻人们在成长着，这些历年积累的字纸，记录着时间流逝的踪迹，不，记录着时间本身——而许多许多的人的时间汇聚着，就成了历史。

2005年3月8日于复旦

（原刊《文汇读书周报》，2005年6月17日第5版）

"把人字写端正"

——贾植芳先生《生平自述与人生随感》编选前言[1]

第一次读贾植芳先生的书,是那本有名的回忆录《狱里狱外》,读过之后的印象,至今难以忘怀:很少有人会有这样坎坷的人生,每换一个时代,都要受一次牢狱之灾——人生对他来说,真的是一场艰苦的考验和磨炼。然而印象深的还不仅是这些曲折的人生经历,而是那书里弥漫着的并非萧杀与悲情,而是悲悯和思考,是对于自己走过的道路的,更是对于中国知识分子的,也是对于多灾多难的中国历史的……

读其书,想见其人,于是关于贾先生的各种轶事便自然而然地传到耳里,譬如他悼念朋友胡风的有名挽联:"焦大多嘴吃马粪,贾府多少有点人道主义;阿Q革命遭枪毙,民国原来是块虚假招牌。"悲愤、讽嘲、强项,既有鲁迅一脉的骨血,又有着深稔历史的智慧,这会是一个什么样子的人啊?

没想到后来到复旦读书,便成了贾府客厅的常客,前前后后,出入贾府竟有十四年,也好像是一晃眼便过去了。初次见到的印象,似乎便是心目中的那个样子:瘦、硬、热情、矍铄、强悍,饱经忧患,洞察世情,然而却还是淳朴、热诚,三教九流,一概热心接待,没有一点名教授的架子,并且虽已至耄耋之年,却仍然极为敏锐,而且渴求新知,看的有些新书,甚至经常是我们这样的小青年来不及看的……总而言之,在他身上,似

---

[1] 刘向荣、王光东编:《把人字写端正——贾植芳生平自述与人生感悟》,东方出版中心,2009年。

乎全然没有坎坷经历留下的阴霾。只是后来熟了，才留意到，谈话的间隙，先生有时会陷入深思，仰着头，目光看向前面斜上方——是独自的长长的沉思，有时手里的烟卷已燃出很长的烟灰也注意不到……那时的先生，便多了一些彼时尚嫌年轻的我们不懂的东西，也凝定为我们心中先生的画像。

要到很久以后，我们才明白，在先生客厅里的闲谈，是我们并不算丰富的人生里极其珍贵的财富。

本书第一辑，题曰"人生漫笔"，选录贾植芳先生的生平自述和人生随感。贾先生的名言："生命的历程，对我说来，也就是我努力塑造自己的生活品格和做人品格的过程。我生平最大的收获，就是把'人'这个字写得还比较端正。"步入晚年时，贾先生曾为《新民晚报》的"读书乐"栏目荐书，举出但丁的《神曲》、塞万提斯的《堂吉诃德》、笛福的《鲁滨逊漂流记》、歌德的《浮士德》、吴承恩的《西游记》五部书，说是"百读不厌，越读越觉得如嚼橄榄，其味无穷"。细心的读者，不难从这五部书中发现共同的人生考验和生命实践的主题，这一主题，其实也贯彻在先生的人生实践之中。本辑收录的文章，正是这一人生实践的一鳞半爪，然而管中窥豹，却也可见出贾先生生平与人格的大端。贾师母任敏女士，与贾先生一生患难相守，先生写师母的文章《做知识分子的老婆》，也一并收入此辑。

贾先生早年学的是社会学，后来成为作家、翻译家和编辑，建国后成为大学文学专业的教授，此后虽然经受了二十余年的波折，"文革"后还是为中国现当代文学和比较文学两个学科的恢复重建筚路蓝缕。在坎坷而丰富的人生中，贾先生习学多门，从业亦多方，但不管是当学生，还是当作家、翻译家、编辑、教授，以他热情、豪爽、质朴的性格，身边最不缺的，就是朋友。这些朋友中，学生时代的同学，当作家时的同好，做教授时的同事，甚至吃官司时的同狱，从鼎鼎大名的名人到名不见经传的贩夫走卒，三教九流，林林总总，每个人都有一段自己的人生传奇，他们的生命既与先生有一段交集，便都平等地走到了晚年先生笔下，化为一段回忆，一段野史。这些暮年忆人的文章,选录入第二辑"旧雨新知",读者从里面可以看出的,不仅是贾先生个人的交游史,更是民国及共和国几段历史的注脚,其中的生动细节与生命情感,或可为正史补充一点活人的气息。

贾先生曾一再引用梁漱溟《自述》中的自我评价:"我不是学问中人,我是社会上的人。"并说:"其实这句话更适合于我。"然而,贾先生一生,蹲监狱之外的时光,主要做的工作,便是读书、写书、译书、讲书、编书,怎么说,都与学问脱不了干系。他也确实爱书,学生时代买书读书的热情不说,晚年坐拥书城,学生和客人借书,先生为人慷慨,一概帮忙,但却不忘备一笔记本,由客人自行一一登记在册,其宝惜之心,可见一斑。然而,先生读书,确乎与一般仅生活于书斋中的文人学者有所区别,涉及的时间空间,自然古今中外都有,涉及的领域,本业的文学之外,尤重历史、社会。阅世既丰,洞察世情,眼光自然也老辣,但不大做摇头晃脑之语,异于一般文人的酸腐,偶尔发为文章,也是直截爽快,却以丰厚做底,因有读书阅世的历练。这些文章,多半是借为各种著译作序的机会写出,晚年的贾先生自嘲为"写序专业户",笑说进入暮年,为后辈作序,"以广招徕",乃是"义不容辞的责任"。本书选入的篇目,因多涉及中外历史、社会,题曰"温故知新",其实也是晚年贾先生读书作文的基本心态。

1948年深秋,改朝换代的前夕,贾先生的第三次牢狱之灾也正在紧前面(被国民党特务以支持学生运动之名"捉将官里去"),但此时的他当然还没有意识到危险,而因友人之邀,把以前所写的类乎鲁迅《野草》中的文字,收集起来,出了一本名为《热力》的小册子。《热力》中的文字,这次一并收入第四辑"寒夜热力"中(并加入"文革"之后贾先生复出时写的两篇类似文字)——不仅仅是纪念的意思,也因其正是贾先生步入人生中途时的风姿:此前是漫长的坎坷与苦难,此后是一个新时代,"时间开始了"的欢乐、更大的历史的考验以及终于捱将过来的复活的喜悦,等等,这一段段中国知识分子的"天路历程",都在等着他去走过……而1948年刚过而立之年的先生,把自己唯一的散文诗集题名《热力》,是在无边寒夜之中呼唤一点慰藉呢,还是出于对生命的信念?——联系他所私淑的鲁迅的《野草》题词,一切不言自明。

2008年是多事之年。对于我们来说,这一年4月24日贾植芳先生的辞世,也无疑是生命中的一件大事。在先生辞世近一年时,因东方出版中心之约编选这本先生的《生平自述与人生随感》,自然是因为这些文章仍有其继续存在和流布的意义,但在我们,也是借机表达对于我们有机会亲炙的一种精神和一种人格的感恩、敬意和纪念。

那些燃烧自己的生命通过考验的人们,不仅照亮了自己,也一直在给予着他们后面的人们以光和热。

2009年3月7日夜

最初的相遇
——关于陈思和师的一点记忆

人到了一定年龄,大约都会有一些难以忘却的记忆。有时候,也会不断地回想和思考这些记忆对于自己生命的意味——这消极点,大约也可以说是渐渐告别青春的征兆之一,但如果不那么服输的话,却也无妨说是生命渐渐成熟时必不可少的经历。古语云:"父母在,不言老。"——那么,自己的老师在前,同样也不可以作出老气横秋的样子,说一些奇怪的话吧。然而,近几年,越来越觉得时间前进速度的飞快——这却是想回避也回避不掉的事实。我已经算是少去凑一些无聊的热闹的人了,却还是觉得时间像流水一样从掌中逃逸,把捉不住,还没做多少有意义的事情,便已经到了不惑之年,于是便经常生出一种莫名的惶恐之感。

在这样的心境下,年前又有些惊骇地获悉:我们的导师——陈思和先生,也已经马上要荣开六秩了!印象中的陈老师,一直精力充沛、活力十足,乐观积极得经常甚至远远胜过我们这些后辈,一直到现在似乎都还是这样——然而,不经意间,竟也到了望六之年……仿佛一瞬间,便看到了时光滚滚向前,将人间的满头青丝变成了萧萧白发,时间的伟力既无人可以抵拒——那么,在时序轮替之中,能够存留下来的,到底会是些什么呢?……

若真要探究起来,对于一个学者和教师来说,著书立说,桃李满天下,已可说是未让时光空过——而况陈师所作出的成绩,远胜于此;而对于一个思想者来说,在自己生活的特定年代,曾经担负起过自己的思想使命,曾经给过同时代人和后来者以启明,使得他们至少在某个特定的时间段不是在黑暗中摸索——那么,至少对曾得其启发者来说,也可说是其意义随着他们的生命同在了。这样的启明,不可强求,也不在乎受影响者数量的多寡,然而如其真有过这样的真实作用,也可说是部分战胜过时间了——当然这战胜,也得恰如其分地估价,不可过分夸大,但如真起过这样的作用,毕竟也可用柏拉图哲学的语言说,在特定的或短或长、或大或小的时空范围内,分享过不朽的投影了——尽管按柏拉图严格的说法,真正要达到不朽,还得一步一步走出重重不尽的洞穴,从投影一步一步走到本体……那在古往今来,都是只有极少极少数人才可以企望的——暂时不提也罢。

时光倒退到十八年前,我第一次看到陈老师,应该是在复旦中文系的走廊里——那时中文系还在原来的文科大楼七层,走廊里有些阴暗,不记得是在研究生办公室门外等候着办什么手续,从拐弯处走过来两位老师——其中的一位,微胖,温和,昂着头,神情若有所属、似乎不完全(甚至大部分不)属于这个灰头土脸、蝇营狗苟的俗世,挺直的身姿略有一点点不易察觉的紧张,但最主要的是放松、宽和、平静和厚重,显示出也并非抗拒,而是包容和处理着那些必不可免的世事……其他记得的就是身着浅色的风衣——两位老师一边走一边说着话,这时旁边一起等候着的同学窃窃私语:"那位穿着浅色衣服的就是陈思和……"我也便特为注意了一下,留下了这最初的难以磨灭的印象。——事实上,那印象从此就一直留在脑筋里,不过,也就是一幅画面而已……很多的意味,是在后来,尤其近几年才慢慢读了出来,所以这里的叙述,其实也已经有时序倒置之嫌了。

十八年前是 1994 年,我刚刚到复旦中文系来读研究生——那时系里分配的导师还不是陈老师,我要到三年后读博士时才有机会跟随陈师学习。不过,在第一次看见陈师之前,我已经对他的文章留下极深印象——说是已有了相当程度的影响也不为过,尽管这影响的深度和广度,也是在以后的日子里,才渐渐明晰并展现开来。那一年的上半年,我还在西安的一所大学里度过大四的最后一段时光,闲来无事,到学校的阅览室里翻杂志,便是在这里,看到了陈师讨论 20 世纪中国文学史上的民间问题的两篇文章:《民间的浮沉:从抗战到"文革"文学史的一个解释》、《民间的还原:"文革"后文学史某种走向的解释》,这两篇文章分别发表在那一年的《上海文学》和《文艺争鸣》第一期上,但我却是在《人大复印资料》上读到的,时间也已经到了该年中——还记得那一期的《人大复印资料·中国现当代文学》破格把这两篇文章复印发表在一起——读这两篇文章前,并没有特别的期待,读后却禁不住心脏狂跳,到操场上踱了好一会儿步,才安静下来——过后还和已经决定留在母校工作的同学说起,他一副茫然不可思议的样子,思想的感应在不同的个体身上,真是会有迥然不同的差别。大四的时光,是在漫长的等待中度过,从一九九零级开始,高校学生毕业时开始"双向选择、自主择业",那时并不完全知道这意味着什么,因为毫无经验,工作也找得并不理想,好在我在那年初就考了研究生,这时候结果已经出来,决定到复旦读研,所以也并不真的感到太过着急——就在对于大学本科时光即将结束的伤感,和对于即将开始的研究生生活茫无头绪的期待中,读到了这两篇文章,可以说是我那半年最深的记忆之一。

现在的学生,由于语境的隔膜,恐怕已经很难理解当初我读到这两篇文章时的那种狂喜。那时候,时间虽说已经到了 90 年代,我们的当代文学史课,用的教材依然是人文社编的那两卷本,里面充斥着对 50—70 年代的各种批判运动的记述,作品归类,依然还是什么"战争题材、工业题材、农业题材……"等等,一到 80 年代后,则语焉不详,欲说还休——当代文学史,那时是我们最厌倦的课程之一。实际上,严格说起来,我的整个大学四年,除了少数例外,大半就在对各种课程的厌倦之中度过——现在想起来,这可能和 90 年代初的文化气氛有关,尽管当时一个普通大学生,对此并无清晰的意识。我记得我们的迎新会上,有位读研究生的诗人,脱下自己的皮鞋,像赫鲁晓夫在联大会议上那样狂敲;我们的课堂上,有位老师上课时,一直是走下讲台,坐到第一排课桌上,脱离教材和讲义侃侃而谈,把各种理论陈说拆得体无完肤——但那位老师,实在是我在大学里遇到的最好的老师之一;接下来,是《废都》的争论铺天盖地;然后是"南巡讲话",下海狂潮汹涌而至……不过,身为普通学生的我们,当时并不能理解社会正在发生着的巨大的变动，也不能理解校园里弥漫着的那种狂躁、颓废和热衷，只是觉得大学生活也实在没劲，远不是上学之前的那种期待；而跟我们关系紧密的，是听说高校老师们待遇很差，生活艰辛——我们学校有位老师就做编剧写了红遍半个中国的电视剧《半边楼》，讲述高校老师的"苦难"生活，然后更贴身的，是大学生毕业分配制度到我们这一届戛然而止，所有学生对未来都有些茫然莫名……

大概每一代人，都会发现大学生活并不是自己预期的那样——原因当然各不相同，具体到个体身上，差异可能会更大些。现在想起来，我当时的那种空虚茫然，也和自己当时的阅读有关。大学的课程泰半无甚意思，幸运的是，我的母校有一座相当不错的图书馆，藏书数量当然不能和一些顶尖的高校相比，管理的井井有条，比起有些著名高校还要强得多。逃课到图书馆阅读，是那时候最美好的记忆——虽然现在看，那时候读书的视野和眼界，毕竟有限。图书馆收藏的中外文学名著，自然让一个乡下小子大开眼界，本业之外，也读点文化、哲学和历史方面的书。80年代的文化热延续过来，有一段时间新儒家的书很风行，90年代初也还是如此，我那时也读过点新儒家的文章，对海外那批学者的苦心孤诣很是同情……然而看看周围的现实，却觉得传统文化精神要真正复兴，在当时真是没有一点头绪。也读了一些反思现当代中国知识分子精神的书，基本上是80年代新启蒙思潮下的作品，看了真是让人失望，也会让人莫名地感到虚无和绝望——尽管关于陈寅恪和钱锺书等人的文章，那时候也已经多了起来。看多了，有时候也会莫名地想，混迹于这样的群体之间，也不是什么太有意思的事情吧——虽然那时，甚至就是写这篇文章的现在，实在也并没有什么"混迹"其间的资格。

写到这里，我发现自己的记忆发生了混乱。在读陈老师那两篇文章之前的一年，我似乎就在报纸上注意到了"人文精神"的讨论——虽然现在翻查材料，发现这个讨论从1994年第3期的《读书》杂志上才真正展开，但我似乎之前就在上海的报章上——不是《文汇报》就是《文学报》——读到了相关的报道，似乎还记得引录了陈老师的话说：人文学科到底和纯粹技术性的学科不同，还是需要有点精神的。——但具体情况如何，也已经记不清楚了。后来关于"人文精神"的讨论铺天盖地，各种争论乃至解说迄今未息，这个词汇也已日渐磨损，我对于它的理解却仍然保留当年的印记——也不觉得有过多解释的必要——尽管"精神"为何物，似乎把捉不住，分说不清，但有时候它就那么分明地体现在非常具体的事情和非常实在的选择之中，也并不全然空空洞洞。不过，说起来，我现在的理解到底还是有了一些进步——和许多精神性和伦理性的词汇一样，"人文精神"根本上也并不在于界说、定义，遑论宣传，而更在于"显现"——"吾欲托之空言，不如见诸实事之昭明且著也。"关于"人文精神"讨论的是非功过，当时乃至事后都有种种争论，然而，作为一个当年无知无识的文科学生，我很清楚，当时确实曾经得到过发起讨论者们的鼓励和滋养——尽管当事者本人们，如今也已分化和变化得很厉害，而我自己也已发生了许多变化，但回首当年，毕竟不能不对他们抱有某种感恩与敬意。

现在可以说说关于"民间"的那两篇文章，对我当时的启发和指引了——人文精神的论说似还稍显玄虚，陈师关于"民间"的两篇文章，那时对我来说却颇为着实——那仿佛是，在进无可据、退无可守的两难间，突然看到了一片从未留意过的生机勃勃的宽阔空间，自己过去的经验和记忆，也一下子被激活了。"藏污纳垢"而又"自由自在"，现在看来是多么诗意甚至有些浪漫的论说呀，那时却感觉到仿佛一下子捕捉到了某种特定的精神和生命，许许多多不着边际的思想和想象，也一下子得到了一些实在的牵引般，踏实了下来。也不能说完全了解，譬如文章中讨论的"民间"，我那时有点疑惑的是，到底应该做"文化空间"还是应该做"价值取向"去理解，后来跟陈老师读书，还不断追问他这一问题，问得他不胜其烦，现在大致可以确定，还是以作为"价值取向"理解更为符合他的本意。——但我自信那时感受到了这两篇文章的精神命脉，也得到了实在的受益，那受益是思想和精神上的，远不是专业领域可限了。

那时我应该还没有读到陈老师完整阐释他的"庙堂"、"广场"、"民间"三分格局的文章《知识分子在现代社会转型期的三种价值取向》——这篇文章应该是我到复旦读书后才从《犬耕集》里读到的，但类似的意思，在《民间的浮沉》中已经有所表达——我那时就琢磨：高高在上、作威作福，既不能，也不愿，"振臂一呼，应者云集"，也不能、不愿而且十分虚妄；那么老老实实做点力所能及的、能够对别人和自己起点好作用的事情，也可以算不空过一生吧——当然这些事情，可以大，也可以小，可以深，也可以浅，合乎自己心意和本分的就是好。陈师的这篇文章，把一些现代知识分子脚踏实地做自己本分工作的道路，总结为"岗位意识"，读了觉得真是"深获我心"——尽管，随着自己的阅读和思想的变化，对"岗位"的理解，现在和那时并不完全相同，但大体的方向和道路，刚刚读到那几篇文章时，也可以说已经决定下来了吧。

去年下半年给研究生开"当代文学专题"课，因为想让学生了解一些本学科的研究情况，找了一些文章来讨论，其中便包括陈老师的这几篇，中间借"近水楼台"之便，请他和学生来交流。尽管之前早有所闻所感，这次才较详细地了解到，原来当初这些想法，也是他在90年代初剧烈的社会和文化变迁中，思考自己往后的人生道路，一点一点摸索出来的。那些讨论文学史问题的专业文章，原来是那样深地渗透着他的人生思考和生命信息，它们能够给当时的读者以激发和力量，究其实，也绝对不是平白无故、轻而易举的。

1990年代的那些年，是陈老师在学术上的黄金年代，也是他有意识地实践自己的"岗位意识"的开始。然而，1994年我刚到复旦读书时，除了旁听他的课程和演讲，以及或许偶或在校园里和他擦肩而过，并没有什么直接交往，那时候只是他的著作和主编的"火凤凰"系列丛书的热心读者，是从他的工作中得到思想和精神上的滋养——直到1997年跟随陈老师读博士以及毕业后留校任教，才有了充分的亲炙的机会——学术上和生活上都不断得到照应和指引自不用说，也从那时开始，才对他的宽厚、包容、开放、敏锐、坚韧以及某种程度上的理想主义，有了更深切的认识……后来偶或也能感受到他在前进道路中的困惑和苦恼……不过，这些经历和记忆太过丰富，说来话长，且留待以后七老八十有机会写回忆录时再说吧。

穿越记忆的漫长时光，我还是愿意把时间定格在十八年前——那时候,陈老师刚到不惑之年(正是我现在写这篇文章的年龄),他清理着时代和自己的许多苦闷和困惑,思考着以后的道路,写下了那些既不乏专业素养、又包含着自己的生命信息的文章……那时候,在西北一隅的某个大学校园里,一个刚刚二十出头的青年,面临着许多社会和人生的困惑,正想着"走异路,奔异地,去寻求别样的人们",这时候他读到了这些文章,受到深深的感动和激发……

诚实正直的思想和工作,必定会有反应和回响。

2013年元宵,上海,满城爆竹声中

(原载《南方文坛》,2013年第3期)

第三辑

历史踪迹

门外读钱诗
——笔记五则

上世纪90年代初读大学,从杨绛先生的《记钱锺书与〈围城〉》中,读到引用的钱先生的旧诗,当时不胜神往。几年后《槐聚诗存》印行,买回粗读一过,但那时所知有限,虽处处志之,兴会实少。近年来马齿徒增,学问进步有限,阅历却终究增加了一点,少时读钱诗不解处,近来稍有所会,便壮着胆子,拉杂写几笔读后感。因为实在是门外汉,连"就教方家"之类的门面话都不敢说,也就不必说了。

一、"少年客气半除删"

《槐聚诗存》为钱先生晚年手订,收诗起1934年,早年诗作,皆摒除不录。是年诗作佳句如"乍别暂归情味似,一般如梦欠分明"(《还乡杂诗》其一)、"久坐槛生暖,忘言意转深"(《玉泉山同绛》)皆写情工切,而意境清幽。全篇佳者如《当步出夏门行》,古朴苍劲、峭拔不群中,蕴蓄着一股盘曲不平之气:

> 天上何所见,为君试一陈。
> 云深难觅处,河浅亦迷津。
> 鸡犬仙同举,真灵位久沦。
> 广寒居不易,都愿降红尘。

按:《诗存》收诗,实自问诗于陈石遗后。钱先生自言少时"好义山、仲则风华绮丽之体,为才子诗"(见吴忠匡《记钱锺书先生》),盖言其少作也,此于《石遗室诗话续编》中所引早年诗犹可见出,中如"巫山岂似神仙远,青鸟殷勤枉探看。""如此星辰如此月,与谁指点与谁看。"(《秋抄杂诗》十四绝句),显从李义山、黄仲则句中化出。石遗老人评之为"缘情悽惋",又诫之曰:"汤卿谋不可为,黄仲则尤不可为。"李义山、黄仲则人所共知,汤卿谋(传楹)则近人考之甚详,盖亦吴人,生当明季,国事日非,所著《闲余笔话》中有曰:"人生不可不具备三副眼泪:哭国家大局之不可为;哭文章不遇知己;哭才子不偶佳人。"(裴伟:《锺书动情汤卿谋　人生不可无三哭》)《槐聚诗存》中,用"卿谋三哭"典者二出,盖亦认可石遗之评语也。

约于1931年底前后,钱先生因父之介,拜谒陈石遗,有记石遗读其少作后曰:"此乃才子诗也,词采绮丽,但缺少风骨。"(失检)又"见其多病,劝其多读书少作诗也。"(《石遗室诗话》卷一)石遗深于诗道,其诫钱先生二语,为极关键之点拨。盖诗文皆贵风骨,若仅缘情绮靡,非特于诗中不能为高格,且亦有伤于少年之志气,故不如读书养志也。《石语》中更有关键之点拨:"为学总须根底经史,否则道听途说,东涂西抹,必有露马脚狐尾之日。"此数语,后之事文学者,或皆不以为然,而有其不可磨灭处。钱先生为学,有沟通东海西海之志,取径自不同于老辈,然不愿"卖花担头看桃李",晚年著《管锥编》,将毕生学问收束于部分核心典籍,弱冠时得老辈点出向上一路,或不无得力处也。

1934年所作《还乡杂诗·梅园二》曰:

> 未花梅树不多山,
> 廊榭沉沉黯旧殿。
> 匹似才人增阅历,
> 少年客气半除删。

《槐聚诗存》不收"缘情悽惋"的少作,盖以其皆"少年客气"也。"客气"也者,非如今语做"礼貌、谦让"解,古语一犹"言辞浮夸,非由衷曲",一犹"一时意气",一犹"邪气入侵"。若以第一义解,则犹"为赋新诗强说愁",以后二义解,则犹"外境摇荡志气",三义皆可,而似以后二义解之为胜。盖如未花梅树,删去"少年客气",方有古朴苍劲之姿。

二、义山、涪翁的影迹

然《槐聚诗存》所收诗作,仍有玉溪生影迹,盖性情相近,积习难除也。少时读杨绛先生《记钱锺书与〈围城〉》所引钱诗,颇喜其中"心如红杏专春闹,眼似黄梅诈雨晴"一联,两句皆化用熟句,写"羁居沦陷区的怅惘情绪",属对工切,而又深贴情境,颇有江西诗派"夺胎换骨、点铁成金"之妙。后读全诗,则体势皆从李义山诗中化出:

古意（1943）

琐札迢迢下碧城,至今耦意欠分明。
心如红杏专春闹,眼似黄梅诈雨晴。
每自损眠辜远梦,未因赚恨悔多情。
何时铲尽蓬山隔,许傍妆台卜此生。

诗中亦多化用义山及他人成句,几于"无一字无来处",已有好事者一一注出,而全诗以男女之情寄寓家国山河之思,缠绵悱恻,寄寓幽远,深得玉溪生神韵。此年所作另外两首《古意》,韵味亦颇相近。《槐聚诗存》中,泰半清幽峭拔,甚且古雅瘠瘦,自己谦称"声如蚓出诗纤弱,迹比鸦涂字侧斜"(《吴亚森忠匡出纸索书余诗》),此类"丰神秀逸"的诗作并不多见,此或受陈石遗"清、寒、瘦、筋"之说影响,故于诗中力戒绮语,不同于其为文之铺张繁冗,然积习亦偶或发露,观此数首可知,然于绮丽缠绵中得寄托深远之旨,非无筋骨之作,于石遗之教盖亦不无得力处。

又:《石语》中石遗责陈散原甚苛;钱先生《谈艺录》中于黄山谷亦不无讥刺,《宋诗选注》于涪翁诗止收三篇,虽或时代所限,而《登快阁》、

《寄黄几复》等名篇并皆见弃,则颇难索解。然观乎此数篇,其用事之繁复,化用成句之高妙妥帖,于江西义法可谓纯乎其熟,盖非不能为,乃不欲为也,殆于黄诗或亦不无欣赏处,而绝不愿为其所樊篱,犹遗山所谓"论诗应向涪翁拜,不做江西社里人"也。钱先生自述学诗历程,则曰:

> 十九岁始学韵语,好义山、仲则风华绮丽之体,为才子诗,全恃才华为之,曾刻一小册子(即《锺书君诗》)。其后游欧洲,涉少陵、遗山之庭,眷怀家国,所作亦往往似之。归国以来,一变旧格,炼意炼格,尤所经意。字字有出处而不尚运典,人遂以宋诗目我。实则予于古今诗家,初无偏嗜,所作亦与为同光体以入西江者迥异。倘于宋贤有几微之似,毋亦曰唯其有之耳。自谓于少陵、东野、柳州、东坡、荆公、山谷、简斋、遗山、仲则诸集,用力较勤。少所作诗,惹人爱怜,今则用思渐细入,运笔稍老到,或者病吾诗一"紧"字,是亦知言。(见吴忠匡《记钱锺书先生》)

其与山谷渊源及江西派关系,观此可见。又,涪翁诗亦多风神潇洒、境界开阔、气象高华者,非如末流死于故纸堆中,以饾饤獭祭为能事也。《槐聚诗存》于此类诗几无相侔处,盖性情相异、而时势迥乎不同也。

三、"涉少陵、遗山之庭"

《围城》自序谓:"两年里忧世伤生",《谈艺录》说此书"虽赏析之作,而实忧患之书也",杨绛先生《记钱锺书与〈围城〉》则言:"我认为《管锥编》、《谈艺录》的作者是个好学深思的锺书,《槐聚诗存》的作者是个'忧世伤生'的锺书……"《诗存》收诗,抗战时期独多,此期作《谈艺录》、《围城》,"销愁舒愤,述往思来。……麓藏阁置,以待贞元"(《谈艺录》序),个人感喟,则独寄托于诗篇。

集中"忧世伤生"之作,不自归国起。1936年在伦敦,已作有《新岁感怀适闻故都寇氛》，中有"无恙别来春似旧，其亡归去梦都迷"之句。1938年作《哀望》：

> 白骨堆山满白城，败亡鬼哭亦吞声。
> 熟知重死胜轻死，纵卜他生惜此生。
> 身即化灰尚费恨，天为积气本无情。
> 艾芝玉石归同尽，哀望江南赋不成。

同年又作《将归》，其一曰：

> 将归远客已三年，难学王尼到处便。
> 染血真忧成赤县，返魂空与阚黄泉。
> 蜉蝣身世桑田变，蝼蚁朝廷槐国全。
> 闻道舆图新换稿，向人青只旧时天。

其二则有警句曰："田园劫后将何去，欲起渊明叩昨非。"同年《题叔子夫人贺翘华女士画》则曰："江南劫后无堪画，一片伤心写剩山。"观此数诗，"涉少陵、遗山之庭"，非虚语也。

钱先生自言归国后诗作"一变旧格"，而感怀时事、忧世伤生之作，几于无年无之，少陵、遗山体格声调，于此类诗亦复多见。孤岛沦陷，作者困居愁城数年间，忧世伤生之作尤多。此时处境，如《谈艺录》序所言："侍亲率眷，兵罅偷生。如危幕之燕巢，同枯槐之蚁聚。忧天将压，避地无之，虽欲出门西向笑而不敢也。"因身处危境，所作感人尤深，如1942年作《辛巳除夕》：

> 不容灯火尽情明，禁绝千家爆竹声。
> 几见世能随历换，都来岁尚赚人迎。
> 老饥驱去无南北，永夜思存遍死生。
> 好办杯盘歌拊缶，更知何日是升平。

又如1943年作《故国》：

> 故国同谁话劫灰，偷生坏户待惊雷。
> 壮图虚语黄龙捣，恶谶真看白雁来。
> 骨尽踏街随地痛，泪倾涨海接地哀。
> 伤时例托伤春惯，怀抱明年倘好开。

其他警句如"一岁又偷兵罅活，几绚能织鬓边丝"（《立秋晚》）、"空谶归来陶令句，莫知存殁李华文"（《乡人某属题哭儿记》）、"欲歌独漉愁深水，敢哭穷途起湿灰"（《雨中过拔可丈不值，丈有诗来，即和》）等。《诗存》感怀战乱、忧世伤生，起于战前，而迄于战争末期之《空警》，及战后《还家》所见之满目疮痍（"故人不见多新冢，长物原无只短檠。重觅钓游嗟世换，惯经离乱觉家轻。"），个人感喟、亲朋经历外，亦有对失节文人的讥刺（如题黄秋岳及某巨公集），谓之"诗史"可也。其不及少陵、遗山者，则在二翁亲历丧乱、涉世较深，甚且目睹宗庙倾覆、山河陵夷，故感慨尤深，钱先生虽曾困居危城，然终以书斋生涯为多也。按：近世诗家，以义宁陈氏父子感怀为深，此盖因其于旧邦新命寄托尤多，不独因其宗江西而祖少陵也。

《诗存》中此期诗作，长篇古体《剥啄行》为特出。此为纪事之作，吴学昭《听杨绛谈往事》中有记其本事。盖落水文人谬借"天命"欲游说钱先生"下海"，而为其"罕譬而喻申吾怀"所峻拒。道不同本不相为谋，而况以狼虎残狠之师、杀人盈野盈城者谬托天命，不亦大言欺天乎。又，声名为人之累，钱先生早年虽有才名，然此时《谈艺录》、《围城》尚在属稿中，令誉尚未甚著，而"有心者"已思利用之，虽复可笑，然托身于世，诱惑歧途实多，亦岂可不戒慎恐惧乎。

四、"耐可避人行别径"

《石语》中有记陈石遗评钱先生早年诗曰："世兄诗才精妙，又佐以博闻强志，惜下笔太矜持。夫老年人须矜持，方免老手颓唐之讥，年富力强时，宜放笔直干，有不择地而流、挟泥沙而下之概，虽蜷曲臃肿，亦不妨有作耳。"钱先生按语曰:"丈言颇中余病痛";晚年自述则曰:"或者病吾诗一'紧'字,是亦知言。"按诸《槐聚诗存》,"矜持"、"紧"之评语,皆为知言,盖经历、性情、才性所限,亦不宜强求也。然集中亦有"放笔直干"者,而以古体为最,盖此体本少拘束,情景投合,则较易直抒胸臆也。忆初读《记钱锺书与〈围城〉》时,所引近体诸诗外,甚喜《游雪窦山》(1939)二首,少时颇爱"天风吹海水,屹立作山势"一篇,以有跳脱健动之势,今则喜"山容太古静,而中藏瀑布"一篇,尤喜起首二句,因于气象肃穆中,蕴蓄无穷生机,又复收拾得住,滔滔川流皆笼罩于至静至定之中,于集中最为高格。

集中有《新岁见萤火》(1940)一篇,亦属古体中可观者。盖作于任教湖南国立蓝田师院时,可见出作者用心:

> 孤城乱山攒,着春地太少。
> 春应不屑来,新正忽夏燠。
> 日落峰吐阴,暝色如合抱。
> 墨涅输此浓,月黑失其皎。
> 守玄行无烛,萤火出枯草。
> 孤明才一点,自照差可了。
> 端赖斯物微,光为天下保。
> 流辉坐人衣,飞熠升木杪。
> 从夜深处来,入夜深处杳。
> 嗟我百年间,譬冥行长道。
> 未知所税驾,却曲畏蹉倒。
> 辨径仗心光,明灭风萤悄。
> 二豪与螟蛉,物齐无大小。
> 上天视梦梦,前途问渺渺。
> 东山不出月,漫漫姑待晓。

按:诗中借"萤火"比喻"心光",至为明显,不需过多解释。于天地晦冥、无可依恃之时，惟赖此光，方不至"蹉倒"也。

有长者议论时，说"耐可避人行别径"（1974年作《老至》中句），可为钱先生一生定评，识者以为至言。高明者本不同于众流，于时辈亦同调难求，宜乎其"孤索冥会"、自行其是。又，石遗说诗曰："诗者，荒寒之路，无当乎利禄"，钱先生说学问乃"荒江野老屋，二三素心人"之事，与之亦有同调之处。（参刘建萍《论陈衍对钱锺书的影响》）盖不仅鸿博如海，亦复贞介如竹。

近人借诗言志，熊十力先生喜王船山"六经责我开生面"一句，鲁迅则有"我以我血荐轩辕"之句，皆可见出其志行。

五、"槐聚"解

"槐聚"出处，一般认为是元遗山《眼中》一诗：

> 眼中时事益纷然，拥被寒窗夜不眠。
> 骨肉他乡各异县，衣冠今日是何年。
> 枯槐聚蚁无多地，秋水鸣蛙自一天。
> 何处青山隔尘土，一庵吾欲送华颠。

此于钱先生著作中亦有据，盖除《管锥编》序中"同枯槐之蚁聚"直用"枯槐聚蚁无多地"外，《诗存》中用"拥被寒窗夜不眠"亦不一出也。钱先生一代，生平泰半处于20世纪纷乱不安时期，宜乎其有遗山之慨。又有言"槐聚"反用"枯槐聚蚁无多地，秋水鸣蛙自一天"之意，谓于动荡不安中觅一隅之地自得其乐（殆略同于"自己的园地"之意），谦中有傲，亦为佳解。

又："槐聚"字面上最容易联想到"槐安国"，盖感怀身世外，亦有讽世之意。"槐安国"出唐李公佐《南柯太守传》，为吾国人所熟知，《诗存》中用此不一见，如《将归》其一曰："蜉蝣身世桑田变，蝼蚁朝廷槐国全。"《睡梦》其二曰："睡乡分境隔山川，枕坏槐安各一天。"书生梦入槐安，纵抽身世外，冷眼旁观，究竟亦在南柯一梦中也。1957年作《赴鄂道中》，其三曰：

> 弈棋转烛事多端，饮水差知等暖寒。
> 如膜妄心应褪净，夜来无梦过邯郸。

庄子书谓"至人无梦"——然黄粱易熟，邯郸梦岂易醒邪？此则有问于今之君子。

2013年2月1日　上海

（原载《文艺报》，2013年2月28日）

现代焦虑的精神超越：论《无名书》

与许多作家相似，无名氏的生命与创作也跨越了以1949年为界的两个阶段，其《无名书》自《金色的蛇夜》（下）起，更是中国当代文学中的潜在写作的重要内容。但与大部分跨越两个时代的作家相比，50—70年代处于潜在写作状态的无名氏，虽然也难免受到时代的冲击，思想上的波动却远没有别人那么剧烈。他所视为"生命大书"的多卷本小说《无名书》，企图在外来思想与现代中国的传统思想之外，为中国乃至整个地球的文化生命另找一条出路，其抱负不能说不远大，全书的写作横跨两个时代，经历了十几年时间，却基本上保证了思路的连续性。

一

多年以后，无名氏在评价自己的这部主要作品时颇为自负地说："流行的写实小说，大多属于社会现实的写真，《无名书》则属于人类情感（过程）的写实，人类（人生哲学）思维（过程）的写真，与人类诗感觉的写实，以及中国时代精神（过程）生命精神（过程）的写实。社会写实的对象多数是平常的社会人，《无名书》触及的对象，则是少数突出的知识分子，具有诗人、哲人、（浪漫的）情感人、严肃的道德人及理想主义者的气质。前者多半采取传统艺术技巧，后者则想尽最大可能突破传统艺术。"[①]整部《无名书》正是通过个体生命的困境和精神探索昭示出时代的困境与潜隐的时代精神——在这里，无名氏与时代风气的区别非常清楚：他

---

① 《海艳》修正版自序，引文见《海艳》，花城出版社，1995年，第9页。

并不像 30 年代之后的大多数作家那样以社会问题和政治问题淹没个体生命和文化精神方面的问题——反而高度注意个人的精神生命探索在解决时代问题时的基本的和核心的地位。《无名书》前四卷处理在现代中国最具势力的各种流行思潮:《野兽、野兽、野兽》处理的是革命潮流,《海艳》处理的是浪漫主义与唯美主义思潮,《金色的蛇夜》处理的则是世纪末的颓废主义与"魔鬼主义",《死的岩层》处理的是宗教——代表西方宗教的天主教和代表东方传统宗教的佛教。这四个主题一步一步深入生命的本体,主人公印蒂必须穿越这四个阶段,才能进入"悟道"的生命超升与新世界观"星球哲学"的建立。无名氏企图以东方精神穿透现代世界潮流(主要是从西方传来的各种思潮),最后将现代科学与东方的"悟道"境界统一起来,以建立未来世界的新信仰——这一思路当然不乏幻想性质,也有其不够成熟之处,但在西方文化在现代中国的强势影响刺激这一背景下,却还是显得颇为殊异。

不过,作为在中国的现代焦虑(下文将对之重点说明)中并图对之进行超越的产物,无名氏的这一宏大构思不可避免有不少矛盾。《无名书》整体的思路本身当然对读者不无启迪,而其自身内部的犯冲与不和谐之处,也传达出许多耐人寻味的信息。《无名书》一书最大也最明显的犯冲,在于全书的狂肆的文体与企图达到的明净超越的精神境界的不和谐。我们试看《金色的蛇夜》中的一个段落:

> 这正是四月之夜!成熟了而又疯狂了的四月之夜!这个由精囊壶腹与伞形输卵管构成的四月之夜,在遥远美洲,学生们正举行大罢课运动,反战争!反国家主义!也同样在美洲,一个穷孩子在冰天雪地中拾了大批黄金,喜极发疯,自称上帝,操人间生死大权!在欧洲,战争恐怖像瘟疫蔓延,德、法、俄、意,准备动员,希腊政府用飞机大炮猛攻叛军。在亚洲,沈阳兵工厂锅炉爆炸,黄河大水四滚,立煌大饥荒,灾民们神经错乱,幼童们烹食父母尸体。罢课吧!自称上帝吧!烹食人肉吧!时代早已上了吊!真理早已上了绞刑台!在遍地一片漆黑中,今夜

究竟是四月的夜,是玫瑰花与芍药花之夜,让我们先把酸骨头烤热了再说。①

这是典型的《无名书》的文体,全书中类似这样的段落俯拾皆是,不仅是以堕落为主题的《金色的蛇夜》,即使以革命、恋爱、宗教、悟道、新世界观为主题的各卷中,也都充斥着这样的段落,堆积着世界的疯狂,铺排着怪异的意象,放纵着各样的情感。实际上,在全书的第一部《野兽、野兽、野兽》的开篇部分,无名氏即从尼罗河边狮身人面像的视点,俯视人类世界和历史乃至无限的宇宙时空的无尽变化的疯狂,所以,从一开始,这种疯狂恣肆的文体,便构成了整部《无名书》的基调。陈思和先生曾经非常精彩地把《无名书》的文体比喻为"一座岩浆滚滚、喷发无度的火山",以此"说明它那种泥沙俱下、泛滥成灾的语言特色":"这是一个语言的角斗场,无数鲜蹦乱跳的意象在相撞、拼杀、爆炸,瞬眼间就变成尸骨成山,鲜血成河,有时你会忍无可忍地闭上眼睛,实在受不了这种血淋淋的刺激。……一个意象未展开紧接着又一个意象,一段议论未完成已经插入了另一段议论,如果单独地看,每一种意象、比喻、色彩、议论,都充满活泼的生命力,但问题是意象太密,比喻太挤,色彩太浓,议论太杂,一切都变得光怪陆离,创造语言者同时又谋杀了语言。""在这里,电闪雷鸣的声响接近噪音,斑斓杂驳的色彩几乎污染,奇异怪诞的比喻冲塞空间,形容无不用其极,感叹无不惊其大,纵然每一个字都是美味羔羊,也让人昏迷于冲天的膻腥。这种乱心神、迷感官的文字效应就仿佛看一场群魔乱舞的原始宗教仪式,或者是在天崩地裂似的摇滚乐里狂舞,身在局外很难想象其中的魅力,一旦身临其境,经昏眩、疲乏、厌倦、刺激的过滤后仍然会有一种震撼。"②

如果从审美的层面深入一层,我们可以看出文体的背后蕴涵的现代人的生命感受。虽然中西文学史都不乏铺排的倾向,但在无名氏这里,文

---

① 《金色的蛇夜》续集,新闻天地社,1982年,第82页。
② 陈思和:《试论〈无名书〉》,载《当代作家评论》,1998年第6期。

体的铺张放纵具有特别的现代性意义。通读全书我们会发现,《无名书》的那种铺张放纵的文体,其背后的那种怪异的激情是非个人的,它的来源正是现代世界性的疯狂与中国特有的现代焦虑——正是这种疯狂与焦虑,产生了《无名书》特有的文体与叙述逻辑。《无名书》前四卷处理的四个主题——革命,浪漫与唯美,"魔鬼主义",宗教,都是现代世界特有的文化现象,也是中国进入现代世界之后必须面对的内在问题——它们既是对现代中国问题的应对,但因为未能究竟,本身也是现代中国混乱的症状。无名氏以之作为印蒂悟道、建立星球哲学必须经历的四个阶段的主题,本身即足以说明他非常明白:要达到对之超越,必须直接面对世界性的疯狂与中国的现代焦虑的广泛沉重。无名氏显然赋予了他的理想中的中国主体不为这些现代困境所隔的不断超越的精神,然而人类精神要达致这种超越,就必须经历在现代世界性的疯狂与焦虑中的沉沦、挣扎、搏斗,而在这沉沦、挣扎与搏斗过程之中,本身也不可避免地充斥着现代焦虑的气息。实际上,我们可以把《无名书》看作这样一部小说,它产生于中国现代焦虑的背景,企图从精神上对之超越,但因处处受其制约,自身也带有现代焦虑的强烈印记。

二

如果不嫌过于简化的话,我们可以从以上思路把整部《无名书》的主体内容读为一个寻求光明的故事,如小说里在印蒂"悟道"后写道:"说简单点,廿几年来,这是一个寻求白色的故事,一个追寻空灵的故事,一个捕捉宇宙浑然光明体的故事。"但从另外一面看,则这也是一个全面地展示现代中国灵魂的各层面的深层次的黑暗危机并寻求解脱的故事,这黑暗的一面更为沉重有力,甚至使得我们可以说,黑暗的重压构成了全书最基本的叙事动力。追求光明与摆脱黑暗当然是 20 世纪中国文学尤其是革命文学最为重要的主题,但对于《无名书》来说,它的殊异之处在于,不论是寻求光明还是摆脱黑暗它都是从生命和世界的根本一面来说的,不但所追求的光明是内在而永恒的光明,所欲摆脱的黑暗,也是生命存在的普遍性的黑暗。

《无名书》切入的这种普遍性的黑暗，其根本的一面在于个体灵魂在追求自由时所感受到的永恒死亡的黑暗重压。无名氏发明了一个专门的词汇"宇宙压"，来指代人所感受到的永恒的黑暗力量，某种似乎在主宰人的命运的无明巨力。在人达到"生命的圆全"与自由之前，这种对人的生命意识构成威胁的无处不在的黑暗巨力成为人类生存的黑色幕影。对于个体生命来说，这种普遍的黑暗压力首先来自于死亡的威胁，"每当他与死亡最接近时，他极容易感到一种永生力量，一种不可抗拒的命定的生命因素"。《海艳》中当印蒂不能再沉醉于个人爱情的幸福幻梦中时，他回忆起生命中他两次很清晰地感受到过的这种压力：

> 一次，他躺在医院内……病状很险恶。那一晚，他一直不能入睡。在茫茫暗夜中，他感到死的压力，它像一片沉重的黑暗巨岩，从高空慢慢压下来，加在他身上。一片昏眩，鼻子一阵酸，一刹那间，从来坚强勇敢的他，却第一次软弱了。他第一次感到：并不是他占有世界，而是世界占有他。并不是他的颈子伸长到云层上，而是另一张伟大而神秘的脸在它上面，他只是天穹下面最低地上的一只小虫子。全宇宙昏黑，昏暗中屹立着一个无比巨大的永生力量，它主宰他、支配他，使他无条件匍匐下来。一个超绝的悲哀征服了他，他流下眼泪，极多的眼泪。另一次，是他被捕后，第一次听到黑夜里的喊声，几个同志临刑前的最后吼声。听到这些最深的血泪的声音，他又一次感到永恒黑暗巨力的压迫，一阵酸楚中，他不禁匍匐下去，几乎想放弃一切。①

进一步看，这种死亡的压力之巨大，不仅因为在空间上其与个体生命的渺小相比显得过于沉重，更因为在时间上这种死亡似乎是永恒的，折磨人的；这种死亡的压力也不仅来自于个体生命的暂时死亡的黑色幕景，更

---

① 《海艳》，花城出版社，1995年，477页。

是来自于群体生命永恒死亡的黑色深渊:

> 在生命中,人们有许多苦恼,其中极痛苦印蒂和万万千千人的一种,却是那份刹那的死亡感觉,永恒的毁灭。不管你怎样万帆风顺,千欢万喜,花园里开放数不清的幸福,一想到死,你眼前就出现一座可怕的黑色深渊,它吞噬你一切尘世幸福,金色的梦。你将像一片落叶,无休无止的往这深渊内飘飘。你不知道它的边,它的宽,它的底。你不明白,你将飘到什么地方。你不知道你最后的所在地,而这正是最恐怖的。肉体的毁灭本身,并不可怖,心脏停止跳跃,也不可惧,可怕的,是那片绝对无限的虚无和渺茫,那片神秘的黑色吞噬……一句话,你被你坠入黑色深渊后的肉体和灵魂的下落的绝对不可知所警慑了。①

无名氏在小说中当然也没有回避黑暗存在的第二个层面,是外界的黑暗疯狂。所谓"宇宙压"在具体社会存在方面的表现,就是普遍存在的社会的黑暗与疯狂。在小说中,社会的黑暗与疯狂,与个体生命因感受到死亡的重压而产生的黑暗宿命感是互相映照的,只是《无名书》从其相通的一面看,认为所有这些外界黑暗疯狂的力量的实质,也就是死亡的力量,它们共同构成压迫生命的"宇宙压"。对于印蒂来说,对这种"宇宙压"的理解,也有一个逐步接近本质的过程。从小说来看,印蒂对外界的黑暗有着异常的敏感,《野兽、野兽、野兽》中他最初离家出走,便是因为当他内在的"'我'醒来,他第一眼看见的,就是外界的黑暗和丑恶,……对于它柔嫩的生命,这黑暗和丑恶实在是一种粗糙的压迫。"在这时,他所感受到的黑暗还是很浅表的,仅仅是学校僵死的纪律与职员的虚伪;到他投身革命时,他把这种黑暗理解为社会性和阶级性的:"就这样,一个阶层驴马样生活着、挣扎着,全部劳力与心血的唯一意义只是,供养另一阶层的荒淫与无耻,巩固它的享乐与罪恶,而被供养被巩固的,正是残杀他们奴役他们的枭獠。"到印蒂对革命幻灭投身到爱情的幻美中时,因为

---

① 《开花在星云以外》,新闻天地社,1983年,第428—429页。

并没有找寻到真正的"实在",他不但没有摆脱黑暗的缠绕威胁,而且对这种黑暗的理解更加接近实质,在民族危亡关头,"他究竟不能用双手紧蒙住眼睛,不看这时代的鲜血",同时周围友人中年丧妻或爱情破灭陷入堕落的悲剧遭遇,也使他的幻梦清醒,"在欢乐的峰顶"追忆与面对无常与宿命的永恒黑暗本体。

《无名书》最为引人注目的地方,也正在于把个体生命追求精神自由时面对的永恒的黑暗虚无感与20世纪世界性的混乱疯狂完全打通。这构成了《无名书》全书的时代性的内容,也正是它所企图超越的现代焦虑,因为严格来说,摆脱宿命的黑暗重压见证永恒的光明本体,是人类世世代代追求的理想境界,就这点来说,"东海西海,心同理同",并没有时代国界文化的限制;然而,《无名书》所要面对的黑暗,在人类要面对的永恒宿命与死亡的重压之外,有着现代特有的内容,这些内容对于东西方古典智慧,都似乎构成了严峻的挑战。简而言之,《无名书》所处理的世界性的混乱与疯狂,不仅仅是《野兽、野兽、野兽》中所处理的社会矛盾以及随之而产生的革命的野兽一样的力量,也不仅是威胁个人生活使之无法逃避在个人小天地之中的外来侵略,更是世界性的疯狂毁灭——在这里,黑暗以及与之相伴的混乱,不仅是个体性的,也不仅是民族性的,而是世界性的,这一点集中地体现在类似于我们上文所论述的那样的《无名书》的文体中:

> 一千九百三十四年七月,和任何二十世纪三十年代任一个七月一样,都不是可爱的。太平洋的飓风,旧金山的大罢工,波兰百余年来的空前水灾,(无家可归者四十万),日军大包围黑龙江索仙山义勇军,平沈通车,承德日伪军增兵长城,一百二十度的亢热,美国农产品损失万万元,中暑死者达四百人,狂风阵雨怒潮冲击下,狼山将崩入长江,山西省的大瘟疫,冀北的水灾,北运河两岸淹没,南京孝陵卫豺狼伤人,……。在这样一个狞恶时代中,地球上的居民无法宁静,除了死的宁静。……人类在痛苦的活,也在痛苦的死。而一个智识分子,除了社会现实

的黑暗，还有一重精神大戈壁的黑暗。……①（引文有删节，为引者所删。）

《金色的蛇夜》一开始，就借用兰素子画中火山喷发前的庞贝城，浓墨重彩地描绘出一幅世界末日前的疯狂场面，如果从整部《无名书》来看，也可以说，从这里开始，《无名书》以世界性的疯狂作为其直接背景的意图更加清楚地显露出来，正如20世纪前半期世界文学中最优秀的作品都或多或少以文明的毁灭与世界性的疯狂作为其背景一样——从这里我们可以看出《无名书》的毋庸置疑的现代性。不过在无名氏笔下，这种世界性的疯狂更加加强了刺激感官的力度。这里所引用的这段文字是印蒂从东方魔都回到尚保留有古典气息的家里时的思绪，我们上文所引用的那一段用以说明无名氏的狂放恣肆的文体的文字是印蒂等人在妓院疯狂放纵时的精神活动，而不论是精神家园的失落还是性的放纵，在小说中都和世界各大洲的疯狂事件交织在一起，仿佛是世界性的疯狂都涌流到作家的意识之中，迫使其不加拣择地予以罗列。

如果要问什么是现代焦虑的话，我觉得，这种罗列所构成的作为小说背景的世界性的疯狂，便是现代焦虑的最明显的表征。只有在现代世界，由于交通通讯和现代传媒的发达，人才第一次有可能变成世界人，个人也才开始能接受到世界范围内各方面的资讯，也第一次明确地意识到世界各地的事情都不是和自己无关的。回头来看无名氏这里的罗列，产生的惊人的效果正在于它明确地体现了这种现代的世界性，它典型地体现出在现代各民族都被无可挽回地卷入到世界之中，个人的命运与民族的命运也不可避免地和世界的命运交织在一起。然而，我觉得，无名氏敏锐的地方在于，他敏感地感受到，对于20世纪被卷入现代世界的中国知识分子中最敏感的灵魂来说，他首先所分享的，不是现代世界的各种精神成就，而是蜂拥而来的现代世界的动乱疯狂的信息，以及这种混乱疯狂对于现代人心灵所构成的巨大的压力。从这个意义上来说，无名氏不由自主也不厌其详地罗列的这些现代世界的疯狂现象，即在在昭示出这种现代

---

① 《金色的蛇夜》，新闻天地社，1983年，第340—342页。

世界的疯狂对于敏感心灵的重压。这典型地体现出不论是在东方还是西方，每个人都被卷入到现代世界的混乱疯狂之中，个人生命也不可避免地与世界命运发生联系，现代世界的危机是大家都要面对与解决的问题。

到这里，我们终于清楚了《无名书》所面对的黑暗永恒一面与时代性一面的契合点，恰恰是这种世界性的疯狂堕落，才与威胁人的心灵的永恒死亡的黑暗虚无相称，共同构成威胁人类精神超越的"宇宙压"。我们也终于清楚，无名氏为什么要让主人公投身于这种黑暗与疯狂的罪孽之中，因为如果没有勇气面对现代世界性的疯狂、堕落诸相，说自己已经面对生命永恒的黑暗的威胁那只能是撒谎，由此所获得的拯救之道也只是没有实际内容的虚浮之词；也正因为面对的疯狂黑暗至为深远广大，无名氏才不让自己的主人公完全陷入任何局部问题的局隅，也因此才不能许诺任何符合现实流行思潮的廉价的拯救，因为这些流行思潮本身就是现代中国混乱的症状，面对现代世界性的巨大的疯狂与黑暗，主人公必须能够穿越所有浮在表层的方案才能真正沉入生命的底层，触及生命本质性的问题，看清世界的真相。

这样，我们便触及到这种黑暗存在的第三个层面，也是个体生命、民族精神生命与世界命运的结合层，这就是民族精神生命的危机。在这里，《无名书》进一步把个体生命的焦虑、世界性的疯狂混乱与民族精神生命的危机联系起来。实际上，如果深究一步我们就会发现，现代焦虑的更为深层的内容，正在于伴随现代而来的人的精神危机——而这种精神危机是在非常广大的层面上展开的，正是因为随着现代的展开，东西方传统文化中与人的精神生命和信仰息息相关的部分，被现代理性主义的分析和实利主义的算计大面积地破坏，这样，可怕的就不仅是外部的动乱，可怕的是面对外部的疯狂，人的内部也失去抵御的力量。如果再进一步具体考察的话，我们可以毫无疑义地说，在这种共同的现代危机中，东方国家承担的现代性恶果远比西方深重。正如有的学者指出的，西方国家的现代性与第三世界的现代性"两者是互为表里、相互依存的，没有后发资本主义及殖民地，也就不成立先发资本主义及殖民主义国家"，不存在单纯哪一方面的现代性是"真正的现代性"，因为"西方发达国家的现代性"

与第三世界"畸形残缺的现代性",其实就是"所谓现代性的两面"。[①] 实际上这种"现代性的两面"对于第三世界国家的破坏包括政治、经济、社会、制度和文化方面,更严重的是它也包括对人赖以信靠的精神生命传统造成的巨大摧残。如果说在人类的现代进程中西方的精神传统也受到严重挑战的话,那么东方的一切传统精神遗产则不但发生了巨大危机,甚至可以说到了存亡绝续的关头,不论意识到与否,正如现代中国不由自主也不可避免地被卷入到这种世界性的混乱疯狂的旋涡之中,现代中国人的精神危机也正是世界性的精神危机的一部分,现代性以一种魔鬼般的巨力摧毁着人的生命,在这种现代疯狂的重压之下,一切古典东方精神智慧和生命境界,如果不能经受挑战、拷问,穿透层层重压,就只能和现代人的生存脱节,在世界上找不到位置,这也就是印蒂感觉到的:"在 N 大城那座古宅中,他曾感到一个东方,也呼吸到一个东方,但这个东方却不是他目前需要的。传统东方最高结晶:那一片菩提树叶的透剔空明宁静,在他目前生活里,找不到任何联系,在目前这个东方和世界,也找不到任何攀依。"[②]

对于失去精神传统依托的现代人来说,如果在精神生命上不能有所突破有所树立,那也就只能不由自主地被席卷而去,所有的"文化活动"也就只能与世界性的疯狂共舞,这也就是印蒂强烈憎恶的东方的"文化自我殖民化"现象:"……旧的东方死了,新的东方没有出来。摩登文明贩子们大跑单帮,从华盛顿、伦敦、巴黎、柏林、东京和另外时髦地方,把一些'主义'万金油、'政治'头痛粉、文化八卦丹贩来,一个个全以弥赛亚自居。……在文化精神王国中,只见万头蠢动,但都是知识掮客、单帮客、投机家与赌徒,没有一个肯学释迦,在恒河边苦行二十年追求真理,也没有一个敢学穆罕默德,在沙漠中奔走三十年仗剑保卫真理。……他所能抓住的,既只是一座混沌黑暗昏丑的世界,而一时无法改造,——

[①] 参阅全炯俊《"20世纪中国文学论"批判》,刊于《文艺理论研究》1999年第3期;陈思和《关于20世纪中外文学关系中的世界性因素》,收入其编年文集《谈虎谈兔》,广西师范大学出版社,2001年。观点引自陈文,见该书第56页。
[②]《金色的蛇夜》,新闻天地社,1983年,第340页。

权且还他一个混沌！黑暗！昙丑！以恺撒的还恺撒。"① 可以说，走出这种世界性的疯狂，构成了中国乃至世界一切心灵的最根本的现代焦虑。

这样，《无名书》就把个人觉醒与摆脱现代世界的黑暗混乱，与重寻/重建民族文化的核心联系起来。如同一切"现代"一样，中国的现代的一个很重要的方面也是一个迫不及待地与过去的一切——不仅包括制度、文化，也包括过去的智慧斩断关系的过程，这个过程不可避免地危及到民族生命的核心——赖以维系其成员团结并给予生命存在最终理由与最高境界的终极实在观念。小说里借一个悲剧人物唐镜清之口，说明缺乏真正的"实在"观念，是我们民族面临危亡的危险的真正原因：

> 希腊会亡，罗马会亡，中国会亡，日本也会亡，英国美国也会亡。但有一个东西永不会亡："实在"！……只要人能捉住真实在，知道实在，即使全地球亡了，毁了，也不觉可怕。我们现在所以觉得一切很可怕，主要原因是：我们精神上先有一片可怕的空虚。日本人飞机大炮未来毁灭我们的生活观念以前，我们的生活源泉：对实在的真正观念，先就已溃灭了。我们全部感觉和智慧，都在绝对的无政府状态，这是最可怕的。②

实际上，到了这个层次，《无名书》可以说已经触及到中国现代焦虑的核心，正是因为民族精神生命失去了赖以存在的核心的实在观念，才会导致个体的精神危机，也才有在蜂拥而来的现代世界性疯狂面前失去了抵御的可能并随波逐流的社会乱相，也才出现了文化领域自我殖民化的种种怪胎。《无名书》企图从根本上解决问题，就不能不穿越这三个层面直面问题的核心，这也迫使它在寻求生命的光明时重建与文化记忆的联系，重新打通现代人的精神生命与古典东方智慧的核心的联系。

---

① 《金色的蛇夜》，新闻天地社，1983年，第341—342页，原文在"主义"与万金油之间有分号，但显属印刷错误，故径改。
② 《海艳》，花城出版社，1995年，第377页。

三

《无名书》中主人公追求光明的历程，可以说就是摆脱上述三个层面的现代焦虑的过程：这是一个个体灵魂摆脱死亡的黑暗、虚无的重压的故事，也是个人摆脱现代世界的疯狂、虚无的故事，更是一个企图发现文化重建与民族精神生命复生的道路的故事。概括印蒂从革命、恋爱、官能、宗教一直到"悟道"的过程，我们可以说这是一条从"外在追求"到"外在超越"最终到"内在超越"的道路，也是从各种东来的浅表的西方现代思潮渐渐深入到西方文化的较深层次最后返回到东方精神生命核心的过程。从《野兽、野兽、野兽》一直到《死的岩层》的《无名书》前几卷中，印蒂最终所走的，可以说都是企图依凭各种外力的"外在超越之路"，这并不是说主人公没有内在生活的觉悟，而是说，他把解脱与超越黑暗的力量寄托在外力上面，某种意义上说，这也是因为一开始，《无名书》并没有把这种黑暗看作是内在于世界和生命的，所以，他才会觉得依靠外在的力量可以摆脱与超越这种黑暗。前四部小说每两部一正一反，相辅相成：正是因为有《野兽、野兽、野兽》中企图凭借革命暴力建造"美丽新世界"的幻灭，才有了把拯救世界的力量寄托于"爱与美"中的《海艳》；也正是因为有《金色的蛇夜》中的普遍弥漫的末日气氛与疯狂逸乐，才有了《死的岩层》中的企图从宗教中寻求救赎。如果我们考察这两个回合的结构，我们会发现，每一个小回合中主人公的生命轨迹都是从外在世界收缩到更为内在的领域：相对于"革命"的交响乐来说，"恋爱"与艺术当然是比较接近生命内在的；相对于魔鬼主义的末日放纵来说，在宗教领域企图寻找生命的拯救与超越，当然也是更为接近于生命本质的；不过，完全的内在生活的代价，就是完全彻底地从世界中退出，对于印蒂来说，无论是逃入爱与美还是逃入宗教，虽然是生活领域缩小到一个很狭隘的圈子，本质上还是与世界有摆不脱的联系，也因此难以有彻底的觉醒与解脱——相对于革命的野兽般的暴力，末日的世界性的疯狂放纵当然范围更为广泛，相对于"爱与美"的"小我"的拯救，宗教的拯救更是"大我"的拯救——但不论是革命与恋爱，堕落与救赎，本质上都是"有待"的外在超越之路，即使到了宗教领域的救赎，不论是在制度上还是在精神上，也都预设了固有的限度——现实中的体制权威和精神上的神的偶像，也因此终究难说究极；不过，走到这一步，正如世界性的疯狂的描述已经到了极点一样，外在超越之路也已经走到尽头，由此方始为重新寻求走通内在超越之路埋下了足够的伏笔，《无名书》的内在节律就是这样：大疯狂后是大宁静，大混乱后是大拯救，直到一切外在的依附攀缘都被消解之后，生命方始在自主的道路上显出它的自由、光明与庄严，此际天人相和相乐，大平静中有大酩酊，大沉默中有大喜乐。

六卷《无名书》中，如果说《金色的蛇夜》最为笔酣墨饱，《开花在星云以外》则最为明净高远，气象辽阔，足以代表整部小说最高的境界。无名氏以一贯的放肆铺排描摹五千仞上华岳峰顶的风云雨雾星天，渲染彰显出一幅没有人间烟火的纯然天行的境界，而如同高耸入云的华岳一样，印蒂此时也漫步于精神的高空，尘滓渐去，与天地宇宙同呼吸共命运，天道人道相因相成，在特定的时刻豁然贯通而"悟道"。对于我们这些凡俗之人来说，很难确切明白这种"悟道"之后的境界，如果从小说中的描述来看，则是一举摆脱了压迫心灵的"宇宙压"（当然包括那种普遍的现代焦虑）所带来的黑暗沉重的感觉，心灵中从此一片永恒的空灵、透明：

> 他感觉中，再没有死的压力感觉，更没有那个可怕的黑色深渊的威胁。他不只毁灭死的感觉压力，也消灭了威胁他精神的黑暗感觉。他变成一个超越一切黑色压力的人，一个永远没有灵魂黑暗感的生命体，他自己的灵魂恒星，将永远不再有任何日蚀，他的肉体内外，化为一片光明。不管是怎样可怕的黑暗，经过他的精神调色板，也立刻幻作一片光明，空灵。
>
> ……
>
> 在这样的空灵背景下，万物万象，一片浑然透明。
>
> 现在，他骤然亮了。他头抬在亮里，身睡在亮中，手摸在亮内，眼游泳于亮空间，肺呼吸于亮空气。他的血液，奔流于亮流，他的眼、鼻、嘴、头发，完全是一片光明。他自觉从没有这么皦亮过。

> 这片空灵透明，代表人性最高的精神状态，灵魂的最最崇岳的智慧色素。①（引文有删节，为引者所删。下同。）

达到这种透明境界，便不但不再为外物所累所牵，而且也不再恐惧死的威胁，从内在的光明唤起外在光明，最后与天地光明、永恒光明相始终，从而也证会了永生：

> 无限永生不是任何神像，不是上帝，不是佛，不是玉皇大帝，或西天王母，它只是一个无限光明皭洁的灵魂宇宙，一片纯粹的精神本体。他的魔术，就在于他能把这种本体化为他的新的本能。他本能的用它消灭死，改造黑暗，变化痛苦，剖析万象，超越现实，抵抗一切宗教。这正像他本能的呼吸氧，排出二氧化碳，让血液保持洁净。
>
> 他这样本能的做，如大匠运斧，不留一毫凿痕。因为，在灵性世界，他自己已变成星球旋转的一部分。他自己是山，是水，是花，是鱼，是星。是风，是树叶，是绿草，是夏蝉，是风蛾，他是大自然最自然的一部分。他的最高灵魂感如鱼游千水，如月映万波，如明窗透万光，又如莲花出污泥而不染，临风款舞，如白云幻自浊气而芳洁，飘翔蓝天。②

"悟道"之后是何等境界，印蒂这里的境界是否便已是究极的悟境，没有经验的我们最好对之不作过多评判。③ 仅从理论上来看，如果一个

---

① 《开花在星云以外》，新闻天地社，1983年，第430—432页。
② 同上书，第432—435页。
③ 以我今天的认识而言，如参考有实际修持的过来人的经验，无名氏这里所设想的境界也还相当有限，更不能说究竟。禅宗大德有言："荆棘丛中立身易，月明帘下转身难"，印蒂此时体会到的境界，仍未脱离"我相"，绝不可贪着，更绝不可有所得心，否则动遇磨难。笔者在采访无名氏时，他曾当面告知自己曾有过"丧我"的体验，但写印蒂悟道的境界，主要还是得益于40年代后期在杭州时与僧人的交流。从书中的描写来看，在"悟道"的问题上，无名氏在见地上显然不够彻底，实际证悟也很有限，这也是其毕生巨著留下了诸多巨大缺陷的最重要的原因。补注一笔，以免误导读者。——2010年7月3日

人能够确切地证悟终极"实在","与天地精神相往来",则理所当然地不再被外界的黑暗所压倒。可以说,这是人类世世代代企图通过各种途径("道")追寻的境界,陷溺于各种现代焦虑之中的现代人,早已经忘记了寻找这种道路,在这个意义上,无名氏在举国狂乱中标举这种境界,并非故弄玄虚的空谈。《无名书》在浓墨重彩描写印蒂的各种精神探索时,也特意安排了另外一条相互辉映的线索描写兰素子和马尔提的艺术探索,为这种生命境界的感性层面做了一个注脚。尤其是兰素子,在经过对时代的疯狂的表现之后,在漫长的隐居期探索在油画上画出中国水墨画的神韵(这个人物是以林风眠为原型的),其关于现代性的阿波罗的说法正是综合了希腊艺术的明亮、平衡和东方艺术的透明空灵,这种中西艺术融合的境界与印蒂悟道后的心灵状态颇为一致,可谓异曲同工,这也正是无名氏所渴慕的中西文化融合之后新的生命境界和心灵状态。作为人的内在渴慕的一种表现,文学势必牵涉到人的心灵的安顿的问题,从现代中国文学的发展历程来看,这种渴慕也一直蕴藏在现代中国文学的底层,这自然和现代中国的价值系统的混乱是息息相关的。严格说来,如果不能为心灵找到适当的安顿,种种外在的问题终难有彻底的解决,不过现代中国文学常常被外在问题裹挟而去,因此思路也多偏向于社会政治性的表现,企图从种种社会政治方案中讨解决,即使现代中国最敏感的灵魂,如鲁迅、郁达夫、穆旦乃至近期的残雪、余华等,也更多呈现种种现代中国人的心灵无处安顿的绝境,只有很少人企图由此再进一步,发展一种建设性的思路,某种意义上,当代中国的潜在写作中,陈寅恪属于这一思路,沈从文属于这一思路,无名氏也属于这一思路,他们各自的取向有异,具体的思路与达到的成就上,也容或有各种问题,但不管怎么说,他们都努力企图去从绝境中进行一种新的探索。在这种思路中,无名氏也许是最不沉着落实的一个,却也是最为正面地应对这一问题并企图借助印蒂这一形象清楚地昭示出这一潜藏于现代文学文化内部的深层线索的一个。印蒂从外在的社会政治问题一步步走向"悟道",也正暗含着现代中国精神从社会政治方案走向自我灵魂觉醒的必然道路。

借助个人的生活经历传达某种特定的时代精神与文化精神,这在西方是从拜伦的《恰尔德·哈洛尔德》、歌德的《浮士德》以迄罗曼·罗兰的《约翰·克里斯朵夫》等浪漫主义叙事文学传统惯用的叙事策略，其中的浪漫主义英雄不仅是时代问题的揭示者与时代精神的代表，也往往是各自文化精神的代表。无名氏的主人公，当然也属于这些浪漫主义英雄的谱系，不过，在经历各种事情，获得种种感悟之后，从无名氏让他的主人公舍弃所有那些现代的文化潮流，进入颇有东方特点的"悟道"过程的事迹，我们显然可以看出，无名氏是把他的主人公作为中国文化精神的代表来描写的。所以，不管小说总体上的叙事方式如何与西方浪漫主义叙事文学传统脱不了干系，不管无名氏对现代的世界性疯狂如何敏感，也不管他的夸张铺排的文体（很多时候变为冗长累赘）如何不符合楚骚汉赋之外典雅的中国文学的简洁节制的传统，我们还是会发现，在所有这些怪异西化的表象背后，它的内里跃动的，是典型的中国心。事实上，我们如果把他和标志现代西方人的灵魂的浮士德相比，我们就会发现，印蒂虽然和浮士德有许多相似之处，但更多的却是不同，对于印蒂来说，虽然在现代生活的旋涡中不得不经历各种各样的现代潮流，但他却并不是要借此获得各种各样的新的经验与刺激，换句话说，虽然经历了各种歧途，印蒂寻求的却终究是精神的超越和灵魂的拯救，这和浮士德式永无餍足的灵魂为了在世界上寻找种种经验刺激甚至不惜把灵魂卖给魔鬼也大相径庭；而为了获得拯救，印蒂不能也并不需要凭借外力（无论是魔鬼还是天使），而必须凭借自己对于生命终极问题的不懈探求，最后他所企慕的境界也不是占有式的对各种经验的攫取，而是与天地本根合一的生命的平静圆全境界。如果把浮士德看作现代人的永无餍足的灵魂的写照，印蒂追求的圆全平静的境界却并不是简单的对传统的回归，而也包含了对现代精神的超越。这样，这种进取的精神就不是盲目的进取，而是生命向终极境界的进发，这是中国文化生生不息的生命力的根底所在，也是其在现代虽屡遭挫折却终必如浴火凤凰般脱胎重生的根源所在，这其实也是印蒂这个人物真正的生命力所在。

四

从文学层面看,《无名书》远不是一部完美的书。这种不完美体现在很多方面,例如,无名氏在描写印蒂的生命探险时,每一次都企图最充分地描写印蒂的生命历程,但实际上,由于作家经验的局限,这是办不到的事情,这就让我们发现了《无名书》最大的缺陷:就是那种不断追求、超越的精神与每一次的生命经历不彻底从而导致对话不充分的矛盾:譬如印蒂对于革命的反思,不是自己从革命的逻辑展开中探索得到的,而是因为革命队伍内部的无耻小人的陷害与领导者的极左心理;又如印蒂对西方宗教的反思是由于神甫的兽行的刺激而不是出于自己内在的探索。类似这样的情节展开得不充分,都导致书中那些精彩的思想缺乏足够的现实支撑。

其次,因为涉及的方面太广,这部大书的很多地方也超出了文学的领域。如果说,印蒂的精神历险,或多或少还可以纳入狭义的文学范围内部进行讨论,那么《创世纪大菩提》中关于建立"星球哲学"的讨论,无疑溢出了文学的范围,但从《无名书》全书的内在逻辑来看,这种溢出却属势在必然:不但全书中充斥着的思想探索的段落逻辑上需要有一个收束,从思想的内在脉络来看,印蒂"悟道"完成"内圣"之后,也势必要求从其内部开出理论上的新的"外王"之路——这不但要从思想的根源上对之进行清理,而且也要讨论世界性的乱相的解决途径,同时也要能够想象出一种与新的精神境界气脉相通的生活方式。总体上来看,无名氏在对当代世界乱相从思想根源上进行清理时进行得最为成功,企图解决这一问题的原则也颇具见地,在想象相应的社会制度和生活方式时,却最为失败。

无名氏也很清楚,为人类的未来在具体的制度和实践方面进行细节方面的设计,超出了他的能力范围,所以他也申明自己在这些问题上只能提出原则性的设想和建议,可是,如果结合无名氏对印蒂等人借以实现自己的原则而进行的地球农场的实践的想象,我们却不难发现,无名氏并不能设想出一种令人信服与向往的生活方式。基于道德原则的实践,在20世纪中国并不是没有先例,比如无政府主义者创办的泉州黎明中学与巴金、吴朗西等人创办的文化生活出版社,比如梁漱溟等从事的乡村建设,比如邹韬奋在生活书店尝试的经济分配原则等等,可是这种实践能够延续多长时间以及能在多大范围内推广,却始终是存疑的问题。不过,我们从这里却可以发现一个很重要的问题,《无名书》中不能设想一种让人信服与向往的理想的生活方式,表面上是一个个人的实践与想象力的问题,实际上却触及到本世纪中国文化的一个根本性的困境——一种文化充满活力的表现,在于它不但能从精神核心上把个人的生命要求与民族文化的内在精神打通,而且能够借此创造出自己的生活方式,而个人的生命要求与民族文化的生命乃至生活方式三者之间,应该是一以贯之、气脉连通的。无名氏描写印蒂漫长的精神探索时笔酣墨饱,在设想具体的生活方式时却思致枯窘甚至陷入"乌托邦"思维的窠臼,也正说明,虽然在穿越各种世界思潮时中国的知识分子不失其主体性,最终回到自己的民族文化核心也会发现这个核心在现代仍然是充满生命力的,可是如何在复杂的现代世界创造一种类似中国古典时代那样的文化与生活打成一片的生活方式,仍然需要几代人的探索与努力。在这个意义上,《无名书》对于现代焦虑的超越,就更多具有精神上的而不是现实上的意义。不过,笔者自然愿意相信,既然在最混乱的年代,中国知识者也仍然能够发现、创造乃至葆有印蒂这样的文化灵魂的原型,并在努力设想超越东西方文化撞击的新的生命境界,一种新的文化与生活方式的出现远不是不可能之事——而《无名书》,到那时,也许就可以说,是这一文艺复兴的预见与先声。

2002 年 10 月 25 日　客居韩国大邱

(原刊《华文文学》,2003 年第 1 期)

特殊年代的精神活动
——"胡风集团"冤案受难作家的潜在写作

一

梅志的《胡风传》记录了这样一个细节：胡风在狱中放风时，"一次，他发现在砖缝处长有一丛青草，这多年未见的鲜绿的草叶，给他带来了愉悦和生机。他怕它被太阳晒干，就在每天放风时口含一口水，喷在它身上。就这样，这丛草叶直到秋凉才枯萎而死。"① 胡风性格中的认真、耿直、坚强、固执，留给当时的人和后代的人印象至深，类似这样的细节说明的他生命中率真、怜惜弱小、热爱生命的一面也因之隐而不显，偶或一露，也常被人忽略。狱中的这个细节动人之处，不仅在于说明了胡风狱中处境的枯窘，以至见到一丛青草也倍加珍惜，更说明在这样的封闭与枯窘之中，胡风的心灵也保持了对生命亲和的明亮的一面。

1965年四五月间，梅志第一次被获准探望已经被关押十年的胡风，在这次会见中，胡风告诉她："我在这里做了不少的诗，是在心里默吟的。"并给她背诵了写给家人的几首，这大概是胡风的亲友第一次知道狱中的胡风在各种交代材料之外，仍然在进行创作活动。胡风这次背诵给妻子的有写给她的《长情赞》、写给晓风的《善赞》、写给"小三子"的《梦

---

① 梅志：《胡风传》，北京十月文艺出版社，1998年，第652页。所谓潜在写作，"是指那些写出来后没有及时发表的作品，如果从作家的角度来定义，也就是指作家不是为了公开发表而进行的写作活动。"参见陈思和《试论当代文学史（1949—1976）的"潜在写作"》，《文学评论》，1999年第6期。

赞》。"小三子"是胡风的小儿子晓山,胡风被关押离开时他还不到八岁,这时已然是十七八岁的大小伙子了,但是在胡风的记忆中他还是小孩子的天真无邪的形象。胡风对家人的怀念、眷恋乃至歉疚,在这些诗中通过反复的描画记忆表现出来,这比直抒胸臆显得更为真切,难怪梅志在回到家里向小儿子叙说到这里,"说不下去了"。不过胡风对家人的眷恋并没有使他因之而从自己的精神立场上退却,从梅志的叙述来看,他之所以在这时提起自己的狱中的诗歌创作,其实正是为了转移妻子要求自己检讨的话题,而他的写自己的诗《勿忘我花赞》,更显示了自己"顽固"的一面:"战斗情尤切,追求兴更阑;……誓尽传真责,倾诚告接班。"[①]

  胡风怀念亲友的诗后来都收在组诗巨制《怀春曲》中,在出狱之后,他曾将其中的篇什寄给一些相关的亲友。除过怀念亲友之作,他还写作了不少自述心胸的诗歌。这样默吟的诗数量巨大,仅现在收集到《胡风全集》中的《怀春室杂诗》、《怀春曲》、《怀春室感怀》就有一百三十多页——这仅仅是胡风在狱中默吟的诗歌的一部分,还有不少诗作迄今还没有公开。这样数量巨大的诗歌,如果放在十多年的时间里并不稀奇,值得感佩的是,胡风竟然将如此巨量的诗歌都记在心里(为了利于记忆,胡风不仅采用了他一向认为"束缚思想感情"的旧体诗的形式,而且有意识地运用固定的体式,如《怀春室杂诗》用鲁迅《惯于长夜过春时》原韵,《怀春室感怀》用鲁迅《亥年残秋偶作》原韵,《怀春曲》则采用了自创的"连环对体诗"的形式),在监外服刑期间将它们抄录下来。

  如果设想一下这种创作的环境之恶劣恐怖,你不能不从这种活动中感到一种强烈的震撼。这种狱中的独特形式的创作自然只能在审讯停止之后的间隙进行,但在这之前,胡风经过了审问这种痛苦的精神炼狱,而在这之后,更不能不忍受长期的独身监禁可怕的孤独、恐怖:

    房门一关,他像动物一样被囚进这铁笼里了。说它是铁笼,一点也不夸张,原来的窗子被铁皮斜遮住,只有白天才能露出

[①] 参阅《胡风传》第654—655页及梅志:《往事如烟——胡风沉冤录》,香港晓园出版社,1990年,第32—35页。

一尺多宽的光亮，能看得见写字。……

开始住下来的几天，像只孤狼似的在室内徘徊，除了给他送饭送水时可以从窗口见到人脸之外，连一个活物都见不到。偶尔听到远处传来几声鸟叫，真是静得惨人。晚上那高挂着的发出白色光束的电灯，使你感到比阴森的地狱还要怕人，那光刺着眼，令人辗转在矮铺上无法入眠。

……

开始几天他见不着人，也听不见说话声，周围是白茫茫一片，他真想大喊大叫，想用头去撞那铁门。但他明白，这种疯狂的心理是很危险可怕的，就努力背诵古诗词以镇定神经。这样，慢慢撞过了独身牢房的第一关。……①

作为一种社会动物，单身囚禁是对人最恐怖的一种惩罚。也就是在这种孤独之中，胡风开始了他的狱中创作，与背诵古诗词一样，你可以将这看作一个孤独者在自己的内心保持与外界的联系，使自己不至于疯狂的努力。梅志后来根据被暂时监外执行时的胡风的述说，这样描述这种特殊的创作活动的背景：

没有审问，没人管理他，这漫长的日子可真难打发呀！他一人在空房中漫步，念着自己记得的诗句。有时念到喜欢处，就大声念出来，常常引得警卫打开小窗申斥他。有时，诗兴来了，就默默地创作一些诗句，没有纸笔，只好默记在心中。后来这成了他的一种功课，常在心情不安或焦急时默吟着它们。②

胡风在特殊状态下的写作不限于这一阶段，在后来被流放四川时，他在书信中和聂绀弩、萧军等人的唱和，后来收录到全集中的《流囚答赠》一辑中；在四川第二次被收监期间，他仍在进行着这种独立的写作活动，

---

① 梅志：《胡风传》，北京十月文艺出版社，1998年，第648—649页。
② 同上书，第650页。

这时候有笔和墨水,但没有纸,他只好写在报纸的边缝上,有时不知不觉就写到整版的领袖画像旁边,有时也写在写完思想汇报剩下的纸上……这些写在纸上的诗篇,都被搜去,后来被作为改判无期徒刑的证据。①

胡风虽然以理论家、批评家名世,但是他的很多朋友却认为他首先是一位诗人,具有一位诗人的强烈的感情冲动和赤子之心,以致他的批评、理论文字,乃至他独创的一些术语,都带有强烈的感情色彩。他的潜在状态下的诗歌写作也不例外,这是他的心血之作,梅志的《伴囚记》记述在"文革"中他们收到聂绀弩的信,要将他的信和诗都烧掉,"焚朋友的诗稿,在我们还是第一次。心情是十分沉痛的。F(即胡风——引者)安慰我说:'你放心,这些诗他会记得的,因为是用心血写成的。'F和他的诗,当然也都记在F的脑子里了。"②他精心地将之保存在自己的记忆中,自然显示了对之的重视,同时也是他坚强的意志的证明,更说明狱中的胡风仍然保持着独立的思想感情,进行着独立的精神创造。这显示了一种强烈的表达欲望,这种欲望持之以恒地存在,既说明了胡风在心理上感受到的压力之巨,也说明了他反抗这种压力的意志的强烈与坚韧。在这种意义上,胡风的狱中诗歌可以看作既是面对自己的写作——即在不断的磨炼中对自己的坚守,使自己在孤独之中不放弃自己的身份认同与精神立场,同时也是与外界的一种独特形式的"对话",即在确证自己之外不断地向权势者提出怀疑、质问,同时诉说自己对党忠诚的心曲——虽然这里的"对话者"是缺席的。广为人知的《一九五五年旧历除夕》典型地体现了这一点:

> 竟在囚房度岁时,奇冤如梦命如丝;
> 空中悉索听归鸟,眼里朦胧望圣旗;
> 昨友今仇何取证?倾家负党忍吟诗!
> 廿年点滴成灰烬,俯首无言见黑衣。

---

① 梅志:《胡风传》,北京十月文艺出版社,1998年,第708—710页。
② 转引自《胡风诗全编》,浙江文艺出版社,1992年,第480页。

不过这种与不在场的权威者的"对话"、辩驳,终究只能是一种虚拟的对话,它更多反映了胡风本人内在的一种精神紧张,长期的精神紧张得不到外界缓解的结果,导致了他像"缆绳一样粗"的神经也终于崩溃。胡风"文革"中在四川被重新关押期间,患了严重的"心因性精神病",他的病的症状,一是在长期的迫害与心理暗示下承认自己有罪,并不断为自己虚构罪名;一是严重的被迫害狂,对周围的一切失去信任;但在幻觉中,他仍感觉到"天空中有一专案组在和他谈案情",像他的狱中诗作一样,他依然在和不在场的"权威者"进行着虚拟的对话……

二

胡风的潜在写作活动并不是一种孤立现象,不少被打成"胡风分子"的作家,如绿原、牛汉、曾卓、彭燕郊、罗洛、张中晓、彭柏山、徐放等,也在各种环境中进行着类似方式的写作。在隔离和单身囚禁期间,他们和胡风的孤独恐怖的处境极为相似。如曾卓坦承自己"一方面是痛苦的煎熬,不知这是为什么因而找不到可以支持自己的力量";另一方面,"孤独的折磨","对于我这样一向无羁的性格,这比死亡要可怕得多"。[①] 在回忆自己独身囚禁的状态时,绿原的描述不自觉地带上了存在主义的色彩:

> 这七年来,每年365天,每天24小时,每小时60分,每分60秒,我一直扮演着希腊神话里两个著名的角色:在接受审讯期间,总希望自己的交代早日通过,却像科林斯国王西绪弗斯一样,被惩罚在地狱里推巨石上山,推上去又滚下来,再推上去又再滚下来,一推再推,永远推不上去;在等待处理期间,总希望早日结束隔离和家人团聚,又像利底雅国王坦特勒斯一样,被惩罚在地狱里忍受永恒饥渴的折磨——或者置身在齐颈的水坑里,张口想喝一口水,水一下子退落下去;或者站在鲜果累累

---

① 曾卓:《曾卓文集》,长江文艺出版社,1994年,第397页。

的树下,伸手想摘一枚,果子又一齐高升到够不着。①

当联想到西绪弗斯时,绿原自己心目中未必意识到这个形象在法国作家加缪笔下成为代表对生存荒谬抗战的重要原型,但他的描述却直接接触到这种反抗荒谬的核心思想。面对狱中的漫长岁月,绿原显出很强的忍耐力,"像斯特凡·茨威格的主人公在狱中自学象棋一样",他"通过自学德语排遣无穷的岁月和无垠的忧伤"②,以后德语程度竟然到了能够翻译卢卡契与里尔克的程度。像清醒地意识到自己荒谬的命运的西绪弗斯一样,"他的行动就是对荒谬的反抗,就是对诸神的蔑视"。

他们在狱中经历了惨酷的精神炼狱:一方面要强迫自己承认虚构的罪名,另一方面要忍受孤独所带来的来自自己内心的精神折磨,最后则要在这种折磨之外重建自己的主体性。这些精神炼狱中的痛苦历程,也都表现在他们的潜在写作之中。这种特殊状态下的写作,因为是袒露自己的心声,和当时的时势很不相合,因而只能在秘密状态下进行,也创造了很特殊的创作方法,除过胡风的默吟之外,例如彭燕郊的散文诗,"当时无法笔之于书,只能每个自然段用一个语词代表,以帮助记忆,获释后逐篇默写一遍,居然保存下来"③。俄苏诗人阿赫玛托娃在斯大林时期写作的诗篇,为免招祸,不敢在纸片上存留,只好保存在朋友的记忆之中,这和中国作家在自己的记忆之中保留诗篇的方式可谓异曲同工。也有一些作家将自己的写作记录在纸上,但若干年后回忆起来,仍然心有余悸,例如诗人绿原在 1999 年 11 月 10 日致笔者的信中回忆自己进行"潜在写作"时的心态时说:"当时,只觉前路茫茫,毫无预知的可能,所做的东西大都是灰暗的,悲伤的,甚至绝望的,不但客观上不可能发表,主观上也觉得不值得留存,其所以想写,可以说出于一种现在看来很不明智的习惯,即为了自我排遣而不惜冒一定的风险。一旦心血来潮,就在纸片上,笔记簿上,或者给家人的信中把它描摹下来,句不成句,段不成段,就匆匆搁

---

① 绿原:《未烧书》,时代文艺出版社,1999 年,第 134 页。
② 同上书,第 140 页。
③ 彭燕郊:《夜行·后记》,山东友谊出版社,1998 年,第 248 页。

笔扔在那儿，从来不曾完整成篇过。这些东西如被发觉，是会招来难以估量的麻烦的，所以它们不可能写在本人被严加看管的头几年，得到后来管理比较松懈才有私自动笔的可能。同时，一次两次虽然躲过了查抄，仍一直不敢大模大样地写什么，更没有发表什么的想法，所以断句残篇也留存不多。……总的来说，那些随写随扔的东西是见不得人的，既没有积极的内容，更谈不上什么艺术性，如果对我个人有过什么用处，不过是通过某种宣泄作用，防止我在走投无路的情况下误入歧途而已。到1980年平反以后，在朋友们的鼓励下，才从留下来的笔记簿和家信中找出略具规模的几篇发表过。"绿原的这种担心绝不是没有根据的，诗人曾卓类似状态下写作的诗篇，就曾在"文革"中"一个爆满的一千多人的大会场上"被作为揭露作者不肯低头"认罪"、"梦想翻天"的"罪证"被宣读。

"胡风冤案"受难者的"潜在写作"中，有很多已经成为当代文学史上的名篇，例如胡风的《一九五五年旧历除夕》，曾卓的《有赠》、《悬崖边的树》，绿原的《又一个哥伦布》、《重读〈圣经〉》，牛汉的《华南虎》、《悼念一棵枫树》、《半棵树》，张中晓的《无梦楼随笔》等等。本文无法对他们用生命书写的作品进行整体研究，即使是描述他们在困厄的二十年多中的写作活动，也不是本文所可完成的——作家本人恐怕也很难将如此长时间的生命历程仔细述说。我们只能从他们的回忆中打捞一些作家在进行"潜在写作"时的历史片断，窥一斑而知全豹——而这些片断，常常和那些名篇的诞生联系在一起。

片断之一

1961年9月10日，张中晓在笔记本上写下："过去认为只有睚眦必报和锲而不舍才是为人负责的表现，现在却感到，宽恕和忘记也有一定的意义，只要不被邪恶所利用和牺牲。耶稣并不完全错。"在这段话背后，他记下了"病发后六日记于无梦楼，时西风凛冽，秋雨连霄，寒衣卖尽，早餐阙如之时也。"[①] 张中晓在三批材料中被定为"反革命嗅觉最灵"的一

---

① 张中晓：《文史杂抄·九九》，上海远东出版社，1996年。

个，在狱中因为肺病复发才被允准回家就医，这时候正处于极端潦倒之中，但在这种窘困之中，他仍然在进行阅读与思考，其处境之困厄与精神之博大形成了强烈鲜明的对比……

片断之二

1961年11月，诗人曾卓终于和自己的爱人联系上了。他们分离了六年多，彼此虽在同一城市却不知音讯，只是可以设想彼此的生命历程都充满了坎坷与痛苦。现在终于可以相见了，诗人忐忑不安，"她将以怎样的态度接待我呢、我的命运是在她的手中了。"接下来的情境最好直接引用诗人自己的叙述："她住在一栋大楼上三层楼上的一间小小的房屋里。我在楼下望了望，那里有灯光。我快步上楼去，在她的房门口站住了。我的心跳得厉害，好容易才举起了手轻轻地扣门。我屏住了呼吸等待着。没有反应，我又扣门，又等待了一会儿。门轻轻地开了，她默默地微笑着（那闪耀着的是泪光么）站在我的面前……"诗人"沉浸在巨大的幸福中，只有经过巨大的悲痛和几乎是绝望的心情的人，才能感到这样巨大的幸福"[①]。在这种情况下，诗人又写了几首给"她"的诗，其中就有那首著名的《有赠》。

片断之三

1960年8月，绿原被单身囚禁五年后将转集体监狱，在交接室被命面壁而立达二时许，诗人这时突然产生幻觉："一堵手舞足蹈的白墙"像猛兽一样向他扑来，两者"面面相觑"，离得太近，"近得简直看不见但听得见它"，于是在幻听中他的各种各样的意念像油彩一样向白墙泼去，使之成为"五颜六色"的"一幅可怕的交响乐式的大壁画"：在幻觉的第一个层次，他听到"风声雨声枪声以及逃窜者惊慌而凌乱的脚步声"，那逃窜者似乎逃出了壁画，与他并排站立，艰难地喘息着；在第二个层次，他听见自己"一脚跨进了壁画"，"正和逃窜者一起在刺丛中间爬行还在喘

[①] 曾卓：《曾卓文集》，长江文艺出版社，1994年，第401页。

息",前面有路,又似乎没有路,"在有路和没有路之间",逃窜者们奔跑着,"在希望之中奔跑着";进而,他从幻觉之中苏醒过来,然而感觉自己一个人还在奔跑,匆匆奔向了永恒——"什么也没有"的永恒,也许就是没有绝望与希望的虚无吧,它至少使得他从纷乱中清醒——然而,这种虚无中的清醒没有机会延续多长时间,交接手续完成,新的"宽敞而嘈杂的监狱""像一头巨兽"把他吞没。他进入了另一个精神与肉体的炼狱。诗人后来将这种幻觉写成了一首诗:《面壁而立》。这首诗仿佛是一个简洁的蒙太奇,概括了"胡风集团"成员们的生命姿态:那刺丛之中的爬行与喘息使人联想起在刺丛中求索的鲁迅的精神传统,即使在绝望之中他们仍然在"爬行"、"喘息"、"奔跑"着追寻,虽然前面的永恒也许竟是虚无。①

片断之四

1973年6月,诗人牛汉第一次去桂林,由于无聊,走进桂林动物园:"在最后一排铁笼里,我们看到了这只华南虎。它四肢伸开,沉沉地睡着(?),我看到血淋淋的爪子,破碎的,没有爪尖,最初我还没有悟过来,我记得有人告诉过我,动物园的老虎,牙齿,趾爪都要剪掉或锯掉。这只虎,就用四只破碎的趾爪,愤怒地绝望地把水泥墙壁刨出了一道道深深浅浅的血痕,远远望去像一幅绝命诗的版画。"诗人在铁笼外很久,突然感到惭愧。回到干校,当天就匆匆写下了那首《华南虎》的草稿,后来几经修改,就成了我们现在看到的名诗《华南虎》。②诗人后来回忆是这只老虎破碎的趾爪和墙上带血的抓痕,"一下子把我点爆了起来",于是在他的笔下,这只老虎成了被囚禁的自由的不羁的灵魂的象征,它让所有的安于囚牢的灵魂感到惭愧……

这样的生动的片断其实还有很多,像彭柏山在逆境中写作与反复修改长篇小说《战争与人民》,像贾植芳先生在"文革"中处境艰难时写给

---

① 绿原:《绿原自选诗》,人民文学出版社,1998年,第234—238页。
② 牛汉:《命运的档案》,武汉出版社,2000年,第228页。

妻子任敏的《家书》(在家书中先生保持了对亲人的相濡以沫、无微不至的关爱之心,其语言风格的平实亲切也与声色俱厉的时代风格形成鲜明的对照)……等等,实际上,几乎每一篇"潜在写作"的作品,背后都隐藏了一个非常时代的动人故事。

三

我在上文不厌其烦地列举了很多细节,而且不顾写文章的忌讳,直接征引了许多当事人的叙述,是因为只有这些细节才能让我们和历史更加接近,也只有当事人的回忆而不是我们后人的分析更能够保持这些历史细节的鲜活生动之处。但从这些细节我们也能看得出,"胡风冤案"受难者的潜在写作,不但是在处境极端困厄下的写作,而且,他们是直接用自己的生命写作,是在捕捉那些真正触动自己、用自己的心灵与之对话、能够点燃自己的生命的东西。这些写作不是为了发表,却也因之保留了那个时代少有的对自己心灵的忠实——这也许能够启发我们反思写作的本来意义。也许单纯着眼于文学的角度,"这些文本中有些并不算好,甚至还相当粗糙。但就是这些与纯文学(?)显得凿枘不合、茅茨不修的文本,却将知识分子所蒙受过的羞辱和苦难,他们为'宏大'时代的轰然喧嚣所遮蔽的人格信念的坚持和选择,或诸如此类的生命印迹,以最为原始的方式存留了下来。"①

但即使从纯文学的角度看,这些文本依然有其震撼人心之处。在研究20世纪知识分子的精神史时,它们也自有其不可或缺的地位。像胡风的诗作中表现的复杂的心态与求真的精神;像彭燕郊的散文诗中所表现的身份与人格被剥夺之后的耻辱感、生命的空白、疯狂的臆想、臆想中惊人清醒地揭示出的时代的荒谬以及与之相伴的批判精神辩驳、冲撞、矛盾混杂在一起的状态;像绿原的《又一个哥伦布》、《重读〈圣经〉》中揭示的时代与命运的荒谬以及在这种荒谬之中对生命与信仰的坚持;像曾

---

① 李振声:《〈夜行〉序》,收入彭燕郊《夜行》,山东友谊出版社,1998年,第2页。

卓的《悬崖边的树》与牛汉的《半棵树》所表现的饱受摧残却仍坚持生命的挺立的现代人格形象，在在都给接触到的人们留下了不可磨灭的印象。而正是在绝境中，他们的作品显示出其最有力的地方，显示出一种特殊年代罕有的主体性。例如绿原的《自己救自己》，就告诉人们，当一切都被剥夺得一干二净的时候，才会发现唯有自己的心灵与精神才是真正可以凭借的支撑，在面对最深刻的绝望时，人的主体性才真正彰显与建立起来。绿原借用了那个非常有名的所罗门的瓶子的阿拉伯传说，而对之作了小小的改动。精灵在被饱受对外界的期待的嘲弄之后说：

> 我不再发誓不再受任何誓言的约束不再沉溺于赌徒的谬误不再相信任何概率不再指望任何救世主不再期待被救出去于是——大海是我的——时间是我的——我自己是我的于是——我自由了！①

这段独白使得整个故事的主题转换成为对绝境中精神自由与自主的真谛的揭示。心灵的自由在对外在希望与妄念的舍弃中出现，个人的自主性在对荒谬的承担与反抗中出现。在这时候，正如希望是虚妄的一样，绝望也成为虚妄，从而带上了一种尼采的悲剧人生式的崇高精神。

胡风冤案发生后，在全国范围内的"妖魔化""胡风集团"的批判中，有一幅漫画戏仿胡风的名诗《时间开始了》，题为《时间终结了》，这大概也反映了一种较为普遍的心态；似乎认为冤案中受难的作家们的生命——不管是政治的，还是文学的，就此终结。即使是80年代之后写作的各种历史著作，一般也只记载震动中外的"胡案"的爆发、由之引发的全国范围的大批判运动，以及后来对之的平反，受难者在这过程中的生命历程被忽略不记。历史叙述当然偏爱大事件，但当事者在案件爆发以及平反期间的生命历程，除了受难之外，并非就是一片空白，像高墙内石缝间的那丛青草一样，"胡风冤案"受难者中的不少人，仍在用生命进行着一种特

---

① 绿原：《绿原自选诗》，人民文学出版社，1998年，第239页。

殊形态下的写作（这些人的"潜在写作"也只不过是 50—70 年代范围广泛的潜在写作活动中的一部分）。也许反而是这种普通的日常生活中的心灵的反抗、坚持与创造，比那些所谓的历史大事，更能够让我们接近与体认一种现代知识分子的传统。

（原载《上海文学》，2001 年第 5 期）

补记：

以上内容，是十多年前应朋友之约写的；2013 年 7 月，有报纸做一个"七月派"的专辑，我便旧话重提，把相关的材料和细节再介绍了一遍。但也有一些新的感慨，抄录如下：

> "胡风集团"冤案发生到现在，已有将近六十年，冤案第一次平反，也已三十多年，第三次平反——也是彻底平反的一次，也已二十五年，冤案作为当代史上的一次事件，在幸存者和后人的身心上，留存下了难以平复的创伤，但整个事件则似确乎已经成为了历史，既然成为了历史，其中的是是非非、经验教训，便留给了历史学家和后人去研究、评说、汲取。而换一个角度来观察，历史有时也和文学有相近之处，胡风事件的整个经过，俨然就是一部小说，一部戏剧，有它的结构脉络、情节起伏，也有它的角色设置、人物层次，后来者可去对之做情节分析与因果考察，在此过程中，或者不但可对文学有更进一步的认识，也可对历史有更深入的理解。
>
> 　　对于胡风的文学思想、批评实践和文学活动，进而对整个"七月派"的创作和活动的研究，上世纪 80 年代以来，便已是现代文学研究领域一个被持续关注的热点，尽管也有一些阻力和干扰，相关的研究成果，却还是不断出现。对于胡风事件的来龙去脉，也不断有回忆、资料面世，当事人的回忆、记述等自然不可代替，前些年甚至还看到过当年办案的公安人员和胡风在

四川农场劳改时的同案犯的回忆（后一材料真伪难辨），相信随着时间的推移，会有更多的材料出土，整个事件的细节也会更丰富、清晰——时至今日，尽管有一些细节层面的问题还有争议，但整个事件"情节结构"层次的大关节，可以说早已清晰，既已清晰，它便需要、容许、也经得起各个角度的解读——虽然并不是说各种解读都在同一个层次。相对来说，理性清明、襟怀坦白、洞察幽微而又不局限于私人恩怨的解读，肯定更能切中历史的关窍，也便更能经得起时间的考验一些。

解读这一历史戏剧的资料，尽管已经足够丰富，以后也可能还会不断补足，但冤案当事人的"潜在写作"，仍然有不可替代的价值——因为从中可以看出他们当时的心态，以及他们经历炼狱考验时的心路历程，那不光具有文学史的价值，也有精神史的价值，而从其中，偶或也许还能瞥见文学史和精神史演变的某些关窍。

以胡风而言，此期诗作，以《怀春室杂诗》《怀春室感怀》与《流囚答赠》为佳，对照其中的词句，如《一九五五年旧历除夕》，与作于冤案发生约十年后与聂绀弩唱和的组诗《次原韵报阿度兄》——尤其"其二"中的句子："太息书生无史识，几曾读懂党人碑？"其心态变化实不难追索。中国的新文学家一向不太喜欢读史——偶尔读史甚至治史者，也往往强调新眼光、"新境界"，此一弊病，左翼文学家犹然，内中心态，仿佛知堂老人所言："以为从此是另一世界，将大有改变，与以前绝对不同，仿佛是旧人霎时死绝，新人自天落下，自地涌出，或从空桑中跳出来，完全是两种生物的样子"（《闭户读书论》），而征诸史实，以往的历史，仍可以为后来者提供一些可供借鉴的经验教训，读史得间者，则更可以认识到人群之中"凡圣同居，龙蛇混杂"的灵魂分布状态，对于人群之中不可免的共同生活或者也就会有较深入的认识，出处去就，也就会略为不同些。

胡风系狱近十年后认识到"史识"的重要性，可以说是用生命换来的教训,然而,"信而见疑,忠而被谤",似乎是特定类型人注定的命运。历史上那些奔赴悲剧命运的人物,往往是不由自主地选择了命运指派的道路——如果是清醒自觉的选择,怨尤可能会小一些,在历史中留下的能量可能也会更强一些,也就可能更为后人所纪念一些,此可如屈原和文天祥的例子。而不同的人有不同的选择和命运,也各有自己不可代替的意义——屈原固不能代替渔父,渔父却也不能代替屈原,"竭知尽忠而蔽障于谗。心烦虑乱,不知所从。"然不经意之间的提问,却也已经显示出自己内心的选择,纵精通卜算的郑詹尹也只能回答说:"物有所不足,智有所不明;数有所不逮,神有所不通。用君之心,行君之意。龟策诚不能知此事。"

胡风此期曾有诗句曰:"翻天无畏惧,系狱不凄惶。"(《猴王赞》)然而人都是软弱的凡人,没法全然成为神话和文学中的英雄,胡风在关押之中,一直在期望着"对话",他的"潜在写作",乃至之后的精神失常,未尝不可以看作另一种形式的"对话的渴望"——只是那弥天的灾祸、满怀的冤忧、古往今来不断重复的悲剧,又哪能有几个凡人承当得起?故与其诉说于个人,不如诉说于天地——人世间对此的模仿,便是诗,是音乐,是文学和艺术……,而要对此进行理解和解消者,则恐怕不可避免地走上热爱智慧的哲人之路。

我曾经把"七月派"的潜在写作,概括为"从现实战斗精神到现代反抗意识"(《潜在写作:1949—1976》),这两个概念都是从我的导师陈思和教授那里借来并做了变通的概念:现实战斗精神指的是1949年之前他们写作中那种批判现实的激情,现代反抗意识则指代的是冤案发生之后他们对荒诞命运的反抗——表现在他们的潜在写作中,则是不自觉地带上了某种现代主义色彩。这种现代主义色彩,有时候在他们的写作中体现为某种鲜明的视觉意象,如曾卓的《悬崖边的树》和牛汉的《半棵树》——如果了解现代主义文学中某种反抗荒诞的悲剧精神,不难发现其中的共通之处，尽管这些诗作中似乎仍还保留着浪漫主义精神的残留。在"七月派"诗人的潜在写作中，也有一些表现了极端状态之下惨酷的心理体验，此如彭燕郊的《空白》，表现了在极端处境之下自我濒临消解时的心理状态，又如绿原的《面壁而立》，以幻觉的形式，表现了一代人的生命姿态；在另一些时候，他们的潜在写作中格外惨酷地表现出所面临处境的荒诞无望，典型的如绿原的《又一个哥伦布》，把单独囚禁时面对的无穷无尽的时间的绝望，换喻成贸然出航的哥伦布在大海上面对着的空间的绝望，而在这种荒诞无望的绝境中，竟然也有精神的觉醒和绝境突围的实际努力：譬如绿原在《自己救自己》中描写的精灵，在无穷尽的期待和失望之后，"它"不再对外界寄予希望，而从自己的精神内部寻找拯救的可能，绿原自己在狱中自学德语的努力，则是用行动对荒谬命运的反抗；又如张中晓，在贫病交加、处境困厄中阅读所能看到的各种典籍，写作《无梦楼随笔》，其中的有些思想，不仅是对胡风思想的超越，也突破了新文化传统中某些固有的局限……

"七月派"的现实战斗精神，来自于鲁迅的文学传统，他们的现代反抗意识，虽说更多出自自己的生命体验，但也和鲁迅的精神传统不无某种关联。在研究他们的潜在写作时，我曾格外清楚地意识到这一点，譬如《悬崖边的树》和《半棵树》，不是分明能让人联想到鲁迅的倔强和硬气么？而绿原的《面壁而立》中的幻觉，分明就是对鲁迅的"刺丛里的求索"的精神在另一种状态下的写照，全诗的风格，则更让人想到鲁迅的《野草》。事实上，如果再进一步追根溯源，他们在三四十年代的写作，不论是胡风对"精神奴役的创伤"的发掘，还是对"主观战斗精神"和"原始生命强力"的强调，乃至阿垅的《纤夫》等诗作中的近似梵高式的刻画和笔触，以及路翎小说中陀思妥耶夫斯基式的心理发掘和拷问，都显示出了他们的文学中某种不一定完全自觉的现代色彩——这种本不一定自觉的色彩，在这一流派成员的潜在写作中，方才有机会得到了格外清晰的表现。某种程度上，这也说明了，现代意识和现代主义风格，不仅内在于新文学的发端之中，而且，它们在"文革"后中国文学中复活，也自有自己的实感经验和文学传统——绝非简单的横向移植可以全然说明。

研究"七月派"的潜在写作和胡风冤案受难作家的命运时，我曾常常感到某种无力感，那样的悲剧性的命运、惨酷的心理体验、发人深省的历史教训和某种反抗命运的精神力量，是只有伟大的戏剧、小说乃至音乐才能进行恰切的表现，研究得再深入细致，写作得再刻苦用力，终究有隔靴搔痒之感。事实上，不特胡风冤案如是，20世纪中国和世界上的种种悲剧，也呼唤着伟大的文学和艺术表现，那样的作品，该是充满历史和人心的洞察力，而且又有着悲天悯人的宗教情怀，因此不但能表现出那种难以言传的人类的极端经验，而且能够让逝者的灵魂得到安息、让生者的心灵恢复平静——那该是需要调动从古典到现代的所有艺术经验才能完成的吧（在我的阅读和视听经验中，国内似乎只有个别音乐作品有些这方面的味道。我期待着更丰富和更有力的作品出现）——那样的作品的出现，便该是我们告别莽撞狂躁而又充满悲剧性的20世纪的真正开端吧。

穆旦在一九七六

1976年1月19日晚，穆旦骑自行车在南开大学昏暗的学生宿舍楼区摔伤，次年2月26日因突发心脏病病逝。穆旦生命这最后一年多的时间，也是他的诗歌创作的最后一个爆发期。① 在停止写诗近二十年后突然的喷发，这里面，当然有切迫而不能已于言的成分——这些诗作中有很大成分是对已往生命的总结，似乎在病中，穆旦有了更充分的时间来冷静地反思自己的历程。

目前存留的穆旦1976年的诗作中，写作时间最早的《智慧之歌》，具有某种原型性的意义。《智慧之歌》基本的构思，是一个层层递进的反讽：人生到了"幻想底尽头"，"这是一片落叶飘零底树林"，所有的过去的"欢喜"——"青春"、"友谊"、"理想"等等，"现在都枯黄地堆积在内心"，"唯有一棵智慧之树不凋"，然而这智慧之树的长青，却是以"我的苦汁"为营养的，亦因此，"它的碧绿是对我无情的嘲弄／我咒诅它每一片叶的滋长。"如果连痛苦中滋生的智慧也是要"咒诅"的，那么这种智慧也就没有什么可自傲的，而作为其基调的痛苦也就绝对不是、也容不得任何浮泛、感伤的情绪的装饰。

王佐良评穆旦晚年诗，说："三十年过去了，良铮依然写得动人。他运用语言的能力，他对形式的关注，还在那里——只是情绪不同了：沉思，忧郁，有时突然迸发一问……实是内心痛苦的叫喊；更多的时候，则

---

① 本文所引用之穆旦诗作均依据李方编《穆旦诗全集》（中国文学出版社，1996年），下不一一注明。所述穆旦生平据该书附录李方编《穆旦（查良铮）年谱简编》。

是一种含有深沉悲哀的成熟。"①自1952年决定回国,经历近四分之一世纪的曲折,穆旦的诗歌更为成熟深沉,自是意料中事,但就知识分子的遭遇来说,穆旦在新中国的命运并不能算作特殊,引人注目的是他的诗歌仍然保留了他对于世界、自我和人生的审视方式,由此自然有比一般的控诉性的写作远为复杂深入的洞见。

而穆旦诗歌的特点,也正在于他着力突显复杂。他常常并置两种或两种以上的相反情形,但并置的目的却不是用辩证法将之装饰得滑溜顺畅,而是呈现、突出其中的两难,把困难、悖谬直裸裸呈现到人面前。这与奥登的影响不无关系,晚年的穆旦说:"奥登说他要写他那一代人的历史经验,就是前人所未遇到过的独特经验。……我由此引申一下,就是,诗应该写出'发现底惊异'。你对生活有特别的发现,这发现使你大吃一惊,……于是你把这种惊异之处写出来,其中或痛苦或喜悦,但写出之后,你心中如释重负,摆脱了生活给你的重压之感,这样,你就写成了一首有血肉的诗,而不是一首不关痛痒的人云亦云的诗。……"②关注穆旦的潜在写作,最重要的自然是关注其"发现的惊异"。

一

就穆旦的潜在写作来看,这种"发现的惊异"的第一个层次,是关于"诱惑"的主题。在穆旦最早的潜在写作(写于1956年的《妖女的歌》)中,诱惑与幻灭的主题已然出现。到了1975年写作的《苍蝇》里,这种幻灭感更为强烈,也更为沉痛。这里依然是"诱惑"的主题,但从苍蝇的角度写来,另有一种辛酸:苍蝇渺小辛劳,生活无着,虽然为人所厌腻,但也有着自己的快乐,对世界也充满好奇,然而,"自居为平等的生命,/

---

① 王佐良:《谈穆旦的诗》,收入谢冕、周与良等著:《丰富和丰富的痛苦——穆旦逝世20周年纪念文集》,北京师范大学出版社,1997年,第5页。
② 穆旦:《致郭保卫的信(二)》,收入曹元勇编:《世纪的回响·作品卷 蛇的诱惑》,珠海出版社,1997年,第223页。

你也来歌唱夏季;/是一种幻觉,理想,/把你吸引到这里,/飞进门,又爬进窗,来承受猛烈的拍击。"简言之,这里的"苍蝇"几乎就是在"新时代"被视为异类、饱受折磨歧视的知识分子的形象,不过,在对诱惑的疑问之外,这里也有着对苍蝇的天真的反嘲,而实际上,这也何尝不可以看作是对天真的自我的反嘲。

写于1976年的《好梦》、《神的变形》与写作年代不详的《爱情》,依然是探究"梦"(理想/幻想)的欺骗,却进一步分析了这种梦的悖谬的成因与一步步的发展变化,比《妖女的歌》和《苍蝇》仅体现刹那的感觉和洞悟要来得复杂得多。抗战期间,穆旦曾经讴歌"一个民族已经起来",然而,在《好梦》这首诗中,穆旦却揭示了这种"好梦"在历史情境压迫下的演变,它"集中了我们的幻想",由于历史的谬误,我们"由于恨,才对它滋生感情,但这"好梦"只不过是"谬误的另一个幻影",终于,它不能不在失去感召力之后,由最初的夸张粉饰的乌托邦走向造神运动,最终只能用强力来制造和维持信仰,结语的"但它造成的不过是可怕的空虚,/和从四面八方被嘲笑的荒唐",尤其沉痛。《好梦》几乎概括了整个中国现代历史的发展进程,但值得注意的是,在这里,由"好梦"发展成"噩梦",梦仍是"我们"的梦,没有"我们"的参与,那由"幻想"发展到"专制"的戏剧,便失去了其基本的感情动力,穆旦处理的虽然是诱惑的主题,但这里却也并没有放弃对"自我"的清算。

1976年,历史在进行巨大的转折,尤其是这一年10月"四人帮"倒台,民间议论纷纷,许多人抱着不切实际的希望,但病卧在床的穆旦,却显示出可贵的清醒。[①] 经历历史的重重波折,穆旦显然看透了各种各样的诱惑之后的权力运作的秘密。写于这一年的《神的变形》是一出小小的诗剧,其内涵却包蕴了各种权力机制运作的机密。诗剧的结尾,对于神、魔、人反复争斗的历史悲喜剧,权力冷冷地发话:"不管是神,是魔,是人,登上宝座,/我有种种幻术越过他的誓言,/以我的腐蚀剂伸入各个角落……"对于人在历史之中可能遭受的诱骗,穆旦一直有一种警觉。不

[①] 曹元勇编:《世纪的回响·作品卷 蛇的诱惑》,珠海出版社,1997年,第248页。

过历史的悖谬在于，在 40 年代对现实的复杂悖谬、人性的脆弱与易受欺骗如此清醒的穆旦，仍然在随后而来的历史的转折关头不能不受"好梦"的诱惑——实际上，在穆旦 40 年代的那些诗作中，我们依然能从他对世界的复杂性的把握之下，感觉到深蕴在其底层的对一个新的合理的社会的激情渴望，这本来是无可非议甚至是应该尊敬的，不过那种恼人的历史的诱惑与捉弄却也就隐藏其间，但由诱惑清醒之后，穆旦由历史对个人的诱惑，发现权力机制运作的秘密，将之化为一种清醒得甚至有些残酷的诗篇。这以"苦汁"为营养的智慧之树上的果子，后来者理应细心品尝。

二

穆旦的敏锐的发现，更深刻的地方在于他对现代自我的不确定性与矛盾分裂的深刻洞察。这一点，梁秉钧先生曾在《穆旦与现代的"我"》中有精彩的分析①。在笔者看来，穆旦笔下的现代的自我是易受外界影响，也没法摆脱现代社会无所不在的非人力量的控制，不过，这却也并没有导致他对自我的完全取消，而是形成它们之间互相影响与拒斥的张力，在揭穿虚假的主体的幻觉的同时，也就为主体的生存留下了某种余地。

穆旦的这一特点，在 1949 年以前已经形成，在遗作中，穆旦仍旧在追问自我内部的混乱、不确定与易受外部的影响等因素，但在这里，"自我"的不确定性被清晰地表达为一个荒谬的戏剧，少了年轻时的激愤，多了老年的悲哀，这应该与进入老境的穆旦要对自己的人生旅程进行总结、反思不无关系。在写于 1976 年 9 月的《自己》里，自我的不确定是通过自我发展的循环表现出来的：在第一个阶段，"他"在荒乱的世界中发现自己而觉醒，但由于"他"是偶然地被抛掷到世界上的，于是这种发现与觉醒，便是很可怀疑的随意的或被指定的；进一步，这个自我通过偶像崇拜，建立自己的世界的秩序，然而由于随意性，这世界的秩序实际上建立

---

① 梁秉钧：《穆旦与现代的"我"》，收入王晓明主编：《20 世纪中国文学史论·第二卷》，上海东方出版中心，1997 年。

在沙上；经历短暂的安稳，这自我便破产，被自己的手推翻，在忧郁中面临死亡，另一个世界在寻找着他，他的后世又要经历另一个不确定的循环，而"自己"却似乎始终是一个追寻不到的幻影。如果说这首诗前两段的自我（"他"）虽然是随意的，还是被描述为有选择的主体性的（即使这主体性实际上是虚幻的），后面两段的修辞却完全把自我宾格化为被动的"他"，而事物、另一个世界、空室、梦、谣言、传记却成了主动的主体，这些都在有力地说明着人的异化与不能自主的悲剧。尤其是诗的最后一段，当"他"失踪之后，"另有一场梦等他去睡眠，/ 还有多少谣言都等着制造他，/ 这都暗示一本未写出的传记 / 不知我是否失去了我自己。"几乎让任何对人的自我的确定性还抱有幻想的人，都感到一种宿命的绝望，然而，那种"不知道我是否失去了我自己"的忧郁苦涩的慨叹，却也分明体现着自我存在的线索，虽然，这里的自我决不是有力的。

　　对于他的时代来说，穆旦对自我的不确定性、被主宰性的发现有何意义呢？简言之，或许可以说，虽然自我的不确定性与易受外界主宰是人的宿命，它并不仅仅是现代人的命运，但因为现代人对流行的自我是不受干扰的独立主体这样的神话有着异常的迷恋，这种迷恋遮蔽着他们的眼睛，使得他们看不到自己实际上是被各种权力机制、意识形态主宰着的，那么，这种主体性便不但是可悲的，更是甚至可能会制造出大悲剧的幻觉（每一次现代悲剧都是号召个人"自愿"地投入到"大我"之中去压迫屠杀他人），这样，对这种幻觉的揭示对于现代人来说便是有特别的意义吧？而那种发展到极端的全面控制一切资源的社会是到现代才可能出现的，那么经历这样的社会便会对"人"这个"主体"的矛盾虚妄之处有一些只有现代人才可能有的发现吧？这导致穆旦遗作中对自我被社会控制的一面，有一种强烈的切肤之痛。写于1976年的《"我"的形成》，是对在现代社会坚持个人主体性的困难的清醒的描述，也是对荒诞的描述与对异化的揭示，这里的描述有现代主义作家笔下习见的对各种"非人"的权力机制及其表现——"报纸"、"电波"、"机关"、"权威"的恐惧与批判，然而，穆旦的某些描述仍然让人产生恐怖之感："一个我从不认识的人，/ 挥一挥手，他从未想到我，/ 正当我走在大路的时候，/ 却把我抓进生活的一格。"而最后一段的疯女的梦的比喻更让人毛骨悚然:"仿佛在疯女的睡眠中,/一个怪梦闪一闪就沉没;/她醒来看见明朗的世界,/但那荒诞的梦钉住了我。"这首短诗,几乎涵盖了卡夫卡的主要小说的主题。①

穆旦遗作中对自我的被控制的揭示,显然是只有在"文革"那样的荒诞而恐怖的专制社会的背景下才能写得出来的,而他对自己的诗歌的特定的时代社会背景有清楚的意识,他在致郭保卫的信中说:"首先要把自我扩充到时代那么大,然后再写自我,这样写出的作品就成了时代的作品。"②经历"文革"这样的时代,穆旦显然对那种社会对人的控制、对其中的主体的虚妄有一种身受的洞察。但从另外一面来说,这样的时代状况却并不是只有中国才有的,甚至也不只是所谓的极权社会才出现的,它萌芽于整个世界的现代历史中,也成为整个现代主义文学所面对的主题,奥威尔在1941就这样明确地说:"我们生活在独立自主的个人已开始不再存在的时代。或者应该说个人已开始不再有独立自主的幻想。"③经历整个20世纪历史的发展,面对今日铺天盖地的负载着各种意识形态与商业利益的媒体的轰炸,今天的思想者很难再把这种观察局限在当年的德国和俄国,而不得不把它看作整个现代社会加强对人的规训与控制后的一种现代趋势。

穆旦自谓把"自我扩大到时代那么大",由对自我的拷问拷问整个现代,这样,他所表现的自我的缺陷,就不但揭示了中国某个特定历史时期的时代症结,同时也表现了世界历史性的现代危机的一个方面。这样的把个人历史的危机与世界历史(时代)的危机紧密联系起来考察的方式,

---

① 这里所写的"妖女的梦",也容易让人联想起福克纳的小说《喧哗与骚动》书名的来源——典出莎士比亚悲剧《麦克白》第五幕第五场麦克白的台词:"人生如痴人说梦,充满着喧哗与骚动,却没有任何意义。"
② 穆旦:《致郭保卫的信(三)》,收入曹元勇编:《世纪的回响·作品卷 蛇的诱惑》,珠海出版社,1997年,第227页。
③ [英]奥威尔:《文学与极权主义》,收入《世界文化名人文库·奥威尔文集》,中国广播电视出版社,1997年,第134页。

可能也是来自奥登的启发，西默斯·希尼（Seamus Heaney）关于奥登的早期诗作曾这样写道："一开始，奥登的想象力急于在发生于欧洲和英国的巨大外部景象和显现于他自身内部的微小景象之间制造一种联结：他感到悬挂在复兴或者灾难面前的公共世界的危机和他自己生活中的一种迫切的行动和选择的私人危机极其相似。"① 江弱水先生曾进一步从基本的诗歌主题层面分析这种穆旦与奥登的"雷同"："作为公众世界的宏大叙事的对称，奥登的笔下经常出现一个颇带自传意味的年轻人，充满可塑性，修读着一门门人生课程，探索，选择，听从或不听从长者教导，改正错误或不改，渴望成熟。这一切表明了奥登这位学院才子对个人成长史的独特兴趣。……说来也巧，穆旦的诗歌也有相连的两大主题：现实世界的灾难与罪恶以及这个世界中的个人的成长。他的诗的主人公同样是一个年轻人，在灵与肉、真与伪、善与恶之间摸索，试图识破人生的真相，找到人生的真谛。"② 江弱水的分析不乏洞察力，尤其是对穆旦从奥登学来的个人在一个灾难丛生的时代的成长史这样的模式的揭示不乏洞见，但整体上，我不能同意江弱水先生把穆旦的写作归于基本上是模仿的"伪奥登风"，毋宁说，向奥登的学习打开了穆旦的眼睛，让他看清了危机重重的现代世界，并学到了揭示这个世界的复杂性、表现这个世界与自我成长的复杂关系的方式，而穆旦观察到的时代情况，却纯然是现代中国的危机，他的洞见也纯然是基于中国现实发展的洞见，这里并不存在模仿的问题，而与同时代其他国家的作家的暗合，无非是因为现代中国的危机，也便是现代世界的危机的一部分而已。而在现代中国的背景下，就表现自我与时代的复杂关系这一点上，我们需要对梁秉钧的《穆旦与现代的"我"》推深一层，有必要再一次强调：穆旦对现代自我的分裂、矛盾与不能自主性的揭示，既是对自我神话的怀疑与批判，同时却也是一把双刃

---

① [爱尔兰]西默斯·希尼：《测听奥登》，收入《希尼诗文集》，作家出版社，2001年，第348页，此处转引自江弱水：《中西同步与位移——现代诗人丛论》，安徽教育出版社，2003年，第137页。
② 江弱水：《伪奥登风与非中国性：重估穆旦》，收入其专著《中西同步与位移——现代诗人论丛》，引文见该书第138页。

剑,也揭示了那导致这种自我的分裂与不能自主的现代社会的压抑力量与内在危机,而悖谬的是,对现代自我与社会的异化与复杂性的呈现,却也同时是个人的力量尚未被现代非人力量窒息泯灭的证明,这也是这种清醒但却决不激昂慷慨的"软弱无力"的自我的力量所在。

三

穆旦对现代历史、现代自我的拷问以及对自我与历史的复杂悖谬的关系的揭示,其基调常常是悲观的。历史的灰暗不但导致他对自我的怀疑,甚至导致更为悲哀的绝叫,譬如《沉没》(1976)写道:

> 呵,耳目口鼻,都沉没在物质中,
> 我能投出什么信息到它窗外?
> 什么天空能把我拯救出"现在"?

这种灰色的情绪在书信中也有所表露,显然在内心经过多少年的积淀[①]。而在冷静、理性、悲哀的情绪下,穆旦的诗作中未尝没有热血的涌流,只是这热血包裹着一层岁月凝结的厚厚的硬壳,一般人不易触摸得到。以穆旦遗作而论,那种悲观的情绪因为个人生命渐入老境更显凄凉,但在这悲观凄凉的老年的内心深处,却仍生长着一个年轻的反抗的灵魂。譬如《听说我老了》(1976年4月)里,老年犹如失去了许多好衣衫之后留下的"破衣衫",但"在深心的旷野中",它却唱着:"但我常常和大雁在碧空翱翔,/或者和蛟龙在海里翻腾,/凝神的山峦也时常邀请我/到它辽阔的静穆里做梦。"即使在彻骨的寒冷中,生命的火焰虽不像年轻时那样熊熊燃烧,但仍坚持着,一息尚存。

寒冷与微温,青春与老年,感性与理性,情感与理智,理想与现实,表达与沉默,这些内心中两组相反的声音的剧烈搏斗,穆旦常常把它客观

[①] 参阅曹元勇编《蛇的诱惑》中穆旦《致郭保卫的信》与周与良回忆文《永恒的思念》。

化为两种人性因素或两种人生境遇，由此将它们表现为人生的基本矛盾。例如在《理智和感情》（1976年3月）中，理智的劝告采用的是一种冷静的虚无主义的音调，在广漠的宇宙中，生命太短暂，人太渺小，执着的奋斗不过徒增了许多无谓的"烦忧"与小小的"得意和失意"，最终却要被"永恒的巨流""转眼"就冲走；对此，情感却答复，在广漠宇宙中，"即使只是一粒沙／也有因果和目的"，"要求放出光明"，所以："它的爱憎和神经／都要求放出光明。／因此它要化成灰，／因此它悒郁不宁，／固执着自己的轨道，／把生命耗尽。"在这里，理智的声音从无始无终的宇宙背景与终极处，说明个体努力的无意义，但情感却执着于经由个体命定的努力，在虚无中生成意义，即使这努力也许仍是虚无。这两种声音并置在一起，形成一种强烈的戏剧化的矛盾与张力，但穆旦没有作任何偏袒的评论，而是用它们的客观的并置，来呈现在一个迫使人不得不产生虚无感的时代，任何企图严肃地面对生存的人，就不得不面对的人生的基本的矛盾与紧张。

而面对这些人生的基本两难，穆旦也像哈姆雷特一样陷入了 to be or not to be 的犹豫。这对于他来说，首先就是要不要写作，要不要打破沉默的问题，在1976年4月写作的《诗》中，诗人对何以要把火热的生命保存到枯纸堆里发生这样的疑问："设想这火热的熔岩的苦痛／伏在灰尘下变得冷而又冷……／又何必追求破纸上的永生，／沉默是痛苦至高的见证。"显然，即使是在写作现在仅存的这些诗时，穆旦也对这些潜在写作的意义不无怀疑，这不仅是对真正的生命体验是否可以用语言来表现的怀疑，也是对后世是否有人愿意和能够破译这些诗、破译之后又有什么意义的怀疑（我们可以联想《自己》中的"还有多少谣言都等着制造他"）。这些怀疑在当时都不是杞人之忧，整个"九叶派"诗人在50—70年代集体从文学史中失踪，多少能说明当时的主流话语根本上无法容纳这种复杂而多思的因而似乎暧昧可疑的文学话语，而在70年代那种特殊的简单化的社会气氛下，穆旦更有太多的理由对能够被理解不抱希望。然而，幸而穆旦留下了这些诗篇，让我们能够略略触摸到简单的时代里一个复杂的心灵。

穆旦的老友刘兆吉说穆旦的人和诗"有时像装在暖水瓶里的开水，

表面上似乎是冷的",内里却"有一颗火热的心"。① 这很容易让人想起鲁迅的"死火"来。进一步,我们也许可以从中发现在理智与感情中交战的20世纪中国知识分子思想感情的一条若隐若现的脉络:他们不满、反抗着现实,追求一种较为美好的社会和生活状态,但因富于理智,他们又常常清楚地发现现实的严峻与追求的悖谬,因之形成外冷内热的性格,而当形势发展到令人绝望的地步时,理性对外界的观察甚至形成理智的硬壳,包裹着感情的热流,犹如冻结的死火,但火种既在,则亦含蕴着重新燃烧甚至爆发的可能性。

四

1976年5月,穆旦写了一首题为《冥想》的诗,冥想的两个主题,一是人的短暂、渺小与不能自主,这使得在与万物的关系中人的主宰地位、人的自在自为的主体性显得分外虚妄,二则是个体生命的独特性与新颖性的虚妄,"日光之下并无新事",所有自以为在特殊时期的新奇独特的经历,只不过是亘古以来无数人重复过的生活而已:

> 但如今,突然面对着坟墓,
> 我冷眼向过去稍稍回顾,
> 只见它曲折灌溉的悲喜
> 都消失在一片亘古的荒漠,
> 这才知道我的全部努力
> 不过完成了普通的生活。

我们每个人都可能以为自己的生命、自己生活的时代是独一无二的,而在这首诗里,我们的全部努力,"不过完成了普通生活",经历坎坷仍然坚持自己的岗位的穆旦,并不觉得他在历史上的地位有什么独特之处。

---

① 刘兆吉:《穆旦其人其诗》,收入前引书《丰富和丰富的痛苦》,第190页。

这样的诗句，固然是舍却妄念后达到的明净的智慧，却也因为洞穿了人生中所有的复杂因素。当穆旦的生命到达老年之后，他对于人生的看法，一定程度上回归到传统的循环论的世界观。他的潜在写作中，留有《春》、《夏》、《秋》、《冬》四首诗，藉由四季循环，说明历史和个人生命发展的不同阶段。

《春》（1976年5月）之中描述的春天是鼓噪的、骚动不安、甚至是类似密谋革命的宣传者的，实际上，这是从冬的视点看春，从饱经忧患的老年看肤浅天真激情的青春，从一个革命激情已经幻灭的时代审视激情爆发的年代，也因此就更容易看出历史发展的悖谬，所以在这冰冷的人生的冬天，春天又一次喧闹，"我没忘记它们对我暗含的敌意／和无辜的欢乐被诱入的苦恼"，所以对它的反应是冷淡而平静的。不过，另一方面，穆旦并没有简单地肯定这老年的冰冷的智慧，春天的鼓噪，却又使人在偶然间对即使是肤浅的盲目骚动的青春和生命产生一点珍惜："被围困在花的梦和鸟的鼓噪中，／……只一刹那，／使我悒郁地珍惜这生之进攻……"这样，春天既是诱惑，却也是生命力的表现，冬天既是智慧，却也是生命的荒凉；穆旦不简单地肯定任何一点，而是从它们相互的对照中展示其间的复杂性。在《夏》（1976年6月）里，夏被描述成俨然是一种外部的支配性的书写甚至压抑个人的自主性的激情与强力——喧闹、嘈杂、狂热，情感压倒理智，但没有思想，而个人在这种激情的涌流和强力的推动下只是被书写的而不是自我书写的、没有任何自主性的荒谬的存在："他写出了我的苦恼的旅程，／正写到高潮，就换了主人公，／我汗流浃背地躲进了冥想中。"更荒谬的是这种荒谬的激情与外部强力却是世界历史的书写者，即使是后来的冷峻理智的时期（冬），也不得不给予它"肯定的评价"："据说，作品一章章有其连贯，／从中可以看到构思的谨严，／因此还要拿给春天去出版。"

相对来说，秋和冬是穆旦最爱的季节，1975年9月6日穆旦在写给郭保卫的信中说："不知你爱秋天和冬天不？这是我最爱的两个季节。它们体现着收获、衰亡、沉静之感，适于在此时给春夏的蓬勃生命做总结。那蓬勃的春夏两季使人晕头转向，像喝醉了的人，我很不喜欢。但在秋季，确是令人沉静多思，宜于写点什么。"① 1976 年 9 月写的诗《秋》，第一首就显示出一派理性、肃静、沉思、总结、秩序和安宁的景象，在第二首里，秋天也是个人歇息的季节，时代的烦忧和人生的重载这时都被放下，进入了沉思和回顾。穆旦喜欢安静和煦的秋季，自然和他理性多思的性格有关，却也因为经历了那个虚假狂热的年代，人很难不与那些失去理智的冲动狂热保持距离，而向往种种痛苦、斗争、波动之后的安恬、成熟与和谐，不过，这和谐却并不是一劳永逸的，秋日的美好时光刚刚来临："却见严冬已递来它的战书，／在这恬静的、秋日的港湾。"我们可以看出，即使在描写自己最喜欢的秋日之时，穆旦也没有逃避他所处身的时代气氛。

于是，我们看到了《冬》（1976 年 12 月）里描写的"严酷的冬天"：这是"短短的太阳的短命的日子"，"人生已到了严酷的冬天"；也是生命蜷伏的日子，"寒冷，寒冷，尽量束缚了手脚，／潺潺的小河用冰封住口舌，／盛夏的蝉鸣和蛙声都沉寂，／大地一笔勾销它笑闹的蓬勃"，"年轻的灵魂裹进老年的硬壳，／仿佛我们穿着厚厚的棉袄"；这同时也是萧杀的日子，冬天是"感情"、"心灵"、"幻想"、"好梦"的谋杀者与"刽子手"；然而，即使是在这严酷的冬天，生命、乐趣、感情的热流仍在流动着，并没有完全窒息，《冬》的第一首这样写道：

> 我爱在淡淡的太阳短命的日子，
> 临窗把喜爱的工作静静地做完；
> 才到下午四点，便又冷又昏黄，
> 我将用一杯酒灌溉我的心田。
> 多么快，人生已到严酷的冬天。
>
> 我爱在枯草的山坡，死寂的原野，
> 独自凭吊已埋葬的火热一年，
> 看着冰冻的小河还在冰下面流，

---

① 穆旦：《致郭保卫的信（二）》，收入曹元勇编：《世纪的回响·作品卷 蛇的诱惑》，珠海出版社，1997 年，第 224 页。

不知低语着什么，只是听不见。
呵，生命也跳动在严酷的冬天。

我爱在冬晚围着温暖的炉火，
和两三昔日的好友会心闲谈，
听着北风吹得门窗沙沙地响，
而我们回忆着快乐无忧的往年。
人生的乐趣也在严酷的冬天。

我爱在雪花飘飞的不眠之夜，
把已死去或尚存的亲人珍念，
当茫茫白雪铺下遗忘的世界，
我愿意感情的热流溢于心间，
来温暖人生的这严酷的冬天。

《冬》的最后一首，更是一个温暖的场景：在一个原野的小土屋的旅舍中，几个马车夫从寒冷的原野进来，围着火炉取暖，歇息，这场景被置于广阔的乡间与原野，贫穷粗糙的乡下人之间，似乎暗示着人性的粗糙健旺，即使在冰冷的日子，荒凉的原野，人的心灵疲惫不堪的时候，那更大的世间却仍然还有温暖的东西，而这温暖的东西使得他们可以勇敢地面对冬天的北风与寒冷，直面世界的挑战。

在《春》、《夏》、《秋》、《冬》四首诗中，穆旦非常巧妙浑成地把时序的转换、个人的成长历程与时代的演进结合起来，以春夏秋冬的时序特点，比拟个人从青春的冲动狂热到中年的沉思、老年的冷峭，同时暗喻时代从骚动、狂热到沉思与冷峻的发展，这显示出穆旦由个人的演进史体会时代的发展史、发掘其复杂关系的特点，也正是他所谓把自我扩大到时代那么大，表现自我即是表现时代的含义。这当然受到奥登的诗学的启发，但穆旦自有自己的中国性和独特之处，《春》、《夏》、《秋》、《冬》几首，构成时序的循环，但时序与自我成长历程和时代发展的对应，也暗示着个体成长与人类历史的循环性。而在这几首诗中，穆旦都注意着每个季节的复杂因素，使得诗中对每一个季节的表现并不单一，而是强调其各种因素的潜伏或并列，即使有自己偏爱的季节，穆旦却没有把任何季节理想化。在这里，不存在任何简单的目的论，历史并不通向救赎，也不是进化到某个理想的社会状态的过程，在每个时期都免不了各种复杂因素的冲突，而人生的意义也并不在于以虚假的理想状态来安慰或取消这些冲突，而正在于对复杂的承担，直面每个季节的复杂悖谬，坚持自己的岗位和职责。这显示出穆旦某种意义上摆脱了现代意识形态的虚假的线性时间观，而回归到循环论的思想，但这循环论是现代中国人的循环论，它之所以不构成传统的"分久必合，合久必分"的安慰或者取消，正在于它对含混与复杂的重视，这使得循环的周期反而更能直面世界、人、社会、历史的复杂、含混、紧张与严酷。

这使得直面荒谬与复杂的穆旦，决不放弃积极的生命力量。穆旦回国以后，写诗和教学的权利很快失去，如同王佐良所说的："整整三十年之久，人们听不见诗人穆旦的声音。"但作为知识分子，他即使在逆境中也努力尽自己的职责，诗人穆旦变成了翻译家查良铮，从英文和俄文译了大量的文学理论和诗歌作品——普希金的、丘特切夫的、雪莱的、济慈的、拜伦的，尤其是作为他最主要的翻译成绩的拜伦的《唐璜》，被认为"译文的流畅、风趣和讽刺笔法与原作相称"，更是他在被划为另类之后精心翻译并认真详细地加以注释。①中美关系解冻后，穆旦又翻译注释英美现代派诗歌，尤其是艾略特和奥登的诗，"当时他根本不知道有发表的可能，是纯粹出于爱好。因之，下功夫很深很细，结果给我们留下了一份宝贵的遗产。"②穆旦去世前的诗歌爆发，何尝不是如此。

1976年10月30日，背景是中国正处在一个新变化的关头，穆旦仍被视为另类，他对历史大事的发生思想反应非常活跃，对文艺的前途也很关注，但个人生活环境仍未有任何改善，也正处在伤病恶化等待住院的焦急之中，头天晚上停电，这天早晨穆旦看见烛台，有感而成一首《停电之

---

① 《唐璜》译文评语引自王佐良《论穆旦的诗》。
② 周珏良语，转引自李方《穆旦（查良铮）年谱简编》，引文见《穆旦诗全集》，第402页。

夜》①，并当即在信中抄给年轻朋友。这首诗中描写的那支在风中摇曳不定，但是仍然顽强地抵挡着黑暗与许多阵风，把室内照得通明的小小的蜡烛，多多少少，可以看作是穆旦对自己被排除为异类后的生命和工作历程的隐喻，同时在更广泛的层面看，它也何尝不可以说是许多像穆旦那样在逆境中仍然坚持文化创造的中国知识分子精神和人格的写照。这种精神和人格，可以说，正是动乱年代无边黑暗中留存着的希望与亮光。

（原刊《文学评论》，2004年第3期）

---

① 参看穆旦《致郭保卫信（十七）》中的文本，收入《蛇的诱惑》，第249—250页。此诗收入《穆旦诗全集》时题名为《停电之后》，与原稿字句略有小异，当为作者后来的修改。

民间生活的追忆
——从这个角度读《李方舟传》与《缘缘堂续笔》

以上几章论述了潜在写作中所体现的民间心态、民间文化传统和知识分子在民间大地上的生命探索与启蒙之声，本节将以朱东润先生的《李方舟传》和丰子恺先生的《缘缘堂续笔》为个案，讨论潜在写作中对民间生活方式的追忆，以及这种追忆的意义所在。

一、民间的生活世界

不论是民间心态、民间文化传统与知识分子在民间的生命探索，都是以一个生活世界为基础的。这个生活世界就是民间的生活世界，只有在这个世界之中，民间文化心态、民间文化传统以及知识分子在民间的生命探索才能生存下来并得以延续。由于20世纪50—70年代是典型的共名时期，即使在潜在写作中，民间因素也只能以被动的、与知识分子破碎的文化传统结合的方式存在，而由于民间生活很大程度上被有效地组织，知识分子对自在的民间生活方式的认同，也就经常只能以追忆的方式进行。

但这并不是说历史上不存在这样一种生活方式。费孝通先生研究乡土中国，认为以往的乡土中国乃是"礼治社会"，在这个社会中，传统的"礼"的力量远远大于代表国家权力的"法"的力量："礼是社会公认合式的行为规范。合于礼的就是说这些行为是做得对的，对是合式的意思。如果单从行为规范一点说，本和法律无异，法律也是一种行为规范。礼和法不相同的地方是维持规范的力量。法律是靠国家的权力来推行的。'国家'是指政治的权力,在现代国家没有形成前,部落也是政治权力。而礼却不需要这有形的权力机构来维持。维持礼这种规范的是传统。""传统是社会所累积的经验",而"文化本来就是传统,不论哪一个社会,绝不会没有传统的。衣食住行种种最基本的事务,我们并不要事事费心思,那是因为我们托祖宗之福,——有着可以遵守的成法。但是在乡土社会中,传统的重要性比现代社会更甚。那是因为在乡土社会里传统的效力更大。"① 事实上,作为传统中国根基的乡土社会,一直有一种基于礼俗的自治状态存在,国家权力不可能也并不企图取消民间社会的基础,更不奢望控制民间社会生活、节庆习俗的方方面面。近代以来,在西方资本主义的侵略之下,中国一直面临着强大的建立现代民族国家的压力,抗战爆发之后,在亡国的危机之下,这种压力显得更为沉重,而要建立现代民族国家,必然要发展各种现代组织和制度——现代工业组织、现代法律制度、现代国家形式等,当然都是题中应有之义。问题在于,现代中国思想界一直没有讨论清楚国家权力与民间自治之间的界限应该划在哪里,由之出发的制度建设更是付之阙如,由此出现种种以国家权力为主导的改造民间的运动。20 世纪 80 年代之后,国家放松对民间生活的控制,通过改革逐步在各个领域给予民间以自主权,中国社会又慢慢进入到另一个阶段,这个阶段的发展,最终显然很大程度上会恢复民间的自治权利。不过,国家权力和民间自治之间的划界问题不解决,历史还有可能陷入另一个循环。

　　检讨 20 世纪中国国家权力对民间自治空间逐步的压缩乃至取消的过程,它之所以能够很大程度上被认同,很大程度上来自于抵抗外敌的现实压力和内部实现现代化的冲动,而这两者都必然要求强有力的组织制度的保障——抵抗外敌要求动员整个社会的所有力量并将之纳入军事化的组织制度,而不加批判地接受建基于现代规划之上的现代化,也意味着在整齐划一的状态之中取消个人权利的合法性。这些合力,都导致即使是有批判能力的知识界,对这种危险也缺乏充分的警惕,事实上,权力如果不加限制,操控绝对权力的集团或个人,必然会将一己之私见强加给整个

---

① 费孝通:《乡土中国　生育制度》,北京大学出版社,1998 年,第 50 页。

社会，并为了实现其目的（不排除这种目的在道德上会显得非常"高尚"）不惜挤压、甚至牺牲国民的私人自治领域，牺牲其自主选择生活方式的权利，当然，以往自发形成的民众社会化的生活方式，更在控制之列。在这种状态之下，中国传统自治状态的民间生活方式，当然没法再延续。传统中国的治道推崇的是无为而治，其有效性更多依靠基层单位基于礼俗的自治状态，现代中国却常常太过有为，企图将民间有效地纳入各种现代规划。民间生活世界被彻底控制之后，其后果是致命的，因为这不仅意味着取消"陈规陋习"，也意味着民间自治的生活方式不再有其合法性，而最终的结果，它不但中止了这个社会文化传统的延续，也压制了社会和个人的活力（自由创造精神），一直到"文革"时代，中国社会陷入人人都有可能成为囚徒的境地。本书并不企图把传统的民间生活方式美化为田园牧歌，笔者当然承认，这种生活方式也有它的缺陷（甚至是很严重的缺陷），只是生活方式的改变，必须以国民个人自主选择的方式进行（他可以选择这种生活方式，也可以选择其他的生活方式，只要在法律允许的范围内，这些都应该是他的自由），以国家权力全面动员的方式破除"陈规旧习"，不但是低估了民间社会自我调整适应时代变化的能力，更会产生极为严重的甚至是致命的弊端，而到了这种控制发展到"文革"那样的不可忍受的极点时，也就必然会出现新时代的先声，出现对民间自治与个人自由的呼唤以及对以往自治状态的民间生活方式的追忆。《李方舟传》与《缘缘堂续笔》，就为这种追忆留下了可供我们进行分析的两个极好的文本。

二、《李方舟传》：对亲人与民间世界的双重悼亡

《李方舟传》[①]是朱东润先生在"文革"中家破人亡的情况下，于悲愤中为纪念含冤自杀的妻子邹莲舫女士而写下的一部传记。因为环境特殊，其中的人名地名只能用化名，书中的李方舟即邹莲舫女士的代称，而宋敦容则是朱先生自己的化名。朱东润先生学宗儒家，平生所写传记作品，多

---

① 朱东润：《李方舟传》，上海远东出版社，1996年。本节对该书的引述均依据该版本。

以文学、事功成就卓著的历史伟人为传主，这部作品所写的，却是"寻常巷陌中的一位寻常妇女"。因为所记的是自己的亲人，它的写作意义自然颇不一样，如其孙女所记："祖母去世后，祖父的住房被缩减到一间房间，里面除了一张卧床外，堆满了书籍和杂物。每当夜阑人静之时，老人在孤灯之下，展纸染毫，透过细细密密的文字，与亡妻相会，一同追溯他们往日的人生足迹，倾诉郁结的悲哀和思念。祖父对我说，祖母把他生命里的春天带走了。"①

用传记的方式追悼自己的亲人，自是人之常情，然而，展读这部作品，我们会发现，传记的主旨本应是记述传主生平行谊，乃至性格心理，书中这一方面的记述却算不上丰富充分，但却由之展示出动荡年代一个知识分子所经验的民间生活世界。这很大程度上和该书的特殊视角相关：限于传记体裁的限制，作者不能凭空虚构人物的心理，加之作者和传主的特殊关系，所以不论从取材还是从寄托感情的一面，他都更多地叙述两人家庭生活的历史。这种生活是以社会生活为大背景的，但作者并不太多着墨于大的社会事件，而是更多地把注意力集中在民间生活世界（由于视角所限，作者甚至连自己的学术生涯也着笔不多），也因此，我们会觉得传主的性格并不十分鲜明生动（方舟本来就是"寻常巷陌中的一位寻常妇女"），但却仍能从这部作品中感受到一种温厚的力量。这力量，笔者觉得，正来自于作品中揭示的那个社会事件之下的稳定的民间生活世界。

大体说，本书自《方舟的家史》至《结婚以后》三章，由介绍方舟的家世而述及其父母兄长，让我们清晰地看到了清末民初淮南民间生活的某些方面。这里的记述颇有意味，书中所写的李月记布行经营、继承的方式，季大爷去世之后族里纷争遗产的情事，都可以让我们看到一个已经逝去的宗法社会的社会生活方式。譬如书中所记李月记布行的生意依托的社会背景——"（济川）县东南五十里有一个集镇，名叫李家集，原来是一座大镇，衰落下来，也还有几十户人家。因为镇南便是骥渚县，那里的老百姓在农闲的时候，都以织布为业，机声札札，辛苦了若干日以后，把

---

① 朱邦薇：《永久的纪念》，该文作为附录收入《李方舟传》，引文见该书第132页。

土布收到李家集,再由集上的行家,转售给下河一带的布商。这些行家实际上是居间人,因为布商和机户之间没有中间的联系,在那个时代是行不通的,所以他们担负了收购的任务,也还是需要的。"① 又如所写长江港口上鱼贩子的规矩——"柴墟镇是长江边上的一个大码头,名义上属济川县,实际上这里距济川县、海陵县、邗江县都有四五十里,差不多是个三不管的所在。下河一带周围几百里的地面,都把柴墟镇作为一个出江的口门,所以显得特别重要和复杂。镇上的季家是一个大族,人丁极旺,在那个时代,特别显得气派。季家有一位季大爷,是个著名的鱼贩子,别号'海里蹦'。由于柴墟镇是出江的口门,到淮南东路推销海货的宁波船都集中到这里。每年四月间,拢到港外的黄鱼船还不多,那时的规矩是不问什么人,只要第一个从小船蹦上海船的鱼贩子,这一批来船的黄鱼都由他一个人包下来。季大爷年轻的时候,仗着一身的好武艺,技高人胆大,总是第一个蹦上宁波船,这一批货色就算是他的。年份久了,很少有人争夺,差不多他就操着第一批黄鱼的特卖权。由于时令还早,什么人都爱吃一个新鲜,利息当然就优厚了。季大爷挣了一份不小的家产,在柴墟镇出了名,谁都尊他一声老太爷。"②

我们由这里可以看出,这个乡村社会存在的基础是传统、习俗和自发形成的规矩,"乡土社会是安土重迁的、生于斯、长于斯、死于斯的社会。不但是人口流动很小,而且人们所取给资源的土地也很少变动。在这种不分秦汉,代代如是的环境里,个人不但可以信任自己的经验,而且同样可以信任若祖若父的经验。一个在乡土社会里种田的农家所遇着的只是四季的转换,而不是时代变更。一年一度,周而复始。前人所用来解决生活问题的方案,尽可抄袭来作自己生活的指南。愈是经过前代生活中证明有效的,也愈值得保守。于是'言必尧舜',好古是生活的保障了。"③ 李家集和柴墟镇人们的生活,可以说所依据的就是这种历史悠久的传统

---

① 《李方舟传》,第4—5页。

② 同上书,第7页。

③ 费孝通:《乡土中国 生育制度》,北京大学出版社,1998年,第50—51页。

和规矩。并不是说,这样的"礼治"社会就完全是了不起的和平宁静的田园牧歌,这个社会中同样有着人情的冷暖和世态的炎凉,譬如方舟的父亲诚斋被兄弟亮斋以阴险手段由合伙人降成伙计,譬如方舟母系一方在季大爷去世之后因无男子继承导致诸堂侄争夺遗产的事;也并不是说,这种社会就是死水一般没有变化,事实上,我们从方舟的异母兄长的人生变化以及淮南地方新学堂的发展情况,即可看出民间适应变局的灵活性;但我们更应注意的是,这个社会的世态炎凉与人情冷暖,其赖以评判的标准和藉以进行的手段,仍然是依据传统的礼俗来的,而社会变迁也并没有从根本上否定传统礼俗和人情(尤其是美好的一面),而尤其重要的是,这个乡土社会基本上是依据传统并适应世变的形势进行自治的。国家政权的力量并没有介入到这个社会的方方面面,如费先生所言"乡土社会里的权力结构,虽则名义上可以说是'专制''独裁',但是除了自己不想持续的末代皇帝之外,在人民实际生活上看,是松弛和微弱的,是挂名的,是无为的。"① 多多少少,这或可提供给我们理解传统乡土社会与20世纪50—70年代中国社会基层结构的区别所在。50年代之后,国家权力无孔不入地进入到乡土社会生活的方方面面,这里有一些是社会变迁中不可避免的现象(譬如《婚姻法》的实施推行),但像借助政治权力推行集体化,却是掌握国家权力者有意识的施为,显示出依靠政权力量和意识形态动员组织乡土社会的强烈冲动。这里当然有现代化的冲动和压力在内,但从根本上看,它却显示出特定的现代国家政权形式对民间社会强烈的控制欲望,而至少在这三十年间,这种控制是实施得很成功的——它达到了这样的程度:以往所有的历史中传承下来的礼俗,至少在公开层面全被禁止取消,而以国家政策取而代之,由此它介入、控制了民间社会所有的公共生活领域,甚至更深一步,企图并部分成功地控制私人生活领域。这与传统中国"无为而治"的治理方法大相径庭,也在很大程度上束缚了民间社会的活力。

在这个意义上,我们可以发现这本书所揭示的民间生活世界的意义,

---

① 费孝通:《乡土中国 生育制度》,北京大学出版社,1998年,第63页。

作者所更看重的，是自发形成的礼治秩序对于一个安稳的民间生活（生老病死、衣食住行、婚丧嫁娶）的意义。譬如我们看作者对说媒的季奶奶的评论："做媒的都是有传授的，总免不得带个三句五句的谎话，要是完全不扯一些慌，难道就不做亲，大家都去做和尚当姑子吗？"①这里点出了媒婆在乡土社会的功能，她们虽然扯谎，但并不妨碍其在这个社会的重要性，因此本书对之也就不做道德评判，而是以通达的态度来理解。又如敦容和方舟的婚姻，属于新文化运动之后批判甚多的包办婚姻，可是在作者笔下，当事双方对订婚的态度却是："敦容因为家里的事一向都由妈妈和大哥作主，只要他们认为合适，自己是没有什么意见。方舟也没有意见，可是在学校里遇到些意外的为难，由于教师们大都是宋家的，有时这一位喊妹妹，那一位喊婶婶。这一切都是那个时代少女常遇到的烦恼。"②再看他们结婚之后的感情："他们的结合，本来完全是'母亲之命，媒妁之言'。恋爱是从结婚开始的。方舟看到敦容对于自己是爱的，但是这爱也和一般小说书上所谈的恋爱有所不同。无疑的，尽管她对于敦容的过去很不熟悉，但是看出他的爱是初恋，是没有任何其他女性所占领过的恋，但是也觉得他的恋和一般的有所不同。"③"五四"以后一般受新文化影响的知识分子对于包办婚姻批判甚多，这种婚姻方式成了个性解放最集中的靶子。不可否认这种婚姻方式当然有非常严重的弊端，但批判者一般很少去探究这种婚姻方式在特定社会产生的原因与所具的功能，更有意无意地忽略当事者切身感受的复杂性以及他们是否对之认同，因之批判也有将之妖魔化（至少是以偏概全）之嫌。朱东润先生如此平和地记述自己的婚姻，既是因为这是他的亲身感受，也是因为他对之采取的与其说是新知识分子的态度，毋宁说更接近于传统中国民间对之的朴实态度。

作者也对传统民间社会中人们那种朴实而尽责的上进力量予以肯定，例如写方舟的母亲进入李家后面对身为继母的麻烦境遇的态度：

---

① 《李方舟传》，第9页。
② 同上书，第21页。
③ 同上书，第26页。

她现在已经不是二姑娘而是李奶奶了。李奶奶下了花轿，便遇上了一系列的问题。她看到诚斋已经无力支持这个支离破碎的家庭。但是问题不在这里，单凭她的嫁奁，她还担负得起，真算得是下得花轿，进得厨房，里里外外，她的肩膀宽得很呢！问题出在亮斋的三奶奶身上。大奶奶依着孩子，称她一声三妈，当然三妈也得回敬一声大妈。可是尽管这样的称呼，三妈已经四十出外的人了，对于一个二十多岁的大妈，和她平起平坐，已经从内心里感到不痛快，何况现在诚斋还是靠老三吃饭呢！这一切引起她的不舒服。她有她的办法，大妞、二妞、三妞都在她的影响之下，慢慢地和这位继母疏远起来。可是大奶奶尽管年轻，办法是有的，她首先不和孩子们对立，家务事她抢着干，对孩子则尽量满足她们的要求。小孩子的心境是随时转变的，虽然认到这不是亲生的妈妈，可是亲生的妈妈能给的，她都充分地给了，那还有什么说的。最值得注意的是李楫这孩子，李奶奶看清楚这是一个有心计的孩子，不像他爸爸那样沉闷。那时科举还没有废，一件秀才的襴衫，正在那里诱惑每个男孩子。李楫一心一意看定这件襴衫，李奶奶明知道他不是自己的孩子，可是她很清楚即使自己生下一个小厮，有一个肯上进的哥哥做榜样，也是求之不得的好事。道理想通了，李奶奶认定自己已经有力量闯过每一道难关。[①]

正因为有这种人生态度，李奶奶能在丈夫去世之后把几个继子继女以及自己的亲生女儿方舟抚养成人。而方舟也继承了这种中国妇女面对生活的坚韧态度。抗战中，敦容随学校入川，方舟一人留守家园侍奉高堂、抚养子女，一个人八年间备受艰辛，但却保持着对将来的信念和对丈夫的忠贞和信任。抗战胜利后敦容因交通所限、一时不能东归，家乡谣传他又在四川娶妻生子因此不想回来时：

---

① 《李方舟传》，第9—10页。

……方舟听到以后,不想去追问,她对于敦容没有一丝一毫的怀疑,正如敦容对她没有任何怀疑一样。

方舟的看法,一直是非常坚决的。早在敦容入川之初,有人劝她设法把一两个孩子送到四川,交给敦容,这样比较稳妥些。方舟说:"万一中途失散了,孩子离开母亲,又找不到父亲,两头落空,那怎么办?"

李奶奶也觉得把两个外孙送到四川去是一个办法,她吩咐方舟说:"还是把他们送去吧!他们也安全,你也少担一些心事。"

"妈妈,我已经想定了。孩子们跟着我,生在一处,死在一处,好在都是我生的,不会亏待他们。现在就是父亲起来和我说,我也是不会变的。"①

这种夫妻之间的信赖与对子女的责任,显示出方舟这个普通的中国妇女身上极其伟大的一面,这种精神并不张扬,但却是人类最可靠的支撑,我们从这里可以看出那种母性和妻性的伟大。章培恒先生回忆:"'文革'一开始,朱先生就被作为'资产阶级反动学术权威'揪了出来,吃了不少苦。到第二年,校园里忽然贴出了朱师母写的一张大字报,为朱先生声辩,要求'解放'朱先生。这在当时是极为罕见的现象。被揪出来的人的家属,觉悟高的,不但公开宣布划清界限,甚至还写很有分量的揭发材料;觉悟低的,也会承认对自己亲人的审查、揪斗是对他(她)的挽救,很有必要。朱师母的这种做法,既使人诧异于她的天真,又令人敬佩她的勇烈。其实,二者本就彼此相连。正如李卓吾所说,倘若'童心'全失,就成了假人,哪还能做得出什么感人的事呢?不过,要保持'童心',哪怕是多少保持一些,都得付出惨重的代价。李卓吾自己就自杀在牢狱中。朱师母的终于在家里自杀,恐怕跟那张大字报也不无关系。"②现代中国引入异质文化之后,"原来以家庭为本位的社会基础结构迅速瓦解,人

---

① 《李方舟传》,第73—74页。
② 章培恒:《〈李方舟传〉前言》,引文见《李方舟传》,第2页。

际关系变幻无常,毫无原则"①,传统道德在现代中国不再是官方堂皇表彰和精英知识阶层大力提倡的对象,它只能散落在民间社会里,在生活世界中生存,然而,当特殊的时势到来时,它内里的那种力量却还是会迸发出来,显示出其确属可珍可贵的一面,犹如在朱师母身上所体现的那样。朱东润先生是早期的留英学生,思想观念上并不保守,但对传统道德与人与人的关系显然有相当的怀恋甚至执著,当即因体会到传统的魅力的原因。

或许正因为这个原因,虽然经历的是一个动荡不安的艰苦年代,生活不但算不上十分安稳,更经常遇到与时局变化相关的各种危险,朱东润先生在回忆以往的生活时,给予动荡年代民间生活不少笔墨,却更保留了不少似乎总是和太平盛世联系在一起的安稳的日常生活片断和温文有礼的人际关系的印象。书中写大革命时期孙传芳军队溃退时占据济川城,敦容回到家中,发现居民全部躲了起来,城里俨然成了两个国度:"敦容这位步行一百多里的旅客,居然到家了,想着前门是好歹打不开的,绕了路去打后门,打着打着,一边还不断地报着自己的名字。好久以后,才听出搬家具,拖杂物,拉门闩的声音。敦容进门以后看到,原来大门和后门都堵塞了。一家差不多是住在一个小小的围子里。济川城里差不多就有几千个小围子,大家都堵塞在小围子里,把一切的街道、公署、祠宇、学校都交给兵士们,还让无数的红旗挂在大街小巷去欢迎他们,但是人们轻易不和兵士见面。这样济川城里就有两种国度:兵士的国度和居民的国度。这两种国度里,一边是马蹄声、枪声、刀声、辱骂声、打架声,一切都有;一边是静寂寂的听不到人说话,好像是死去了一样。就是兵士的国度里,万分嘈杂之中,也只是一股杀气,什么生气都没有。整个的济川城,就在这一年的春天里,直沉到坟墓里去。"②这是一幅多么生动的动荡年代民间生活状况的描述!而下文所写的敦容、方舟避难的过程,却记录了动荡年代民间的人情之美。敦容、方舟最初逃难到柴墟堂舅家,但柴墟情势也不稳,于是随舅母一起预备再去住在柴墟西北一个新涨的沙滩上的亲戚家

---

① 张汝伦:《现代中国思想研究》,上海人民出版社,2001年,第436页。
② 《李方舟传》,第31—32页。

去避难，天黑后船只在葫芦洲靠岸，敦容一行正因无处投靠而茫然时：

> ……霎时间，岸上三五个灯笼来到面前，问起："希之奶奶在船上吗？"希之舅母接着说："你们是哪里的？"
>
> "我们是葫芦洲陈家的。舅奶奶那里一共有几个人？"
>
> "有四个。"希之舅母说。
>
> "那么就请一齐上岸吧。"
>
> 敦容抱着天民，方舟扶着舅母，和船家道别后就上岸了。幸亏灯笼火把照亮了道路，他们就一迳到陈家去。这是一家农户的大家庭。老兄弟三个，三老老、五老老，中间缺了一位四老老。四老老死了，寡妇原来是柴墟季家的，和方舟的母亲是远房姊妹。这时这人家由三老老的儿子钧寿当家。乡里人最厚道，听说远亲到了，大家都出来款待。……①

也正因为传统中国民间的人情之美，敦容方舟在避难的间隙竟然享受到田园之乐：

> 钧寿真是好脾气，目下田里活又闲着，时常陪着敦容到田间去闲逛。他指出葫芦洲是一块新涨的沙滩，靠岸只有三张桥，只要把桥一拆，就不容过来，管他什么宋福田，他是来不了的。
>
> 钧寿还有一个远房叔叔，按照老排行，人家称他十老老。一天钧寿对敦容说："横竖你也没有事，去看看十老老，吃一杯翠儿茶去。"
>
> 敦容随着钧寿，穿过一丘梨树田——这里人家爱种梨树，秋天梨子上市，也是一笔不小的收入，——这才到得十老老家。十老老大约是他这一辈中年龄最幼的，因此显得还没到中年，不过乡间总不免风风雨雨的，面色有些发暗。他的谈锋很健，谈到他和城里李把香认识，就是那位教刺绣的孙寡妇的弟弟，能画

---

① 《李方舟传》，第36—37页。

些什么的。四面一兜垅，大家都有些亲戚关系。敦容这一首诗：

> 江边一迳是梨花，花底深深处士家；
> 莫怪朝来频叩户，呼君共试翠儿茶。

就是为这位十老老陈丽生写的。

在城里谈到吃河豚，总像有些神秘的，这里就不同了。上网的河豚，到手就下锅，吃了也没有多大的反应。据说吃河豚最好在清明前，过了清明，就没有多大意思了。①

本来慌窘的逃难生涯，因为亲戚的厚道热情，竟变成了悠闲的田园生活。我们可以看到，虽然时局不靖，各种事件扰民颇甚，但这些事件却并没有干涉到民间基本的生活秩序，民间生活仍然葆有着乡土中国的礼治秩序和淳朴人情，因之动荡年代，竟然亦有安稳可供忆念。而实际上，民间对安稳生活的追求，即使在抗战烽火中也不会停息，譬如抗战爆发后，华中大学放假停课，敦容在学校复课之前，回家静候，时局虽然紧张，方舟却仍在做着新宅的布置："方舟一边种田，一边作庭院的布置。新宅西边靠着大路，大门朝南，沿墙一排悬铃木，再前面是一排榉树，一排杨柳。由大门向东还是榉树，杨柳更多了，沿河边共是两三排，靠东墙还有一些合欢、桂花之类。绕到宅北，沿宅是一排梧桐，靠篱笆是一排杨树。在杨树和梧桐之间是一方菜圃，有码头直通大河。树是新栽的，总共一二百株。宅内厅屋前面是一株桂花，一株石榴，夹拥着一株红薇。由厅屋往小厅是一道花墙，上面是砖额'师友琅邪'四字，额下是一道圆门。靠花墙一边是棕树，另一边是朱藤，准备在长成后扎成藤架。进了圆门，是美人芭蕉。厅屋后面是堂屋，西边是一株丁香，东边是一株香橼。香橼以东是花坛，种着天竹、金银花、牡丹、芍药之类。这些树木，一大半是在建筑完成时由朋友们送来的，经过培育，长得新鲜茂盛。虽然没有什么名花异草，总算可以怡情悦性了。就中方舟最爱的是红薇，所以后来当她的孙女

---

① 《李方舟传》，第37—38页。

出世时，她就给孩子取了这个名字。"① 在战争的背景下，这种对庭院的精心布置，似乎让人错愕，但却显示出中国民间乱中有治的状态，而朱先生对此不厌其详地细致描写，更显示出写作的特殊年代对安稳感的追怀与向往。我们看书中描写的知识分子的家庭生活，敦容虽然身为教授，但在以往医疗条件很差的情况下，却也难免子女得病不治而死的悲剧，显示出这种家庭生活远非滑溜顺畅、一波不兴，而是辛苦劳顿、饱经忧患坎坷，但即使有这些忧患劳顿，那些保留下来的最打动人的记忆，仍然是温和与安稳的片断。书中记述方舟去武汉看视任教的敦容时：

> 这个月是他们夫妇间的蜜月，因为没有闲杂事件的打扰，敦容除了每周六小时功课以外，可以整天陪着方舟，方舟也因为有了厨师，自己连灶台也不去了。这样，夫妇之间，可以两张藤椅接连对坐三四小时。敦容在《古意》二十四首里曾说：
>
> > 安得一邱壑，相与忘名姓，
> > 不饥亦不寒，晤对成啸咏。
>
> 现在居然实现了。……②

《李方舟传》写在"整个民族还处在神经不太正常的时候"，朱先生是不相信这样的状况会延续很长的，他相信"暴风不终朝，骤雨不终日"，"暴风骤雨好像很可怕，其实并不可怕，因为不久以后，暴风过了，骤雨停了，天还是照样的天，地还是照样的地，可怕在哪里呢？一切都有一个过去的时候，过去了以后，总会有个正常的现象。""人不会永远发神经的，在神经暴发的时候，他可以拍桌子，打板凳，骂娘，诅老子；神经过了以后，他会觉得桌子板凳都可惜，娘老子也不一定是要诅骂的。在这个情况之下，我们能制止当然制止，万一不能，我们还可以等待。人总有清醒的一天，这一种信任，我们还是以不动摇为好。"从朱先生的这段自述

---

① 《李方舟传》，第63页。
② 同上书，第55页。

里，我们可以看出他对和平安稳的状态乃是人类社会赖以生存发展的前提有充分的信心。中国近世以来政治权力搅扰民间生活，以20世纪50—70年代为甚，"文革"时期可谓到达极点，然而也是"暴风不终朝，骤雨不终日"，像朱先生说的"这一次是不太短了，然而也不过是十年"[①]，政治权力终究还是不得不从民间生活中撤出。朱先生在1980年3月的自序中这样说："这本书是在惊涛骇浪中写成的，但是我的心境却是平静的，因为我相信人类无论受到什么样的遭遇，总会找到一条前进的道路。"[②]

作为追怀亡妻之作，《李方舟传》也展示了一幅动荡年代民间生活的图景，这安稳自洽的民间生活方式，不断受到各种事件的冲击，但越过这些事件，它仍然顽强地延续着，但风暴的袭击，却也不可避免地让一些可爱的生命不得尽其天年就永远地消逝了。《李方舟传》结束于1965年古漪园之游——女艺人呜咽哀唱的破家悲歌，敦容和方舟听到后，眼泪萦回，满腔郁塞，当女艺人唱到"大风澒洞倾天地，余波亦复到穷乡。摧残谁能知爱惜，别来但觉尘满床。玳瑁珠珥久抛却，罗衫纨扇空满箱。呜呼，岂知玉骨付飞焰，至今尘土有余香。//君去我留照空屋，仓皇追君恨不速。先行一步语何亲，强留人间无面目。可怜痴儿语不休，但愿老父荷天禄。呜呼，寿宫一闭永无期，倘能再见剖心腹。"[③] 钢琴嘎然截断，艺人也哽不成声，悲歌绝唱，戛然而止……这种写法，犹如金圣叹所删批的《西厢记》到"草桥惊梦"为止，暗示着以后的灾难悲剧。这既是对妻子的纪念，也是对那种安稳的生活方式被强行中止的悲歌。

三、《缘缘堂续笔》：追忆一种生活方式

比起《李方舟传》来，丰子恺先生的《缘缘堂续笔》更为有意识地记述民间生活习俗和场景，并在其中包含着作者的生活态度。《缘缘堂续

---

① 参朱东润《〈李方舟传〉后记》，引文见《李方舟传》，第109页。
② 朱东润《〈李方舟传〉序》，引文见《李方舟传》，第2页。
③ 《李方舟传》，第102—103页。

笔》是作家1971—1973年间利用凌晨时分写成，题名原作《往事琐记》，后改名《续缘缘堂随笔》，后又改名《缘缘堂续笔》，①由原题名我们即可知其基本内容是对往事的追忆，而书中平和的叙述语调、对民间日常生活的兴趣以及企图挣脱尘网、超越人间世的苦痛喧嚣的人生态度，则与《缘缘堂随笔》一脉相承。在《暂时脱离尘世》②中，他引用夏目漱石的话："苦痛、愤怒、叫嚣、哭泣，是附着在人世间的。我也在三十年间经历过来，此中况味尝得腻了。腻了还要在戏剧、小说中反复体验同样的刺激，真吃不消。我所喜爱的诗，不是鼓吹世俗人情的东西，是放弃俗念，使心地暂时脱离尘世的诗。""使心地暂时脱离尘世"，并不是意味着否定生命与脱离人生，而是意味着让眼睛和心灵暂时远离时代的喧嚣与疯狂，转向微末渺小却体现出一种生命智慧的人物与事情上，得到暂时的安慰和休憩，正如他在《暂时脱离人世》中说："铁工厂的技师放工回家，晚酌一杯，以慰尘劳。举头看见墙上挂着一大幅《冶金图》，此人如果不是机器，一定感到刺目。军人出征回来，看见家中挂着战争的画图。此人如果不是机器，也一定感到厌烦。"《续笔》之所以津津乐道"吃酒"、"酒令"、"食肉"之类琐屑之事，"牛女"、"清明"、"鄞都"、"塘栖"之类的习俗风情，"癞六伯"、"五爹爹"、"王囡囡"、"阿庆"之类的市井细民，或者就因为作者从中发现了"苦痛"和"喧嚣"之外的人生真趣吧。《续笔》的生活态度，在历史上的中国文人中并不罕见，但在20世纪50—70年代的中国知识分子中，这种态度却甚为罕见，它反而更多地与散落在民间的传统人生态度与人生智慧相通。

　　《续笔》中对民间生活习俗的记述如《牛女》、《过年》、《清明》、《酒令》等，读来都很有兴味。《牛女》③由牛郎织女神话而及民间"乞巧"习俗与诗人词客对之的吟咏，所记虽属司空见惯之事，但在"文革"那种特

---

① 《缘缘堂续笔》，全书三十三篇收入《丰子恺文集》第6卷（文学卷二）。关于写作情况与题名修改情况见该书第653页题注。
② 《暂时脱离尘世》，收入《丰子恺文集》第6卷（文学卷二），第662—663页。
③ 《牛女》，同上书，第660—661页。

殊的环境下，我们还是可以从中感受到作者对习俗中所含蕴的历史在日常生活中的绵延以及雅文化所赖以生长的民间基础的敏感。牛女神话与七夕乞巧习俗，之所以"回想起来甚有兴味"，正因为这种民间的习俗，寄托着普通人民的想象和欢乐，也寄托着其希望甚至信仰，雅文化在其上生长，方与民间不至完全隔阂。牛女神话之所以引发历代诗人词客的不断吟咏，正因其想象美丽且寄托了民间的感情，因而深入人心，比起现代的各种政治节庆和外来习俗，它在民间的根基要深得多，所以各种政治节日、外来习俗很容易过时，民间的节庆习俗却生命力甚为顽强。在审美、娱乐、寄托感情和愿望之外，民间的节庆习俗也常有组织生产和生活的功能。《过年》[①]中所记江南小镇上小店的过年习俗，充满乐趣而井井有条。中国古代的《诗经·豳风·七月》与古希腊赫西奥德的《工作与时日》都有对这种民间生活节律的叙述，显示出这种民间自发的生产生活节奏渊源甚早。节庆习俗的组织来自于前人的经验所积累形成的传统，比起借助政治压力自上而下的组织，它的自发性使得其与民间的生活节奏及其文化传统适应得更为妥帖。在这些因素之外，民间习俗还起着传承文化传统的作用，譬如清明扫墓的习俗，既是汉文化中慎终追远观念的仪式传承，同时也起到家族内部的团结和伦理教育的作用。《清明》[②]一文，记述清明正日上"大家坟"，"上了一天坟回来，晚上是吃上坟酒。酒有四五桌，因为出嫁姑娘也都来吃。吃酒时，长辈总要训斥小辈，被训斥的，主要是乐谦、乐生和月生。因为乐谦盗卖坟树，乐生、月生作恶为非，上坟往往不到而吃上坟酒必到"，即可看出民间习俗对文化传承和伦理教育的作用。民间习俗节日也带给民间不少的欢乐，《清明》中说："扫墓照理是悲哀的事。……然而在我幼时，清明扫墓是一件无上的乐事。人们借佛游春，我们是'借墓游春'。"这篇文章中描写的幼时扫墓情景，少时的欢乐之情即使在回忆中仍旧跃然纸上：

[①]《过年》，收入《丰子恺文集》第6卷（文学卷二），第696—704页。
[②]《清明》，同上书，第705—708页。

清明三天,我们每天都去上坟。第一天,寒食,下午上"杨庄坟"。杨庄坟离镇五六里路,水路不通,必须步行。老幼都不去,我七八岁就参加。茂生大伯挑了一担祭品走在前面,大家跟他走,一路上采桃花,偷新蚕豆,不亦乐乎。到了坟上,大家息足,茂生大伯到附近农家去,借一只桌子和两只条凳来,于是陈设祭品,依次跪拜。拜过之后;自由玩耍。有的吃甜麦塌饼,有的吃粽子,有的拔蚕豆梗来作笛子。蚕豆梗是方形的,在上面摘几个洞,作为笛孔。然后再摘一段豌豆梗来,装在这笛的一端,笛便做成。指按笛孔,口吹豌豆梗,发音竟也悠扬可听。可惜这种笛寿命不长。拿回家里,第二天就枯干,吹不响了。祭扫完毕,茂生大伯去还桌子凳子,照例送两个甜麦塌饼和一串粽子,作为酬谢。然后诸人一同在夕阳中回去。杨庄坟上只有一株大松树,临着一个池塘。父亲说这叫做"美人照镜"。现在,几十年不去,不知美人是否还在照镜。闭上眼睛,情景宛在目前。

　　正清明那天,上"大家坟"。这就是去上同族公共的祖坟。坟共有五六处,须用两只船,整整上一天……而小孩子尤其高兴,因为可以整天在乡下游玩,在草地上吃午饭。船里烧出来的饭菜,滋味特别好。因为,据老人们说,家里有灶君菩萨,把饭菜的好滋味先尝了去;而船里没有灶君菩萨,所以船里烧出来的饭菜滋味特别好。孩子们还有一件乐事,是抢鸡蛋吃。每到一个坟上,除对祖宗的一桌祭品以外,必定还有一只小匾,内设小鱼、小肉、鸡蛋、酒和香烛,是请地主吃的,叫做拜坟墓土地。孩子们中,谁先向坟墓土地叩头,谁先抢得鸡蛋。我难得抢到,觉得这鸡蛋的确比平常的好吃。

习俗节庆只不过是民间生活方式中的一部分。对于建基于乡土环境和历史传统中的民间生活方式来说,它也有自己的生活观念和长期形成的不受政治权力干扰的自在的生活态度。《续笔》中有两篇文章,分别回忆四川"酆都"和浙江"塘栖",在市镇风物的描述中,流露出对民间生活方式的浓厚兴趣。"酆都"是传说中的鬼都,抗战中作者入川避寇,去酆都游玩,"入市一看,土地平旷,屋舍俨然,行人熙来攘往,市容富丽繁华,非但不像阴间,实比阳间更为阳间。"传说中关于"鬼都"的种种谣言,此情此景之下显得格外可笑,然而"当地确有一森罗殿,即阎王殿,备极壮丽。"而文中作者对此阎罗殿的记忆,除"泥塑木雕"之外,有两个对联,"至今不忘":"其一曰:'为恶必灭,若有不灭,祖宗之遗德,德尽必灭;为善必昌,若有不昌,祖宗之遗殃,殃尽必昌。'其二曰:'百善孝当先,论心不论事,论事天下无孝子;万恶淫为首,论事不论心,论心天下无完人。'前者提倡命定论,措词巧妙。后者勉人为善,说理精当。"(《酆都》)[①] 这两个对联,含蕴了佛家和儒家的思想,显示出传统伦理观念在中国民间流传之深广。而丰子恺显然和"五四"之后一般新知识分子不同,他不但没有对之简单否定,甚至更流露出某种欣赏之情,显现出他对民间伦理道德的通达态度。而在《塘栖》[②] 一文中,丰子恺更进一步,显示出对以往民间惬意自在的生活方式强烈的怀念、欣赏和认同。《塘栖》一文,记述旧时江南水乡客船的舒适,塘栖镇吃酒的写意,不由人生向往之心:

> 吃过早饭,把被褥用品送进船内,从容开船。凭窗闲眺两岸景色,自得其乐。中午,船家送出酒饭来。傍晚到达塘栖,我就上岸去吃酒了。塘栖是一个镇,其特色是家家门前建着凉棚,不怕天雨。有一句话叫做"塘栖镇上落雨,淋勿着"。"淋"与"轮"发音相似,所以凡事轮不着,就说"塘栖镇上落雨"。且说塘栖的酒店,有一特色,即酒菜种类多而分量少。几十只小盆子罗列着,有荤有素,有干有湿,有甜有咸,随顾客选择。真正吃酒的人,才能赏识这种酒家。若是壮士、莽汉,像樊哙、鲁智深之流,不宜上这种酒家。他们狼吞虎嚼起来,一盆酒菜不够一

[①]《酆都》,收入《丰子恺文集》第 6 卷(文学卷二),第 668—669 页。
[②]《塘栖》,同上书,第 673—675 页。

口。必须是所谓酒徒，才可请进来。酒徒吃酒，不在菜多，但求味美。呷一口花雕，嚼一片嫩笋，其味无穷。这种人深得酒中三昧，所以称之为"徒"。迷于赌博的叫做赌徒，迷于吃酒的叫做酒徒。但爱酒毕竟和爱钱不同，故酒徒不宜与赌徒同列。和尚称为僧徒，与酒徒同列可也。我发了这许多议论，无非要表示我是个酒徒，故能赏识塘栖的酒家。我吃过一斤花雕，要酒家做碗素面，便醉饱了。算还了酒钞，便走出门，到淋勿着的塘栖街上去散步。塘栖枇杷是有名的。我买些白沙枇杷，回到船里，分些给船娘，然后自吃。

这种江南民间的传统生活方式，未受现代文明侵扰，也是在国家权力架构之外形成的，丰子恺欣赏这种生活方式，也正蕴涵了他的生活态度在内。《塘栖》结尾说："古人赞美江南，不是信口乱道，确是亲身体会才说出来的。江南佳丽地，塘栖水乡是代表之一。我谢绝了20世纪的文明产物的火车，不惜工本地坐客船到杭州，实在并非顽固。知我者，其唯夏目漱石乎？"这里之所以提到夏目漱石，可以在文章的开头找到说明："夏目漱石的小说《旅宿》（日文名《草枕》）中，有这样的一段文章：'像火车那样足以代表20世纪的文明的东西，恐怕没有了。把几百个人装在同样的箱子里蓦然地拉走，毫不留情。被装进在箱子里的许多人，必须大家用同样的速度奔向同一车站，同样地薰沐蒸汽的恩泽。别人都说乘火车，我说是装进火车里。别人都说乘了火车走，我说被火车搬运。像火车那样蔑视个性的东西是没有的了。……'"丰子恺评论道："我翻译这篇小说时，一面非笑这位夏目先生的顽固，一面体谅他的心情。在20世纪中，这样重视个性，这样嫌恶物质文明的，恐怕没有了。有之，还有一个我，我自己也怀着和他同样的心情呢。……"我们可以看出，这里对现代"物质文明"的厌恶，乃是因为这种建基于现代技术之上的物质文明抹杀人的个性；也可看出，丰子恺在这里所流露出的，正是对传统的生活方式所体现的不受整齐划一的现代技术和权力控制的自由洒脱的生活方式和生活态度的欣赏。这在20世纪中国文学和世界文学中都不算太另类，但在"文革"的背景下,却非常引人注目。"文革"年代,建基于战争文化规范基础上的权力对民间控制的加强,所导致的,正是这种抹杀差异和个性的整齐划一状态,而其思想根源早就蕴含在时代风习对"现代"弊病缺乏警惕因而一味反传统、盲目追求"进步"的思想观念之中。不过物极必反,这种弊病达到高峰时,其巨大缺失也就必然会导致对之的反弹,丰子恺在"文革"中追忆传统的生活方式,正是早着先鞭。

《缘缘堂续笔》追怀自在的生活方式和洒脱的人生态度,大体上,与作者对民间生活习俗、场景的追忆和书写交融在一起。以《吃酒》[①]为例,文章记取不同情况下喝酒之四事,以记述喝酒之因缘,"回想上述情景,酒兴顿添。正是'昔年多病厌芳樽,今日芳樽惟恐浅'",旧时喝酒之种种情事,对于别人来说,其实也不见得多么有趣,可在作家心中与笔下,这些"酒徒"的性情与趣味,却分外值得追思。以其中吃酒的两种情景为例,一是与老黄在日本江之岛就"壶烧"吃日本黄酒的往事(壶烧是一种大螺,烧杀取肉切碎,再加调味品放入壳中,作为佐酒佳品),在美景入画之处,吃着美酒"佳肴","三杯下肚,万虑皆消。海鸟长鸣,天风振袖。但觉心旷神怡,仿佛身在仙境"。另一种情景则是在杭州西湖之畔,偶遇一钓虾之人,此人颇有隐士之风,与世无争,悠然自得。他每次只钓三四只大虾,在开水里浸过之后下酒,"一只虾要吃很久,由此可知这人是个酒徒","自得其乐,甚可赞佩"。而丰子恺达观超脱的人生态度,也就更多地寄托在这些能够"自得其乐"的民间人物身上。"癞六伯"与"阿庆",就是其中的代表。癞六伯"孑然一身,自耕自食,自得其乐",每日做完生意,就在席棚低下从容不迫地吃"时酒",这种酒"醉得很透,醒得很快",喝到饱和程度,就在桥上骂人,"旁人久已看惯,不当一回事。……似乎一种自然现象,仿佛鸡啼之类。"他家中环堵萧然,别无长物,却很好客,而且不乏生活的乐趣,墙上贴了几张年画,竹园里"有许多支竹,一群鸡,还种着些菜",自得其乐,很可羡慕,仿佛"羲皇上人"。

[①]《吃酒》,收入《丰子恺文集》第6卷(文学卷二),第709—713页。

(《癞六伯》)① 阿庆也是这样的孑然一身而能自得其乐的人,他以打柴为生,唯一的生活乐趣是拉胡琴,"皓月当空,万籁无声。阿庆就在此时大显身手。琴声婉转悠扬,引人入胜。……中国的胡琴,构造比小提琴简单得多,但阿庆演奏起来,效果不亚于小提琴,这完全是心灵手巧的缘故。"阿庆胜似癞六伯之处,在于他有一种精神寄托,"他的生活乐趣,完全寄托在胡琴上。可见音乐感人之深,又可见精神生活有时可以取代物质生活。感悟佛法而出家者,亦犹是也。"(《阿庆》)② 作家之欣赏这些小人物,就因为他们身上这自由自在的生命态度和自发的对精神生活的追求,与作家自己的人生智慧和精神追求有相通之处。

这种智慧概括说来就是达观与知命。在《放焰口》③ 中,他由《瑜伽焰口施食》的悲哀文辞引发议论说:"读了这些文辞,慨叹人生不论贵贱贫富、善恶贤愚,都免不了无常之恸。然亦不须忧恸。曹子建说得好:'惊风飘白日,光景逝西流。盛时不可再,百年忽我遒。生存华屋处,零落归山丘。先民谁不死,知命复何忧。'"在明白了人生的"无常"之后,不是陷于绝望、疯狂,而是以平和的心态继续生活于人间,不像时人那样执迷,但对人间却仍然保留一种平和的爱恋,这种智慧正是典型的东方智慧,"于世出世间,不离世间觉"。由于有这种达观与知命的智慧,作家才能在"文革"那个混乱的疯狂的年代,既没有混同在时代的喧嚣之中,也没有因连绵而来的批判的冲击而晕头转向,而依然能保持头脑冷静、灵台明澈,保持不为物役的独立品格,在心灵之中保持了一块人性的绿洲。

丰子恺欣赏那种自在的民间生活和洒脱的人生态度,也因此他的笔下浸透了一种对人生平和、亲切而温厚的感情,正如昏昏默默的民间大地一样,表面上看,它是一点也不伟大的,可是正因为它没有虚饰,在一个充满了虚假夸张的革命激情的年代,这种平和的声音却更近于人性的声音。亦因之,丰子恺有时也不禁发出对人性失落的疯狂时代的轻蔑与不

---

① 《癞六伯》,收入《丰子恺文集》第 6 卷(文学卷二),第 670—672 页。
② 《阿庆》,同上书,第 742—743 页。
③ 《放焰口》,同上书,第 729—732 页。

屑,在《暂时脱离尘世》中他这样说:"今世许多人外貌是人,而实际很不像人,倒像一架机器。这架机器里装满着苦痛、愤怒、叫嚣、哭泣等力量,随时可以应用。即所谓'冰炭满怀抱'也。他们不但不觉得吃不消,并且认为做人应当如此,不,做机器应当如此。"他说:"我觉得这种人可怜,因为他们毕竟不是机器,而是人。他们也喜爱放弃俗念,使心地暂时脱离尘世。不然,他们为什么也喜欢休息说笑呢?苦痛、愤怒、叫嚣、哭泣,是附着在人世间的,人当然不能避免。但请注意'暂时'这两个字,'暂时'脱离'尘世'是舒服的、营养的。"在"文革"这样的年代,丰子恺的这种人生哲学与艺术哲学,表面上看来真是"卑之无甚高论",而且其声音之微弱渺小在高亢的"文革""战歌"声中几乎被淹没,可是正是这种微弱的声音代表了庸常人性的存在。正是在这一方面,显示出《续笔》的意义深远。

(原载《潜在写作:1949—1976》,复旦大学出版社,2007年)

新的诗歌的诞生

——白洋淀三诗人"文革"时期的潜在写作

"文革"后中国文学的一个重要方面,在于个人意识的觉醒与个人性的表达方式的出现。然而,时至今日,"个人性"似乎成了新的时代流行意识形态或与诸种新意识形态合流的代名词,这也理所当然地促成了某种反弹,导致一些作家与理论家对当代文学中的自我表现与个人话语的怀疑。这种怀疑当然有其正当性,然而,不论是怀疑个人性话语的意义,还是对之进行辩护,我们都必须对"文革"后文学中的个人性话语的来源进行考察,并由此理解其在最初起源时的力量和意义所在——在此基础上,不论是辩护还是怀疑,方能切中要害,而不至于有一叶障目之弊。

而对新时期成长起来的作家和诗人的个人性话语的起源的考察,有必要追溯到此前"文革"中年青一代人的潜在写作——这包括食指、黄翔、哑默等与此前的文学话语仍有复杂纠葛的作家的写作,更包括"白洋淀诗歌群落"和后来成为"朦胧诗"主将的诗人们的写作。对这些作品的解读显示出,以个人性话语的出现为标志的文学觉醒,从一开始即产生于与时代流行话语的分裂、疏离乃至对抗,它需要个人付出巨大的代价(甚至是精神分裂的代价)才能达成——本来,20世纪中国文学中个人性的觉醒,如果从鲁迅在《文化偏至论》、《破恶声论》、《摩罗诗力说》等文章中的论述谈起,从一开始就呼唤的是一种摒弃伪士、超绝俗流、敢与时代潮流抗争的个人的觉醒,如果联系《狂人日记》、《孤独者》等小说,你会发现,真正的个人性的产生都是要付出巨大的(乃至孤独或疯狂的)代价的,如果不能有意识地摆脱公开或隐蔽的占据主流地位的"X说P,所以是P"

的思维和表达模式,也就谈不上任何真正的个人的觉醒和主体的树立。

对此来说,"文革"之中"白洋淀诗歌群落"主要的三个诗人根子、芒克和多多的创作,可以提供有力的论据。不论是对比"文革"前的中国诗歌还是同属"文革"中的潜在写作范围的黄翔、食指的写作,白洋淀三诗人的诗歌方称得上是新的诗歌的诞生的真正标志。事实上,即使是在今天阅读这些诗人写于"文革"年代的诗作,你仍旧不能不感到一种深深的震惊,因为在这里,年轻的诗人的语言真正摆脱了当时主流话语的笼罩——摆脱不是在同一种思维和话语方式中的对抗,而是从一种陈旧的但却占据统治地位的思维和话语方式中超越并创造出一种新的抒情语言,而与此同时,新的抒情姿态和新的观察和感受世界的方式也产生了。

一、根子的《三月与末日》:个人与环境的分裂

把所有可能的影响因素考虑进去,根子的《三月与末日》①依然给人一种震撼,这种震撼来自于一种彻底的翻转与颠倒的力量。《三月与末日》彻底地更新了在当时的话语模式与抒情模式中已经趋于干枯和自动化的意象,也与中国传统抒情模式中的这些意象的意义形成了一种意味深长的断裂。譬如,作为核心意象的"春天"和"大地",在这里得到了一种与传统完全不一致的含义——"春天"在这里是一个邪恶、狡猾、千篇一律的不负责任的诱惑者,而"大地"则失去了基本的判断力,在千篇一律的诱惑前面一再受骗上当而不觉醒。

我们看看这首诗里一开始就出现的"春天"意象。诗的第一行"三月是末日",就让人有一种震惊。一般的理解中,"三月"是春天到来的日子,是万物复苏的日子,是欢庆的日子,然而在这里,"三月是末日"。这种震惊随着下文对春天的描述的展开,越发增强,春天是"世袭的大地的妖冶的嫁娘"、"裹卷着滚烫的粉色的灰沙"、"第无数次地狡黠而来,躲闪

---

① 根子:《三月与末日》,收入郝海彦主编:《中国知青诗抄》,中国文学出版社,1998年,第58—62页。以下对该诗的引用均依据该书。

着/没有声响",这里,"妖冶"、"狡黠"的用词已经非常突兀,"无数次"几乎包含了一种对于千篇一律的重复的厌倦,而"躲闪着/没有声响",则几乎将"春天"表达为一个鬼鬼祟祟的擅长搞阴谋诡计的权术者。这里,一种异乎寻常的感受已经充分地显现出来了。

而诗的下文则不仅加强了这种对千篇一律的诱惑的厌倦情绪,也把"春天"与"大地"的关系引入到诗的世界中。在这样的关系中,"春天"让人厌恶的不仅是千篇一律(我"看见过足足十九个一模一样的春天"),更带着"血腥的假笑",把"我仅有的同胞""大地"掳掠而去,还向"我"恫吓着:"原则,你飞去吧",再迟钝的人,都可以从这样的描述中,看得出这里的"春天"不但是让人厌倦的,也是凶残的。然而,"大地"对"春天"在引诱中包含着的残酷与血腥却几乎是毫无觉察的,所以它和"春天"的"婚宴"几乎是注定与以往那样"伴随着春天这娼妓的经期"到来(我们可以注意"娼妓的经期"这一意象引起的那种厌恶感),而对于清醒者的劝阻它却几乎是毫无感觉的,于是,引诱者与被引诱者、春天和大地的戏剧几乎一如既往地不断重复,诗的末段写道:

> 今天,三月,第二十个
> 春天放肆的口哨,刚忽东忽西地响起
> 我的脚,就已经感到,大地又在
> 固执地蠕动,他的河湖的眼睛
> 又浑浊迷离,流淌着感激的泪
> 也猴急地摇曳。

这样的对于"春天"和"大地"的理解,对于无论是当时还是以后的人来说,初次阅读时都是一种巨大的震惊。多多就这样回忆过他初次看到这首诗时的阅读体验:"1972年春节前夕,岳重(即根子——引者注)把他生命受到的头一次震动带给我:《三月与末日》,我记得我是坐在马桶上反复看了好几遍,不但不解其文,反而感到这首诗深深地侵犯了我——我对它有气!我想说我不知诗为何物恰恰是对我自己的诗品观念的一种隐瞒:诗,不应当是这样写的。在于岳重的诗与我在此之前读过的一切诗都不一样（我已读过艾青，并认为他是中国白话文以来的第一诗人），因此我判岳重的诗为：这不是诗。如同对郭路生一样，也是随着时间我才越来越感到其狞厉的内心世界，诗品是非人的，磅礴的，十四年后我总结岳重的形象：'叼着腐肉在天空炫耀。'"① 在某种意义上，多多的震惊可以代表所有读者在初次读到这首诗时的震惊，震惊的原因，在于根子几乎是病态地或变态地完全颠倒了人们对于春天的通常感受，而这种颠倒一开始几乎是不可理解的：

> 作为大地的挚友，我曾经忠诚
> 我曾十九次地劝阻过他，非常激动
> "春天，温暖的三月——这意味着什么？"
> 我曾忠诚
> "春天，这蛇毒的荡妇，她绚烂的裙裾下
> 哪一次，哪一次没有掩藏着夏天——
> 那残忍的姘夫，那携带大火的魔王？"
> 我曾忠诚
> "春天，这冷酷的贩子，在把你偎依沉醉后
> 哪一次，哪一次没有放出那些绿色的强盗
> 放火将你烧成灰烬？"
> 我曾忠诚
> "春天，这轻佻的叛徒，在你被夏日的燃烧
> 烤得垂死，哪一次，哪一次她用真诚的温存
> 扶救过你？她哪一次
> 在七月回到你身旁？"
> 作为大地的挚友，我曾忠诚
> 我曾十九次地劝阻过他，非常激动

---

① 多多：《被埋葬的中国诗人（1972—1978）》，收入廖亦武主编：《沉沦的圣殿——中国20世纪70年代地下诗歌遗照》，新疆青少年出版社，1999年。

> "春天,温暖的三月——这意味着什么?"
> 我蒙受牺牲的屈辱,但是
> 迟钝的人,是极其认真的
> 锚链已经锈朽
> 心已经成熟,这不
> 第一次收获,第一次清醒的三月来到了
> 迟早,这样的春天,也要加到十九个,我还计划
> 乘以二,有机会的话,就乘以三
> 春天,将永远烤不熟我的心——
> 那石头的苹果。

事实上,《三月与末日》这样的诗,如果不联系它产生时代的话语背景,就几乎无法理解,甚至会被看成是神经质的梦呓。某种意义上,我们可以借助席勒对于"素朴的诗"和"感伤的诗"的区分,来理解《三月与末日》这样的诗的意义。在《素朴的诗与感伤的诗》中,席勒做了这样的区分,"诗人或则就是自然,或则寻求自然。在前一种情况下,他是一个素朴的诗人;在后一种情况下,他是一个感伤的诗人。"[①] 以赛亚·柏林对这一有名的区分作了这样的阐释:这两类诗人,"一类是对他们自身与他们所处环境之间的分裂,或是他们自身内部的分裂无所察觉的诗人,另一类是对这种分裂有所察觉的诗人。"[②] "当席勒讲到'素朴'时,他指艺术家隐藏于艺术作品之后。当艺术家完全与其作品同一,你不需要了解他的生活就能理解他的作品,一切问题都由作品本身说出了。对于感伤的艺术家,像波德莱尔、马勒、瓦格纳、兰波,就不是这样。"[③] 这是因为,

---

[①] 席勒:《素朴的诗和感伤的诗》,收入伍蠡甫主编:《西方文论选》(上),上海译文出版社,1979年,第489页。

[②] 以赛亚·柏林:《威尔第的"素朴"——献给 W. H. 奥登》,收入达巍、王琛、宋念申编:《消极自由有什么错》,文化艺术出版社,2001年,第31页。

[③] 《柏林谈威尔第、斯特拉文斯基、瓦格纳》,收入达巍、王琛、宋念申编:《消极自由有什么错》,文化艺术出版社,2001年,第43页。

"素朴的艺术家快乐地与其诗神结合,他视规则与习俗为当然,并自由和谐地加以运用,他的艺术,用席勒的话来说,是'宁静、纯粹、快乐的'。"感伤的诗人则不然,"席勒也像卢梭那样认为,一旦具有了观念,平静、和谐、快乐便永远不在了,艺术家对他自己、对他的理想目标、对他与其被分隔开的自然之间的无限距离有所意识,也就是说,他意识到远离了他的社会,远离了他自己那种原始的、未遭破坏的整个思想、行为、感受和表达。典型的'感伤的'诗歌是讽刺诗,它是一种否定,是对那种自称为真实的生活,实际上却是真实生活的堕落(现在则称为真实生活的异化)的攻击,它造作、丑陋、不自然;或者是哀歌——即对失落的世界和不现实观念的确认。""感伤的艺术家与其诗神关系不和睦:他不快乐地与诗人结合,习俗使他厌烦,虽然他会盲目地为其辩护,他就是安福塔斯,寻找着和平、拯救,试图治愈他自己和他所在社会公开与秘密的创伤,因而无法安宁。……感伤的艺术家的艺术是不快乐、不平和的,是紧张的,与自然和社会相冲突的,具有无休止的渴望和现时代那种声誉不佳的神经质。这种艺术通过它混乱的精神、它的殉道者、它的迷狂、反叛和愤怒,以及其最优秀的具有颠覆性的鼓吹者——卢梭、拜伦、叔本华、卡莱尔、陀思妥耶夫斯基、福楼拜、瓦格纳、马克思、尼采,带给我们的不是平和,而是冲突。"[①]

柏林对席勒所谓"感伤的诗"的阐释,在相当程度上,可以解释根子乃至整个白洋淀"现代主义"诗歌的基本气质。像《三月与末日》这样的诗的产生,根本上来源于诗人的感受与流行的社会规则的分裂,诗人强烈地感觉到"自称为真实的生活"的这个社会以及它那种虚伪的话语系统是"真实的生活的堕落",所以要对它施以攻击、颠倒、翻转。《三月与末日》给人的震惊首先来自于流行语义的系统颠倒,而语义的颠倒,其实暗含着一种与流俗不同的感受世界的方式的出现。事实上,就像惯常的理解——把春天看作生命复苏的象征,看作新事物的出现和一个新的时代

---

① 以赛亚·柏林:《威尔第的"素朴"——献给 W. H. 奥登》,收入达巍、王琛、宋念申编:《消极自由有什么错》,文化艺术出版社,2001年,第32—34页。

的开始——几乎注定要忽略或淡化对春天"裹卷着滚烫的粉色的灰沙"的注意和描述一样,注重对这种情景的描述的人,其基本的对世界的感受与那种乐观的理解完全不一致,他的基本情绪是消极的、灰暗的,他已经无法与用春天所象征的不断欢呼的在当时的语境中的"新的开端"、"新纪元"、"新事物"、"新时代"、"新的号召"、"从一个胜利走向另一个胜利"等等一致,他只能对这种不断重复的口号(以及其遮蔽下的灰暗的现实,就像春天的妖冶掩蔽下的"粉色的灰沙")产生一种强烈的厌倦情绪。"春天"、"大地"(作为人民的象征),这样的神圣词汇,在这种理解里,完全被消解掉了。而《三月与末日》中的神经质乃至病态、变态的颠倒,正来自于在诗人的感觉中,强烈地意识到整个社会以及它的意识,在表面的正常下面,实际上是彻底的病态与颠倒的。诗的神经质与病态,正来自于现实的神经质与病态,而以新的语言方式,将这种病态揭示出来,当然要比遵循陈规的与时代和谐的诗,更能切中时代的病症,虽然也更让人震惊、不舒服,"带给我们的不是平和,而是冲突"。

而新的表现方式的出现,在相当大的意义上,与新的感受世界的方式的出现,是同步的。我觉得,从年轻人的反叛性的写作来说,只有到了《三月与末日》这里,新的诗歌才可以说真正出现了。而这种新的诗歌,正是新的感受世界的方式在语言领域的显现。这种感受要在语言领域得以显现,势必要对整个的语义系统及其表达方式施以系统的强力性的颠倒翻转,正合于俄国形式主义者所谓的"陌生化"——从惯常的、已经趋于机械化的表达方式中摆脱出来,让人们犹如第一次看到似的感受到"石头之为石头"的质地——而对于根子来讲,就是让人们感受到习以为常的感受和表达方式背后隐藏的系统性的荒谬。当然,《三月与末日》中语言生命力的复活,还不仅仅在于其语义的颠倒。在这里,诗歌也摆脱了描述性和明喻性的抒情(更不用说那种固定化了的象征性抒情了),而走向了隐喻性的抒情,诗歌的意义也不再是单向的、明晰的、浅层次的,而是朦胧的、多义的。《三月与末日》里的"春天"、"大地"这样的意象,不仅可以理解作当时的语境中所赋予这些意象的那种神圣的含义,也可以有更多的理解。诗的朦胧性也使我们很难对之作单一的解释,而只能将之看作是一种复合的语义结构、一种崭新的情感形态和对世界的理解的产物。诗歌意象的多义性、复杂性，与陌生化的表现一起，让诗的语言复活。根子几乎是以巨人般的力量，让在年青一代中一再被灌输的固定化、自动化了的现代汉语重新获得了生命力。这无论从哪方面看，都是一个奇迹。

二、冷漠：一种抒情姿态的诞生

如果从抒情主体的姿态来说，除了我们上文所说的与社会规则的分裂与冲突之外，我们还可以从根子的抒情主人公的姿态中感受到一种冷漠。虽然根子的抒情姿态和语调之中，带有一种年轻人的强烈的愤怒，但在这一表面姿态的背后，我们却可以感觉到一种更为深刻的对流行话语的冷漠态度。这种细致的感情区分并非不重要，如果这首诗歌完全是浮现在诗歌表层的愤怒态度，那么根子可能会成为一个黄翔那样的反抗诗人，但这却暗含了另一种危险，就是堕入到新诗传统中的那种直抒胸臆的浪漫主义传统之中，无法与50—70年代的主流诗歌话语划分出清楚的界限；而冷漠的气质，实际上暗含着一种抽离的态度，一种从体制化、日常化的社会生活和话语系统中脱身而出的态度，也必然意味着从精神与话语上对之进行超越，发现新的精神态度，创造新的话语方式。

《三月与末日》中，"我"对于"春天"的欺骗与"大地"的易于受骗，感到深深的失望。我们可以理解，这个"我"，也曾"十九次"被"春天"欺骗，但在第二十次时，"我是人，没有翅膀／却使春天第一次失败了"，而使"春天"失败的原因，正在于屡遭欺骗与失望之后的"冷漠"，不再对蛊惑者宣称的未来、不再对大地的拯救抱有肤浅的希望：

> 她竟真的在这个时候出现了
> 躲闪着，没有声响
> 心是一座古老的礁石，十九个
> 凶狠的夏天的熏灼，它

没有融化,没有龟裂,没有移动
不过礁石上
稚嫩的苔草,细腻的沙砾也被
十九场沸腾的大雨冲刷,烫死
礁石阴沉地裸露着,不见了
枯黄的透明的光泽,今天
暗褐色的心,像一块加热又冷却过
十九次的钢,安详、沉重
永远不再闪烁
既然
   大地是由于辽阔才这样薄弱,既然他
   是因为苍老才如此放浪形骸
既然他毫不吝惜
   每次私奔后的绞刑,既然
他从不奋力锻造一个,大地应有的
朴素壮丽的灵魂
既然它浩荡的血早就沉淀
既然他,没有智慧
   没有骄傲
更没有一颗
   庄严的心
那么,我的十九次的陪葬,也都已被
春天用大地的肋骨搭架成的篝火
烧成了升腾的烟
我用我的无羽的翅膀——冷漠
飞离即将欢呼的大地,没有
第一次没有拼死抓住大地——
这漂向火海的木船,没有
想要拉回它

这里的冷漠是显而易见的（尽管在语调上还是慷慨激昂的），而冷漠的原因，却正在于这里的"我"是一个独立的主体，他不再受"春天"的蛊惑，却也不再对"大地"盲目忠诚。我们可以注意《三月与末日》中"我"和"大地"的关系，在一般的比喻中，"大地"是"人民"，是"母亲"，也是阴性的"她"，这些神圣的词汇要求着一种无条件的忠诚，象征着一种无条件的归属与吸纳；而在这里，"大地"是"挚友"，是阳性的"他"，"我"当然要对他忠诚，但忠诚并不是无条件的，当"他"不可救药地陷入诱惑和疯癫时，"我"并没有必要与"他"一起毁灭，"他"是"我"的伙伴，我们中间的忠诚是平等的，我们的友谊建立于劝说的而不是丧失自我的归属与吸纳关系上。这都暗含着主体从无主名的群体命名中的独立，而一旦主体独立了，他也就将原来被命名为隶属关系的对方看作主体，彼此之间，不再存在宗教性的隶属与被隶属的关系。这种冷漠也许类似于为"五四"时代的人所一再引用的易卜生的名言"救出你自己"，而如果把"大地"（象征着"人民"）看作个体的聚合，那么这种冷漠也许就包含着得救的希望。

　　个体的觉醒，很大程度上也来源于感觉的觉醒，感觉不再受宏大的理论叙事以及依靠这种叙事的深刻"思考"的压抑与左右。在根子的《致生活》①中，根子将基于宏大理论叙事的思考与个体直接的感性比喻为"狗"（"大脑"）和"狼"（"眼睛"），"以前／我的大脑像狗一样伴随我／机警，勤勉，驯良／我相信它，溺爱它，以它为主／我的眼睛倒是一只狼／愚蛮，爽直不羁／我蔑视它，欺侮它，以它为耻"，当"我"牵着它们俩来到大海边时，"狼"瞅了一眼："这是海，没有边际的"，"狗"嗅了嗅，说"水是甜的，可见岸并不远"。"我"信任了"狗"的判断，但当我们在海上越游越远时，岸越来越远，偶尔可以看到的"岸"只是海市蜃楼的幻影，而"狗"也在波浪滔天中淹死：

　　　　如今只有我和狼，还有

---

① 根子：《致生活》，收入《中国知青诗抄》，第51—58页，以下对该诗的引用均据该版本。

>   狗的僵硬的尸体
> 站在你的暗礁上，水
> 是甜的，但谁也不会知道了。
> 我由于虐待了诚实的狼
> 才失去了诚实的狗，现在
> 狼在准备向你复仇，我坚信它。
>
> 喂！生活，你牢记
> 我现在说的，以后
> 我不能再姑息你什么
> 大脑
> 已经死了，被你累死的。
> 眼睛
> 将带领我前进，它
> 像镜子那样
> 单纯，肤浅，诚实，专断
> 不要忘记狼的认识
>
> ————真正的岸

与天才性的作品《三月与末日》相比，《致生活》显得稚拙、简单，这种稚拙和简单固然说明根子这时候的作品还是一种青春写作，但也正因为这样，它能清楚地显示年青一代觉醒的逻辑：正是因为在宏大叙事所主宰的理性思考所许诺的希望屡屡被证明为是欺骗和幻觉后，感性方才复活，它关注着刺目丑陋的现实，而不再用理性的说辞为之蒙上朦胧的神秘美丽的面纱。眼睛（感性）是"单纯，肤浅的"，但它也是"诚实"的，不那么容易受欺骗的：

> 如果你说
>   "我的风浪虽凶，却并非没有尽头。"
> 那么，住口

浮起你清晰的岸来。

如果你说

　　"我的面纱虽厚，却确实是美丽的。"

那么，住口

扒下你脱不完的衣裙！

……

如果你说

　　"我虽然是蛇，却真是蚯蚓。"

那么，住口

　　这是土地，翻掘它看看。

如果你说

　　"我虽然穷，却已经积着珠宝。"

那么，住口

　　打碎这透明的玻璃

……

这怒气冲冲对生活的质问与反驳，很容易让人想起后来北岛的诗作《回答》中著名的句子——"我不相信"，这可以让我们发现，作为一种感性的觉醒，年青一代人对宏大叙事的反叛由来有自，有其感性的和生活的源泉。而一旦这感性觉醒了，现实生活的阴暗、丑陋的一面就再也遮掩不住，而以其极端的刺激性要求人们直面："眼睛是懒惰而贪婪的。/它看到了遍地的农民绿色的痰，/不会想到人民的崇高。/它看到了姑娘的污脏的肚脐，/不会想到爱情的伟大。/它看到了白天的敌人，/晚上互相鸡奸/不会想到行为的纯洁。/它看到五公尺以内/不会想到/五公尺以外/大脑已经/劳累而死。"某种意义上，"文革"后新时期文学发展的一个重要方面，就是让以前三十年的"通红透亮"、与社会规则"和谐一致"的公开文学所压抑着的黑暗意识与分裂感觉呈现出来，而这在根子这样的诗歌中，已经兆其端倪。这样的诗歌，也标志着个人真正从时代话语制造的集体神话中觉醒，他不再压抑自己的感性和语言表达，也不再在一个宏大的历史叙事中作茧自缚或痛苦不堪地在其间挣扎,这不但使得根子这一代诗人与50—70年代的公开文学划开界限,也使得他们与食指这样的摆脱不了时代共名纠缠的诗人区别清楚①。一种新的文学正是在这里,而不是在别的地方,诞生了。

三、芒克:自然诗人的尖锐叫喊

如果从对于感性的忠实这一点来说,在白洋淀的诗人中,芒克的诗显然不应忽略。芒克与自然和民间社会有一种显著的亲和关系。与他一起插队的多多就曾这样说:"芒克是个自然诗人,……他诗中的'我'是从不穿衣服的、肉感的、野性的,他所要表达的不是结论而是迷失。"②这也可以在芒克的诗中看出来,他的诗歌中有"渔家兄弟""忧伤的歌曲"(《致渔家兄弟》),有田野的芳香和辽阔(《十月的献诗》,《我是风》),也有"输掉了的爱情"(《给》)……③这些诗与生活有一种亲和,诗中的感情正常得让人吃惊,几乎放置在任何一个时代都可以。在这个意义上,也许可以说,芒克本来天生是个"素朴的"诗人,他的这种与自然和民间的和谐,放在任何时代,读来都让人产生一种愉悦感。也许在一个正常的年代,芒克就会这样走下去,凭借他的感性的天才,成为一个自然诗人和童

---

① 譬如,林莽曾在《穿透岁月的光芒》一文中对照过食指的《海洋三部曲》与根子的《白洋淀》,"它们都是对那一代青年消逝的青春与情感的祭奠。"《海洋三部曲》与《白洋淀》的写作相差了四年,作者的年龄也相差了四岁。可以说是同一代人,食指是这一代诗人的先驱,他的诗歌中还有着许多希求与向往,而在根子的诗中已看不到它们的影子。食指是浪漫主义的,而到根子已开始了现代主义写作方式的尝试。"(见林莽同名诗文集,百花文艺出版社,2001年,第79—80页。)实际上,根子这首诗与食指的诗最大的区别在于,根子不再寻求用流行的宏大叙事消解感性的痛苦,而食指显然仍徒劳地企图在当时的主流话语中为一代人的痛苦寻找一个位置和解说,如我们上文所指出的,食指诗歌的分裂即肇因于此。
② 多多:《被埋葬的中国诗人(1972—1978)》,收入廖亦武主编:《沉沦的圣殿——中国20世纪70年代地下诗歌遗照》,新疆青少年出版社,1999年。
③ 以上诗均收入《芒克诗选集》,中国文联出版公司,1989年。

话诗人,诗艺也许会更加成熟,但却不会让人产生任何不快的感觉。

然而,芒克的诗中却很快就出现了扭曲变形的意象:

天空

1

太阳升起来,
天空血淋淋的
犹如一块盾牌。

2

日子像囚徒一样被放逐,
没有人来问我,
没有人宽恕我。

3

我始终暴露着,
只是把耻辱用唾沫盖住。

5

可是,希望变成泪水
掉在了地上。
我们怎么能够确保明天的人们不悲伤!

8

谁不想把生活编织成花篮?
可是美好被打扫得干干净净。
我们还年轻,
你能否愉悦着我们的眼睛?[①]

---

① 芒克:《天空》,收入《芒克诗选集》,第9—11页。

芒克显然是一个凭感兴写作的诗人，这些短诗中，基本上，每一段都只有一个核心的意象，其中的感觉显然是一下子就呈现在诗人脑海中的，而愈是这样，这里的感觉的变形就越显得意味深长。我们在上文讨论根子的诗时，指出了其中体现出一种诗人与现实的紧张关系，这里需要强调的是，这种紧张关系，显然不单是一个人的体验，而是敏感的诗人们一种共同的认识。联系"文革"中牛汉诗歌中的"半棵树"和"华南虎"等伤残意象以及穆旦的《我的变形》等诗歌中对自我被外界控制的恐惧，显然，几乎所有的敏感的诗人都意识到这个时代有着这么一种氛围，这氛围不知怎的就把一种恐怖的感觉漂浮在你的周围，让你浸润其中，甚至让你的感觉变形。如同根子的诗一样，芒克也不作任何意识形态的解说，但与根子的诗不同的是，他的诗中没有那种执拗的争辩。他的短诗直接、尖锐，不加虚饰地让自己的感觉呈现出来，而愈是如此，愈是显得那种恐怖的氛围和变形的力量无所不在。这种氛围，甚至侵入到他的田园诗和童话诗里："果子熟了／这红色的血！／我的果园染红了／同一块天空的夜晚。……"①

也因此，芒克的诗中有时会发出压抑的叫喊：

太阳落了

1

你的眼睛被遮住了，
你低沉，愤怒的声音
在阴森森的黑暗中冲撞：
放开我！

2

太阳落了。
黑夜爬了上来，放肆地掠夺。
这田野将人毁灭，

---

① 芒克：《秋天》，收入《芒克诗选集》，第12页。

人
将不知道往哪儿去了。

3
太阳落了。
她似乎在提醒着:
你不会再看到我。
……①

在这样的脉络中,芒克写出具有金斯堡的《嚎叫》那样风格的诗《街》,就一点也不奇怪。在这样的年代,一个具有不加虚饰的感性的诗人,必然会被周围浸润着的恐怖气氛、无聊赖的琐碎的日常生活、骚动的青春、没有方向的未来,折磨得奄奄一息,他对此愤怒,但并不能确切地找到突围的方向,也并不能确切地把握住自己的理想和观念,因此只能焦躁地在诗中宣泄、反抗,发出难听的青春的嗥叫。我觉得,如果说《街》开了后来像崔健那样的中国摇滚的先河,也不为过。这里有一种共同的声调和情绪,以及一种在无处突围中反抗的姿态。所以,芒克虽然有一个"素朴的"诗人的素质,但最后他还是成了一个"感伤的"诗人——他的诗歌典型地显示出,在这个时代,人要与他的生活世界取得和谐而不失去自我的感性,并不是一件容易的事情,如果他忠于自己的感性,他就必然会和他的环境发生冲撞,自然、田园、童话,并不能提供现成的避难所。

四、多多:对复杂性的捕捉与锤炼——诗歌作为"手艺"

1988年,首届今天诗歌奖授予多多,授奖词说:"自七十年代初期至今,多多在诗艺上孤独而不倦的探索,一直激励和影响着许多同时代的诗人。他通过对于痛苦的认知,对于个体生命的内省,展示了人类生存的困

---

① 芒克:《太阳落了》,收入《芒克诗选集》,第20—21页。

境;他以近乎疯狂的对文化和语言的挑战,丰富了中国当代诗歌的内涵和表现力。"① 这个授奖词,多多当之无愧。事实上,一直到1998年,还有诗人这样惊叹:"如果对多多这三十年来的诗歌作一次小小的抽样回顾,相信任何直取诗歌核心的诗人和读者都会像触电一样,被震退好几步——怎么可以想象他在写诗的第一年也即1972年就写出《蜜周》这首无论语言和形式都奇特无比的诗,次年又写出《手艺》这首其节奏的安排一再出人意表的诗?"② 白洋淀三诗人中,根子和芒克多少都是依靠天才和感兴写作,多多却也许是最早具有艺术自觉的一个。

白洋淀诗人宋海泉曾这样概括多多诗的内容:"毛头(即多多——引者)用荒诞的诗句表达他对错位现实的控诉与抗争,以实现对人性丧失的救赎。但是这种救赎,不是以受难而是以沦落,不是以虔诚而是以对神明的亵渎,不是以忠贞而是以背叛,不是以荆冠或十字架而是以童贞的丧失为代价来实现的。是的,这种救赎与罪恶之间仅一步之遥,真理和谬论之间也仅一步之遥吗?理解了这一点,就不难读懂毛头的诗。就不再需要什么'非理性的独特经验'来'解读'、'发掘'什么'象征'或'隐喻'的意义了。"③ 这样的感性,其实与根子和芒克类似,也一样尖锐,但与根子和芒克相比,多多还是显示出明显的艺术的自觉,譬如,他的意象要比根子和芒克来得紧凑密集:

> 歌声,省略了革命的血腥
> 八月像一张残忍的弓
> 恶毒的儿子走出农舍
> 携带着烟草和干燥的喉咙
> 牲口被蒙上了野蛮的眼罩
> 屁股上挂着发黑的尸体像肿大的鼓

---

① 该授奖词收入多多油印诗集《里程——多多诗选(1972—1988)》。
② 黄灿然:《最初的契约》,此文为多多诗集《阿姆斯特丹的河流》(北岳文艺出版社2000年版)代序。原载《天涯》,1998年第6期,原题《多多:直取诗歌的核心》。
③ 宋海泉:《白洋淀杂忆》,收入《沉沦的圣殿》,第253页。

直到篱笆后面的牺牲也渐渐模糊
远远地，又开来冒烟的队伍……①
——《当人民从干酪上站起》

诗作仍然带有年轻人的写作堆砌意象的特点，但把如此丰富的意象，做这样密集的安排，仍然显出了其写作的自觉。这样的诗是很难依据感兴一挥而就的，而势必在最初的写作之后经过了很多艰苦的锤炼与修改。②

这种精益求精使得多多的诗中经常给人以震惊，譬如他这时候的诗中经常出现一种出人意料的转折：

同样的骄傲，同样的捉弄
这些自由的少女
这些将要长成皇后的少女
会为了爱情，到天涯海角
会跟随坏人，永不变心③
——《万象·少女波尔卡》

春风吹开姑娘的裙子
春风吹满危险的诱惑
如果被春天欺骗
那，该怎么办？

那也情愿。
他会把香烟按到
我腿上
我，是哭着亲他呢

---

① 多多：《当人民从干酪上站起》，收入《里程》，第1页。
② 多多几个当年朋友的回忆都显示他是一个理性很强、艺术上精益求精的人，所以也难怪他会写出这样的诗。
③ 多多：《万象·少女波尔卡》，收入《里程》，第9页。亦见《阿姆斯特丹的河流》第9页。

还是狠狠地咬他耳朵呢？

哭着亲他吧……①

——《万象·诱惑》

　　那些自由的"会长成皇后"的少女，会对爱情忠诚，这谁都能想到说出，但"会跟随坏人，永不变心"，却不见得谁都能想到，想到也不一定说得出来；《诱惑》也一样，他会把香烟按到我腿上，我是哭着亲他呢还是狠狠地咬他耳朵，回答也出人意料："哭着亲他吧……"多多想象中的爱情，非常颓废，但这种出人意料的转折却显示他有足够的复杂意识意识到爱情心理的复杂以及其中的微妙多变——如同生活那样复杂微妙——而这种意识无论在哪个时代看都是出人意料的。

　　也正因为如此，同样写虚无，写对生活的疏离，多多的写作没有根子的愤怒，也没有芒克的尖锐，却独具一种反思的幽默，如果你愿意的话，可以把它称为黑色幽默：

虚无，从接过吻的唇上

溜出来了，带有一股不曾觉察的清醒：

在我疯狂地追逐过女人的那条街上

今天，戴着白手套的工人

正在镇静地喷射杀虫剂……②

　　第二段"疯狂地追逐过女人的那条街"与"喷射杀虫剂"的剪接是那样可笑，可笑到几乎让人忘记"虚无"，但实际上却增加了虚无的重量。这是一种犹如吸食麻醉品之后的清醒，它清醒地展现着自己的虚无感，但同时又冷峻地对之进行反嘲，而反嘲却又不构成消解，而导致效果的加强，这种冷幽默犹如吞食自己尾巴的蛇，构成一种意义（或消解意义）的

---

① 多多：《万象·诱惑》，收入《里程》，第9页。亦见《阿姆斯特丹的河流》第10页。
② 同上书，第11页。

循环链。这种诗艺上的掌握确实让人震惊。

"密集"与出人意料的"转折",都显示出多多对于复杂性有一种强烈的意识,而对复杂性的意识,很大意义上又得通过自相矛盾的表达(paradox)来表现。《致太阳》中说太阳:

> 查看和平的梦境、笑脸
> 你是上帝的大臣
> 没收人间的贪婪、嫉妒
> 你是灵魂的君王
>
> 热爱名誉,你鼓励我们勇敢
> 抚摸每个人的头,你尊重平凡
> 你创造,从东方升起
> 你不自由,像一枚四海通用的钱![①]

在"太阳"的象征还是那么单义化的时代,多多能从之引申出如此丰富而悖谬的联想,实在让人吃惊,几乎让人感觉他与同时代的年轻人不处在同一个世界。而多多的《蜜周》如此清晰地写出了年轻人的"肤浅的爱情"的周期,如此冷漠而又如此多层次地表现爱情的幽微曲折,也相当让人吃惊。

所有的这一切,都显示出艰苦的劳动的痕迹。当多多写出"当那枚灰色的变质的月亮/从荒漠的历史边际升起/在这座漆黑的空空的城市中/又传来红色恐怖急促的敲击声"[②]这类诗句时,他对当时世界的荒凉恐怖的感受与根子、芒克基本上并无二致,但更多的诗却显示出他的诗意要比他们宽广,开掘得也比他们要深,这在某种意义上可以显示出多多艺术上的自觉——他确实是把诗当作"手艺"来做,尝试着汉语的多种表达的可能性,推敲着意象、象征和隐喻,锤炼着字词和音韵,让诗歌语言

---

① 多多:《致太阳》,收入《里程》,第16页。亦见《阿姆斯特丹的河流》第13—14页。
② 多多:《无题》,收入《里程》,第1—2页。

柔韧而坚实，可以曲尽感情和情境的细微之处，而又不至于失之粗放繁冗。他确实具有了一种诗人应该对诗这门"手艺"的虔敬之情。有的研究者曾注意到多多的诗中的"异国情调"（这在《玛格丽和我的旅行》中表现得特别明显），并把这种"异国情调"看作一种审美追求。[1] 这种对"异国情调"的追求也可以和多多对诗艺的虔敬联系起来看，在很大程度上，这都同是出于对促陋的现实和语言环境的反抗和逃离，为此，在意识上需要想象一种异国的情趣，在诗艺上则需要对语言的锤炼和雕琢，以铸造一个和滥用语言的现实世界不同的诗歌世界。

据说多多的第二本手抄诗集取名《手艺》乃是出典于茨维塔耶娃的《尘世的特征》：

> 我知道
> 维纳斯是手的工艺品
> 我，一个匠人
> 懂得手艺

白洋淀诗人宋海泉回忆说："诗集是献给茨维塔耶娃的。不清楚毛头（多多的小名——引者注）是把自己看作茨维塔耶娃的私淑弟子，把她当作缪斯的化身而敬献自己的诗作呢，还是另有所指。其实，在当时的条件下，我们对茨维塔耶娃又能了解多少呢？不过是爱伦堡的两篇文章而已。……但无论怎样，茨维塔耶娃对毛头的影响不容忽视。后来发表的《手艺——和茨维塔耶娃》就是一例。在这首诗里，毛头反其意而和之，但我认为这是读懂毛头诗的钥匙。毛头对自己的诗改之又改，精雕细琢。很多作品发表时同我看到的已大不相同。坚持诗的形式美，坚持人性的立场，在这两点上两人是一致的，越过这条线，两人便分道扬镳了。"[2]

---

[1] 参看李宪瑜：《中国新诗发展的一个重要环节——"白洋淀诗群"研究》，载《北京大学学报》（哲社版），1999年第2期。

[2] 宋海泉：《白洋淀琐忆》，收入廖亦武主编：《沉沦的圣殿：中国20世纪70年代地下诗歌遗照》，引文见该书第254—255页。

讨论白洋淀三诗人的诗，我们不应该忘记，这些诗人当时都只是十几岁二十来岁的青年。他们的写作具有一切青春写作的特点：自发的感兴、抑制不住的表达欲望、几乎是刻意地求新和一切青春写作必然会带有的程度不同的反叛性。但同样是青春写作，中间也有区别，如果我们把白洋淀诗歌与红卫兵运动初起时的红卫兵诗歌对比，我们会发现，后者的反叛姿态掩饰不住其语言和精神的贫乏，这使得他们只是把主流意识形态话语变本加厉，使之更为尖锐化也更为空壳化而已；而在白洋淀三诗人这里，诗歌起源于与时代的紧张，在这种紧张中，个人化的对世界的感受、个人性的精神立场与个人性的话语几乎同时诞生，最后导致精神上和艺术上的独立与自觉。将白洋淀诗歌群落的意义放在历史的层面上看，80年代以降的先锋文学潮流，同样起源于对主流话语及其含蕴的世界图像的不满，因而要刻意探索、铸造新的艺术话语，对之消解、超越。我觉得，要探索这种先锋文学的源头，不是追溯到别的地方，而恰恰是要追溯到"文革"之中的潜在写作——说具体一点，就是白洋淀诗歌群落的精神和艺术探索。这某种意义上可以提示我们中国先锋文学的精神：它不应是为求新而求新，一切创新的努力，其实最终都来源于写作者与现实的疏离和紧张。遗忘了这一点，一切求新的文学（也许是一切现代文学？）都会成为无本之木、无源之水。时至今日，当文学中的"个人性"愈益成为新的流行意识形态的遮羞布时，我们更有必要强调当代文学中真正的个人性话语的起源——它是一种精神立场上从流行意识形态中偏离乃至反抗的结果，而其产生新的文学话语的能力，恰恰与其和流行意识形态的决裂与分离的彻底程度息息相关。

(原载《诗探索》（理论卷），2005年第1辑）

第四辑

批评闲话

审美批评的原创性

——谈张新颖的文学批评,一封和他的虚拟通信

新颖:

应约写一篇关于你的文学批评的文章,没有想到一下笔,才发现是一件很难办的事情。平时读书养成不求甚解的恶习,再好的文章读过之后也搁置在一边,懒得再去仔细搜求,即使触动很深的文章也不例外。而你从1987年就已经开始文学批评写作,屈指算来,也已十多年时间,这中间一定有些曲折变化,若不详加考察,难免笼统浮泛之讥。好在你的重要文章都已收集出书,集外的文章我手头也都有副本,为了写这篇文章,就又翻出来重读一遍。我觉得大体上可以把握住你的批评思路的发展过程,而且由此又引发出许多需要跟你交流的关于文学批评的想法。为求方便随意,所以采取通信的方式,胡言乱语,不要见怪。

平时聊天,你常会谈到人们对于批评和创作关系的误解:一方面在某些保持陈旧观念的人们眼中,始终以为批评应该指导写作,让文学批评承担它无法承担的职责;而在搞创作的人眼中,又常常有另外一些误解,以为批评是创作的附庸,再好的批评也不过是"二度写作",最近的极端说法甚至把批评家称为"食人腐肉者"。这两种观念都无法对批评持一种平常心的看法,这在这个方生未死的浮躁年代,其实不足为奇。你说批评既不高于创作,但却也不是创作的附庸或者奴婢,这其实也是这个"无名"时代严肃的批评家的普遍观点——你的过人之处是对批评的原创性的要求,认为批评家与作家一样,同样是基于自己的生存体验面对时代发言,

只不过批评家恰好选择了批评这一写作方式。自然，文学批评总要有其对象，但在这种"平常心"的批评观中，批评家与作家并不是一般误解的那样"出主入奴"的依附关系，而是，套用巴赫金的术语，一种"对话"关系——基于各自的生活经验与生存体验，批评家与创作家发言，这种发言有"相合"的地方，构成对话关系中难得的共识，但更重要的是那些不相合的地方——双方由于自己的视界的限制，难免有局限的地方，反过来说，也就是各有"见对方不见"之处，那么在这种基于不相合基础上的"对话"、"争论"、"辩驳"，也就提供了真正的思想甦生的契机。我注意到你最近的《中国现代意识的初始：章太炎的例子》，其中谈到章太炎现代意识产生时"依自不依他"的特点时说了这样一段话：

> 如果我们不能否认在中国的章太炎也处在世界之内，我们就不能否认对此问题章太炎的见识与尼采的见识具有同样的现代意识意义上的探讨价值，同时我们可以在两个人之间建立起两个主体之间的对话关系。……一个熟读尼采、甚至奉行尼采哲学的人，在尼采面前可能是一个不能以主体身份站立起来、开口说话的人；同样，一个能够跟尼采思想进行对话的人，也并不必须是一个深受尼采影响的人。①

这篇文章是学术文章，不属于狭隘意义上的批评文字，所讨论的也是两个思想家的关系，移用到这儿可能不太合适，但我从中注意到的是其中折射出的你对"对话关系"中参与者"依自不依他"的主体性的理解，而一般的误解总是企图取消批评的主体性，但在这最基本的一点被取消了之后，对话过程中的真正思想产生的契机也就同时被取消。那些称批评家为"食人腐肉者"之徒，也就是一方面企图取消批评家的主体性，在做了这番手脚之后，反过来给批评家加上这种"恶谥"，不可谓不霸道——不过现在这种霸道态度正流行，反而是你那种清醒的对话态度常常被忽

---

① 张新颖：《中国现代意识的初始：章太炎的例子》，载《大学》创刊号，1998年11月出版。

视甚至遗忘,但这些是非得失都可以不去管它,时间的大浪淘沙终究会使"沉者自沉,浮者自浮"。

其实"对话关系"也还只是批评家最基本的态度,就你对批评的原创性的要求以及自身的充满丰盈的"感性"与敏锐的"直觉"的批评实践来说,用"对话关系"这样的词汇形容总觉得还是有些隔膜。因为你的这些文章,不仅仅是理性的分析与思辨——当然在这些方面你也做得很好,但更重要的是你把自己的生命体验也投入到这些文章之中去了。这样批评主体与批评对象之间的关系,就不仅仅是"对话关系"中的共存互补,而是把自己的那些甚至还没有化为语言的感觉、情感、体验也投入了进去,这在一般的批评腔浓厚的文章中常常被排除。这样,超越于一般对话关系之上,批评者与批评对象更发生了一种"共振"关系——我们知道,在物理学上,共振常常产生远远高于施予者所发出的力量,极端情况下甚至会使发生共振的事物倒塌崩溃——我觉得你的那些看起来非常感性的文章所发出的就是这样的力度。这种"共振",用中国传统的词语形容就是"冥合心会"、"欣然有得"——我特别看重的是其中的"欣然"二字,因为从这些文章中,确实读得出在阅读和写作时的欢乐与兴奋。

在平时的言谈中,常常会听到你在很兴奋时所发出的与众不同意见,与此恰成对照的是你的沉默,与前者相比,这也许是你更经常出现的状态。——我常常怀疑,你对热闹的大庭广众以及文坛各种喧哗的争论避之唯恐不及,也许更重要的原因是对之心存不屑——我揣测正是因为这种沉默,你才保持了心智的清醒与感觉的敏锐。你的那些为数不少的批评文章,也许依赖于为期更长的沉默。在某种意义上,这确实是两个相辅相成的事情。我们处身的是一个匮乏的时代,也是一个混乱的时代。匮乏是由于真正的思想的缺乏,混乱则是由于在这个真正的思想缺乏的时代,无数的伪思想打着思想的旗号而得以大行其道。我注意到你在最近一篇《伪士当去,迷信可存》的文章中所昭示的精神立场。在这篇文章中,你引用伊藤虎丸对鲁迅的"伪士当去,迷信可存"的解说,他认为:"鲁迅所说的'伪士',(1)其议论基于科学、进化论等新的思想,是正确的;(2)但其精神态度却如'万喙同鸣',不是出于自己真实的内心,唯顺大势而发声;(3)同时,是如'掩诸色以晦暗',企图扼杀他人的自我、个性的'无信仰的知识人'。也就是,'伪士'之所以'伪',是其所言正确(且新颖),但其正确性其实依据于多数或外来权威而非自己或民族的内心",重要的是你对其中引申出的精神立场的共鸣:

> "本根"的确立和个人的主体性建设,必须立基于个人自身的历史和现实境遇,必须从个人最深切处出发,仅仅靠引进的西方近代观念,靠流行的种种新式说辞,是完全不足时的。①

在这种精神立场上,"从个人最深切处出发"所引申出的含义就是要求在批评写作时,批评对象必须经过主体内心的磨砺,以至把主体自身中最深切处的东西也引发出来。你之所以与这种解说发生共鸣,从长远来看,也是由来有自,这种精神立场与你自己的那些感觉、情感、体验也完全投入了进去的批评文章其实内里是相通的。某种程度上也可以说,这样的批评实践,也就是一种不依靠"引进的西方观念"与"流行的种种新式说辞",而"立基于个人自身的历史和现实境遇"、"从个人最深切处出发"进行的"'本根'的确立和个人的主体性建设"。

可是,要在现在这个时代确立"本根",彰显"白心"与"神思",真是谈何容易!如你所言:

> 即以我的同龄人而论,出生于60年代,走过80年代,进入90年代的世纪末,本来身上带着各自不同的印记,可是经过知识、文明、商业、城市、国际等等统一话语的大洗礼之后,大家都成了差不多的"新人"……有的连"芯子"也彻底更新了。我们像扔掉什么令人羞愧的东西似的扔掉初始的一切特征,我们在发了疯似地加速前进的时代列车上追逐正确的思想和生活,一任抛下的"白心"在滚滚的车轮下碾碎,看不到丝毫的血迹,

---

① 伊藤虎丸语,转引自张新颖《伪士当去,迷信可存》,载《作家》,1998年第6期。

感不到些微的伤痛。①

  这段话用了"我们"这个词做主语,在认同之中显得特别沉痛,不过我也明白你这些话并非矫情,从你的文字来看,你在写作中恢复"白心"同样也经历了一个过程。1992—1993对你来说可能是重要的年头,在此之前,你一直注视着当代文学中带有先锋精神的一支,这些文章当然很有新意,可是到了92、93年,你才写出了那些与批评对象交融一体的饱含着自己的生命体验的评论文章,有的确实是把自己最深刻的体验都投注了进去。这样的文章像《平常心与非常心——史铁生论》、《大地守夜人——张炜论》、《不绝长流——再说张炜兼及张承志》、《乱语讲史 俗眼看世——刘震云〈故乡相处流传〉的无意义世界》、《坚硬的河岸流动的水——〈纪实和虚构〉与王安忆写作的理想》等等。在这些文章中,我个人比较偏好《平常心与非常心》、《大地守夜人》两篇,它们显示出了你的批评文章的最先引人注目的特点——审美直觉的敏锐与完整。以《平常心与非常心》而论,其中对《我与地坛》、《我的遥远的清平湾》、《礼拜天》的审美分析已经叫人击节叹赏,而况又是用"美文"的形式来写这篇文章的。在此基础上,你既注意到史铁生身上"不执不固,不躁不厉,阅尽万象,汇于一心"的"调整自我与命运的关系,力求达到一种平衡",却更注目于另一种超越于"平常心"的"非常心"——"它以最真实的人生境遇和最深入的内心痛苦为基础,将一己的生命放在天地之间而不觉其小,反而因背景的恢宏和深邃更显生命之大","此时的史铁生,不再从平常心发出韵味悠长、宁静致远的浅斟低唱,而代之以激情与精神的伟力,呈现出的不再是一个漫步者的形象,不再是静观的柔顺与和谐,而是昂扬若狂的生命的舞蹈"。②这样来描述史铁生小说所传达的境界当然很准确,不过我觉得你分明是带着一种一直困扰自己的问题来阅读与评论的,所谓"平常心"的消解痛苦的智慧,与"非常心"的昂扬若狂的生命

---

① 张新颖:《伪士当去,迷信可存》,载《作家》,1998年第6期。
② 张新颖:《平常心与非常心——史铁生论》,收入《栖居与游牧之地》,学林出版社,1994年,第86、92页。

之舞,其实针对着的都是你一开始就提出的问题,即"欲舞而形单影只,会是怎样一种情形?"这样的提问所代表的"个体存在的孤立无助",并不仅仅是空泛的"困扰现代人的基本问题",而更有可能是你自己真切面对的问题,所以才能有这样的深切交融的审美体验。

更值得注意的是,这样的文章所显示出的审美批评所能够达到的境界。曾经有人说:"近百年来,无论是文学创作者还是文学评论者和文学史家,都迫不及待地要把文学行为和文学成果转化为文化资源,以促进中国文学的现代化"①,这话不免有以偏概全之嫌,不过也还是指出了一个直到现在也还非常严重的倾向,在此决不是要否定这种功利化倾向的现实意义,但是还是应该指出这种倾向对某些更基本的东西的遮蔽。审美批评绝对不是小道,而是直接与我们生活的感性方面与生存的根基息息相关的,不妨说它是一种在心智的交流的基础上对我们的生存根基的畅现——而这种生存根基常常是被种种时髦的理论话语所遮蔽的,即使在文学创作中表现出来,也常常会不幸成为各种时髦话语施暴的实验室,在这种情况下,以"白心"为基础的审美批评的去蔽作用就显示出其重要性来,况且审美批评的作用并不局限于去蔽,它更引发出批评者自身最深切的体验,从而在交流中达到一种新质的创造。移用你对"平常心"与"非常心"的分说,也许能够更加恰切地形容这种审美批评的境界,一种是平常心状态下的"物我合一"的自适状态,在这种状态下,主体去掉了自己的骄矜浮躁之气,"实现对客体的趋赴与让度",在一种神秘的契合中,"万物静观皆自得",而在这种融合达到一定的状态后,主体自身的创造性也被激发出来,于是在一种"非常心"的状态下,狂歌曼舞,实现一种精神的高扬与升华,以至可以与天地间生生不息的生命之流达成一种汇合。对于审美批评来说,这无疑是一种很高的境界,在我看来也是你的批评的理想,是你一直努力达到的境界,譬如你对史铁生的《礼拜日》的叙说:

《礼拜日》的分量由我看来并不在表达出诸如渴求人与人之

---

① 摩罗等:《重建文学史形态:必要与可能》,载《文艺争鸣》,1996年第4期。

间沟通而达到存在彻底自由的理念,其分量在于宏大的时空架构,在于在这种时空架构中表现关于生命的一切。迁徙的鹿群,北极圈附近的冰河,狼与鹿不动声色的心智较查与肉体的殊死搏斗;一个男人为了寻找的长途跋涉,荒漠,魔笛,书,灿烂的星空和一种达观的领悟;自由是写在不自由之中的一颗心,彻底的理解是写在不可能彻底理解之上的一种智慧;少女,老头,花开花落,悠悠万古时光。在这样宏大的时空架构中,生命不是缩在一个小角落里庸庸碌碌、自生自灭的过程,生命无所不在,他能够以精神的超越性达到精骛八极、心游万仞的境界。并不是任何单独的存在方式都能够以如此宏大的时空为背景,也并不是任何单独的存在方式都能够将心气与激情充盈于如此宏大的时空,以时空之大显个体生命之大,以宇宙之辉煌显人生之辉煌,这实在是一般人难以企及的非常心之投射。"天上人间,男人和女人神游六合,似洪荒之婴孩绝无羞耻之念,说尽疯话傻话呆话蠢话;恰幽冥之灵鬼,不识物界之规矩,为所欲为。"①

这确实已如陈思和老师所说的"很难再区分哪些是理性的分析,哪些是主体的自我体验","这类精彩的文章本身就是一种创作,一种诗。只有当评论主体读作品如同读生活,完全沉浸在对生活的感受里,才能达到这种主客体亲密无间的抒情。"②回头再看你对批评的原创性的追求,可以说,正是由于对生活的深切感受才促使你强调批评家与作家是处在共同的语境中面对世界发言,在写作的开始,他们是站在同一起跑线上的。而你的批评实践证明这不但不是悬的过高,而且证明批评可以达到与最好的创作一样高的境界。

但这种境界的批评必然要求对批评对象的严格选择,并不是每一部作品都能让人"冥契心会""欣然有得"的,也并不是每一部作品都能

---

① 张新颖:《平常心与非常心——史铁生论》,收入《栖居与游牧之地》,学林出版社,1994年,第94页。
② 陈思和:《〈栖居与游牧之地〉序》,见该书第7页。

够有这种提升人的精神的力量。我在上面说1992—1993年对你是重要的年头，因为在此之前，你一直以"先锋批评家"的面目出现，而在这两年，你的批评与另外一些更大气的作家作品相遇，才进一步成全了你的那种主客观交融一体的审美批评的品格。我注意到你说在写《大地守夜人》时有一种"复活的快乐"，这可能是只有《九月寓言》这样优秀的作品才能够给人以这样的欢乐。所谓"复活的快乐"，在我的理解中正是对你所说的"白心"的彰显时的欢乐。对此来说《九月寓言》无疑是一种召唤，一种返回本根的召唤。《九月寓言》所表现的那种从苦难与贫穷中升华出来的诗意，那种大地之上流动着的生生不息的生命力，那种天地化生的大境界，却恰恰是从最实在、最平凡、最朴素的生活中升华出来的。这些不但都被你所注意到了，而且对你来说也是最亲切与最熟悉的，只是问题在于为什么最亲切、最熟悉的也是最容易被遗忘的？这是很尖锐的不容自己回避的追问。不过我注意到在这追问中，交融着痛苦与欢乐。在审美批评的过程中，批评家阐发作品，作品反过来也刺激、改造批评家，对于《九月寓言》这样的大作品来说，后者的作用当然是最主要的。但这对批评家来说，与其说应当感到惭愧，毋宁说应该感到喜悦。我很欣赏你在真正的大作品面前的谦卑，正是在骄矜之气完全被排除后，那种来自"本根"的召唤才会被明晰地接受到，才会有那种回家的欢乐、升华的欢乐，自然这也离不开你自己的生存体验作基础。不过你提出的这个问题其实也是大多数人所面临的问题，在我们这个忙于追逐进步的时代，人们越来越忘记了自己的生存的根基，越来越忽视"大地"的召唤，反而在无根基的生存之中迷途忘返。正是在这种情况之下，审美批评在心智的交流的基础上对我们的生存根基的畅显的意义才更加引人注目地表现出来。一方面，我们在虚静的状态中畅显了自己的"白心"，另一方面，我们的"白心"通过作品的引导与我们生存的根基交流，正如你所说的：

> 正是跟大地重新建立起根本性的关系，才能使自身不能"完整"的人间"完整"起来。而意识到人是大地的生物或器官，是大地之子，才能进而破除人类自我中心主义的迷障，放宽视界，

看到大地的满堂子孙，再进而反省人类在整个结构中的恰当位置，反省人类对待自我之外的生命和事物的态度和方式。大地养育万物，而人类只是其中之一，丝毫也不意味着人类的渺小和微不足道，恰恰相反，对大地的亲情和尊重正引导出对自我生命的亲情和尊重，同时也特别强调出对大地之上其他生命的亲情和尊重。①

生生不息肯定不是孤立的个体的特征，它归从于一个比我更大更长的流程。让生生不息之流从自我身上通过，也即意味着自我的消融和归从，我不再彰显，因为我是在自己家里，我与最深的根基恢复了最亲密的联系。我不再彰显但我心安气定，我消融了但我更大更长。原来自我也像本质一样，也不应该是一个坚硬不化的核，个性和独立不群只能突出一个孤单的势单力薄的局限之我，要获得大我、成就大我就不能硬要坚持个性之我，让生生不息通过我充实我，我才活了。②

这样的段落很难说是诗还是哲学，总之它们具有原创性写作的一切特点，而没有人们一般所认定的属于"二度写作"的文学批评的隔膜与浮泛。

回过头来看你1992年以前的批评，关注的一方面主要是当时所说的先锋作家，另一方面是西方现代主义文学与香港、台湾文学。后者的作用也许主要在于学术训练的意义上，而前者颇能说明你的文学批评的另一个特点，即对文学新质的重视。你说，"我一直是在一种狭隘的意义上关注当代创作的：当代创作应该为文学提供新的质素和可能性。在这个意义上，并非所有在当代写作的作家都可称为当代作家，也并非所有的当代作品都是当代文学。这种观念既是文学史的观念，也是反文学史的观念"，其实就反映了这一点。不过同是强调文学新质，你的解读还是与别

---

① 张新颖：《大地守夜人——张炜论》，收入《栖居与游牧之地》，学林出版社，1994年，第105页。

② 张新颖：《不绝长流——再说张炜言及张承志》，同上书，第114页。

的批评家不太一样,而显示出对解读的新意的强调,譬如你分析博尔赫斯与中国先锋小说家的关系时,从博氏赋予幻想世界的本体价值入手来分析他与马原、孙甘露、余华、格非诸人的关系,关注的中心不仅是博氏对他们的影响的程度,更在于"中国先锋小说通过对博尔赫斯的接受给文学带来了何种新的意义",指出博氏的"虚拟和幻想的新空间"对务实的中国文化与中国文学的不可小视的意义;又如你指出马原与中国传统的观感传达方式的历史感通,这到现在也还是不失新意的见解,而且它们也显示出你对文学史的宏观驾驭能力,能够在广阔的时空中考察某一作家的新质。另一些文章,如对残雪的"对恐惧价值的消解"的发现,对吕新的"弥漫性文本"的概括,则直接显示出你的感觉力的敏锐。不过读你这些属于先锋批评范围的文章,总觉得还是有些隔,不够过瘾。这一点你后来在文章中也有所谈及,即"先锋文学"作为一种反叛性的文学,本身就是"为争取自由而不自由的文学",它们在逻辑起点上设定了一个反叛的对象,于是不得不受这种"自我意识中的对象性"的制约,它们是尖锐的,但"不具有包容性和大气"。①批评对象自身的局限也必然对你的批评写作产生限制,而且为分析"文学新质"你就必须保持理性的清醒,这也不容易产生像你后来的文章那样的生命体验完全投入、主客观交融的效果,所以在颇具新意的同时会显得不够从容、大气。

这也许有些吹毛求疵,不过还是能够看出 1992 年之后你的写作进入了一个更加自由的境界。这不但表现在那些洋洋洒洒的长篇大论中,尤其表现在你的那些短小的批评文章中。这些文章抓住作家作品的一个主要的特征,着重于它们所能给文学以及生存的启示,要言不烦,入木三分,在批评的艺术上已近化境。文章俱在,毋庸征引,我注意的倒是你把这些特点也引入到现代文学研究中来。在这门已经趋于规范化的学科中,像你这样的既充满感性、又很有概括力的文章读来颇有清风拂面之感,如你为《陈独秀印象》写的序言,拈出他的"酒旗风暖少年狂"与"孤桑好勇

---

① 张新颖:《不绝长流——再说张炜言及张承志》,收入《栖居与游牧之地》,学林出版社,1994 年,第 112 页。

独撑风"两句诗,陈氏一生的狂气豪情都宛然纸上;又如你从《胡风回忆录》中拈出他与萧军、萧红深夜赛跑一件事,胡风严肃的战斗精神之外不太为人所注意的"赤子情怀"也就有了非常形象的表现。除了这些短文之外,在正规的学术论文中,你的这些特点也很明显。由于对当代文学与当代现实的关注,你的这些论文坚持了价值中立的学术规范,但在客观的分疏中,字里行间却灌注了你的当代情怀,像你对章太炎现代意识产生时"依自不依他"的特点的概括、对王国维早熟的现代意识与在现实生存上难以承担这样的重压以至不断变动的过程的分疏、对鲁迅身上"伪士当去,迷信可存"的精神的仔细解说辨析、对西南联大现代主义诗人群接受现代主义与抗战时代的关系的发现,都可以说是自觉与不自觉地带着现实感受的影子。不过一则你的这些论文所从属的大题目"中国现代文学中的现代主义"尚未完成,二则这已溢出当代文学批评的范围,此处就不多谈了。

拉拉洒洒已经写下了不少,但要总结你的文学批评,还有两个问题是不容回避的:一是你对精神领域自主性的强调以及由此引起的对沉默与拒绝的意义的重视;另一是你对威胁我们的生存与"表达"的陈词滥调的警惕,以及由此所形成的文学批评的个人文体。这两个问题其实是一个问题,都基于你对真正的原创性的精神生产的重视:一方面要在"知识分子"越来越多而真正的"思想"越来越少的情况下强调思想的困难;另一方面在写作变得越来越容易的今天强调"困难的写作"的重要性。提出前一问题的主要有《精神领域自主性所受到的围困》、《伪士当去,迷信可存》。你受《自由交流》一书的启发不少,这本书的两个对话者指出了当代世界的一个倾向:"人们以时尚模式对待精神生活,将时装逻辑带进文艺生活,或者更糟,将政治逻辑带进文艺生活;保守集团一致行动,旨在制造某种思想氛围……"并且"他们想按照自己的尺寸,重新确定知识分子的面貌和作用。这些人只保留了知识分子的外部表象,既无批判意识也无专业才能和道德信念,却在现时的一切问题上表态,因此几乎总是与现存秩序合拍。"不但"知识界本身的独立性、自主性受到新闻界的压力","而新闻业本身也受制于其他各种权力";"知识分子本身越来越失去历史感和社会冲突感,却是一个更严重的问题"。你的强烈的现实感让你发现"域外现实所透露出的信息,在 90 年代的中国的现实文化环境中有那么多可以印证之处","几乎是不可忍受的"。①《伪士当去,迷信可存》这篇文章写得相当峻急,代表了你的性格与思想的另一方面。你一直把这个问题追溯到鲁迅的《破恶声论》,其中鲁迅把那些把持新的思想作武器、精神态度却如"万喙同鸣","不是出于自己的内心,唯顺大势而发声"的"无信仰的知识人"斥为"伪士"。时间过得很快,"伪士"却似乎越来越多,每天滔滔不绝地告诉我们许多"正确而新潮"的思想,这种思想却没有与他们自己的心灵发生摩擦,但这种失去基本的现实感与真诚性的思想,不仅在现实中成为"几乎无所不在的压力,甚至成为""包藏了恶意的""批判的武器"。你对这种"伪士"的态度颇为峻急,你问道:

> 我们在空洞的词语、抽象的概念里兜圈子,这样的知识游戏真的很有意思吗?我们就是靠诸如此类普通民众掌握不了的持续的知识游戏来维系所谓的知识分子优越感的吗?实话说吧,我不相信那些丧失了现实感,没有个人切肤之痛的当代理论和当代讨论。②

我不知道有没有人、有多少人注意到你的这种拒斥的态度。一般说,拒绝总是被忽略的,人们注意的中心总是各种各样的表演,而不管这种表演是否具有意义,而况表演总归是不伤筋动骨、无比轻松的,而拒绝最后导致的却是承担,而且绝非轻松的承担,而是要求真正的、全身心投入的承担。我尤其注意的是从其中透露出的对现实、尤其是对我们周围日渐浮薄的文化现状的愤怒与反抗,而这种反抗对你来说,同样是由来有自的,从《中国当代文化反抗的流变》中对那种"一无承担的文化反抗"的批评开始,你就自觉地走上了这一条路。在那篇文章中你写道:

---

① 张新颖:《精神领域自主性所受到的围困》,收入《迷失者的行踪》,复旦大学出版社,1998 年。
② 张新颖:《伪士当去,迷信可存》,载《作家》,1998 年第 6 期。

> 文化反抗实质上正是靠所承担的文化重量来支持的,拒绝重量,等于拒绝了自我创生的根源。①

而形形色色的新的理论话语以及所谓的讨论,往往就是以拒绝承担为特色的,但在拒绝承担我们现实上与文化上的种种重担之后,他们还怎么可能真诚呢?而这样的"伪士"们,又怎么可能不对真正有所承担的人施放明枪暗箭呢?我觉得,对这种精神态度如"万喙同鸣","不是出于自己的内心,唯顺大势而发声"的"无信仰的知识人",亦即所谓"伪士"的重新发现,可能会成为你对当代文化批判的一个重要的贡献。

有所承担的写作,绝对不会是一种轻易的写作,我注意到你最近对"写作的困难"与个体自己的声音的强调。你在最近的一篇对诗人散文的讨论的文章中说:"在 90 年代散文写作日益'容易'、因而也就日益'繁荣'的文化景观中,诗人散文'出场'的意义,最简单、最质朴地说,就是他们和他们的作品仍然坚持和维护写作的困难。我们甚至可以看到这样一个逐渐清晰起来、逐渐被意识到的事实:散文写作愈发困难了,这也是因为日常景观中的散文写作愈发变得容易了。"②对写作的困难的强调,既是对思想与感受的困难——如何不落入庸常思维的泥坑——的强调,也是对我们的表达如何不落入陈词滥调、以致被其异化的强调。其实这也是你必然要走到的地步,因为你一直对环绕我们周围的陈词滥调以及由此引申出的自我表达的困难保持一种警惕,有时甚至陷入一种无奈的状态,譬如你说:

> 语词的"模糊"与"肿胀"已几近面目全非的地步,对它的恐惧在今天变得愈发突出了。生活也许变得日益轻松、容易、有意思,存在却更加困难、空洞、意义暧昧。我们可以做越来越多

---

① 张新颖:《中国当代文化反抗的流变》,收入《栖居与游牧之地》,学林出版社,1994年,第 19 页。
② 张新颖:《困难的写作——述论 90 年代的诗人散文》,载《文学世界》,1998 年第 2 期。

的事情，我们却越来越不能表达自己。①

这种对越来越模糊、肿胀的语言的警惕与无奈，在你那儿形成了真正的焦虑，"我们"被语言所局限、所捆绑，在左冲右突中企图找出一条出路，在陷入最深的焦虑时甚至准备弃绝：

> 如果语言是我们自己的语言，那么语言就是我们存在的家园。可是语言先我们而在而且不可能为我们所拥有，我们不得已和它发生关系就会被它反锁住，语言是我们黑暗又肮脏的牢笼。我们没有新工具，造不起来新房子。我们的存在既没有蔽护又积满了历史和现实的尘垢，被莫名地捆绑。我们左冲右突、头破血流却仍然发不出自己的声音。②

回首世纪初，"五四"一代的"文化叛徒"们不满当时堕落的"文言"的模糊、肿胀、暧昧、俗套而企图创造一种近乎透明的语体文，可是假使他们当初就想到语体文在不到一百年的时间内也堕落成一种模糊、肿胀、暧昧、俗套的语言，不知他们是否还会有当初的那种豪情？或者会不会产生另一种思路？直面既成语言的庸俗与堕落，这也是一切严肃的写作、尤其是创造性的写作必然要遭遇的宿命。要么激活一种病入膏肓的语言，要么沉默，在此二者之间别无选择。你的努力的方向是在一种拒绝交流的极端个人化的独语与能够与读者交流的语言之间取得一种平衡，对你来说，批评写作与随笔写作相辅相成、在二者的交流之中形成一种个人化的文体。所以，你的随笔写作的理想也可以说明你的批评文体的某一方面：

> 随笔应该是有关痛痒的；但是疼痛却并不一定通过叫喊的形式表达；
>
> 随笔应该是一种个人精神的显现，但是显现个人精神的方

---

① 张新颖：《黑暗中的声音》，见《歧路荒草》，上海人民出版社，1996年，第4页。
② 同上书，第8页。

式却不一定非得直接述说个人情境不可;

> 随笔应该追求某种精神高度,它的所作所为,都表明它还没有达到这种高度,但它的所作所为都保持着为了达到这种高度而必需的精神紧张性。①

你的自成一格的批评文体,在这种背景之下才将全部的意义显露出来。在批评中,通过与批评对象的相会,你自己的精神也慢慢地、持续地显现出来。为此,你拒绝旧有的与引进的理论术语,拒绝它们所提供或者暗示的现成思路,因为它们都会遮蔽"本心"。在排除了各种各样的话语的遮蔽之后,你用一种坦率、朴素的文体来写作,在它的引导之下,进入作品与自己心灵相会的内核,在这种情况之下,被日常生活所遮蔽的"白心"与"神思"渐渐地彰显出来……这是一种美文的文体,也是一种个人化的文体,同时也是一种容易交流的朴素的文体——也许还有必要提一句:所谓美文,其本来意思就是坦率、自然、个人化而又朴素、亲切的文体,不知什么时候,这个概念竟然也用到报刊上那些矫揉造作的文章上去了,真是一种语言的堕落啊。

不过比起表达出来的东西之外,也许沉默反而是更为意味深长的。这种沉默表达的是一个人与一个时代的关系,表达的是个人如何坚守自己的位置。在《论沈从文:从1949年起》中,你谈到沈从文所选取的个人在时代中的位置:"百年来的中国社会历史,几乎就可以说是时代挟裹一切的历史。从伟人豪杰到凡夫俗子,几乎都有一种唯恐被时代抛弃的无意识恐惧,大家自觉地追赶时代,自觉地投入时代的洪流中去,尽管心里都清楚没有几个人能够呼风唤雨,引领时代,可是至少也要做到与时俱进,随波逐流。有普遍的不自觉恐惧和普遍的自觉追求的民众意识做基础,时代对人的影响、改造也就容易进行,而且进行得完全彻底,势不可挡。"而"沈从文恰恰找到了一个角落的位置,而且并不是在这个角落里

---

① 张新颖:《随笔写作的理想》,收入《迷失者的行踪》,复旦大学出版社,1998年,第228—229页。

苟延残喘，却是安身立命。这个角落与时代的关系，多少就像黄浦江上小船里捞虾子的人和外白渡桥上喧闹的'五一'节游行队伍之间的关系。处于时代洪流之外的人也并非绝无仅有，可是其中多数是逃避了时代洪流，自己也无所作为的。沈从文却是要在滔滔的洪流之外做实事的人。"①与读你过去的文章一样，我寻找的是批评对象与你自己的契合点。在这个意义上，你写沈从文，一定程度上也就是写你自己，因为你确实认同于你所描述的他对时代的态度。我们所处的也是一个喧嚣的时代，这个时代比起以前，也许少了一些看得见的强迫，却多了不少看不见的强迫与看得见的引诱，在这个时代，找到自己的位置，立定脚跟，踏踏实实做点实实在在的事情，同样不是一件容易的事情。沉默与拒绝并不一定是（甚至一定不是）一件消极的事情，沉默与拒绝同样可以说是一种自觉的承担，这种承担可以说是对（因为伪士们的喧哗）现在越来越被遗忘的一种精神的坚持——你的原话是这样：

> 如果我们没有大智慧、大勇气，如果我们无法获得地气、天启和神示，那么就让我们沉默。我们不加入现实的合唱。我们不在现实中存在但我们并非不存在，现实不是唯一的尺度，甚至现实根本不是根据和尺度。我们不要做现实中的话语主体。我们在沉歇中孤独。②

再叙。

刘志荣

1998年11月15日

（原刊《南方文坛》，1999年第1期）

---

① 张新颖：《论沈从文：从1949年起》，载《上海文学》，1997年第2期。
② 张新颖：《黑暗中的声音》，收入《歧路荒草》，上海人民出版社，1996年，第9—10页。

批评的宽度
——评说张柠

迄今为止,我与张柠并不相识,我们唯一的一次较正式的文字因缘是在1998年,我在《读书》杂志上评介由陈思和教授主编的"逼近世纪末批评文丛"时,提到了张柠列于其中的评论集《叙事的智慧》。在那篇文章中,我这样评价张柠:"张柠的批评显示出卓越的创造才能,在把叙事学与东方文化的一些核心观念嫁接的过程中,他使得叙事学这一技术性颇强的工具变成了优美的艺术创造,而由此得到的许多洞见则无疑给建设中国的叙事学提供了许多颇具活力的生长点。"① 时至今日,我仍然相信这个判断基本上是正确的,只要有人还想冲破西方叙事理论话语的罗网,尝试用自己的声音对东方叙事作品的经验加以总结,对叙事文学的新的可能性进行预测,张柠在该书前半部分"中国当代的诗学难题"中的探讨,就仍然有重要的参考价值。但那篇短文的缺陷也是明显的,我有意识地突显张柠最引人注目的地方,而对他的其他的复杂方面有所忽略,事实上,张柠的批评表现出极大的灵活性,显示出他的心智具有很大的宽度,描述这种宽度和灵活性,是我给这篇文章限定的任务。

一

在我的印象中,张柠所出身的华东师范大学似乎是一个神秘文化气息很浓的地方。别的不说,像不幸弃世的胡河清博士,他的批评话语的

---

① 见拙文《身在此山　走出此山》,载《读书》,1998年第6期。

核心部分，就离不开对周易这样的东方神秘文化核心文本的研读与体认。以古老的东方思想化入对当代最新小说的批评，貌似矛盾，实际上却在两个极端之间构成一种沟通，这恰恰是具有大智慧的潜力的表现，其中的端倪在于作者须具有圆融的智慧与过人的感悟能力，这才能见人之所不见，也才能显出这种批评方式的独特的价值和意义。张柠的批评话语，具有很大的包容性——东方文化并不是他唯一所依据的思想资源，甚至也不是他最重要的理论训练，但将东方思想化入现代批评实践，确实是他最能引人注意的地方。

对这种批评实践发言，我确实不是合适的人选，但我感觉自己的心灵还有足够的包容度，能够欣赏这种批评所引起的心智的愉悦与思维的美感。这种愉悦与美感在于，当你发现面对一种新的文学形式，许多进口的西方理论话语缠夹半天也说不清楚，我们的久已遗忘的东方智慧却能够赋予它一种最简洁的解说形式时，你就会意识到，不论是我们的作家、艺术家，还是我们的批评家，都带有无法摆脱的东方文化血统，而且，你会对那种在我们的思想底层一直或显或隐地绵延着的东方思维方式所可能有的生命力重新估价——在某种程度上，这种估价甚至会影响一个人整个的思想方向。这种批评实践或批评实验，昭示了一条在新文化传统与西方理论实践之外的批评道路，至少，在现在刚起步的时候，这条道路带给我们的希望仍然大于可能会在前方某处潜伏着的担忧。

回到张柠的批评实践，我感觉引入东方思维方式，最大的优点在于简洁而有效地弥合了西方理论话语造成的形式与内容、感性与理性分离的鸿沟。只要联想到俄国形式主义文论之后的几代西方批评家，在从分析文学作品的形式，过渡到文学作品的世界以及其可能具有的形而上的意义时，所设置的繁复的过渡术语，你就不能不感觉到东方思维方式在某种程度上的简洁有效性。这种简洁有效性，很大程度上得力于汉语中的某些词汇，仍然保留了感性与理性、灵与肉尚未分家时的原初状态。例如，当张柠在用"精、气、神"这些灵肉合一的术语比附"不同时代文学文体的几种声音模式"，勾勒其衰变过程时，这些濒临死亡边缘的术语突然获得了一种有效性、一种活力。借助于这些术语的比附，张柠将文学演进划分为"用神的时代"、"用气的时代"和"用精的时代",相对应的分别是"以神会天"的最自然、最简朴但"也是极有魅力和极有神力"的声音、发自丹田之声与"肺腑之言"、发自喉嗓与发自唇舌的声音,[①]这自然地概括了文学中的声音越来越复杂、也越来越衰弱的过程,同时也为这种抽象的时代演变,比附了一个感性的肉体。

在很大程度上,这时候的张柠具有中国道家"见素抱朴"的思想,他对文学界盛行的推崇越来越复杂的声音持一种怀疑与讥刺的态度。例如,在指出长篇小说的声音复杂化,一方面来源于外部世界对声音(喉嗓和唇舌)的挤压,另一方面来源于"个人的'自我意识'越来越强,越来越奇特"("容易见神见鬼,五官出奇地敏感")后,张柠用讥刺的语气说:

> 问题并不在于这些作品如何地表现,而在于错误的解读。理论界常常用人的主体性的张扬、自我意识的凸现等话语来推崇那些变了形的声音,而不是把这些看作是人、社会和自然衰变的无可奈何的结局。还有更新的说法:语言狂欢、民主话语、语言乌托邦等等。如果声音越来越复杂,以至于使人的耳朵越变越长成了小说叙事的目标,那么,小说对"真确价值的追寻",才真正是"乌有乡"的消息呢。[②]

这种讥刺,并非因为复杂的声音没有意义,而是因为对复杂声音的执著已经使得人们"有分辨多种声音的分析力,而在简单的声音面前却丧失了判断力"。在这种背景下,他推崇余华在《许三观卖血记》中,"敢于放弃复杂的表达方式,而用一种最素朴的声调来讲述故事",甚至感到"他是在用一种童话的简单语调,去追寻那逝去的'用神时代'的自然之

---

① 参阅张柠《长篇小说叙事中的声音问题——兼论〈许三观卖血记〉的叙事风格》第三节"不同时代文学文体的几种声音模式",收入《叙事的智慧》,山东友谊出版社,1997年,第43—45页。

② 张柠:《长篇小说叙事中的声音问题——兼论〈许三观卖血记〉的叙事风格》,收入《叙事的智慧》,第47—48页。

音。"① 在这个基本判断的基础上,他分析余华的这部小说中声音的重复(而非主题的重复)起了一种控制作用,"使声音一直指向前面所说的简朴自然之声上,使它在温和善良的老人原型与凶狠残忍的顽童原型之间摆动",由此不但使"单纯与丰富合二为一",而且使得余华能够"用一种那么简朴自然的声调,讲述了一个健康、可爱、无私善良的人——许三观的故事。"② 关于《许三观卖血记》的评论已经有不少,但在能够干净利落地解释清楚这部小说中简朴、重复的叙述声音所产生的丰富的效果方面,这篇文章是非常难得的一篇。

对朴素的声音的推崇,其作用不但在于"破执",而且也在于由此会敞显出人类最纯朴的梦想。张柠似乎也很看重这一方面,所以他在阐释史铁生的《务虚笔记》时,不无动情地指出:"史铁生在整个'写作之夜'所做的,除了将人类的执迷造成的二元对立的各种概念:生与死、爱与恨、忠诚与背叛……还原、消解之外,他更热衷的还是保护那最令人感动的童年之梦、美好的瞬间,并不断地用文字之舟,将它们送得远远的,不让现实的法则去破坏它。假如古老的梦想和气息完好地保存着,即使有些神秘,有些高远难及,又有何妨!"③ 一般来说,张柠的文章颇为理性,在讲到正面的思想时为之动情,这似乎属于为数不多的几次。由此也可见出他的"见素抱朴"的倾向的真意。

不过话说回来,如果仅仅限于阐释东方思想的真义,这样的文章多少应该归入哲学的范畴。张柠将东方思想化入文学批评,另一点值得注意的地方,在于他对这种思想的核心部分在文学方面的展开,作了精彩的诗学(尤其是叙事诗学)解释。像他在分析史铁生的《务虚笔记》这部颇难分析的小说时,不但指出其符号的无差别境界,体现出佛教中的"平等观",更进一步指出它所体现出的"一多互摄"的"全息性";而在指出其"虚实互变"的方法所暗含的"色空一如"、"梵我一如"的境界时,也充

---

① 张柠:《长篇小说叙事中的声音问题——兼论〈许三观卖血记〉的叙事风格》,收入《叙事的智慧》,第48—49页。
② 同上书,第52页。
③ 张柠:《史铁生的文字般若——论〈务虚笔记〉》,收入《叙事的智慧》,第19—20页。

分揭示了它所依据的基本诗学手段。张柠很清楚,一种思想、一种智慧化为文学,必须经过语言、经过诗学的方法,才能得到充分的展开,所以他在解读《务虚笔记》时很重视变易的作用。他拈出《务虚笔记》中"虚实互变"的过程,同时指出这种双向"幻化过程"所依据的诗学手段:一是"从实到虚,比如一个欲望故事,渐渐变成了一种对某个词(爱、性、淫乱、圣洁)的联想(或质疑),从而原来的写实故事或某个具体的场景最终被虚化了。……可以说,史铁生在讲述欲望的故事同时,就瓦解了'欲望'。"二是"化虚为实,即将一个虚幻的观念、或一个词化为一个实在的故事。这是史铁生的'解咒'方法。"张柠进一步指出这种诗学方法的意义功能:这种"'虚实互变'的变易观,不仅为全息结构提供了丰富感人的细节,更重要的是,它承担了具有批判色彩的解构功能,使得无论是'实'还是'虚',都没有片刻停驻,都在变化不居的叙述中由幻入化。这是一个解与构同时并存的双向活动。……当一个故事、一个细节或一个观念(通过词的歧义性联想)变得接近于虚无时,突然幻化出另一番景象来。……从虚中看出实相,从实中化出虚境。"①联系史铁生小说一贯具有的佛家色彩,你也许会感觉,也许只有用"虚实互变"这样的东方语汇,才能作出更清楚的诗学解释,才能使得对其诗学层面的解释与其形而上(姑且用这个词汇)层面的含义若合符节。张柠的批评在这种解读中最见特色,古老的东方思想在与现代学术的接合中获得了新的生命力,而由此把握史铁生的艺术构思,指出他"在创作中表现出的东方艺术思维方式,使他没有落入传统现实主义或现代主义的老套路之中",则显示出这种貌似玄虚的理论的实在性与可操作性。这不仅表现在上面提及的几点,像在分析《务虚笔记》时拈出的"词的歧义性联想"、在分析《马桥词典》时拈出的"原始词义的两歧性"、在分析《欲望的旗帜》时拈出的"肉体的神秘力量",都是一些可以汇同古今中西、而且在诗学方面似乎还很有探讨的余地的题目。这一辑文章命名为"中国当代的诗学难题",应该不是没有深意的,可惜的是张柠似乎太倚重具体的文本,没有将这些思想进

---

① 张柠:《史铁生的文字般若——论〈务虚笔记〉》,收入《叙事的智慧》,第14—16页。

一步扩展、深入与系统化,并且他最近似乎已经很少这方面的实践了。

但即使这样,张柠收入此辑中的这为数不多的文章,已经为以后有心做这方面探索的人提供了很好的借镜。我看到张柠写下的这一段话时不由为之一振:

> ……我回顾了一下90年代——一个结束模仿开始成熟的时代——的长篇小说,我发现了一个共同的东西,那就是他们都在追求一种真正意义上的汉语言文学的返朴归真。史铁生用写实去务虚(道)的意义;韩少功在还原词的本来面目,力求恢复汉语的内在秩序;余华避开日趋复杂的叙事时尚,尝试用最质朴的语调讲述一个复杂而又沉重的故事;格非试图用他全部的叙事力量去整合欲望……当代中国作家的这些探索和努力,可以视作下一世纪伟大作品出现的先兆。①

我感到兴奋,不但因为我也认为像韩少功、余华等,到90年代才写出真正成熟的作品,从而很反感一些道听途说的人贬低90年代文学的成就,也不但因为我很佩服张柠具有与风尚对着干、大胆预言的勇气,而且因为我觉得,如果这种东西方对话的批评路数不仅能够清楚地解说90年代新出现的优秀作品的特点,而且也能够冷静地(而非人云亦云地)发现它们所具有的新质,那么,它是有不可限量的前途的,而且也是有资格作出一种预言的。

二

张柠的文学批评也有很"西化"的另一面。他出身于世界文学专业,所以虽然他的批评话语有的时候带有浓厚的东方色彩,但基本的理论功底似乎仍然来自对西方文学——尤其是对陀思妥耶夫斯基的研读(《叙事

---

① 张柠:《长篇小说叙事中的声音问题——兼论〈许三观卖血记〉的叙事风格》,收入《叙事的智慧》,第52—53页。

的智慧》中后半部分是对陀氏的专门讨论,也是张柠写得比较早的文章)。而在我看来,本雅明与巴赫金好像是他最钟爱的批评家。由研究陀思妥耶夫斯基扩展到本雅明与巴赫金,自然是水到渠成的事情,而这也为理解张柠的批评路数的来龙去脉,提供了一点最基本的线索。

张柠的陀思妥耶夫斯基研究,也得力于本雅明与巴赫金甚深。像研究陀氏作品的寓言风格、评述其作品的复调性,只不过是其中比较明显的例子。这类文章中写得最长、也最见功力的一篇《地下室人、漫游者与侦探——论陀思妥耶夫斯基小说的都市主题》,也隐隐约约可以看出这两位大批评家的深层影响。这篇文章从三条相对应的线索入手:"(1)作品中人物类型的演变:市民中分出的理想主义者或幻想家——地下室人——游逛者(密谋家和官方侦探)——心灵侦探和悲剧英雄;(2)空间场所的变化:写信的书桌——地下室和小阁楼——街道和市郊——内心世界;(3)文体的变化:书信体——手记体——侦探文本——幻想小说。"① 三条线索相辅相成,表面上讨论的是陀氏的都市主题,实际却对陀氏作品的演变过程作了完整的描述。值得注意的是其描述的方法,像对人物类型、空间变化、文体演变的描述,都可以看出本雅明研究波德莱尔与巴黎时描述游手好闲者、拱廊街、震惊体验等的影子,同时也可以听出巴赫金的时空型理论、复调理论的回响。这种从现象描述入手,以对作品的艺术法则的理解作结,可以看作是对传统社会学批评与单纯的形式主义批评的一种超越。张柠对这种批评路数的熟练操持,在我看来,正是超越这两种批评的狭隘性的理论自觉的表现,虽然他声称:"宁愿信任有点怪僻的形式主义者,也不要轻信貌似健康的理想主义者。……""文学史就是形式史,有人会因此批评你搞形式主义。如果不想对牛弹琴,唯一的道路就是逃跑。"如果对作品的形式冷淡,确实很难被称为合格的文学研究者,但张柠的这番声称,确实不能从表面上来理解。他的批评路子的形成,某种程度上得力于对《陀思妥耶夫斯基诗学问题》的研读,在这本书中,巴赫

---

① 张柠:《地下室人、漫游者与侦探——论陀思妥耶夫斯基小说的都市主题》,收入《叙事的智慧》,第203页。

金实际上已经对形式主义批评做了毁灭性的批评。针对形式主义的理论依据所依赖的所谓纯粹的"诗歌语言",巴赫金直接从话语入手,指出话语是一种在集体之中不断地商谈与约定的"谈话",它获得了社会意义的"对话性",其中本来就躁动着各种各样的声音,这样,文学研究就不再仅仅是一种静态的语言修辞分析,而势必要转入巴赫金所称的"元语言学"领域,在各种声音与话语类型的复杂关系中进行一种动态的分析。在巴赫金理论的出发点,文学的最基层的因素里,形式的因素与意义的因素已经密不可分。张柠对这一点也非常熟悉,他评述《陀思妥耶夫斯基诗学问题》一书时,实际也正是从这一点入手,所以,他的"形式主义"其实本身就是一种包含了对意义的探讨的"形式主义"。这种批评方式的要点在于,它所最初着眼的基本问题,本身就是形式与意义的混合,像《地下室人、漫游者与侦探——论陀思妥耶夫斯基小说的都市主题》一文中,三条相对应的线索:人物类型、空间场所、文体,本身就是这二者合一的命题。而在上一节所评述的张柠的中国当代文学批评的文章,无论是探讨《务虚笔记》的"全息结构",还是探讨《许三观卖血记》的"叙事声音",抑或讨论《欲望的旗帜》的"欲望诗学"问题,其着眼点也是抓住一些基本的、形式与意义密不可分的命题。正是在这一点上,我认为张柠对本雅明与巴赫金不是皮毛的模仿,而是有很深的理解。也正因为这种理论功底,他的批评显得很有章法,与传统的评点式批评拉开了距离。而在同时,张柠似乎也不甘于淹没于大师们的影子之下,像对巴赫金在《陀思妥耶夫斯基诗学问题》中的"不可终结性"的争辩,就很明显地体现出这一点,虽然我并不同意张柠的具体论点,但这种精神到底是可贵的。

　　张柠最近的文学批评仍然保留了一种对当代文学最新问题关注的热情。像对生前颇为落寞的诗人胡宽的评论,对于坚的《0档案》的解读,都是颇具功力的文章。这两篇文章,触及到非常复杂的权力网络的问题,而这个问题似乎也成了张柠近期关注的中心。自从福柯在中国引起越来越多的关注以来,"权力"已经成了一个越来越在批评界流行的词汇。对于张柠来说,我更关心的是他如何将这个问题化为一种诗学问题来理解,而在这个理解过程中又不消解其批判性——即不将之化为一个纯粹的审美层面上的问题。仅仅在审美层面来理解权力问题,在某种程度上可以说是一种对现实的逃避,但完全忽略诗学问题,则无异于取消了文学。摆在批评家面前的,实际上是如何理解权力关系在文本中以文学的形式进行展开的,在这个问题面前,实际上需要一种"文学的批判"与"批判的文学"的辩证关系。这比张柠以前触及的问题其实更具难度。所以,我很欣赏张柠在《于坚与"口语诗"》一文中的下述说法:

> 本来口语入诗并不是什么新鲜事,而是一个十分古老的诗学问题。……但在特定的情况下,它似乎成了一个引人注目的问题,一个越来越与诗歌不相干的问题。一种语言的形态(口语也好、书面语也罢),在被诗人运用的时候,是如何被诗歌形式的力量所改写、修正的,这才是诗歌真正要关注的事情,否则,它就只能是一个人们正在津津乐道的所谓"立场"问题(这是一个令人讨厌的问题,尤其是在一个传媒时代。我厌恶那些上窜下跳、满嘴"立场"的人)。
>
> 今天口语的情况怎么样呢?……这是一个语言社会学的问题。……如何处理,才是诗学问题。①

在诗界的"立场"之战烽烟四起的时候,张柠的这些话至少让人看到了评论界依然有着清醒的文学头脑。

阅读张柠的《0档案:词语集中营》,你会看到张柠的这种冷静的诗学态度在批评实践中也做到了心口如一。张柠在评述于坚的《0档案》模仿"一种档案式的文体格式"时,敏锐地指出"(他的叙事)在白天睁大眼睛凝视,却看到了现实背后的黑暗",他的分析与这首诗的风格相一致,还是从语言层面入手,将这首诗描述为"词语集中营"——"在那个汉语词汇集中的营地里,充满了拥挤、碰撞、混乱、方言、粗口、格言、警句、争斗、检查、阴谋、告密、审讯、吵闹、暴力、酷刑、死亡的活力、杂乱的丰富,等等,一切不和谐的因素在这里汇聚。"在这篇戏仿现代控制工具

---

① 张柠:《于坚与"口语诗"》,本文写作时引自张柠提供的打印稿。

之一——档案——以展览个人的成长的诗篇中,张柠敏锐地看出了它对权力秩序的展示方式:权力的争斗被表现为一种词语、符号的争斗:

> 但作为个体秘史的档案,恰恰就是为消除个人的行为而设的,用名词、形容词来涂抹动词的过程。档案,与其说是"时间",还不如说是一种强权的现存"秩序"的镜像物,一群具有杀伤力的符号。符号对人的控制是隐形的,因而也是更可怕的。
> ……
> 生命就是动作、动词,任何试图限制动作、消除动作的行为都是对生命的伤害和扼杀。因此档案袋里那"没有动词的一堆"就是僵死的一堆,那种码放得整整齐齐的、很有先后秩序的、看似一个连续过程的东西,看似具有整体性的东西,其实是毫无时间感的,是破碎性的。①

话语的领域是充满权力关系的领域,这个说法我们已经耳熟能详,但像这样出色地在当代文本分析中,将权力关系转化为词语关系,而又从词语的遭遇中,解读出背后隐藏的权力控制关系的批评方式,在当代批评领域似乎并不多见。张柠表现出极大的才智与耐心,将这首诗表现的动词的遭遇,划分为"被档案彻底删除的、外力造成意识形态化的、向名词自然蜕化的因而是难以觉察的"几种情况,在我看来,最让人伤痛的也许是后一种,这个"隐蔽的、难以觉察的过程,事实上也就是日常生活的权力在起作用的过程。在这里,日常生活起到了一种意识形态的作用。"② 这样的判断恐怕并非仅仅基于理论的推演,而是直接对充斥在我们日常生活中的权力关系的固化作用的切身感觉。这也直接为一种冷静的、祛魅除幻的日常生活批判开辟了道路。我不知道张柠在这条道路上能够走多远,至少,他最近的几篇文章——《衰老人群中的一位年轻作家》、《我们内心的土拨鼠》、《市场里的梦想》、《酒的诗学》等,所延续的仍然是这个思路。

---

① 张柠:《0档案:词语集中营》,载《作家》,1999年第9期。
② 同上。

三

我想,从上面两节走马观花式的点评,已经能够看出张柠的心智的宽度。他的批评接触的确实都是当代批评中的前沿课题,面对这些课题,批评家需要不断充实自己,调整自己的思路,以求对问题作出简洁、精当的解说。不是说张柠的批评已经很完美,至少他的几副笔墨,确实给了他面对问题时极大的灵活性。张柠刚过四十岁,这个年龄是很容易保守起来、中年心态渐渐滋生的年纪,但他的批评截至目前为止还保持了一种青年人的锐气、一种不断地扩展自己的心智的宽度的努力,希望他能继续保持这种他自己也很欣赏的心态,做一个"衰老人群中"的"年轻批评家"。

最后,我当当"乌鸦嘴",给张柠提点小意见。张柠最近的批评文章,活力是保持着的,但似乎少了一些以前刚从学院里出来时的深思熟虑,文章征引的理论文字也太多,跳跃性太大,显得文气不畅,而"愤青"的感情冲动,似乎也显得太多了些。这似乎是表面现象,实际上是思考还不太成熟的结果。现代城市的气氛,似乎不是很适合静心思索的环境,但要做一个尽职尽责的评论家,而非普通的报刊撰稿人,这种沉住气、静心思索的习惯,似乎不应该轻易放弃。此外,张柠的批评路子很广,但也导致很难在他的文章中找到一以贯之的线索。在当代中国,要构筑宏大的理论大厦似乎不切实际,但保持对一些问题较长时间的注意力、看看一条路到底能够走多远,似乎仍然是应该的。像巴赫金这样的理论家,能够从具体的文学问题中,引申出更深远的哲学与人文含义,似乎不只因为博学,而且也离不开深沉的思考。这些意见也许有些迂远,也许只是我个人的偏见,然而我所能提的,也只有这些迂远而偏颇的意见——这是很抱歉的事,希望远在广州的张柠与不幸遭遇这篇拙作的读者恕罪。

1999 年 11 月 19 日　复旦南区

(原刊《南方文坛》,2000 年第 1 期)

关于"实感经验"问题的序言三篇

《从实感经验出发》自序

把近些年所做的关于当代文学的文章结集起来,是对过去一个方面的工作的交代,却也因之有机会对之进行反思。

比较有意识地要做一点当代文学评论的文章,在我是始于2005年,此前虽间有所作,然或出兴致,或因邀约,都算不上自觉,要说自觉地要用批评的形式有所表达,确实是要晚到这一年——那起手的试笔,就是收入本集的漫谈贾樟柯电影的文章。然而,即使起步如此之晚,也已过去了六七年,时间不算太短,所得却如此微薄——集中文章不过二十余篇,也还收入了2005年之前的几篇,可见此后每年所做也不过两三篇——要说做批评家,实在是一个不够用功的批评家,好在一开始也就没有打算挂此招牌,如此低产倒也心安理得。

集子题曰"从'实感经验'出发",乃是源于近些年来我在不同场合对"实感经验"对于文学(包括写作、批评和研究各个领域)的重要性的强调。这一想法,说起来产生已经有十多年,但近年来却似乎并未过时,而且似乎有愈加强调的必要,因为此前自己一直只是泛泛谈及,也便想借此机会,对之进行比较集中的申说。

我使用"实感经验"这个词,首先指代的是"实际生活中的经验和感受"。在我看来,这种"实际生活中的经验和感受",才是第一性的,也才是思想和艺术的比较正当的起源。不过既然是"经验"和"感受",在一开始它就有一种"主客观合一"的情形,既非所谓的不依赖主观的"客观现实",也非单纯臆想的"主观感受"。"实感经验"一开始就同时包含了主观和客观的因素，没法将二者进行简单剥离——这确实是实际经历过的而非臆造的经验，主体也对之有自然而深刻的体会，在此过程中也可能产生不同于凡俗的洞见，此类实际的、自然的经验、体会和洞见，也才能成为真正能够有所感发的思想和艺术的起源。当然，从"实感经验"出发，思想可以越来越深入，艺术也可以用各种手段进行虚构和发挥，然而各种宏大的构造，追溯到基础，仍然是实际的经验、体会和洞见，核心的悟解，追溯到源头，也经常只有少数的几点——就此来说，把"实感经验"看作思想和艺术的基础和起源，应该说，可能是相对流弊较少的意见。①

从"实感经验"出发，看似为比较朴素的意见，实际上却不太容易获得认同。现代以来，学界热衷的是引进和建构各种整体性的理论，以至连自己切身的经验和感受，都要通过各种整体性的理论，才能获得合法性和表达的可能——由此造成的流弊数不胜数，在实践中屡屡造成各种脱离实际的恶果，在思维上更是使得自己落入固执僵化和不断被"洗脑"的窘境。而从"实感经验"出发，首先就意味着对各种整体性的理论建构进行质疑——整体绝没有那么容易达到，对之似乎有点体会者，也经常会感到很难用通常的方式对之进行述说，而任何对此毫无体会率尔进行的理论建构和直接表述，一般来说，都难以避免沦为一种意识形态的固结——更常见的，则是各种品类更远为低劣的说辞。因此，在未能窥到整体的面影之前，最好不妄发议论，对之保持沉默，犹如古代绘画中意味深长的"留白"，这也意味着，更为落实的做法，是从对自己的切身经验和感受的描述和分析开始——而这种描述和分析，也包含了对之的检查和反思，从而本身也就包含了自我解构和上升的可能。相比于沿用各种既成理论

---

① 从哲学上考察，"实感经验"最接近的可能是唯识学中相对于"比量"的"现量"概念。最近注意到日本哲学家西田几多郎的"纯粹经验"概念，似也非常近似，然而尚待进行进一步的考察。"实感经验"没法将主体剥离成为所谓的"客观现实"，也以唯识学中的比喻最为精当。境界本身随着主体状态的不同而有变化，是一般人也有的经验，唯识学中则进一步将之明确界说为"相依"，以譬喻说，则如：人见水现为水，天见水现为琉璃，鱼龙目为烟云，饿鬼见之则为脓血。

规约、简化和宰制自己的经验和感受，从"实感经验"出发，因为没有既定的理论作为依靠和导引，从而意味着去走一条更为困难、却也更为踏实的道路，也因之，归根结底，是一条更为平易通达的道路。

在具体实践中，我不但把"实感经验"看作思想和艺术的正当起源，也把"从'实感经验'出发"，看作文学批评和研究的正当途径。这也就产生了对"实感经验"的第二个解释，即在批评实践中对作品本身亲切而独到的体会，以及研究过程中对于材料的实际考察和探讨形成的独特的见解。批评要在认真读过文本后从真正触动自己之处出发，如此方不至于牺牲自己和文本息息交流产生的信息，落为不痛不痒或者简单的理论推导、演绎式的批评；研究要亲自去掌握、阅读尽可能全面的资料并进行深入的探讨和拷问，从而形成自己的、不人云亦云的见解——实际掌握、触摸各种材料的功夫和深入研究、讨论的过程，如同韦伯在《以学术为业》中所言，不容回避，也无法请人代劳，因为经验和认识程度不同的研究者，对于资料和信息的敏感度和重要性，认识和处理可以完全不同。

需要再次强调的是，从"实感经验"出发，并不意味着拘执于自己已有的、既成的、狭隘的"经验"——"实感经验"本身就是一个动态的、不断展开的过程，随着主体的经历、眼界和见识的变化，实感经验和认识本身也在变化，只是这变化本身，仍与自身的经历（包括阅读和研究经历）和思考紧密相关，既非既定话语的传声筒，也非现成理论的推导或者向壁虚构的臆说。经验当然是越丰富越好，眼界当然是越开阔越好，见识当然是越高明越好，但在这一过程中，要始终避免不加验证地接受任何既成理论和思维定式，更要避免以之化简经验的丰富性和复杂性——那种对于一切都有现成的、简单的、一清二楚的解说的诱惑，始终是巨大的，而且经常要到其发展为某种明显的荒谬论断时，才被人们意识到——从"实感经验"出发，从始至终都要对这种简单化的诱惑保持警惕和审视态度，即使在实践过程中，它不可避免偶尔要借用乃至形成某种理论，但在这一过程中，要始终清楚和不断提醒自己理论对于经验来说始终处于次级地位，因而不可避免具有暂时的、借用的因之需要不断调整和修正的性质。

从"实感经验"出发，也绝非是对于以往所谓"艺术源于生活"论的简单重提，笔者在别处曾对之进行说明："'实感经验'这个词汇，在强调生活经验的同时，也强调主体的活生生的不可替代的感性。这种经验一开始就有一种主客观交融的性质，因为对于每一个活生生的人来说，不存在可以把人剥离的、纯客观化的'生活'，具有的一定是他自己具体的、实在的、有血有肉、有汗有泪的经验。比起'源于生活'论经常暗含的对于基于反映论的现实主义偏好，'实感经验'这个词汇由于一开始就内含了对感性的重视，也能够涵纳更为丰富的创作经验（譬如浪漫主义与各种现代主义的创作）。此外由'源于生活'而引申出的'高于生活'的论述，经常导致文学最后沦为观念与理论的传声筒，'实感经验'这一词汇由于对于具体的活生生的感性经验的重视，也可以作为对之的一副中和剂或治疗剂。"就此来说，在笔者看来，"实感经验"非常清楚地贯穿于各种有价值的创作、批评、思考和研究的整个过程，它从始至终不可须臾离之——未能意识到此点的朋友，恐怕是对于"实感经验"的意指、意义和重要性，根本上尚欠缺切身的体会。

需要补充说明两点：一是从"实感经验"出发，如何看待艺术创作中时空范围内不属于创作者自身直接经验的经验，二是如何看待文学艺术中的想象和虚构。我的想法是这样的：那些超出创作者自身直接经验的经验，一般来说，是其他亲历者的"实感经验"，创作者或者通过与之的直接交流获得，或者通过阅读与研究获得——它们一般来说是一种次级经验，其丰富性和直接性，经常没法与直接经验相比，但接受者也可能在此过程中，形成某种非同一般的顿悟、洞见和新解——犹如我们在阅读和研究过程中经常会遇到的经验——从而也会产生直接的激发作用。这也就牵涉到了对艺术创作中的想象与虚构的理解，后者与艺术家自身的先天禀赋和后天修为分不开，并且极大依赖于自身的实际经验和洞见——不论是直接的还是间接的，现实的抑或精神的——创作之中想象与虚构的可贵，经常在于某种突然的敞开作用和对既成模式的打破，这种情况的产生，除了主体内部某种不可究诘的作用外，与对实际经验的总结、考察乃至某种突然的变形和颠倒中产生的洞见密不可分。虚构与想象的世界，尽管可能非常不同于我们日常的世界，但恐怕仍然无法切断与主体的实感经验（广义）和洞见的关系。

由于"实感经验"本身牵涉到一般所说的"主观"和"客观"两个方面，这两个方面的改变，都可能引起"实感经验"的改变。实际生活中的变化且不用说，主体自身的改变，譬如经验、眼界、见识的变化，也都可能引起对既成经验的不同发现和不同认识——极端情况下，甚至是彻底的颠倒和翻转。就此来说，从"实感经验"出发，始终会有两种可能的进步方向（尽管这两种路向本身可能息息相关乃至经常合二为一）：一种是切身的实际经验的丰富和变化，另一则是主体自身界和见识的改变。一般来说，我们对第一种路向都会有所体会，实则第二种路向也非常重要。

叶维廉在收入《中国诗学》的一篇文章中，讲过这么一个故事：海里有一只鱼儿上了陆地，看到了各种各样的东西——人、汽车、鸟儿……等等。鱼儿回到海里，向同伴讲述自己的见闻，听它讲述的鱼儿脑子里产生这样的画面："人"——长着两条腿的鱼；"汽车"——有着四个轮子的鱼；"鸟儿"——有着两只翅膀、扇动着翅膀在海水里游来游去的鱼……年轻的时候看到这个故事，注意的是其中所述的"实感经验"难以完全传达的一面，换句话说：鱼儿要知道海洋外的事情，只有亲自到海洋外走一遭；近年来，发现自己注意的侧重点不知不觉发生了变化，越来越注意到主体自身在认识时的一些固有的局限，也越来越重视伴随着实感经验和洞见的变化而来的主体自身的改变，简而言之，鱼儿上了陆地，就已不再是鱼儿。

简单交代一下关于"实感经验"的想法在我这里的形成过程。尽管从小就聆听作文要有"真情实感"之类的教训，但如同所有的老生常谈，此类话语很少形成真正的理论反思。真正思考这里涉及的问题，缘于研究张爱玲。

张爱玲有一个特别的癖好，就是对于"事实"——"真人实事"的兴趣，这种个人性的癖好，在她那里其实发展成了一种小说美学，注意于真实人生经验的"新鲜"、微妙、不可"移植"的性质。过去读张爱玲写旧式大家庭和上海市民生活和心态的小说，一直觉得与其他作家相比，有一种特殊的说不清楚的韵味,后来读到她的一些表述,才清楚这种特殊的根源,在于完全是以"真人实事"为基础的——她自己晚年说得很明白:"《传奇》里的人物和故事,差不多都'各有所本'的,也就是所谓的documentaries。"(水晶:《蝉——夜访张爱玲》)张爱玲的这些表述,在其亲友的回忆中都可以得到印证,对于一开始疑惑不解的读者和研究者,这些表述都可以提供关键性的线索。当然,作家本身也有特殊的才能,而"实事"和"文学",毕竟不能混淆,但来自实际生活的"新鲜"和"韵味"——乃至出乎任何推理和想象之外的人性流露,却无论如何是向壁虚构替代不了的。

张爱玲的这种想法,在20世纪中国的文学理论中并不是主流,主流的想法是要对实际经验提炼、加工、改造、拔高以塑造"典型"之类,这种倾向看似有理,实践过程中却不可避免地导致了各种既成理论对于实际经验的过度介入乃至宰割和遮蔽,最终是用理论建构代替实际经验——而这种想法的流风余韵,迄今仍未断绝,且经常有借种种整体性的理论说辞和流行口号卷土重来之势。回过头来看张爱玲的创作,与受主流理论影响乃至宰制的作家的创作相比,何种写作更诚实、更有力、成就更高,岂非一清二楚?这种对实际人生经验的重视,对于种种不尊重"实感经验"的写作倾向——至少对于为之推波助澜、摇旗呐喊的理论来说,是一副不可或缺的解毒剂。

关于张爱玲的上述思考,事实上影响了我后来对于沈从文和鲁迅的思考——这三位是我最为推崇的民国小说家。因为自己出身乡村,对于沈从文写湘西的那一批小说,天生有一种认同,因为其中能写出乡村生活以及乡人内心世界的丰富、曲折和生动,不同于启蒙或革命论述中致命的单调,沈从文后来也有"写一个地方要了解那个地方的一切"的论述——这个论述弄得不好很可能会导致类似"体验生活"之类的虚假的经验获得方式,但在他自己那里,对于乡村的了解,其实完全来自童年和少年时期在家乡的闲逛和流浪经验,是比较自然而正常的经验形成方式。至于鲁迅写现代中国知识分子的内心痛苦和中国生活的缺陷,更是自己亲身体验的一种表达,而其对实际生活的重视,以及与各种教条主义的分歧，用其杂文里的一句话——难以"为热带人语冰"，已可略见一斑了。

这些思考一直积累在心里，但一直没有找到合适的词汇表达。直到2002年的时候，和我的同学、专门研究胡风的韩国学者鲁贞银一起讨论胡风，其间她提到：胡风说自己对鲁迅的理解，来自于他与鲁迅交往的"实感"——这个说法以前陈思和老师在讲文学史的时候似乎也特意说起过，但一直沉睡在内心中，这个时候被电光火石般地唤醒，此后我就有意识地借用"实感"一词生造了"实感经验"这个词组来指代上述逐步形成的想法。回过头来看，复旦的批评和研究气氛，本身也就比较重视阅读和研究之中的"实感"，这个想法的产生，本身就受到这种氛围的无意识激发，也是很有可能的事情——我自己也许只不过是对之做了进一步的思考、引申和发挥而已。

这也就形成了某种比较有趣的情况：自从自觉地开始使用"实感经验"这个词汇以来，也经常会发现别人也在使用类似的词汇——后来更从一些日本朋友的文章中看到"实感"这个词，譬如坂井洋史先生便在一次访谈中说起，自己当年跟贾植芳先生学习，最大的收获不是泡图书馆，而是在贾府与各色人等交往以及在上海和中国各地"乱窜"获得的"实感"。更为有趣的是，去年下半年我有机会来到东京，还未开始到处"乱窜"，便注意到满大街都是什么什么的"实感"。"实感"一词在汉语中不是生僻词，但似乎在日语中日常生活里使用得更普遍些——日语和汉语的词义，可能有一些微妙的差别，但更多的应该是相通——我很怀疑当年胡风使用"实感"一词时，就已经受到了日语的影响，这方面也许可以做词语考古学方面的考证辨析，但更有启发，也更紧要的，可能还是跨越时间和国界的思想和艺术上的同心同理，比起词汇来，这种同心同理，应该更能够得到更多人的认同。①

---

① 日语中的"実感"一词，一般在不太学术化的场合使用，有两个意思：一是相对于"想象"和"空想"的"接触实际事物产生的感觉"，二是犹如实际经历过的事物的非常生动的感觉。我所使用的"实感"一词，比较接近于第一个意思——尽管作为此种艺术方式的表达效果，第二个意思也可以表达其中的一部分，然而这种"生动"的效果，也许会有流于表面的倾向，并不见得一定要去追求。

应该特别指出的是，关于"实感经验"的思考，也得益于和张新颖兄的讨论。我关于"实感经验"的想法，一开始比较偏重于实际经验的具体、生动、丰富和不可替代，可以说比较偏重于"实"，但近些年，越来越注意经验主体的真诚、敏锐及可能的变化和提高，可以说更注重于"感"。这个变化发生的过程中，有很多助缘——近年来跟着老师读古书可能是自觉起来的最大助因，而新颖兄对于鲁迅和穆旦的讨论，却是我注意往这方面思考的比较早的触机——有关情况可见他的文章和我们的几次对话，在此不必赘述。

回头来看，关于"实感经验"的想法，起头比较早，比较明确地使用这一词汇则要到2002年，嗣后就比较有意识地将之运用到研究和批评之中。大概因为经常提及，因而无意识地影响和有意识地鼓励了周围一些朋友一同进行讨论，我们在不同的场合有各自的表述，也有年轻的朋友进行过理论化的尝试，但我自己除了在一些文章中使用并略作说明外，从未进行过集中的解释（因为从一开始就对"理论化"怀疑），此外也还有很多未曾明确表达过的意思，也就在此一并做一说明吧。

2012年2月27日草，7月31日改，9月21日，早稻田访学旅次

《实感经验与文学形式》序

呈现给读者的这本小册子，收录的是张新颖兄和我的四篇文学对话。其中最早的一篇完成于1999年，最晚的一篇完成于2006年，内容则两篇关于现代作家，两篇关于当下创作。从最初开始到现在，时间已经过去十年，所得却只有四篇，虽然在他人看来未必珍贵，对我们自己来说，却是逝去的一段时光的纪念。

这些对话的进行并没有经过事先的设计，我们只是偶然对某个问题都有所感，若彼此都有心情，就凑在一起聊上一通。不过虽说是兴之所至，回头来看，不论是讨论穆旦的现代主义诗歌与现实的关系，沈从文的文学与人生的特殊性，林白的《妇女闲聊录》对于既成文学理解的打开作

用,乃至余华的《兄弟》下半部对于当下现实的精彩表现,我们的讨论多多少少还是环绕了一个论域,也就是本书的书名——"实感经验与文学形式"。由兴之所至进行的散漫谈话,竟然慢慢浮现出了一个核心,也可见在颇不算短的这一段时间里,萦绕在我们心头的问题,并没有因时间的流逝而失去意义。

一定程度上,这些谈话起源于这么一个困惑:在20世纪中国文学中,为什么会出现这么一个情况,即文学文本在丰富性、复杂性——经常也在生动性上,要远远地弱于经验与历史。如果把这作为一种通例,显然并不能成立,我们都知道世界文学史上有许多优秀的文学作品,要远远地比生活更为丰富复杂,也更能激发人的感受和思考,而从现当代中国作家自身的经验、20世纪中国的历史、乃至我们当下所处的这个剧烈变化的时代来说,也并非没有提供充分且有趣的写作材料,那么何以仍然出现了这么一种情况?历史的剧烈变迁、作家来不及静下心来感受与思考,当然可以算是一个原因,但这并非充分的原因,也不能算是对问题的一个好的回答——它甚至经常会成为怠惰与苟且的借口。问题的进一步回答,恐怕还是得深入到写作者内部,一定是写作者内部产生了某种窒碍,才排斥了丰富复杂的实感经验进入文学文本;而这种窒碍,稍加考察,便会发现得到了现代以来建立的文学机制的支持,甚至它们本身就是这种文学机制的基本组成部件,在这个意义上,检视这一基本的文学困惑,一定程度上就是对现代以来的文学机制的一些重要方面,进行检讨与反思。

着意提出"实感经验"这个词汇,正是出于对那些最优秀的作家的一些重要品质的体认:这些作家的作品,其具体、丰富、生动,带有一种来自实际经验中的鲜活,这种生动、鲜活常常不可被观念、理论所充分涵纳。这自然不是说这些作家所写的一定是纪实作品,但就是虚构性与创造性的写作,如果其作者是一个具有丰富的、具体的实际经验的作家,其写作也会带有这种不可化约的品质。本书讨论的沈从文,当然是一个典型的例子,其他优秀的中国作家,如鲁迅、张爱玲,也莫不如此。

对"实感经验"的强调,不可等同于以往所谓"艺术源于生活"论,虽然它们在趋向上有类似之处,但"实感经验"这个词汇,在强调生活经验的同时，也强调主体的活生生的不可替代的感性。这种经验一开始就有一种主客观交融的性质，因为对于每一个活生生的人来说，不存在可以把人剥离的、纯客观化的"生活"，具有的一定是他自己具体的、实在的、有血有肉、有汗有泪的经验。比起"源于生活"论经常暗含的对于基于反映论的现实主义偏好，"实感经验"这个词汇由于一开始就内含了对感性的重视，也能够涵纳更为丰富的创作经验（譬如浪漫主义与各种现代主义的创作）。此外由"源于生活"而引申出的"高于生活"的论述，经常导致文学最后沦为观念与理论的传声筒，"实感经验"这一词汇由于对于具体的活生生的感性经验的重视，也可以作为对之的一副中和剂或治疗剂。在我们看来，正是这种带着充沛的感性体验的"实感经验"，而不是可以被客观化、乃至概念规约化的所谓"生活"，应该是文学写作的正当起点。然而，不幸的是，中国现代文学从一开始起，就启用了各种机制，对具体的、活生生的人的"实感经验"进行忽视、限制、筛选、宰割乃至抹杀。这在从晚清以来的各种现代性方案给予文学的从属地位，以迄80年代在文学现代化论述下对形式的强调与关注发展到极端所致的流弊，都不难看出一些端倪，由此导致文学在丰富、复杂、生动乃至深入、体贴等品质方面受到损害，也是不难理解的事情。

　　对于各种现代性方案的反思，近些年来颇受关注，估计以后也会有更为深入的讨论出现，在此毋庸赘述；倒是对于"文学形式"与"实感经验"的关系，有必要再多说几句。对于本书的两位对话者来说，80年代中期以降的先锋文学运动，乃是我们的文学阅读和研究的非常重要的背景，对于这次"革命"在当代中国所起的解放作用，恐怕怎么强调也不会过分。但对形式的重视、强调和实验，最初可能是突破以往窒碍的颇为有效的突破口，发展到极端却也形成了新的对于"实感经验"的排斥与约束。上个世纪的最后几年，评论界曾有对80年代"纯文学"论述的反思，估计可能感觉到的也是这种窒碍。在我们看来，问题可能还要更具体，若极端简化一下，把纯文学的问题归结为形式问题，那么不是形式不重要，而是要对于形式做更为开放的理解和尝试，从而使得文学写作能更加向实感经验敞开。在此，实感经验始终是第一位的，作为对它进行良好表达的尝试，文学形式的实验应该更为开放、灵活、自由，跳出移植、模仿与文艺腔的陷阱；在极端情况下，为了呈现"实感经验"的丰富、鲜活、生动，形式的因素可以降到最低，甚至于接近牺牲。这些想法，在我们对于穆旦、林白、余华的讨论中都有涉及，不见得有多成熟，若能起到点刺激心智的作用，我们就已经心满意足。

我们强调"实感经验"，从另一个方面来看，也不过是对于文学的一个根本问题在新的情况下进行重述。远的不说，就是中国现代文学史上，胡适的"你不能做我的诗／正如我不能做你的梦"的诗句，鲁迅的难以"为热带人语冰"的感叹，胡风关于"现实"与"主观"的论述，沈从文的写一个地方非要对这个地方的一切有尽可能贴身的了解的忠告，乃至张爱玲的"我相信任何人的真实的经验永远是意味深长的，而且永远是新鲜的，永不会成为滥调"的见解，无一不是在某一方面对"实感经验"的重要性进行强调。在这个新的现象层出不穷、老的情况却也未见得不会重复的新世纪，我们愿意再次思考、探究和阐发"实感经验与文学形式"之间变化多端、生生不息的动态关系，以作为对新世纪中国文学的祝祷。

2009 年 10 月 17 日

《张爱玲·鲁迅·沈从文：中国现代三作家论集》自序

把这些年陆续发表的与张爱玲、鲁迅和沈从文有关的论文和对话编集起来，似乎有做点说明的必要。这三位是我最欣赏的现代中国小说家，之所以喜欢，原因很简单，就是他们的作品里充满了丰富而深入的"实感经验"。张爱玲写城市、沈从文写乡村、鲁迅写现代中国知识分子的内心世界，与一般"闭门造车"的作家不同，这一点，不必太敏锐的读者其实也会有非常清楚的感觉。我一点不介意——毋宁说很高兴，在这一点上，和大家一样，完全站在忠于自己的阅读感受这一边。

推崇"实感经验"，也不一定就是推崇"写实"——因为从"实感经验"出发，不但可以有虚构，也完全可以有各种不同的写作方法，但推崇

"实感经验",却一定会反对从形形色色的整体理论和教条出发——后者可以说是现代中国的痼疾,现在也不见得完全康复。这种痼疾,不但吞没和宰制了我们的具体经验,也极度束缚了生命本身的自由与活泼,从而极大地降低了中华民族的智商和创造力。

重提"实感经验",说起来,从正式形成想法,到今天也已经有近十年。一开始的想法,可以说比较倾向于"实",推崇"实感经验"本身的具体、生动、丰富和不可替代;到后来,则越来越倾向于"感",更为强调精神的敏锐以及经验本身的重要和深入。我所欣赏的这三位作家,各自经历过不完全相同却都非常深刻的精神体验。其中,张爱玲对虚无的揭示,可以说是现代中国文化和心理危机最为典型的症候;鲁迅显然很早就有非常类似的感受,但他更为鲜明的形象,却显然是不被这一体验压垮而持续不断地进行摸索与抗争的精神;不太为人所知的是,沈从文其实也有过类似的精神体验,也就是他1930年代后期以迄整个40年代的精神迷乱和危机,这一危机1949年前后达到顶点,之后方始渐渐平静和康复——沈从文对"自然"有非常深刻的体验,这导致他能迅速地感应到整个"现代"的核心危机,而他得以从如此深重的精神危机中康复,某种类似道家的精神和态度,可以说起了根本性的作用——时至今日,现代性进程在中国方兴未艾,现代性危机却也已然暴露无遗,沈从文思考和感受的林林总总,今天更加具有重大的参考意义。

一边编辑、汇总这些文章,一边发现,这些文章,无意间也反映了我这些年的心路历程。

我的现代文学研究从张爱玲开始,因为有很长时间思考她的问题,自己也渐渐沉浸在她的世界之中,一时半会儿找不到解脱这一危机的出路,且似乎根本没有出路似的——后来很长一段时间,心力所向,便是绝望般地企图思考和超克这一危机,这个过程,在我对鲁迅和沈从文的讨论中,留下了一些点滴的印记。

鲁迅本是我少年时代就喜爱和熟读的作家,1997年之后,跟陈思和老师读博士,因而常去贾植芳先生家走动——因为贾先生的关系,师门之中处处弥漫着源于鲁迅传统的精神空气，影响的事情，说起来，是不知不觉，在师门读书的几年，当年困惑的核心问题仍然未能解决，人却渐渐变得乐观和坚强起来。不过虽说鲁迅是我从小喜爱的作家，但却从未考虑过拿他来做"论"，后来依然是因为种种机缘，方始有了此辑的几篇——写"七月派"的潜在写作的一篇和怀念贾先生的一篇，亦一并收入此辑，既以见精神脉络的延续，也以记来处之不忘。

至于研究起沈从文来，则已然是工作之后，那时研究沈从文的"潜在写作"，发现仅限于《从文家书》，不能说清问题，便把思路扩展到他的写作全貌，写出来的东西，便是讨论1940至1970年代沈从文心路历程的那篇。张新颖兄此前写过两篇题材类似的文章，这篇文章，便有些和他对话的意思，材料上互相印证之处颇多，我自己的心得大概便是有意识地把沈从文的困惑、思考与海德格尔及中国道家思想比对、印证，无意间得到极大启发，自信也弄清楚了沈从文一直想表达、但一直未说清楚的东西，也由此仿佛明白了现代历史和现代精神的一些关键问题——这篇文章在收入《潜在写作：1949—1976》时，因为论题集中的原因，删去了几乎一半篇幅，比较关键的第三节几乎全部删去，此次便借机全文完整收入。这之后，便正式和张新颖兄做了一次对话，可以说是那段精神历程的总结——也就是此书的最后一篇。

还在读博士的时候，陈思和老师便要我们去听张文江老师讲古典学术，说是要我们知道学问的"天高地厚"；工作之后，还自己跑去听过一学期的《庄子》，之后一直想着还要去听，但也一直怠懒着，直到张老师突然得了重病——所幸后来终于康复起来，但已然是从"生死线"上走了一遭——张老师生病的那段时间，我心上爽然若有所失，等他康复之后再开讲，便继续听他讲古典，这一次态度端正了好多，基本上一次不落地听下来（当然出国的时候要借助录音）。这些讲课，从一开始就有根本性的启发，有一天听完《庄子·庚桑楚》篇出来，突然发现多年困惑的问题，不知不觉间已如春来冰雪消融。这是2005年的事，和张新颖兄讨论沈从文，大约已经带着当时的信息——尽管现在看，那篇谈话还立"体"得厉害，应该全部删去。

这之后，读的书，想的问题，便慢慢变了。

过去的形迹，当然不值得眷恋，敝帚自珍，尤其是可笑的事情，不过，这些凌乱的足迹，或者说不定也可以安慰苦恼与寂寞中的行路者于二三：

> 以前种种作为，
> 好似一场梦呀。
> ——焉知今日所为，
> 不也是一场梦呢。

> 乌云散去，你会看到
> 无云的晴空。
> ——何妨也留一点云彩呢，
> 看它飘摇起落，随卷随舒，
> 不正显出，天空的蔚蓝？

2012 年 3 月 13 日　早稻田访学旅次

（原刊《当代作家评论》，2012 年第 4 期）

跋

2012年八月底，突然收到现代文学馆发来的邮件，通知我获选为第二届客座研究员。那时刚从日本访学回来，开学在即，诸事甫定，匆忙间填好有关表格，却并不知道具体要承担什么义务——后来举行开幕式，才知道这个制度是专为推介青年批评家而设立的。

这自然是好事情，别的不说，只要了解这些年来，青年一代批评家，要不假资助、扶持或私人关系，出一本评论集如何千难万难——对于我这样不善交往、为人处世都颇有些愚拙的人来说，就更是如此——便不难明白此事的意义。所以，要感谢主持此事的李敬泽、吴义勤、李洱各位先生为此付出的努力——尤其是具体负责项目运行的作家李洱，他为了把此项工作做到有声有色，甚至不惜动用自己在文坛的私人关系——说实话，我事先并没有想到这样一位颇有成就的小说家，会如此认真地去对待这一事务。

长远看，他们的努力，对于评论界的新老交替和持续繁荣，无论如何会有贡献——尽管这效果，可能也并非立竿见影、即刻马上就会"奥伏赫变"。

本集收长短文四十篇，其中大多数是第一次结集，但也有少数，选自已出和正在出版中的书籍；此外，有些论题，在不同情况下写过两个版本，内容和侧重点从不完全一样到完全不一样，这次就收入未曾结集过的版本——无意中，发现它们也要更为活泼生动些，倒也无形中暗合了近些年来经常会听到的批评文体变革的主张。其他还有一些未结集过的文章，但现在看来，有些冬烘、纠缠或轻浮，所以一概摒弃不收。

所收文章，对象当然以文学为主，但有时也涉及电影；形式上，评论、论文之外，也收了个别相关的随笔；空间上，以大陆为主，偶尔涉及海外；时间上，则以当代为主，偶尔涉及历史；写作时间，近作之外，也保留了从宽容的眼光看尚还略有可取之处的"少作"……于是，集子的面貌，基本整齐之外，也便略有了些芜杂——因为一向有些拘谨，这芜杂，我便也是欢喜的。

今年刚好"开四秩"，所以集中所作，基本上都写于四十以前——四十不惑，那是圣人，我辈俗人，则经常仍觉惑得厉害，但"马齿"，那是无论如何都增了一些，如按过去惯例，此前尚可混充青年，此后则未免会有些汗颜——别人的看法姑置不论，单就自己来说，心态、想法、精力，尤其是对时间的感觉，都有些两样了。颓废、感伤，那是文人做派，大可不必，不过回首前尘，有些感慨，总是难免——也难免就有些调整和反思。

以上种种，乃题曰《此间因缘》。

也感谢一年来及本书出版中的各种因缘。

2013 年 11 月 29 日　四季花城